先进的科学技术
成就了"海棠"
曾经的辉煌

回望"海棠"
探究得越深
对未来就看得越远

图书在版编目（CIP）数据

　　回望海棠 : 山西海棠电器集团兴衰纪实 / 刘重阳，
李春萍著． -- 太原 : 山西人民出版社，2014.10
ISBN 978-7-203-08740-3

Ⅰ．①回… Ⅱ．①刘… ②李… Ⅲ．①纪实文学－中
国－当代 Ⅳ．① I25

中国版本图书馆 CIP 数据核字（2014）第 220145 号

**回望海棠：山西海棠电器集团兴衰纪实**

著　　者：刘重阳　　李春萍
责任编辑：刘小玲
助理编辑：张志杰
装帧设计：宋春妮

出　版　者：山西出版传媒集团·山西人民出版社
地　　　址：太原市建设南路 21 号
邮　　　编：030012
发行营销：0351—4922220　　4955996　　4956039
　　　　　　0351—4922127（传真）　　4956038（邮购）
E—mail : sxskcb@163.com　发行部
　　　　　sxskcb@126.com　总编室
网　　　址：www.sxskcb.com

经 销 者：山西出版传媒集团·山西人民出版社
承 印 厂：太原市金容印业有限公司

开　　　本：787mm×1092mm　　1/16
印　　　张：30.5
字　　　数：400 千字
印　　　数：1—3000 册
版　　　次：2014 年 10 月　第 1 版
印　　　次：2014 年 10 月　第 1 次印刷
书　　　号：ISBN 978-7-203-08740-3
定　　　价：66.00 元

如有印装质量问题请与本社联系调换

长治县政协文史资料系列丛书

主 编　　杜玉岗

# 回望海棠

—— 山西海棠电器集团兴衰纪实

刘重阳　李春萍　著

山西出版传媒集团

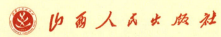

山西人民出版社

# 长治县政协文史资料系列丛书编委会

主　编　　杜玉岗

副主编　　李志文　　申有宝

　　　　　鲍金章　　刘志安

编　委　　郭海波　　张建忠

　　　　　李春萍　　王和平

　　　　　吉阳萍　　崔振川

　　　　　刘　亮

# 以史为镜
# 存史资政

## —— 长治县政协文史资料系列丛书 总序

**长治县政协主席　　杜玉岗**

长治县政协组织编撰文史系列丛书，是政协确立的一项重要工作，其宗旨是：以史为镜，存史资政。

长治县政协组织编撰文史系列丛书，就是要把长治县历史上的重大事件做一个梳理，以丛书的形式走近历史，剖析历史，进一步开掘文史资源的历史价值，为我们今天的工作提供一面镜子、一笔财富、一个坐标和一分力量。

长治县有丰厚的历史资源。

长治县是黄河文明的发祥地之一。在长治县的羊头山一带，依然可以考察到古人为纪念远古时期神农炎帝尝百草、建耆国的些许遗迹。《竹书纪年》有载："炎帝，初国伊，又国耆，合称又曰伊耆氏。"这句话清晰地表明，炎帝是建过"耆国"的。那么，耆国建在何地呢？《尚书》有记："耆，即黎也。"这也就是说，耆国即是古黎国。古黎国就是建在了长治县的黎岭一带。

岁月悠悠过，长车换人间。秦始皇一统天下，在长治设上党郡，为全国 36 郡之一。上党郡在隋唐时期已经辖有上党县，这就是后来的长治县。由上党县改为长治县，是在明嘉靖八年（1529）。

时事有变迁，风雨挡不住。历史的巧合是，当长治县治1971 年置于韩店时，正好在黎岭山麓。

长治县是历史上著名的古战场。战国时期，秦国东扩，横扫六国，秦赵之间"长平之战"的主战场就在长治县以南一带。秦国一举坑杀赵国 40 万大军，打开了一统天下的突破口。三国时期的曹操，为平定北方，也在这里排兵布阵，奋力厮杀。想当年，长治县的沟壑村落间是旌旗翻卷，金戈铁马，刀光剑影，狼烟四起。长治县的许多村名都与历史上的战事有关，如上秦村、八义村、西八村、义堂村、信义村、太义村、东坪村、石后堡村、苏店村等等。

抗日战争时期，长治县军民与日本侵略者浴血奋战，谱写了一曲气壮山河的英雄赞歌。1945 年的上党战役胜利，使得长治县和长治老区一起最早迎来新中国的曙光。

在新中国成立初期，长治县南天河村农业生产合作社是长治区"10 个老社"之一。"10 个老社"是中国农村走集体化道路最先的实践者。长治县的林移村，是山西省农村改革的 20 面红旗之一。振兴新区、荆圪道村等一批新农村建设方兴未艾。

长治县物产丰富，是著名的煤铁之乡。早在春秋战国时期，这里已经有了煤炭开采和铁矿冶炼的历史。明万历年间，长治县为泰山岱庙铸造的铁鼎，至今还安置在天祝殿内，足以明证长治县高超的冶炼铸造技艺。明清时期，长治县的铁器生产风生水起，荫城的铁器远销欧亚，打造了"万里荫城，日进斗金"的传奇。

长治县自古就是货物贸易的集散地，一代晋商的崛起，其中一定有着长治县人跋涉的身影。

长治县地势平缓，交通便利，工业基础雄厚。改革开放后，"海棠"一枝独秀，香飘万家。"振兴"立足市场，蓬勃兴起。

特别是近几年来，长治县上下团结一心，抓住机遇，迎接挑战，解放思想，顽强拼搏，坚持改革开放，不断开拓创新，使长治县全面发展，呈现出一派勃勃生机。

回首望去，很多历史似乎与我们很遥远，好像昨天发生过的事情今天不再会重复。然而，我们今天的许多行为、意识，总是不可避免地带有历史的情愫和烙印，表明历史与我们并不遥远。

历史是不朽的。无论尘封多么久长的历史，总是在人类文明的进程中留下不可磨灭的印记。

历史是无法割断的。我们走到今天，都是从历史中走来，身披历史的风雨和霞光，一路披荆斩棘，一路探索前行。

历史拒绝遗忘。历史是我们宝贵的精神财富，经济越发展，社会越进步，历史所具有的价值就越加显现出来。

历史是一面镜子。在这面镜子前，可以知兴替。我们的智慧是从历史的经验教训中汲取和累积的，我们的视野是站在历史的高阶上开阔和前瞻的。没有对历史的深刻认识，就很难有对现实的准确把握。

以史为镜，存史资政。对历史能看多深，对未来才能看多远。

我们坚信，新一代长治县人，一定会在新的基础上向新的高峰奋力攀登，为率先进入全面小康社会做出新成就，为实现伟大的中国梦而创造更加辉煌的明天！

# 目录

🌸 引言      001

🌸 **第1章　源头**      003

1966，寒冬始建电器厂 ················· 004

一场暴雨，两个厂合并 ················· 009

"动乱"中的坚守 ················· 013

砂轮机，计划内产品 ················· 016

"手扶"上马又下马 ················· 020

🌸 **第2章　起步**      029

揽来了"瓷器活儿" ················· 030

先喘过一口气来 ················· 034

下江南寻找洗衣机 ················· 038

"一代机"诞生在舞台上 ················· 045

🌸 **第3章　基础**      051

春风里"海棠"得芳名 ················· 052

另辟蹊径，小批量生产 ················· 055

初现市场，强攻和智取 ················· 060

## 第4章　突围　　067

临危受命，背水一战 …………… 067

大战4个月，日以继夜 …………… 072

决战千里，跑得不进家 …………… 076


## 第5章　考验　　083

抓住机遇，勇于赶超 …………… 084

内桶拉伸，眼里有尺子 …………… 087

载誉归来，乘势而上 …………… 092

北出雁门关，东出东阳关 …………… 095

调整班子，进入新阶段 …………… 101


## 第6章　创优　　105

成本倒算，打破大锅饭 …………… 105

一包就灵，洗衣机扭亏为盈 …………… 110

"海棠"跻身"六大名牌" …………… 117

借力发力，快速占领市场 …………… 122


## 第7章　引进　　127

市场调研，广州"隆中对" …………… 128

力主引进，省长拍板支持 …………… 135

洽谈会，脚踩几只船 ················ 140

一冲而起，飞向辽阔的海洋 ········· 144


🍁 **第8章　访日** 149

落差，巨大的撞击 ················ 149

初识"松下"，相中"大波轮" ······· 152

谈判，纠结与坚韧 ················ 158

拜岚山，眺富士，以诗壮怀 ········· 163


🍁 **第9章　谈判** 171

三杯酒，一头驴 ················· 172

长治会谈，有共识有分歧 ········· 175

太原会谈，砍价没商量 ············ 180

一锤定音，挽狂澜于既倒 ········· 183


🍁 **第10章　爬坡** 189

贷款，东方不亮西方亮 ············ 189

扩建工房，是个问题 ·············· 192

"海棠"不走，就地改造 ··········· 195

赴日研修，无意一路风景 ········· 199

笔记本，记下征尘多少 ············ 203

第 11 章　冲刺　211

土办法，小日本竖起大拇指 ………… 212

认真严谨，日本专家不含糊 ………… 219

"双桶"的第一台样机 …………… 221

注塑机，谁家的月亮圆 …………… 225

一路过关，"海棠"1986 …………… 229

八面临风，迈上新台阶 …………… 234


第 12 章　花开　243

"海棠"登顶，风景这边独好 ……… 244

最有直觉的，不想说什么 ………… 248

太原，"海棠"的福地 …………… 251

河南，一杯酒一生情 …………… 256


第 13 章　弄潮　265

河北，海棠的第二故乡 …………… 266

武汉、长沙，遍地开花 …………… 270

上海，南京路上有"海棠" ………… 274

"海棠"闹京华，九州独一家 ……… 278


第 14 章　改制　287

晒晒班子，任重道远 …………… 287

"全自动"引进，至诚通天 ………… 290

形成系列，百米冲刺 ………… 300

股份合作，走在风雨中 ………… 303

## 第15章 拐点 307

副总辞职，各说各话 ………… 308

众说纷纭，解读辞职 ………… 312

平稳过渡，改制再上台阶 ………… 320

不能挂牌，再大也是企业 ………… 323

## 第16章 风波 327

风波起，拿海棠大厦说事 ………… 328

特殊生活会，意义重大 ………… 334

硬伤，不在眉头在心头 ………… 338

二次辞职，大雁南飞去 ………… 342

## 第17章 下坡 347

新官上任，如临深渊 ………… 348

问题倒逼，只有改革一条路 ………… 353

走马换将，惹得怨声连连 ………… 355

关前落马，不只是一声叹息 ………… 359

## 第 18 章　摸底 365

选班子，2001 …………… 365

三驾马车，心态各不同 ………… 368

摸清家底，心中好有数 ………… 371

冰冷的数字，谁解其中情怀 ……… 374

## 第 19 章　挣扎 381

清欠，权力机构介入 ………… 382

匿名信，断了资金链 ………… 386

改制，死一块活一块 ………… 388

海棠大厦，再次成为焦点 ……… 393

## 第 20 章　破产 399

阴谋破产，董事长出走 ………… 399

资产保全，公告破产还债 ……… 405

"海棠"花落，句号不好画 ……… 409

## 第 21 章　清算 415

清算，一波三折 ……………… 417

海棠校区，传承海棠精神 ……… 423

买回海棠商标，把根留住 ……… 428

第 22 章　标本　433

多少烟雨在海棠 …………………… 433

改革只有进行时 …………………… 437

科学创新无止境 …………………… 439

政府给企业松绑 …………………… 440

企业管理要科学 …………………… 442

市场竞争靠产品 …………………… 443

企业领导是关键 …………………… 446

思想解放再解放 …………………… 451

尾声　455

后记　457

只恐花睡去　高烛照红妆 …………… 457

# 引 言

　　海棠，是一种花木。海棠花开时，灿如朝霞。

　　湖北黄冈市有海棠。

　　宋元丰三年（1080），黄冈那时还叫黄州。大文豪苏东坡在这里得见海棠花开，一扫被贬的郁闷和纠结，与友人纵情观赏，并留下《海棠》诗一首：

> 东风袅袅泛崇光，
> 香雾空蒙月转廊。
> 只恐夜深花睡去，
> 故烧高烛照红妆。

　　北京，中南海，西花厅院内有海棠。

　　周恩来总理非常喜欢海棠，开国大典后，1949 年 11 月住进了西花厅，一住就是 26 年。海棠花开时，周总理常在花下漫步，思考着大事，缓解着疲劳。1988 年 4 月，邓颖超写下了纪念周总理的文章，题目是《海棠花祭》。

山西省长治市长治县有"海棠"。

长治的"海棠"蜚声全国。不过，这"海棠"不是花木，而是由山西海棠电器集团股份有限公司生产的著名的海棠牌洗衣机。

海棠牌洗衣机在 20 世纪 80 年代、90 年代，不仅荣获国家轻工部优质产品奖、国家银质奖（全国双桶洗衣机质量最高奖），而且走俏全国，誉满京城，在洗衣机家族众多的品牌中独领风骚。

花开便有花落时。海棠亦如此。

"落红不是无情物，化作春泥更护花。"这是清代大家龚自珍对落花的赞美。全国驰名、风光占尽的"海棠"，难道也会有"落红"的那一天吗？

2002 年最后的一天，海棠集团正式对外宣告破产了。

"海棠"凋落了，竟是那样的无情。

"海棠"的破产引起了人们的惊奇和社会的关注。因为，"海棠"是影响中国洗衣机行业发展的名牌，是长治老区在市场经济中唯一叫得响的品牌，是长治人民 20 世纪末最后的骄傲。

"海棠"的花开花落，该是走过了怎样的艰难路程？又是历经了怎样的风雨岁月？这都是社会对"海棠"的拷问。

2013 年到来了，"海棠"花开已经过了整整 30 年，花落也过了整整 10 年，这或许该是我们去回答这些个拷问的时候了。

于是，我们穿越时光隧道，走进海棠岁月，开始了后来者对一个知名企业兴衰历程的探寻。

# 第1章 源头

探寻"海棠"，我们如同攀登一座巍峨的山峰，满怀敬畏。

我们越沟壑，爬绝壁，拨开荆棘，登上巅峰，放眼望去，"海棠"的大致经历尽收眼底：

"海棠"的起始，是 1966 年成立的"长治县电器厂"。14 年后，1980 年，长治县电器厂更名为"长治洗衣机厂"。

再过 13 年，1993 年，长治洗衣机厂改组为"长治洗衣机股份合作有限公司"。3 年后，1996 年，长治洗衣机股份合作有限公司组建为"山西海棠电器集团股份有限公司"。

之后的短短 6 年，"海棠电器集团"走到了尽头，于 2002 年最后的一天，由长治市中级人民法院对外公告其破产还债。

再往后的 7 年，是"海棠"一个漫长的破产清算期，直到 2009 年，曾经"香飘万家"的"海棠"黯然消亡了。

俯瞰"海棠"的来路，是那样的曲曲折折，明灭回旋，云缠雾绕，峰回路转。

　　探寻"海棠"，我们如同走进一条历史的大河，满怀赤诚。

　　"海棠"的源头是那样的静谧，一滴滴水珠从岩缝中渗出，落到一起，积水成溪，慢慢地流出洼地。细流潺潺，夺路而去，曲折迂回，顽强不息。流过了山地，流过了险滩，溪流汇成了大河，便湍急了，浪涌了，奔腾了，咆哮了，或落水成潭碧波荡漾，或飞瀑直下蔚为壮观，形成了一道波澜壮阔、跌宕起伏的风景。

　　大河的尽头是大海。大海每天都会托起新生的太阳。

　　探寻"海棠"，我们从源头开始，顺流而下，任浪花飞溅，拍击我们的胸膛；任激流汹涌，荡涤我们的情怀。

　　"海棠"的源头在哪里？

　　在1966年那个寒冬腊月的日子里，长治县电器厂成立了。

## 1966，寒冬始建电器厂

　　"海棠"是长治县的一朵奇葩，生根于斯，成长于斯，盛开于斯，也凋零于斯。

　　长治县，在山西省东南部的上党盆地里。

　　上党，雄踞太行，因地势之高可与天为党，所以得有此名。"上党从来天下脊"，这是宋代大文学家苏东坡赋予上党的名句。

　　上党，是长治市的古称。长治县，最早就被称之为上党县。

　　一代伟人毛泽东，曾在1945年10月17日为延安干部做《关于重庆谈判》的报告时，专门提到了上党。因为在上党地区爆发了抗战胜利后国共两党的第一次大战役——上党战役。他不无幽默地说道：

　　太行山、太岳山、中条山的中间，有一个脚盆，就是上党区。在那个脚盆里，有鱼有肉，阎锡山派了十三个师去抢。我们的方针也是老早定了的，就是针锋相对，寸土必争。这一回，我们"对"了，"争"了，而且"对"得很好，"争"得很好。就是说，把他们的十三个师全部消灭。他们进攻的军队共计三万八千人，我们出动三万一千人。他们的三万八千被消灭了三万五千，逃掉两千，散掉一千。这样的仗，还要打下去。

上党战役的硝烟早已散去，长治县踏着共和国行进的步伐走进了1966年。这一年，长治县成立了电器厂。这就是"海棠"的源头。

长治县电器厂，建厂最初是16个人，厂长是王学林。厂址在长治县苏店镇苏店村西不远处的一个小院里，有10多间房子。这里原来是苏店机电站，机电站搬走了，电器厂就建在了这里。

电器厂的16个人来自长治县上秦村木业社。厂长王学林也是木业社的厂长，现在是两个厂的厂长一肩挑。工人是上秦村木业社机电修理组的全部人马。

对于电器厂建厂的初始，创始人焦成孩有着深刻的记忆。他是机电修理组的成员，后来成了电器厂的副厂长，1946年出生，沁水县柿庄村人。

焦成孩回忆说，那还是在进了腊月没几天，上秦村木业社的党支部书记宋旦则、厂长王学林，在上秦村的砖窑里给机电修理组的人开了个会。会议开在砖窑里，不是有什么秘密要避人耳目，而是这座砖窑废弃了，这就是机电修理组修理电机的工作场所。

在上秦村的砖窑会议上，宋旦则书记说，县里手管局的领导说了，县里要成立个电器厂，因为咱是修电机的，所以就叫咱来成立；以后你们机电修理组就变成了县电器厂了；厂长还是咱的王厂长；原来说电器厂就建在咱们上秦，后来考虑到县里的发展，县里决定建在苏店了；地方是在原来的一个机电站，房子有，比这砖窑强；就是个这了，你们准备准备，该拿的拿上，过两天搬过去就对了。

就这样，几天后，机电修理组的人用小平车拉着点工具、铺盖，从上秦村来到了苏店机电站。那天没有下雪，西北风吹得嗖嗖的。到了机电站，王学林还问大伙："怎么样，这儿比砖窑强吧？"没有人回应厂长的话，天太冷了。

焦成孩对我们说："机电修理组的人都过来了，连上王学林一共16个人，(其中)有我哥焦有孩，有王福禄、贾垒成、王河水他们。还有的名字我现在叫不全了，年代太长了。"

"这是哪一年的事啊？"我们问。焦成孩说："(19)66年了。开会的时候是(19)65年底，我记得是过了元旦搬家的，那就是(19)66年。"

"你记不记得是哪一天搬家的啊？"我们又问。

焦成孩说："哪一天？记不得了。反正是进腊月了，天很冷。"

"建厂那天，有没有什么仪式啊？比如像挂牌啊，剪彩啊，领导讲话啊什么的。"我们想尽力唤起他的记忆。

"什么仪式？你说的这些都没有，连个鞭炮也没放。就是搬家，搬过来就对了。"焦成孩说。

"你想想，有谁还记得这是哪天的事啊？"我们想把成立电器厂的日期弄准确。焦成孩想了想说："哎呀，谁能记得这了？王学林该记得，可他死了。其他人？不算话。都是个工人，记这干甚哩。"

电器厂成立的日期显然是个节点，既然焦成孩不记得了，那么我们就去查找"海棠"的档案资料，档案里应该有这个记载。

我们在"海棠"的资料里找到了《长治洗衣机厂厂史》。这是个手写的草稿，没有打印。遗憾的是，《长治洗衣机厂厂史》中没有机电修理组搬家的记载。

我们又去采访了《长治洗衣机厂厂史》的撰稿人赵建国。他告诉我们，他在撰写《长治洗衣机厂厂史》时，是以苏店车辆厂为主体的，对上秦村木业社机电修理组搬到苏店的时间没有考究过。

由于视角的不同，使得电器厂成立的日期成了一个谜团。就在我们不知所措时，没想到还有人知道这个时间点，叫人喜出望外。

知道电器厂成立日子的这个人叫赵成旺。他是电器厂第二批工人之一，喜欢书画，"海棠"的商标设计就出自他的手笔，他还担任过"海棠"两任监事会监事。

他是在接受我们的采访时说到这个时间点的。他说："我是 1966 年 1 月 7 号到电器厂上班的，是这个厂的第二批工人，一起来的有 5 个人。那会儿，电器厂还是在（苏店）村西的那个小院里，两排房子，原来是个机电站，废了。我们来报到的那天，是这个厂成立的第 4 天。这个厂是 1 月 3 号成立的。"

我们一听他说到了电器厂成立的日子，大喜过望，不由得急切地问："你能确定电器厂成立的这个时间吗？"

他说："能啊，（19）66 年 1 月 3 号，我记得清清楚楚。我那年 18 岁，是 1948 出生。我老家是襄垣县的，因为父亲在长治县银行工作，所以我 11 岁就来长治县上学了，1965 年毕业于（长治县）韩店中学，1966 年 1 月 7 日来电器厂参加了工作。"

应该说，赵成旺的这个回忆是准确的。我们激动地说："要不是你说起，那就谁也弄不清电器厂到底是哪天成立的了。"

他有些诧异地说："不会吧？焦（副）厂长他们该记得啊。他们是创业的老人了，第一批来的，是上秦村木业社机电修理组的。"

我们说："这个知道，也问过他了，他记不得了。"

"哦——"，他笑了笑说："（他们）不是记不得了，是就没记过。我忘不了，我参加工作的时间是定死的。"

因为赵成旺的回忆，我们能够确认，长治县电器厂成立的日子是 1966 年 1 月 3 日，农历腊月十二日，星期一。

或许这个日子准不准确对于"海棠"并不重要，但是我们搞清楚了，还"海棠"一个真实，心里踏实了许多。

既然电器厂的班底是上秦村木业社机电修理组的，那么为什么不把电器厂建在上秦村，而是要建在苏店呢？

上秦村是长治县的一个大村。这个村的村名与历史上的"长平之战"有关联。公元前264年，秦赵两国在长治县以南地带展开了一场有史记载的"长平之战"。秦国击败赵国后，在此安营扎寨，所以叫秦村。秦村坐落在高低两处，后来人们把高处的叫为"上秦"，低处的叫为"下秦"。在后来的区划中，上秦村归属长治县，下秦村归属长治市郊区。

上秦村还有一个名头，那就是在近20年间，长治市有人考证，说慈禧太后是出生在这里的，被史学界称为慈禧出生地"四说"之一的"上党说"。此事真伪且不论，倒也是闹得沸沸扬扬。

机电修理组从上秦村搬走的时候，"慈禧出生地"一说还没有浮出水面。长治县之所以要把电器厂建在苏店，显然是因为这里的区位优势。

当时，长治县委、县政府机关还在长治市的南大街办公，苏店是长治县离长治市最近的乡镇，南出长治市不远便是。编号为S226的省道依村而过，交通十分便利。这里地平水浅，物产丰富，贸易活跃，有"上党第一镇"的美誉。

苏店村的村名与三国时期曹操"北上太行山"有关。东汉建安十一年，公元208年，曹操挥师北上，平定北方。曹军的驻扎地起名为"苏家营"。后来，营房周围有了店铺营生，而且生意兴隆，便叫开"苏店"了。

苏店村除了离长治市近便以外，比较上秦村还有一个优势，那就是企业基础相对雄厚。在长治县，依托公路和资源，已经形成了以苏店、韩店、荫城等乡镇为节点的企业链条带。县里的企业大多分布在这一链条带上，相互合作要方便许多。基于此，电器厂就建在了苏店村西的机电站小院里。

电器厂职工曾经住
过的苏店东岳庙

机电站的小院只够做厂房用，工人就只好分别住在苏店村里的大黄庙和村民家。

大黄庙，也叫东岳庙。每年六月初六庙会时，这里香火鼎盛。到了1966年，阶级斗争上纲了，东岳庙冷清了，住进了几个电器厂的工人，也算是没有断了人间香火。

电器厂的成立，这就是"海棠"源头的第一滴水珠。

## 一场暴雨，两个厂合并

电器厂成立了，工人们还是只能修理电机。

只能修理电机，显然不是建厂的初衷。长治县成立电器厂是想要生产电器类产品的。既然如此，县里有没有设定过生产什么产品呢？看来是没有，也只是先垒成炉灶，再找米下锅。

不过，县里也不是静观其变，而是开始加强这里的技术力量。这年3月，从长治县煤机厂调来了两个人，一个叫张玉库，一个叫张月英。他们是一对夫妻。张玉库1933年出生，是高平市原村人。他的车工技术很好，在1960年晋东南地区技术大比武时荣获过车工二等奖。他的妻子张月英，也是牛头刨的好刨工。

张玉库来到电器厂，一看厂里的情况，心里凉了不少。他回忆说："我来的时候，电器厂总共不到30个人，很困难，甚也没有。厂里的工人主要是修电机，老型号的能修好，碰上新型号的，还得去'访问访问'哩。"

任何事业在初创的时候都很困难。既然被调来了，张玉库心里着急的是，电器厂总不能就只修电机吧，下一步要干甚呀？

这显然是电器厂有关发展的核心话题。一天，厂里开会，研究电器厂的发展方向，找米下锅。大家憋了半天，想起长治县有个人在省重工业厅当厅长，不妨去找找他，兴许能弄个产品。

病急乱求医。厂里派张玉库到太原，找到了山西省重工业厅厅长，说明了来意。这位厅长说，咱是老乡，能帮上忙的肯定帮，找产品要对口才行，这样吧，你们去山西电机厂瞧瞧，我给你写个信。

张玉库说，行，只要能弄上个产品，去哪儿瞧也行。

于是，厅长给山西电机厂的领导写了个便函。张玉库到山西电机厂见到了厂长，拿出厅长的便函说，我们长治县电器厂想上个产品，看看你们能不能支持支持。

电机厂厂长看了便函说，我们的主要产品就是各种电机，你们是电器厂，要不也生产电机吧，我们可以提供一些模具和图纸。

张玉库很高兴，带着电机转子的模具和一些图纸回到了厂里，给王学林厂长汇报情况说，咱要能试制成电机了，总比光修电机强吧？

王学林兴奋地说，咱给手管局的领导说说，就上电机。

县手管局的领导听了王学林、张玉库的汇报后高兴地说："你们厂就上电机。

老张，你要给咱具体负起责来啊。"

电器厂有了试制电机的任务，这就忙活起来了。他们购进了一些矽钢片的边角料，找到惠丰机械厂要了一台退下来的 60 吨冲床、两台 20 吨冲床和一台小剪板机，又联系到苏店村的小铸造厂铸造外壳，这就开始试制电机了。

惠丰机械厂位于长治市南郊，离苏店不远。这里相邻的还有淮海机械厂、清华机械厂。这三个厂都是国家部属的大型军工企业，号称"南三厂"。以后，"南三厂"都要和"海棠"有着这样那样的关联。

当时，电器厂试制的电机有两种型号：2.8 千瓦和 4.5 千瓦。电器厂的工人是修理电机的，对电机很熟悉，技术层面的问题不大，所以干起来有些轻车熟路的感觉。所不同的是，原来是修理，现在是生产。到了这年 6 月，电机正式生产，一个月 10 台。

张玉库说，试制开电机了，电器厂也算是名副其实了。

就在第一批 10 台电机快要完成的时候，一场暴雨来袭，洪水把电器厂给淹了。

《长治县志》记载了这次灾难性的气候："1966 年 6 月 26 日下午，一场龙卷风、暴雨、冰雹袭击了长治县。"

有目击者称，当时的暴雨是倾盆而下，平地立刻起水；冰雹下得噼里啪啦，个儿大的有鸡蛋大小。

电器厂被淹了，工人到县手管局"造反"，说厂里不能生产了，你们说怎么办吧？

那个时候兴"造反"了，因为"文化大革命"爆发了。

这时候去县手管局"造反"的，不单是电器厂一家，还有苏店车辆厂。他们"造反"的理由不是因为受了灾，而是没产品。

苏店车辆厂，创建于 1956 年，开始是叫苏店铁木业社，在苏店的水门阁，干些木工、铁器、修车补胎的事情。1964 年，西故县木业社合并过来，一共有了 40 多个人，增加了缝纫、修房盖屋等业务。那时，李春荣是党支部书记，贾富田是厂长。他们曾经生产过锅炉，但列不入计划，弄了两台拉倒了，于是只好还干补胎修车、打犁铧做板箱的老本行。厂里没个正经产品，所以也趁机"造反"了。

两家来"造反"，手管局领导自是不敢懈怠，很快就有了一个答复：两个厂进行合并，合并后还叫"长治县电器厂"；电器厂搬到车辆厂的地方，厂房大了，地势高了，不再怕水淹了；车辆厂又有了生产电机的产品，这对两家都好。

两个厂对这个方案都没有意见。电器厂要扩大生产，那个机电站小院肯定不行；要是到了车辆厂，工房也大了，场地也大了，就摆布开了。车辆厂也很高兴，有个电机这个产品，总比修车补胎强，听上去也像个厂啊，是造电机的。

于是，1966 年 9 月，电器厂与车辆厂正式合并。全厂 56 名职工，其中有 3 名党员。厂党支部书记由原车辆厂的李春荣书记担任，厂长由原电器厂的王学林厂长担任，生产由电器厂的张玉库负责。

合并后的电器厂，在领导班子中没有了原车辆厂厂长贾富田的位置。这需要有个交代。

贾富田，苏店村人，1925 年出生。日军侵犯长治县时，差一点把他扔到井筒里去，那年他 14 岁。他曾经做过小买卖，后来参加了苏店木业社，再后来成了苏店车辆厂厂长。车辆厂与电器厂合并时，县手管局的领导征询过贾富田的意见："老贾你看，领导怎样分工合适啊？"

贾富田说："咱先说好，我是不当干部了，当个采购就行。"

贾富田为什么不当厂领导要当采购呢？那是他知道自己的"社会关系"不好，一直入不了党。当干部的不是党员就短一条腿，所以他选择了当采购。采购，在那时候就是个好差事，既不用在生产车间劳动，又能到天南海北去"跑跑"；

既能给公家办事，又能为自己捎带回些糖果、挂面、鸡蛋糕什么的。

一场暴雨过后，长治县电器厂鸟枪换炮了。

## "动乱"中的坚守

时过一年，到了1967年9月，电器厂又有了新变化，不仅生产电机，而且开始生产电线杆上用的横担、螺丝等金属器件。

电器厂之所以有了这些变化，主要是因为一个叫杨天锁的人来到电器厂主管生产了。杨天锁来电器厂主管生产，是被县手管局指定的。

"杨天锁一来，夺了我的权了。"这是我们在采访张玉库时，他对我们说的。他说完爽朗地笑了。

杨天锁来主管生产，实际上就是电器厂的行政"一把手"，因为厂党支部书记李春荣、厂长王学林早在年初就已经被夺权了。

夺权，是"文化大革命"在1967年的新转折。1967年1月25日，造反派夺了晋东南地委的权。两天后，1月27日，长治县党政部门也被夺了权。随后，电器厂也被夺了权，书记、厂长等"当权派"都成了"靠边站"。

是谁来夺电器厂的权呢？领头的是一个女工，21岁的丁桂香。她是荫城镇桑梓村人，她的父亲曾跟随刘邓大军打出了太行山，所以是"根正苗红"。她是"四清"借调干部，"文化大革命"一来，她于1966年10月来到电器厂，开始是学钳工，到了第二年初就参与了夺权。夺了权，她就是"电器厂文化革命委员会"主任。丁桂香对我们回忆说，当时夺了18个人的权，除了厂领导以外，还包括会计、保管、小组长。

虽然厂里夺权了，但生产还正常进行。因为"厂文革"坚决执行 "抓革命促生产"的最高指示。那时候，厂里生产业务这一摊工作由张玉库负责领导。因为丁桂香很年轻，所以张玉库的感觉是在"全面负责"。他没有想到的是，到了9月，杨天锁来了，替代了他的工作，所以他说是"夺了我的权了"。

杨天锁，苏店村人，1932年出生。上党战役后，1946年，他14岁时到长治市府后街的兵工四分厂当学徒。1950年，他参军到了太原，在省政府警卫营三连当兵。1959年，他复员回来，到南董村参加大炼钢铁。

南董村离苏店村只有5里路，是长治县的一个大村。长治县农业中学就办在了这里，人称"南董农中"。杨天锁在南董村时，参与了县手管局一个机械厂的组建。后来，这个机械厂就成了"南董农中"校办工厂的一部分，杨天锁是厂长。1967年9月，手管局在外人员"归队"，于是他从"南董农中"校办工厂来到了电器厂。一同来的有9个人，其中有校办工厂的党支部书记韩贵喜。

杨天锁来到电器厂主管生产，没有要来夺权的感觉，所以很难理解张玉库的感受。当时，电器厂还很不成气候，1967年的9个月的工资都没发。杨天锁想，不管怎样，还是先吃开饭再说。

他在"南董农中"时，一直给地区电业局、长治县电气化指挥部生产电杆上用的横担、螺丝等金属件。这种产品技术含量不高，但效益不错，而且双方的关系也比较熟悉。于是，电器厂就开始生产横担、螺丝了。生产了两个多月，快到年底时，长治的"武斗"开始了。

长治有"联字号"、"红字号"两大造反派组织，两大派从"大鸣、大放、大字报、大辩论"的"文攻"逐步升级为"停产闹革命"和"武斗"的新阶段。在当时的狂热气氛中，电器厂不准工人参与社会上的派性的争斗，要坚持"促生产"。

杨天锁回忆说："丁桂香比较过硬，天天在厂里看着，把话挑明了，上班有工资，不上班没工资。当时厂里的口号是，做一个'垫片'、'螺丝钉'，别人武斗，我们生产。"

因为电器厂一直在"促生产"而没有"停产闹革命"，所以惹得淮海机械厂的"红字号"不高兴了，扬言要一举踏平电器厂。

那天夜里，丁桂香一人来到厂里，等着人家来"踏平"。子夜时分，李春荣也来到厂里。他对丁桂香说："我看看他们是怎么踏平哩。"

他们在一起一直坐到天明，也没有什么人来"踏平"。李春荣说："这是吓唬咱哩。"丁桂香说："还是照常上班吧。"

长治的"武斗"逐步升级，从一开始的长矛棍棒，上升到了机枪手榴弹，弄得是硝烟弥漫，人心惶惶。地区电业局害怕局面不可收拾，赶紧一次付给了电器厂7万元货款。

啊，7万元，有钱了！电器厂还没见过这么多的钱，这叫丁桂香、杨天锁高兴得不行。厂里先拿1万元给干部、职工开了工资。当时的工资都很低，平均不到30元，总数也不足1万元。杨天锁属于高工资，才43.2元。厂里又拿2万多元还了一部分贷款，剩下了4万元。

有了这4万元垫底，电器厂的日子好过了许多，又是购材料，又是买模具，决定把电机的产量提高到100台。同时，还要开发新产品，凭着一本《电工手册》，硬是生产了30台电焊机。

长治的"武斗"在1968年的春节前后达到了登峰造极的地步，"红字号"要坚守长治城池，"联字号"要发动民兵进城。双方摆开了阵势，要血战到底。丁桂香这时去过一回长治，看到路边都是架着枪。她在刺刀底下经过"联字号"的几次盘问，才算是进了城。

就在两派剑拔弩张、一触即发的紧要关头，1968年2月17日，农历正月十九日，中央及时发出了解决晋东南问题的"2·17《通知》"，解放军奉命分几路同时进入长治城，平息了"武斗"。至此，长治"文化大革命"疾风暴雨式的大规模群众斗争告一段落。

全国的两派争斗是在这年的 7 月才平息的，直到 9 月 1 日，各省市先后成立了革命委员会，实现了"全国山河一片红"。

电器厂也成立了三结合"革委会"，韩贵喜被结合为党支部书记，杨天锁被结合为"革委会"主任。

"革委会"中没有了丁桂香，那是因为她调离了电器厂。再往后，丁桂香出任长治县计划生育委员会主任。她不怕惹人，敢抓硬管，在计划生育战线上成绩斐然，获得了"全国计划生育劳动模范"、长治市"十大女杰"等荣誉称号。

电器厂"革委会"成立了，杨天锁名正言顺了。这时，生产电机、电焊机已经不是他的心事，因为这些个产品都不能列入计划。

他想为电器厂干个计划内的产品。

## 砂轮机，计划内产品

杨天锁成为"革委会"主任不久，一个来自山西省机电公司的好消息让他兴奋不已。

一天，贾富田和郭文虎从机电公司回来告诉他说，省机电公司希望电器厂能够生产砂轮机。因为当时全国只有上海和抚顺两个厂家生产，不能满足需要。如果电器厂能生产砂轮机，说不定能列入计划。

杨天锁一听，非常高兴。他觉得砂轮机与电机的原理基本相通，而且技术工艺和生产难度也不是很大。如果砂轮机能列入计划，那就解决了电器厂一个根本的大问题。

在当时，企业的产品能不能列入计划，那是天大的问题，因为我们的经济体制是计划经济。尽管我们的计划经济并不是苏联的"中央计划"模式，还在试图以群众运动和政治挂帅的方式另辟蹊径；尽管我们的计划常常被"运动"所搅局，比如"二五"（1958～1962）计划开始不久就被"大跃进"打乱，"三五"（1966～1970）计划一开局就让"文化大革命"给横扫了，以至于1967的计划无法传达到基层，1968年干脆就没有计划；但是这并不等于说我们就不是计划经济了，只是指导和介入经济活动的方式不同罢了。

在计划经济体制下，企业分两种所有制，一种是全民所有制，也就是后来人们所叫的"国企"；一种是集体所有制，人们叫"集体"。除此之外，没有什么别的企业。长治县电器厂就属于"集体"。

"国企"是掌控经济的主动脉，"集体"只是拾遗补缺。"国企"产品列入计划不难，而"集体"的产品要想列入计划就不那么容易了。产品不能列入计划，生产材料就是个大问题，所以"集体"总想有一个计划内的产品。

电器厂生产的电机不在计划内，所以就得有人经常去省机电公司"跑跑"，保持热线，找点销路，进点材料，当然要能找上计划内的产品就更好了。

贾富田就一直负责跑省机电公司。他当采购跑得路子广了，不仅为电器厂办事，而且为其他单位也办了不少好事，不是进点儿钢材，就是弄点儿设备。这次他跑回来砂轮机的信息，对电器厂当然是利好的消息。

得知这一信息后，杨天锁和张玉库、贾富田又专门到省机电公司，见了二类机械科的朱科长一面，谈了生产砂轮机的情况。朱科长表示，只要能生产合格的砂轮机，我们就负责销售调拨和供应材料。

有了这个"托底"，他们三人又去了上海和抚顺，了解了这两家砂轮机的生产情况，上海是生产台式的，抚顺是生产立式的。他们从抚顺拿回了一张草图和说明书，决定上马砂轮机，先做台式的，以后再做立式的。

还算顺利，电器厂一举试制成功了砂轮机。省机电公司的领导很高兴，因为这是填补了省内的一项空白，所以不但负责销售、供应材料，而且材料供应得还相当宽裕。

电器厂生产开砂轮机，厂里活泛起来了。砂轮机叫"飞碟牌"，这不仅让厂里有了方向产品，而且还利用供给生产砂轮机的富余材料，进一步巩固和扩大了电机生产，同时还新上了变压器车间，生产了100多台30kVA和50kVA两种小变压器。

杨天锁说，有了这些产品，电器厂就有一定的基础了。

1968年，电器厂还有两件事值得一说。

一件是，这年10月前后有几个大中专生和长治市的56个"老三届"分配到了电器厂。其中有太行中学的李庆怀、赵建国，长治一中的马可，长治二中的牛连旺、张万芳等。

这批学生的到来，无疑给电器厂注入了新鲜的血液和活力。毋庸讳言，电器厂最初的人员组成，大多是一些手工业者。他们虽然有些手艺在身，但整体文化程度不高。文化决定着企业的上升空间。这批学生的进厂，无疑改变和提升了电器厂的知识结构，其中的一些人也将成为"海棠"日后必须提及的重要人物。

电器厂生产的砂轮机、抛光机等产品图片

另一件是，电器厂从这年开始，有了新的基建工程。先是新建了两座工房，每座530平方米。工房的图纸是杨天锁画的。他似乎有这方面的天赋和兴趣，就是以后的综合单面楼、南北大工房、综合大楼的建设，也都是他自己画的图纸。

综合单面楼是在1969年开始兴建的，三层，每层300多平方米，一层办公，二、三层是宿舍。就这么个单面三层小楼，在当时的长治县已经是地标性建筑了，一出长治市的南关就能看见这栋楼，号称是"长治县第一楼"。

1970年，电器厂的砂轮机被正式列入国家计划，年产2000台。

杨天锁回忆说，咱也就是2000台这么大的能力，能完成了。

完成了2000台砂轮机，再加上电机、变压器等产品，电器厂1970年缴税达到90万元，一跃成为长治县机械行业的龙头老大。当时长治县财政收入仅有240万元，电器厂一家几乎占到40%，很是叫人刮目相看。

在1970年全省机电会议上，砂轮机的计划又增加到了3000台。厂里要建两个940平方米的新工房，没有地方了，于是和邻近的苏店村铸造厂商量，给了铸造厂2万元，占了他们的一些地方。

1971年，电器厂兴建双面综合楼。大楼中间是厂大门，北边一层做工房，南边一层做库房，二层办公，三层宿舍。双面综合楼的建成又是长治县的一大风景。

这年的11月15日，长治县委、县政府机关从长治市的大南街搬到了长治县的韩店镇。从此，长治县不再"附廓"于长治市，而在韩店镇开始了新县城的建设。

韩店镇，早在隋唐时已经是通往京城长安的重要驿站，整日里车水马龙。据传，在这里最早开店的是姓韩的一家人。有一天，有一主一仆两人入住，受到韩家人的款待。第二天清晨辞别时，主子问得店家尊姓，便火中取炭，在墙上写下"韩店"二字。主仆策马离去，方才有人识得墙上题字之人非同小可，

1971 年，电器厂兴建的双面综合楼

乃当今皇帝李世民是也。从此，韩店声名大振，遂为上党名镇。

传说不可当真，但名镇确是事实。苏店离韩店也不远，是在韩店到长治的中点上。长治县县委、县政府搬迁的第二年，1972 年，电器厂的砂轮机产量上到 4000 台、型号上到 11 种。外人看电器厂是如日中天，但杨天锁却有点发愁，因为他发现砂轮机"走得不快了"。这时候，他又在考虑发展其他产品了。

## "手扶"上马又下马

砂轮机"走得不快了"，电器厂再上什么新产品，杨天锁心里还没个谱。就在这时，1973 年初，他去了一趟太原，看到跑着一种轻型汽车，一下有了灵感。他想在电器厂生产轻型汽车了。

杨天锁见到的轻型汽车，就是后来人们所说的农用四轮车。他想生产"农用四轮"，是缘于他对汽车的熟悉和喜爱。那时候，会开汽车的人稀罕，不像现在满大街的人都有"本"，可杨天锁就会开，也喜欢开。他知道电器厂生产汽车是不具备条件的，但要生产"农用四轮"不是不可能。

杨天锁对我们说："那时候冒险劲大，有点乱想了。"

他把自己的想法与县工交政治部的领导沟通了一下。那时候工交政治部就是县政府的经济主管部门。工交政治部的领导很赞同他的魄力和想法，认为可以在电器厂试一试。这样一来，杨天锁的野心就勃勃起来了。

他很快就有了动作，派人去太原、去北京的轻型车辆厂参观学习，还买回来了"农用四轮"的图纸。正当他准备大干一场的时候，县工交政治部换了领导了。

工交政治部新领导不愿意搞什么"农用四轮"，是对大型喷灌机感兴趣。既如此，杨天锁觉得上大型喷灌机也行，广东的喷灌机能喷灌200米宽。

这时候，曹志忠来电器厂视察。曹志忠的职务是长治县核心领导小组组长、革委会主任、人武部部长，党、政、军三个"一把手"集于一身。杨天锁汇报了准备投产喷灌机的情况，曹志忠认为，这是瞎干哩，大型喷灌机根本不适合黄土高原，弄这干甚哩？你们要弄，还不如上手扶拖拉机哩。"手扶"适合咱这里农村的实际。

杨天锁一听，马上表态说："对，上'手扶'比喷灌机好。"

曹志忠说："要干就大干，由电器厂为主，发动全县的力量进行'手扶'大会战。"

就这样，长治县手扶拖拉机大会战在1973年开始了。为了确保"手扶"大会战的胜利，县革委会一名副主任挂帅，带着工作组在电器厂蹲点，而且从全县抽调了10多名技术员参与大会战。

"手扶"大会战一开，曹志忠经常来电器厂看看。一天，他对杨天锁说："你把老梁用起来，让他具体来抓'手扶'嘛。"杨天锁说："行啊，就叫老梁干。"

曹志忠所说的"老梁"是谁啊?

"老梁"叫梁吉祥。当时老梁并不老,只有34岁,仅是"而立之年"而已。"老梁",只是个地方习惯的称呼罢了。

梁吉祥后来成了"海棠"至关重要的人物之一。他是长治县北呈乡上村村人,1939年2月出生,1965年毕业于太原理工大学机械系机械制造专业。当时的理工大学本科还是5年制。他毕业后被分配到晋东南地区二轻局任技术员。他报到的第二天,便被二轻局派到长治县西火村西大队参加"四清"运动。"二轻局"是第二轻工业管理局的简称,其前身就是"手管局"。

"文化大革命"开始后,梁吉祥被抽调去接待大串联的"红卫兵"。"武斗"结束后,他又去中村公社"插队",接受贫下中农再教育。

他是1972年冬被杨天锁要到电器厂来的。杨天锁以前并不认识梁吉祥,是长治县北呈阀门厂梁保明厂长向他举荐的,说他有个初中同学叫梁吉祥,是机械专业毕业的大学生,适合你们电器厂。杨天锁一听,很高兴地与梁吉祥见了面,因为厂里正需要专业技术人员。杨天锁说:"只要你同意来,上面的事我来跑。"

梁吉祥觉得自己是学工科的,应该到工厂才能应用到所学的知识,于是说:"来就来吧,电器厂还不错。"

杨天锁把这件事汇报给了曹志忠。曹志忠说:"他可是成分不太好。你要用也行,重在表现嘛。"

梁吉祥的家庭成分是"富农",不是"不太好",是很不好。怪不得一直让他在农村接受"再教育",而不是及时调回机关。

梁吉祥来到电器厂,"手扶"会战开始后,杨天锁就让他搞12马力的柴油机。当时杨天锁想把"手扶"一锅端,从柴油机到底盘都自己生产。

梁吉祥工作了不长时间,地区二轻局往回要人了。这时,杨天锁不放人。过了一个月,二轻局又来了调令。杨天锁找梁吉祥说:"这你得表态了,愿意干就在这儿干，不想在这儿了就走，我不硬留。"

梁吉祥说："我不走，就在这儿干了。"

这件事，曹志忠是知道的，而且认为老梁的"表现"不错，所以想让他进一步施展拳脚。听了曹志忠的话，杨天锁把试制"手扶"的任务交给了"老梁"，让他从资料到技术、从安排生产到组装，放开手脚去干。

梁吉祥回忆说："厂里开始搞手扶拖拉机，我与技术人员和一些老工人一起到无锡柴油机厂、常州拖拉机厂和武进变速箱厂参观学习'手扶'，带队的是张玉库。"

从常州回来后，技术人员黑夜描图白天晒图，忙得一塌糊涂；车间工人拿到图纸立即生产，忙得昏天黑地。

电器厂一搞"手扶"会战，曾经从北京买回来的一堆"废铁"派上了大用场。

杨天锁买"废铁"是1972年的事。当时是北京印刷机械修配厂有一批机加工设备要处理，这是准备生产160马力内燃机用的，价值180万元。因为这个厂的上级领导认为，印刷机械修配厂制造内燃机是"不务正业"，所以只好处理掉。印刷机械修配厂的领导是电器厂张双明的一个亲戚，所以让张双明问问电器厂要不要，如果要，20万元就出手，算是便宜照顾老乡了。

张双明是和杨天锁一起从南董农中校办厂来到电器厂的9人之一，是机加工的一把好手。杨天锁一听，这是好事啊，于是便和张双明一起去了北京，看了要处理的东西。这里面有两台小镗床、两台立钻，还有7台组合机床的配件、毛坯等。

杨天锁当下拍了板，花20万元要了这些设备。他给我们说："干甚哩我不知道，先弄回去再说。我看这里面光铜就有好几吨，咱怎么也不吃亏。"

"手扶"会战一上马，不仅是镗床、立钻等机床马上就能派上用场，而且利用组合机床的配件、毛坯，革新、改造出了54台"手扶"机加工的专用设备。

这对"手扶"会战起到了不小的作用。

到了"七一"党的生日时,"手扶"试制了5台;到了年底,生产出了20台。1974年,"手扶"大会战初见成效。

这年9月,梁吉祥被提拔为"革委会"副主任。人们叫他"梁厂长"。

到了1975年的"七一",电器厂开着30台"手扶",由一辆"坦克"开道,去韩店向县委报喜,向党的生日献礼。

开着30台"手扶"去报喜,这是杨天锁的记忆,但马东生记得只有20台,而不是30台。

马东生不是学校分配或招工来的,是由县武装部"空降"来的。当时长治县组建了个篮球队,他是球队的主力队员,司职后卫。球队没有专业编制,有比赛就集训参加,平时就在单位上班。因为他是苏店东申家庄人,所以就把他分配到了电器厂。他回忆说:"报喜那天开'手扶'的就有我,不可能是30台,厂里就没有那么多人会开。我记得是20台,走到韩店连20台也不到,因为在半路上又坏了几台,拖回厂里了。"

其他人也有回忆说,报喜的时候确实是在半路上坏过几台。

其实,是30台还是20台并不重要,重要的是手扶拖拉机列队开到街上,开道的"坦克"还不时打出一些礼花炮,这在长治县历史上也是少有的大阵仗,堪称规模盛大,阵势排场。

这里有个问题,电器厂从哪来的"坦克"啊?这比报喜时开着多少台"手扶"更重要。

电器厂有了"坦克",这是杨天锁搞的小名堂。

杨天锁想搞"农用四轮"绝对是心事。开始搞大喷灌时,他不能搞,但在"手扶"大会战取得一定成果后,他就又动了这个念头。他趁热打铁,拼凑组装,鼓捣出了11辆"农用四轮"。就这么一个小动作,还引起山东省一个厂家的关注,派人专程来参观学习。

后来，他强调说，"农用四轮"是8小时以外搞的，不影响"手扶"大会战，是职工的"贡献"。他还别出心裁，把其中的一辆装上铁皮壳，安上炮管，号称是"坦克"，理由是为了落实"备战"精神，让民兵训练时用的。

不管怎样，这次报喜有了"坦克"开道、"手扶"列阵，气势还是轰轰烈烈的。县委领导也很高兴，当场把电器厂表扬了一番。

梁吉祥没有去参加报喜。本来他是要去的，可这天一大早家里人来厂里找他，说他大兄哥病重，现在就得去医院。他只好在厂里抓了个车，赶紧送大兄哥去医院。他的丈母娘和大兄哥这段时间一直在他家里住着，前几天老婆还对他说："我哥的病不轻，你抽个时间把他送回老家吧。"他说："这几天忙着准备报喜哩，顾不上，等报了喜就去送。"可是，偏偏是报喜的这天大兄哥病重了，他没办法了，

手扶拖拉机大会战资料图片，前排右一为杨天锁，左一为张玉库，第三排左二为梁吉祥

只好往医院送。谁知大兄哥还没等送到医院就不行了，他是喜没报成，人也没保住。

"七一"报了喜，连杨天锁也没有想到，"手扶"会越干越大。第二年，1976年10月，党中央粉碎了"四人帮"，正式宣告"文化大革命"结束。不久，中央领导有个讲话精神，要在两三年内，全国实现农业机械化。

这个讲话精神对长治县的"手扶"大会战是个极大的支持，县领导扬眉吐气，觉得这一步走对了，和中央精神保持了一致。晋东南地委看到长治县的"手扶"有了点名堂，立刻就提出要在全区进行"手扶"大会战。于是，长子县柴油机厂、屯留县发电设备厂、沁县农机厂、晋城农机厂、高平变压器厂等也都加入到大会战中来。

当时地区有"两机大会战"的说法。一机是手扶拖拉机，另一机是缝纫机。缝纫机是由长治市缝纫机厂生产的，也是红极一时的产品。

1977年，省计划委员会主任贾冲之来长治视察"农业机械化"。他到"红光"看了"小四轮"，到"苏店"看了"手扶"。

"红光"是长治市红光车辆厂，"小四轮"是这个厂生产的红光牌小四轮拖拉机。这是个市营"国企"，在长治市天晚街的"六府塔"下。红光拖拉机在1968年已经有了成品。这年国庆节，红光小四轮上街参加国庆游行，本想露一回脸，谁知在南街新华书店门口停了一会儿，漏出的机油就流到五六十米开外的十字街了。

贾冲之主任看了"红光"很生气，看了"手扶"很高兴，当即拍板，以奖代补，给电器厂20万元。

1977年"七一"，"手扶"大会战成效显著，生产到了500台，提前完成了生产任务。电器厂开着100台手扶拖拉机，浩浩荡荡地去地委报了喜。这次报喜，开着的是100台"手扶"再也没有异议，也没有在半路上坏了再拖回去的。

杨天锁还在报喜时讲了话，很是风光露脸。然而，出乎他的意料是，仅仅过了一个多月，他竟被宣布"停止工作"了。

杨天锁的下台，是在1977年8月12日。他的"问题"主要有三条：一是有"小四人帮"的政治问题，二是有20万元的经济问题，三是盖了一排10户窑洞式的二层家属楼，以及胡乱生产10台"农用四轮"。

他想不明白，自己和谁是"小四人帮"？清理外欠的26万元账单怎么就成了自己的问题了？盖了一排家属房难道也是罪过吗？

电器厂有人回忆说，那个两层窑洞式的家属楼在当时就是被定性为"资产阶级老爷楼"。

哦，我们想明白了，在当时，地委家属院、县委家属院以及大型国企的家属院也只是些砖瓦平房，一个小小的电器厂竟敢把家属房盖成二层小楼，盖得比地委、县委的家属院还要排场，很多人看着就刺眼，被定性为"资产阶级老爷楼"是不足为奇的。唉，树大招风，就这一条，就能叫杨天锁吃不了兜着走。

杨天锁下台了，由张玉库代理厂长。1978年，"手扶"大会战下马了。

2012年11月24日，杨天锁（左）接受采访

不要误会，这与杨天锁下台没有关系。他不下台，"手扶"大会战也是要下马的。

梁吉祥回忆说，电器厂本来是个不错的厂，但经过这么一折腾，受到了大影响了，出现了走下坡路的态势。

杨天锁是在 1979 年底才被彻底"平反"的。后来，他从苏店镇副镇长的位置上离休了。2012 年 11 月 24 日、2013 年 3 月 3 日，我们先后两次采访了杨天锁。他是个大个子，81 岁了，不弯不曲，中气很足，说话很响亮。他对电器厂的过往记忆犹新，回忆起来很享受。他说："我就是想弄汽车，其他的，那就不叫个产品。"

这么多年了，生产汽车，一直是他的心结，他的梦想。

1978 年 12 月 18 日，党的十一届三中全会胜利召开。以此为标志，中国进入了改革开放的新时代。

中国的一切，都要随之发生地覆天翻的变化。

中国的变化，有的是我们想到的，更多的是我们始料不及的。

无论我们准备的怎样，变化是必需的。

在改革开放的春风里，"海棠"发芽了。

# 第2章 ❀ 起步

1978 年 12 月 18 日，党的十一届三中全会胜利召开。以此为标志，中国进入了一个改革开放的新时代。

新时代的显著特征，是党的工作重心转移，由阶级斗争为纲转移到以经济建设为中心，目标是要实现"四个现代化"。

改革，首先从农村开始，推行家庭联产承包责任制，以解决农民的吃饭问题。开放，是经济建设、现代化建设的必然选择。打开国门，让我们了解世界，让世界了解中国，为现代化的经济建设提速。

放眼世界，我们的生活现实与"现代化"有着巨大的落差。

日本电影《追捕》在长治上映时曾轰动一时，人们不仅看到了"真由美"秀发飘飘的时尚，而且还看到人家的沙发、电视、洗衣机。

我们当时家里有什么呢？我们还生活在"排队经济"、"票证经济"中，穿衣凭"布票"，吃饭凭"粮票"。在农村，"交通靠走，通讯靠吼，安全靠狗"；在城市，谁能有自行车、缝纫机、手表和收音机的"三转一响"，已经是很"土豪"的奢华了。

不比不知道，一比吓一跳。外面的世界很精彩，我们的生活很无奈。

落后，是存在的现实；落后，更能激起我们跨越的激情。于是，我们现代化的航船起航了。在这个大背景下，"海棠"生根发芽了。

## 揽来了"瓷器活儿"

"海棠"的生根发芽，最早源于晋东南地区二轻局的一个会议。

那是在 1978 年底的一天，地区二轻局在长治市第三招待所召开会议，研究落实山西省二轻厅部署的关于家用电器的生产任务。地区所辖各县的二轻局有关领导参加了会议。长治县参加会议的是县二轻局技术科副科长牛润明。

他瘦瘦的，个子不高，是长治县经坊村人，1939 年出生，1960 年长治一中毕业后，到长治市南郊的惠丰机械厂参加了工作。一年后他到大同工业机械学校学习，毕业后被分配到国家民政部工作。后来，他到了西安工作，再后来调到了长治市南郊的清华机械厂。1976 年，他又被调到长治县二轻局技术科工作。技术科两个人，没有科长，他就是技术科的掌门人，所以来参加了会议。

会议由地区二轻局技术科副科长李长安主持。他是湖北武汉人，1933 年出生于山城重庆，重庆中专毕业后，被分配到长治市南郊的淮海机械厂工作，然后才被调到地区二轻局的。

李长安在主持会议时开宗明义地说："二轻厅要大力发展家用电器，我来宣读一下这些家电产品的名录，然后你们考虑考虑，看看能承担哪个生产任务，报一下名，承担一个也行，承担几个也行。"

他宣读的家电产品名录中，有电冰箱、洗衣机等等。

他宣读完产品名录后说："这些家电产品都是时兴的产品，有广阔的发展前途，各家想想，要踊跃报名。"

会场上的人开始交头接耳。过了一会儿，李长安说："来，开始报名吧。看看谁家能完成哪个？"

他一说完，会场上顿时鸦雀无声了，谁也不吭声。李长安说："怎么了你们？平时都叫喊没个产品，现在产品来了，还都是好产品，怎么都哑巴了？"他接着又笑着说："再不抢，可就没有了啊。"

还是没人搭腔。二轻企业没个好产品是真的，人们也是开会就叫喊，但是，不是什么产品也敢要，总得能拿下才行啊。超出了能力范围，再好的产品也不是咱的啊。电冰箱、洗衣机，听着都稀罕，只可惜是没有金刚钻，不敢揽这个瓷器活儿啊。

会议的气氛有点冷，大家是你看我、我看你，就是不报名。又等了一会儿，李长安开始点名发问："长治县牛科长说说，你们对哪几个产品感兴趣啊？"

他之所以要点长治县的名，是因为他知道长治县二轻企业要比其他各县发展得快一些、强一些。

牛润明说："李科长，让其他县先说吧，我们再想想。"

李长安说："想了半天了，你就说吧。"

牛润明说："非要叫我说，我就说说。我觉得有4个产品可以在长治县试试。"

"噢？说说看嘛，哪4个？"李长安眼睛一亮，高兴地问。

牛润明说："我想啊，洗衣机、电冰箱、吸尘器、电热水器，这4个产品可以试一下。"

此话一出，会场上立刻又叽叽喳喳起来了。有人说，长治县家胃口不小，敢放卫星，一家伙弄了4个。

2013年3月28日，牛润明（左）接受采访

有人说，瞎吹哩，有这个本事？

牛润明的表态，是盘算过家底的。他自认为长治县有这个实力。

长治县自古就有发展工业的传统和底气。这里有丰富的煤铁资源，2000多年前，已经开始了煤炭的开采和铁矿的冶炼，书写了古代文明的传奇。400年前，明万历年间，长治县为泰山岱庙铸造了铁鼎，至今还安置在天祝殿内，创造了冶炼铸造史上的传奇。300年前，长治县荫城的铁器远销欧亚，打造了"万里荫城，日进斗金"的传奇。

历史的辉煌虽已远去，但为后人留下了创业的精神路标。长治县的二轻企业虽然不可能完全摆脱手工业企业的羁绊，但是，不论是门类、结构、规模，还是设备、技术、能力，比其他县都要高出一截。

牛润明到长治县二轻局工作后，对所属的 21 个企业做过较为全面的调查摸底，对各个企业的基本情况了然于胸。现在面对家用电器产品，他认为有 4 个企业比较适合研制 4 种家电产品：县电器厂的实力雄厚，能把砂轮机、手扶拖拉机搞出来，就可以上洗衣机；县冷冻机厂生产做冰棍的制冷机，搞电冰箱就是行内的事；县电炉厂是生产热处理电炉的，试制个电热水器不算离谱；县低压电器厂搞吸尘器，也不该有大的问题。基于这个认识，牛润明才"吃了豹子胆"，敢于表态要拿下4个家电产品。

李长安问："牛科长，这4个产品放到谁家合适啊？"

牛润明说："初步的想法是，洗衣机放到电器厂，电冰箱放到冷冻机厂，电炉厂上热水器，低压电器厂上吸尘器。"

李长安说："嗯，你说得比较切合实际，就这样定了。"

这天会议的成果就是有4个产品被长治县要走了。牛润明为长治县争取回4个家电产品，这就是洗衣机落户长治县最初的一个有决定意义的起始。

牛润明参加这次会议是有笔记的，可惜笔记本在日后的几次搬家中遗失了，使我们现在无法知道这次会议的准确日期。牛润明可以肯定的是，这是在1978年底，那天很平常，蓝蓝的天，暖暖的阳光。

新产品是要回来了，但长治县有这个"金刚钻"吗？

牛润明为长治县要回来4个家电产品，县二轻局局长崔仁昌肯定了他的胆识和做法，说："对哩，先弄回来再说，过了这个村就没有这个店了。这样吧，你去这4家跑跑，把产品给安排下去。"

新产品要落实到生产厂家，牛润明用了不小的劲儿。他到电器厂、冷冻机厂、电炉厂、低压电器厂去安排任务，反复说明，这既是个好产品，又是硬指标。经过一番软硬兼施，各厂才接受下来。

电器厂在接受洗衣机时很是勉强，推三阻四的。最后，还是崔仁昌局长亲自出面，这才定了下来。

电器厂接受了洗衣机的试制任务，厂里上上下下是一片质疑声。

有的说，咱"手扶"不行了就好好生产砂轮机，那是计划内产品，弄什么洗衣机哩？不是又要瞎折腾了吧？

有的说，洗衣机是个新产品，可是既没有样机，也没有技术资料，这怎么试制啊？

有的说，洗个衣服还要用机器哩？祖祖辈辈就是用手搓，这是想疯了吧。

电器厂是接受了洗衣机的试制任务，但没有什么动作。

过大年了，噼里啪啦的鞭炮声响成了一片。


## 先喘过一口气来

大年过后，电器厂对洗衣机的试制还是按兵不动。可是，省、地、县的二轻系统领导都对家电产品的研制追得很紧，几天一个电话，任务分下去了，怎么没有动静啊？

电器厂的领导说，不是不动，是不知该怎么动？没资料，没图纸，没样机，这就是老虎吃天——没法下爪子啊。

就在这时，1979 年 3 月 13 日，马健全来到电器厂，出任代厂长。

马健全，共和国的同龄人，1949 年出生，长治县荫城镇工农庄村人。他原来是长治县齿轮厂的副厂长，县齿轮厂也是"手扶"会战的配套厂家之一，负责提供"手扶"变速箱的齿轮。他来电器厂当代厂长，年方 30 岁，正是而立之年。

马健全出任代厂长，县里就要把杨天锁、张玉库等人从电器厂调走。马健全知道，杨天锁留不住，那是非要被调走不行，但他请求把张玉库留下来，哪怕留下一段时间也行。

县里同意了他的意见，留下了张玉库，调走了杨天锁。

马健全的到来，一定是为洗衣机的吗？

那倒未必。因为没有资料表明，上级派他来是冲着洗衣机的。但有一条是肯定的，是派他来搞好电器厂的。

他来电器厂上任前，长治县委书记郝永和单独与他谈了话，说组织上信任你们，要好好干，把滞销的产品卖出去，把厂子搞活了。

"你们"，是说与他一起被派来的李新松。李新松担任厂党支部书记，同时还兼任县二轻局副局长。当时的领导体制是"党委领导下的分工负责制"，党的领导是"一把手"，行政领导是"二把手"。在电器厂，李新松是"一把手"，马健全是"二把手"。后来，因为李新松身体的原因，又调来了申德友任党支部书记，马健全还是二把手。

不过，人们对"一把手""二把手"的认识，并不像领导排序那样较真，而常常是认为谁的能力强谁就是"一把手"。

看来，电器厂之所以走马换将，并不是因为有了新产品，而是因为厂子到了一个困难的时候，杨天锁下台了，"手扶"下马了，伤了不少的元气。

马健全来到电器厂，面临的也正是这样一个局面。院子里到处摆放着下马的"手扶"，砂轮机也出现了滞销，有的工人已经"放假"回家了。

我们不愿意去说什么"天降大任于斯人"之类的话，但困难确确实实是明摆着的。

马健全拿来 1978 年的报表一看，报表显示：年产值 375.15 万元，年利润 36.92 万元，待摊费用是 0。他知道这里一定是有了水分。果然没几天，1979 年一季度报表送来，待摊费用一栏里就填了 10 万元，"手扶"积压 85 万元。这一看就知道，1979 年应该是亏损才对。

后来，有人对这一时期电器厂的状况，有着与马健全不同的意见，认为电器厂当时还是不错的，并没有什么颓势。这些看法还刻意在媒体上表述过。

媒体的一些观点并不能当饭吃，而电器厂的 400 名职工却要张口吃饭，这让马健全感到了巨大的压力。他连着去跑地区的计委、经委，反映"手扶"会战遗留下的问题，要求尽快"削价处理"。

削价处理手扶拖拉机的红头文件

还好，上级部门终于有了允许"削价处理"手扶拖拉机的"红头文件"。马健全又带人去山东、下河南，推销"手扶"。

推销"手扶"，为什么要"去山东、下河南"呢？在本地推销不行吗？

这就有必要对电器厂生产"手扶"再说几句话。电器厂生产 "手扶"，没有什么方向性错误。农业现代化，必然要求农业机械化。这是定律，也被后来的实践和发展所证明了的。那么为什么又出现滞销的状况呢？

我们的农村改革才刚刚起步，"不打钟、不吹号，上工不用队长叫"。尽管家庭承包责任制激发了农民极大的生产积极性，但普通家户一时还没有能力来购买"手扶"。

农户没有购置能力，村集体有没有这个能力呢？也没有。一搞家庭承包，有不少的村集体就成了"一张桌子，一个戳子"的空壳村。即使有点实力的村，买了拖拉机也买不到油，因为油是按计划供应的，所以"手扶"在长治地区暂时吃不开。

然而，河南、山东就比山西活泛多了，所以也就成了"手扶"的买家。

"手扶"削价处理了，"死产品"变成了活命钱，电器厂又喘过一口气来。

砂轮机虽然"走得不快"，但还是要靠它出把力，因为它毕竟是计划内产品。

手扶拖拉机资料图片

电器厂不管是拼装农用车也好，还是"手扶"会战也好，始终没有放松砂轮机的生产。到了厂里困难的时候，砂轮机更是"吃饭产品"。厂里一方面紧抓砂轮机的产品质量，一方面上下协调，计划内、计划外多管齐下，尽快推销。1979年，砂轮机生产了5000多台，全年盈利50多万元。

小企业，很像路旁的水洼一样，一有雨就溢水，流得哪儿也是；日头一晒就干涸，崩得到处裂纹；不像大海那样，下雨也好暴晒也好都不动声色，怎么也看不出来。

不要看电器厂是长治县机械行业中最大的企业，但那也是个小企业，产品一滞销，立刻干瞪眼；一有钱进来，马上就滋润。甩掉"手扶"包袱，提高砂轮机生产，电器厂扭亏为盈，气色又好了许多。

马健全尽管不是冲着洗衣机来的，但洗衣机却在等着他。

县二轻局对洗衣机的试制追得很紧，不管谁来当厂长，这个任务必须拿下来，否则，怎么向省二轻厅交代？

箭在弦上，不得不发。电器厂走到了一个历史性的转折关头。

## 下江南寻找洗衣机

1979 年春，马健全到省二轻厅参加一个会议。会议上，省二轻厅五金处（后来的家电处）负责人胡火原强调，国家要布点一批生产家电的厂家，不用说，这很重要。长治县的四大产品要加快试制，特别是洗衣机，要争取列入国家的布点范围。

列入国家布点范围，就可能列入国家计划，这叫马健全对洗衣机这个产品有了全新的认识。电器厂"喘过来一口气"，他决心要把洗衣机搞上去，争取国家布点。

胡火原是晋东南地区沁源县人，自然会对长治的洗衣机多关照一些。他说，临汾二轻局的一个机械厂已经开始试制，长治县电器厂也要尽快拿出样机。

马健全表示，我们一定加紧研制，拿出样机向省厅汇报。

省二轻厅的会议一结束，马健全就赶到了北京，去探听国家布点的情况。他见到了轻工部家电处的一位领导叫游玉海，汇报了电器厂目前的情况，想争取到把洗衣机布点到电器厂。

游玉海是山西人，对山西来的老乡还比较客气，但他一听说电器厂原来是生产砂轮机的，连连摇头说，这恐怕不行，你们怎么能生产洗衣机啊？

马健全说："我们怎么就不能生产洗衣机了？不要说是我们，就是谁家也没有生产过啊。省二轻厅已经把任务交给了我们，我们就要试试。只要部里同意我们是布点的试点单位，我们不要部里一分钱也要完成任务。"

游玉海听到这里有些意外，怎么还有不要部里投资的厂家？

他见过一些厂家打着试制的幌子搞"钓鱼"工程，要点投资后就不了了之；而不要投资搞试制的，长治县电器厂还是第一家。

游玉海这才与马健全细说了全国洗衣机的情况。

我国的洗衣机正处在研制摸索阶段，有北京、上海、武汉、无锡等大城市的家电研究所正在研究试制，但还没有大批量生产的厂家。全国实行布点，就是要加快洗衣机研制生产的步伐，早日拿出产品，提高人民的生活质量。现在洗衣机是个空当期，谁家走在前面，谁家的发展空间就大。

马健全回到厂里，向申德友汇报后，决定加快洗衣机试制的力度和步伐，不管怎样，先搞出样机再说。

但是，洗衣机到底是个什么玩意儿？机器怎么洗衣服？厂里没人知道，连见也没见过。于是，厂里派副厂长梁吉祥、技术骨干李庆怀，到南方听说有洗衣机的地方去寻找和见识洗衣机。

梁吉祥和李庆怀上路了，那是 1979 年 7 月的一天，坐着又热又闷的火车。在太行山上，打开车窗还能吹到凉风，一下太行山进到中原大地，他们觉得就像进了蒸笼，身上的汗冒个不停。夜里，他们在郑州倒车，奔向无锡。

列车在广袤的大地上奔驰，车窗外黑黢黢的什么也看不清。梁吉祥和李庆怀坐在那里，热得谁也睡不着。

梁吉祥副厂长，我们前面已经有过交代。需要再说明的是，因为他的家庭成分是富农，使他形成了谨小慎微的做事风格。

什么是"家庭成分"？现在的年轻人恐怕不知道了。即使是听说过，但也很难理解家庭成分、特别是不好的家庭成分给人们的生活影响有多大。

改革开放前，不管你做什么工作，在个人信息中都必有"家庭成分"这一说。人们把这些具有不同"家庭成分"的人，作为划分不同阶级的一个重要标准。"地主"、"富农"是阶级斗争的敌人,是革命的对象;"贫农"、"下中农"是阶级斗争的依靠,是革命的动力。家庭子女也因此感觉不同,"地、富"家的子女只许老老实实,不许乱说乱动;"贫下中农"家的子女根正苗红,扬眉吐气。

梁吉祥的家庭成分是"富农"。他从小就得"夹着尾巴做人",生怕惹来祸端。多少年的低声下气,使他形成谨小慎微的做事风格。

这样的做事风格,在他日后成为"海棠"决策人的时候势必受到一定的影响。他永远不会是大刀阔斧、叱咤风云的那类人。

与梁吉祥一同"南下"的李庆怀,是根正苗红的"红五类",没有"家庭成分"的负担,但他也不是风风火火"革命"的那类人,只是想钻研技术。

李庆怀,1947 年出生,沁县人。

他父亲在晋东南地区工作,他出生在屯留县。他是在地区的"友谊小学"和"太行中学"上的学,在"太行中学"还是学生会主席。本来他应该是 1967 年高中毕业,因为遇上"文化大革命",所以推延了一年,1968 年才毕业离校。

他在学校时就想到工厂去搞技术,搞发明。很幸运,他被分配到了电器厂。

他骑着自行车去过一次苏店,看到电器厂的工人是系着油布围裙在干活,有的还箍着白毛巾。这让他很失望,电器厂不是他想象中的那种工厂。

他想让父亲帮他调一个好点儿的厂。他父亲的回答是:"分哪儿算哪儿。"

他没指望了,只好去电器厂报到上班。他进厂的第一个工种是锻工,后来又去当钳工,再后来又当了车工。他的车工师傅是张双明。

他是那种钻研技术又不想被管束太严的人。别人学徒,是师傅说什么就听什么,照着师傅的样子干就对了。他不是。他是师傅说了,自己还要看相关的技术书籍,非要在理论上弄懂弄通才行。比如车电机转子,师傅一次进刀 1 毫米。他通过研究,把刀具的角度磨好,一次进刀就 5 毫米。别人干一天能完成的定额,他是多半天就完成了;别人一个班干 8 个,他能干 30 个。定额一完,他就想回家自由活动。

班组领导对他钻研技术很喜欢，对他不按时上下班很头疼。

怀才和怀孕一样，时间一长人们就看出来了。两年以后，1971 年，他以钻研技术的优势，进了厂里的"革新小组"。

这个革新小组，是为了攻克生产中的技术难关而成立的。这很对李庆怀的"胃口"，既能钻研技术，又不用"卡"得太死。

在农用车制造过程中，发动机、曲轴等关键部件是买来的，而传动系统中的大小八字轮，却是由李庆怀进行测绘，并绘出图纸后进行加工的。在"手扶"大会战中，加工变速箱的多孔钻也是由他主持完成革新的。在多孔钻的革新中，老师傅关秋发也立下了汗马功劳。

"手扶"下马了，洗衣机要上马。李庆怀这时怎么也不会想到，自己以后也会是"海棠"绕不过去的重要人物。

一个是技术副厂长，一个是技术骨干，厂里派他们两人出来，显然是要把洗衣机的技术担子压在他们的肩上。这一点，两人心知肚明。这次要去见识洗衣机会是什么样的结果，两人心里谁都没有底。这恐怕也是他们在车上睡不着觉的原因之一。

天色放亮，他们困了，可是无锡也到了。

这次南方之行，应该说是长治洗衣机的一个关键点，其意义的重大不言自明。然而，梁吉祥和李庆怀两个当事人对此的回忆却不尽相同，使得这一行扑朔迷离起来。

第一站到的是无锡，这没有问题。无锡是江南名城，太湖水叫这里占尽了风光。但在无锡看到了什么？两人的记忆却大相径庭。

梁吉祥回忆，在无锡什么也没有看到。他先前只是听说无锡轻工研究所正在测绘洗衣机，这次来就是想看看测绘完成了没有，如果测绘完成，能不能要上一份图纸带回去。这也是第一站要到无锡的缘由。结果在无锡一问，人家还在测绘中，什么也没有，他们只好转道上海。

李庆怀的回忆不是这样，说是他在无锡第一次见到了洗衣机。在无锡轻工研究所的一个小展厅里，放着两台日本进口的洗衣机，是套桶式的。人家还给他演示了一下，把抹布扔进洗衣机里，一开电钮，自动注水，波轮是一会儿正转一会儿反转，转完了自动排水。

在演示的过程中，他下死眼把洗衣机的里里外外、上上下下看了个遍，知道了洗衣机的基本原理和大致结构。他还想细细看一看，人家不同意了。

离开无锡转道上海，这又是肯定的。

梁吉祥的舅舅在上海警备区当领导，他打了一个电话，他舅舅派人把他们接到警备区的延安路招待所安顿下来。李庆怀回忆说，吃的住的都很舒服。然而，在上海的所见，两人的说法又不一样了。

梁吉祥回忆说，上海二轻局的同志告诉他们，说吴淞有个机械厂正在试制洗衣机。他们跑到吴淞口，打听着找到了这个厂。他们向人家提出，想看看洗衣机，学习学习。厂里人说可以啊，于是领着他们进到一个房间，里面摆着两台洗衣机。

这是梁吉祥第一次见到洗衣机。他瞪大眼睛看着这两台洗衣机：外壳、面板、内桶、波轮、脚轮……他们只看了几分钟时间，厂里人说："这样好了吧？"梁吉祥说："我们想看看里边的结构是什么。"

"那不行。"厂里人一口回绝。梁吉祥脸上的笑容，立刻凝结成了一种无奈。

两人出了厂门，站住了。梁吉祥说："不行，咱还得回去瞧瞧。"两人就在厂门口站了一会儿，又返进厂里，还找见那个人，要求再看看洗衣机的结构。

"你们不是已经看过了吗？"那人一脸不高兴。

"就看了那么几眼，没看出个名堂，还想再看看。"梁吉祥说。

"嗳不行的啦。"那人二话不说，拒绝了他们的请求。

吴淞生产洗衣机的厂家，就是后来上海洗衣机四分厂。

李庆怀的回忆与此不同。

他回忆说，是到中山北路的一个厂去看洗衣机的。到了中山北路，他的感觉就和到了郊区一样。这也是个小厂，在一个大工房里，他看到两三台注塑机正在生产洗衣机的内桶。在他的概念里，长治即便是生产洗衣机也不会用塑料内桶，因为条件就不可能，所以并没有多看什么注塑机。

他在工房也没有看到有洗衣机的生产线，只看到在工房对面的墙根儿摆放着已经包装好的洗衣机，纸箱上表明这是"声宝"牌。他记得很清晰，"声宝"两个字还是繁体字的"聲寶"。

厂里人告诉他们，我们的产品只销往香港，不在内地销售。

中山北路生产洗衣机的厂家，就是江南洗衣机厂，也是上海洗衣机的二分厂。

在上海看洗衣机，两人回忆的地方都不一样，梁吉祥回忆的是在四分厂，而李庆怀回忆的是在二分厂。

李庆怀还回忆说："我俩在上海去看了一场电影，是在离'一大'旧址不远的小剧场里，演的是越剧《碧玉簪》。越剧好听，委婉轻柔，就是听不懂，只好看字幕。老梁还说，第一回听这，唱得不错。"

梁吉祥对看电影的事却无多少记忆。当我们采访梁吉祥提及这件事时，他只是笑了笑。我们看得出，这是一种不置可否的笑。

接下来，从上海去的武汉，这又是肯定的。

在上海，他们给厂长马健全打了个长途电话，说想去武汉看看。

"行，要去哪儿看，你们去就对了。"马健全一口答应。

他们到了武汉，找到武汉二轻局。这里确实有样机，他们掀开盖子刚刚看了几眼，人家就说："就这吧。"他们两人一脸尴尬。

再想看看是不可能了，于是梁吉祥问人家："你们有什么洗衣机的资料没有？"

"有啊。"那人说着递给他们一本杂志，说："这本杂志上面有些介绍洗衣机的东西。"这是本技术类的杂志，里面有文章专门介绍国外洗衣机的机型和相关的技术参数。啊，这也是宝贝啊。有了技术参数，就有了设计的依据和方向。梁吉祥说："卖我们一本吧？"

"送给你们吧。"那人这回比他们要看样机痛快多了。

我们在采访李庆怀时，曾问起过关于在武汉这本杂志的事。他回答说，我不记得有这回事。

两人对南方一行的回忆尽管有许多不同，但有一个共同点是毋庸置疑的，那就是他们这一行的确是第一次见到了洗衣机。

尽管他们对洗衣机还没有看够，也没有看透，但基本原理是看懂了。洗衣机所以能洗衣服，就是把衣服放在内桶里，内桶里放上水，水下有个波轮，波轮由底座上的小电机带动，可以正转和反转，波轮带动着桶内的水流发生着变化，水流的变化冲击就洗净了衣服。一个内桶的洗衣机叫"单桶"，两个内桶的叫"双桶"。也有人称之为"单缸"、"双缸"的。

洗衣机的外壳、内桶、面板、波轮的几何尺寸，他们是一眼就看得八九不离十。看完后，李庆怀还及时在烟盒上画了几个草图，以便记忆。至于波轮、电机的转速，以及整机的技术性能要求，在那本杂志的资料上都有介绍。

看了这么一圈儿，他们能设计洗衣机了吗？应该说两人心里都有了谱，不再是"老虎吃天"了，于是打道回府。

或许应该感谢那两位拒绝梁吉祥和李庆怀"再看看"的精明人，是他们的拒绝更加激发了"海棠"人们把难堪化作赶超的动力。

洗衣机，在电器厂真正开始试制了。

## "一代机"诞生在舞台上

梁吉祥和李庆怀回到厂里，汇报了"南下"的情况。厂领导还很满意，不管怎么说，总是见到实物了，而且还有了相关的技术资料，也算不虚此行吧。

有了"南下"的成果，厂里很快以"革新小组"为试制小组，正式开始试制。

县二轻局对洗衣机的试制非常重视，牛润明就蹲点在电器厂。当初，崔仁昌来电器厂落实安排洗衣机时，就对马健全说过，项目放下了，人也放下了。从那时起，牛润明就一直在电器厂蹲点。他就见过李庆怀在烟盒纸上画的草图。

试制洗衣机的图纸，尽管不再是烟盒上画的草图，但也是只能叫个草图，因为还没有设计定型，所出的图纸也不是蓝图。外壳、内桶、面板等还只能是用手工来敲打。内桶用铝板，外壳和面板用薄板。

厂里没有薄板，也没有铝板，马健全跑到地区二轻局反映困难，说厂里没材料，怎么试制洗衣机啊？

地区领导写信给太原钢铁厂党委书记求助。太钢的党委书记曾经在长治市当过市委书记，很支持长治的发展，这才搞回来薄板。铝板是找到副省长点头后，才从省物资公司调拨回来的。

有了材料，就可以下米做饭了。人们回忆说，手工敲打洗衣机，是在南工房东头的舞台上。

工房里有舞台？这叫外人不好理解。

南工房是个大工房，后来做了库房，厂里要开大会什么的，就在这里进行，所以有个主席台。"文化大革命"时，厂里宣传队经常在这里排练、演出，所以厂里人叫这里为舞台。为了不影响厂里砂轮机的正常生产，试制洗衣机就在舞台上了。

敲打洗衣机外壳的，是关秋发。他是长治县西池乡河头村人，1923年农历九月十三出生。他从小家里贫寒，是在宋村的小姨家长到 20 岁的，并且在壶关县第二高级小学校念书毕业。1943 年老区要土改了，他才回到老家，分上了房子分上了地。1947 年，他随军南下，在河南干了两年，又回村当了民校的义务教员。新中国成立初期的"一化三改造"时，他因为有写写画画的手艺，就加入了河头手工业社。后来，河头手工业社合并到西故县木业社，8 年后，西故县木业社合并到苏店铁木业社。再后来，苏店铁木业社与苏店电器厂合并，成立了长治县电器厂。

历经辗转，关秋发成了个能人。他在木业社革新成功了电动刨子，可一不小心，电刨把他的手指切掉了一个。"手扶"会战，他参与了多孔钻的技术革新。1977 年，他想退休，因为儿子从部队复员回来没有工作，想让儿子接班。

杨天锁不行，说："你儿子可以来接班，但你不能退。"

就这样，他的儿子关明德到电器厂上了班，而他还在"革新小组"。现在，要上洗衣机了，他又在舞台上手工敲打洗衣机的外壳。

这里要说明的是，敲打外壳的不只是关秋发师傅一个人，还有王根富、张迷锁、韩文胜等人。韩文胜是关秋发的徒弟，而且是这个组的组长。

韩文胜，1953 年出生，苏店村人。1970 年到电器厂上班，他就跟着关秋发师傅做砂轮机的护罩。他回忆说："（19）79 年上洗衣机，在南工房舞台上，关师傅搞外壳，我算是个组长，按梁吉祥的草图搞。"

敲打洗衣机内桶的，是吴顶柱。他是苏店村人，1948 年 12 月出生，在苏店村担任过团支部书记、大队党支部副书记、民兵教导员，1970 年去了长治县南董水泥厂，1978 年调到电器厂当钣金工，做砂轮机护罩。他回忆说："第一台洗衣机的内桶，是我经手工敲出来的，那还是铝的。当时没有模具，就用木锤、錾子敲打。别人也能上手，我不放心，一直是自己干。"

最初的洗衣机内桶并不是一个整体，是把敲出的"桶帮"和敲出的"桶底"

焊接在一起的。

敲打盖板、面板的，是马东生。他1947年10月出生，是县篮球队的主力队员。1971年他到了电器厂，一开始学钳工，后来又学车工，师傅是张双明。上洗衣机时，他来到钣金车间，敲打洗衣机的盖板、面板。他回忆说："敲盖板的那是我。我有个大工具箱，里面什么都有。盖板、面板都是铁皮做的，那时候是补安管下料。"

他说的"补安"叫李补安，日后也是洗衣机厂的关键人物之一。

洗衣机的波轮是铝铸的，安在桶底上，波轮杆穿出内桶，通过皮带轮来连接底座上的小电机。

洗衣机上需要机加工的一些零件，如皮带轮什么的，由张双明负责机加工。他是苏店镇南董村人，1933年出生，是和杨天锁等9个人一起来到电器厂的。他家境贫寒，连小学也没念完，但天资聪慧，车、镗、磨、铣、刨，几乎所有的机加工设备都干过。李庆怀、马东生等人学车工的师傅就都是张双明。

由于洗衣机的整体空间有限，小电机的位置在哪里更合适，这让梁吉祥鼓捣了很长的时间。再有就是波轮杆与内桶之间的密封问题，这让李庆怀颇费脑筋。因为没有密封圈，他只好找来一块橡胶，打了一个小眼，紧紧套住波轮杆，装了上去。小电机的转动应该是有时限的，当时也不知道什么定时器，李庆怀根据钟表摆动的原理，搞了那么一个制动小电机的装置。

就这样，第一台洗衣机敲敲打打、拼拼凑凑地诞生了。这是在1979年9月的一天。第一台洗衣机装配起来一看，与梁吉祥和李庆怀所见到的洗衣机相去甚远。再一做试验，整机在晃动，皮带轮上的皮带也脱落了，不该漏水的地方也漏水了。关秋发师傅笑着说："呵呵，咱这洗衣机'圪摇哩'。"

于是，他们经过调整，重做了一台。这一台，虽然不可能解决存在的全部问题，但看上去像个洗衣机了，厂里就派李庆怀急忙带着这台样机去省二轻厅汇报。

接受汇报的是省二轻厅的家电处。胡火原处长一看是长治的洗衣机来了，很高兴，立刻安排展示。电源接通后，这洗衣机"劲儿很大"，把沙发垫放进去照样旋转。

李庆怀给大家介绍情况时，双手一直扶着洗衣机。后来，他对我们说，那不是"扶着"，是使劲儿摁住，不让洗衣机乱晃。

大家看了以后，对长治的洗衣机印象还不错，因为"劲儿大"。相比较，临汾家试制的样机"劲儿小"。但李庆怀对临汾的洗衣机很是佩服，一条毛巾在水流里上下翻飞，还真是那么回事。

胡火原对长治的样机提出了很多意见，要求进一步改进。

意见好提，改进很难。因为在整体结构、零部件功能上，不可能在短时间内有突破性的进步，只能是拿油封替代橡胶，解决漏水问题，整体手工做得更精致一些罢了。所以，第二次送样机到省厅，还是不能过关，又让胡火原"说了一顿"，而且说得厂领导有些下不了台。

电器厂最早试制的洗衣机样机，左图为整机外形，右图为内桶

第三次再送的样机就更加精致了，无论是焊接工艺还是表面处理，无论是零件加工还是总装成型,似乎比先前上了一个档次。这一次是梁吉祥去送样机的。他把样机推进去，家电处就有人说："啊，看着还可以啊。"

胡火原说："插上电试试。"他还招呼其他人："都来看看长治的洗衣机。"

样机一转，感觉还行。胡火原这才表态："按这个再弄几台。"

厂里按100台作了安排。外壳和内桶都需要焊接，但外壳的薄板太薄，内桶的铝板熔点太低，焊枪一烧一个窟窿，焊接工艺不能过关。好在牛润明在清华机械厂待过，于是通过他请来清华机械厂的焊工师傅帮忙。厂里韩文胜带着人边学边练，也很快就成了熟练工。

100台洗衣机完成时，已经快到1979年的年底了。这时，国家轻工部在天津塘沽召开了一个家用电器会议，推动家电的生产。在会议上，营口的"友谊"、北京的"白菊"、大连的"波浪"、上海的"水仙"等洗衣机已经拿出了手。

还好，这时长治县的四大家电产品也都先后拿出了样机、样品。省二轻厅专门在长治县开了一个会，视察和观摩了洗衣机、电冰箱、吸尘器、电热水器的样机、样品，并且要求要尽快投入生产。

这个会议带有产品鉴定的意思。开完会，牛润明长长地出了一口气，自己说的话总算没有放了空炮。

这时候，张玉库被调到县农机修配厂担任书记、厂长了。1997年，他从县农机公司书记的职位上退休。

2012年11月25日，我们去采访了张玉库。他的左胳膊在2004年做手术被截肢了。他说："听说你们要来采访我，我一夜没睡着，想来想去，也没甚说的。唉，我是一辈子'垒圪台'，46年工龄，只给我算44年。"

我们听懂了，地方话的"垒圪台"就是创业的意思。他的老伴张月英说："他垒了一辈子'圪台'，现在的手术费还没给报销哩。"

2012 年
11 月 25 日，
张玉库（右）
接受采访

张玉库拦住老伴的话头说："说这干甚哩？不说了，说起来还伤心哩。"

张玉库在电器厂"垒圪台"，尽心了，尽职了，功不可没。我们告辞时说："不要嫌麻烦，以后有什么问题了还会来找您。"

"不麻烦，有什么了来就对了，我也没事儿。"张玉库把我们送到门口，说："以后可来啊。"

张玉库调离电器厂的时候，洗衣机生产了 100 台。这就标志着电器厂开始转型了，"海棠"即将破茧而出。

# 第3章 🌸 基础

1979 年，电器厂开始试制洗衣机，并且生产了 100 台。

马健全回忆说："就这 100 台洗衣机，也是加班加点，一个多月不回家才干出来的啊。"生产出了这 100 台洗衣机，标志着电器厂进入了产品的转型期。

1980 年 3 月，长治县电器厂正式更名为"山西长治洗衣机厂"。

请注意，这次更名，不是叫"长治县"洗衣机厂，而去掉了"县"字，加上了"山西长治"。

这样做，显然是要使得厂名更大气一些，因为人们已经意识到产品进入市场的必然性和重要性。

一个地域的名称对于产品在市场上的表现就那么重要吗？是的，至少在第一印象上是如此。以后，长治洗衣机在开始进入市场的时候会经常遇到这个问题，顾客一听说是长治产的洗衣机，立刻就不屑一顾；一看是上海产的洗衣机，马上就情有独钟。究其原因，是长治这个地方在全国的知名度很低。再过十几年后，长治的知名度提高了，那是因为长治洗衣机在走俏全国，"海棠"成了长治的一张名片。

无论以后怎么风光，但在1980年，在为洗衣机厂起名的时候，还是规避一下"县"字为好。

长治县电器厂更名为山西长治洗衣机厂的同时，1980年3月，申德友被任命为厂党支部书记，马健全被任命为厂长。

## 春风里"海棠"得芳名

马健全是长治洗衣机厂第一任厂长。

他是共和国的同龄人，经历了共和国成长中所有的苦难。上小学时是"大炼钢铁"、"大跃进"，上初中时是"三年自然灾害"、"瓜菜代"吃不饱，上高中时又是"文化大革命"，大学不能考，回家接受"再教育"。

在村里，副会计、优种科技员、拖拉机手，他什么也干了，而且还入了党。1970年他到县机床厂当工人，干的是钳工。他在刮研床面时挤了手指头，指头的肉被切了下来。他没有休息，咬着牙继续上班。他在机床厂从工人干到工段长、车间主任、生产科长。机床厂分立出齿轮厂时，他到齿轮厂当了副厂长。再后来他来到电器厂，电器厂更名为洗衣机厂时，他就是洗衣机厂的厂长。这年他31岁。

有了100台洗衣机，又有了洗衣机厂，洗衣机是不是该有个商标呢？马健全认为该给"孩儿"起个名字了。不管洗衣机是怎样敲敲打打地难产，也不管洗衣机生得俊与丑，是应该有个商标的。他想到了一个商标名："浪花"。

浪花牌洗衣机的商标

　　他认为，"浪花"很适合作洗衣机的商标名。洗衣机洗衣物的时候必然是浪花翻卷，再则，《浪花里飞出欢乐的歌》，是 1980 年《哈尔滨之夏》纪录片的主题歌，很是火爆，还被编成舞曲在社会上广泛流传。恰巧，演唱这首歌的又是从长治走出去的男高音歌手，更叫长治人有了一种亲切感。老乡情结加上时尚流行，马健全说，咱的洗衣机就叫"浪花"，也是要飞出欢乐的歌来。

　　"浪花"的商标图案由厂里的赵成旺来设计。赵成旺就是记得电器厂成立日子的那个人。这时，他已经由工人成长为检验组的组长。他爱好美术，厂里宣传上的写写画画离不开他，由他来设计商标，是顺理成章的事。他把"浪花"的图案画好后，还拿有机玻璃刻了来，看看立体的效果。

　　有了图案和资料，马健全到国家商标局为长治洗衣机注册了"浪花"商标。

　　当时，国家商标局没有提出异议，同意注册。从此，长治洗衣机就有了"浪花"的大名，那 100 台洗衣机就都叫"浪花"。

　　没有想到的是，"浪花"很短命，在市场上还没有怎么叫开就必须停用了。1980 年底，国家商标局通知长治洗衣机厂变更商标，因为这个商标已经被其他厂家注册了。

　　1981 年春节过后，马健全与杜中杰赶紧到了国家商标局，这才知道注册"浪花"商标的厂家有 4 个，上海的一个厂家注册得最早，所以他们必须更换商标名。在当时，计算机网络还不普及，核查商标名不像现在这样简单，所以误了些时日。

　　更换商标，叫什么好呢？一天，马健全到太原开会，利用晚上的时间组织开会研究商标的问题。会议开在太原五一路的一个小旅馆里，参会的人有马健全、王业武、杜中杰、马东生等几个人。

　　马东生记得很清楚，这个小旅馆的楼下有个包子铺，包子铺的包子很好吃。会议上，杜中杰拿出了一个他从国家商标局抄回来的全国洗衣机商标名录，长治洗衣机再起名时不能与这个名录上的重了。会议开了一个晚上，大家讨论得很热闹，最后想出两个商标的名称来，一个是"海棠"，一个是"孔雀"。

　　回到厂里后，马健全又让赵成旺来设计"海棠"和"孔雀"两个商标图案，看看哪个好。

　　赵成旺赶紧去查阅资料，设计出来两个商标。"海棠"是以海棠花为主体，偏于写实。"孔雀"是以孔雀站立姿态为主体，偏于抽象。

　　厂领导开会研究，决定用"海棠"为商标。

　　这个决定有个理由吗？有啊，周总理住的西花厅院里就有海棠。

赵成旺设计的"海棠"商标手绘原稿

商标注册的图案、文字等资料准备齐全后，由杜中杰具体去跑国家商标局。

杜中杰，1943年出生，长治县贾掌镇沙河村人。他1960年至1970年一直在南董农中校办工厂工作，当过事务长、会计。1967年，杨天锁等人离开后，还当了一段时间负责人。

杨天锁到了电器厂后，多次要把杜中杰挖到电器厂。1971年元旦，杜中杰到电器厂上了班。他先在车间当了3个月搬运工，每天拉砂轮机，然后到了厂里供销科当科员。

杜中杰回忆说，当时厂里管理很混乱，库房连个账也没有。从南厂区搬到北厂区时，他才借这个机会把材料、工具、标准件分别整理，层层摆放，建立了台账，使库房管理规范起来。

厂里生产砂轮机时，他和贾富田专门负责到省机电公司进材料。他还从省里跑回一辆上海出的半吨三轮车来。杜中杰对我们说："我就是个跑外的，当了副厂长后，也还是跑外。'海棠'注册商标，就是我在北京跑的。"

梁吉祥也对我们说："老杜，哈哈，就是厂里的'外交部长'。"

杜中杰在北京住在大栅栏的山西办事处，隔几天就去商标局跑跑看。他说，住在办事处有个好处，便宜，2元钱一天；还有饭，不用出去买饭吃；还能打长途电话。

1981年6月16日，国家商标局为"海棠"牌洗衣机签发了"商标核准通知书"。从此，"海棠"问世了。


### 另辟蹊径，小批量生产

长治洗衣机换商标了，由"浪花"叫成了"海棠"。给"孩儿"起名是一回事，

"孩儿"要长大是另一回事。

1979年，长治的洗衣机试制生产了100台，省二轻厅要求要尽快投入批量生产。

要投入批量生产，洗衣机厂还有很多问题急需解决，最重要的是设计定型和增加工装设备，提升生产能力。

"设计定型"还是问题吗？梁吉祥、李庆怀不是已经设计出了洗衣机，而且得到了省二轻厅的认可了吗？

不错，洗衣机厂的确是凭着自己的设计，硬是闯过了送检样机这一关。这是争取省二轻厅把洗衣机生产厂家布点在长治所必需的。但是，要投入批量生产，还必须进一步解决设计问题，尽量缩小与先进水平的差距。

关于长治洗衣机的设计，省二轻厅家电处的领导一直存在有看法，认为长治的没有临汾的好。李庆怀清晰地记得，省二轻厅的胡火原多次对他说过，临汾家的比你们的好，临汾家是按照北京"白兰"洗衣机的样子搞的，你们要一直搞不好，这个布点怕是保不住。

省二轻厅还在临汾召开了会议，表扬了临汾家，批评了长治家，要求洗衣机都按照临汾家的做。李庆怀出席了这次会议，会后从临汾的厂家要了一套图纸，回来按照临汾的图纸试制过一段时间。

但是，长治洗衣机厂很不甘心，不愿意照着临汾家的做。他们想，一直跟着临汾家的屁股后面跑，肯定是弄不成名堂的，要在山西站住脚，那就一定要超过临汾家的才行。

谁家的机型比临汾家的更好呢？长治洗衣机厂决心打开视野，货比三家，另辟蹊径。

1980年初春，马健全、崔仁昌、李长安、牛润明、李庆怀等人一起外出，去看洗衣机，要找到比临汾家更好的机型。他们先是到了北京，然后去了大连，再坐船到了上海，从上海去了杭州。

从梁吉祥、李庆怀 1979 年 7 月第一次南下寻找洗衣机到这次南下，只隔了半年多的时间，但是，洗衣机的表现却有了很大的不同。梁、李第一次南下，想见洗衣机的面都很难，而这次南下，市场上已经有了洗衣机。我们不知道他们是否感到了这个变化，但我们还是要说，改革开放催生家用电器的发展速度是惊人的。这在以后还要对长治洗衣机厂形成更大的压力。

这一行人离开长治时，太行山上还是白雪皑皑，冰天雪地；一到江南，那已是"春风又绿江南岸"的好时节，白兰绽放，杨柳轻摇。

他们无意于盛开的白兰、摇曳的翠柳，只是聚精会神地考察市场上的洗衣机。他们最后选定了上海生产的"水仙"牌洗衣机，买了一台，带回来做进一步设计的参照。

上海的产品，大家认定是前沿的，产品质量也是最好的。

有了"水仙"，就不用再把手愣在空中，也不用再"摸着石头过河"了，而是拆开来仔细地观察和揣摩。

这时，要说长治洗衣机厂可以完全照着"水仙"来做，一举就能超过了临汾家，那是不现实的，因为厂里的技术能力、加工能力都还达不到这个水平。比如，"水仙"内桶是整体的，而长治的还只能是焊接；"水仙"的顶盖是塑料的，而长治的还只能是铁皮的。但是，有了"水仙"作参照，对原来洗衣机的改造，那一定是大有裨益的，至少是尽自己最大的努力，向着这个目标在前进着，能改的就改，能换的就换，为日后新型洗衣机的制造奠定了坚实的基础。

有了"水仙"作参照，长治洗衣机在设计的问题上已经进了一大步，也得到了省二轻厅的肯定。

与此同时，生产设备的逐步配套，生产能力的逐步提升，也是个大问题。试制那么几台，我们可以在舞台上用手工来敲敲打打，但要批量生产，靠敲敲打打显然是不行的，必须要在生产设备、模具工装、技术工艺、生产流程、零部件配套等方面，形成批量生产的能力才行。

100台"浪花"洗衣机生产后，长治洗衣机被省里列入计划，并且从省计委要回147万元技改资金。技改资金到位后，全部用于提升批量生产能力上，购置了剪板机、拉弯机、折边机、压力机等必要的生产设备，外加工了多套模具，新上了红外线烤漆线。

李长安专门到上海和大连参观，参照外地的先进技术，设计了红外线烤漆线。

同时，他们发动工人进行技术革新，提高工作效率。韩文胜就记得他们自己制造了一台小折边机，既提高了效率，又保证了质量。

这时，一些外地厂家也找上门来，要求协作配套。洗衣机用的微型电机、电容器、定时器等部件也都相继有了着落。这些都为形成批量生产能力奠定了基础。

1980年，长治洗衣机厂生产了2028台洗衣机，也算是有了一定的批量。这一年，李庆怀被提拔为副厂长。

1981年5月，全国日用机电工作会议在北京京西宾馆召开。马健全借会议的机会找到了轻工部的杨波部长，汇报了长治洗衣机厂的情况。在会议上确定洗衣机重点厂家预选点时，全国定了30多家，山西省是3家，3家中有长治洗衣机厂。

轻工部家电检测所要求检测长治洗衣机，长治洗衣机厂选了3台到北京送检。厂里去北京送检的人是牛连旺。

牛连旺，晋城市人，1948年12月出生。他在初中时学习成绩很好，一心想去太原读高中，进而考大学。可惜他父母不愿让他远去，他只好报考了长治二中。全班40个学生，有5个考上了高中，他就是这五人之一。他在长治二中上了一年多学，"文化大革命"开始了，上大学的"进身梯"也没有了，1968年

钣金车间作业中

被分配到了电器厂。他的师傅就是关秋发、张双明。后来他进了"革新小组"，再后来去了检验科当科长，去北京送检，正是他在检验科的事。

当时，轻工部对洗衣机的检测重点是洗净度、磨损度、绝缘度等几项指标。他在北京待了半个多月，得到的检测结果是，这几项指标全部合格。

他回忆说，当时洗衣机在全国才起步，检测的项目也比较简单。

1981 年 7 月，马健全参加山西省日用机电产品会议，会上确定"海棠"洗衣机为山西家电的"拳头产品"，争取冲出娘子关。

## 初现市场，强攻和智取

"海棠"争取冲出娘子关，是个形象的说法，意思是说要走出山西省，走向全国的市场。

那么，市场的情形又是怎样的呢？

这时的市场空白很大，几乎所有的生活用品都是卖方市场。这是因为我们的生活还没有摆脱短缺经济状态，依然是"票证经济"、"排队经济"。但随着改革开放的启动，市场已经开始活泛起来，人们已经可以从市场中获得"计划"所不能满足的部分生活用品了。

假如我们对当时人们的需求排一下队，那么，排在第一位的显然是"吃饭"问题。民以食为天，人们首先是盘算如何才能"吃饱、吃好"。改革从农村开始，就是要解决农民的吃饭问题。这时城市的粮食供应出现了"议价"粮，有钱就能多买粮食，突破了"粮食供应本"的限制。农副产品的小商小贩也流动于街头巷尾，叫卖声此起彼伏。人们欢呼改革开放，是因为在市场的活泛中得到了实惠。

追逐现代生活的需求是排在第二位的。"吃饭问题"基本解决后，人们才会去享受生活。当然，这其中也有档次差别的。低档次的是打家具做沙发，高档次的是买家电。在家电的购买中，电视机是首选。电视机改变了人们的生活，哪怕是黑白的小电视，也使得生活丰富多彩起来。有了电视机，人们才考虑购买洗衣机、电冰箱。

假如这个排队还算不错的话，那么洗衣机要面对的，是有待发育的市场。这就要求洗衣机必须做到功能新、品质好、价格低，以其来吸引消费者的眼球。

长治洗衣机厂有了2000多台的产量，就开始进入市场，接受市场风雨的考验了。

长治的洗衣机是在什么时候现身市场的呢？

洗衣机厂销售科科长马天河回忆说："有了浪花牌洗衣机，就有三支队伍在推销，一支在长治，一支在晋城，一支在太原。"

马天河是长治县西故县村人，1942年11月出生，1961年参军，1968年复员，分配到电器厂工作，担任销售科科长是1982年的事。

如果说，马天河在时间点上说的还是比较模糊的话，那么，在杜亮的记忆中，时间就准确得多了。杜亮回忆说，他是1980年5月到太原搞销售服务的。他所以记准了这个时间点，是因为这年元月4日他的老父亲去世了。

杜亮，1955年11月出生，苏店村人，1970年12月来电器厂参加工作，干过模具钳工，开过车床，洗衣机试制时搞控制盒的装配，1980年5月去了太原搞销售。

我们由此可以推断，在1980年就有专人在推销洗衣机了。

马天河回忆说，最早推销洗衣机的时候，推销的重点对象是大企业。因为这些企业的工资标准偏高，职工们有一定的购买潜力。

马天河当时是在晋城负责推销洗衣机，主要是蹲在凤凰山煤矿，进而开发其他煤矿的市场。

在长治推销洗衣机的负责人是苏长生，重点是在长治钢铁厂、太行锯条厂、淮海机械厂、惠丰机械厂、清华机械厂等。

"长钢"是长治最早的钢铁企业，也是长治钢铁产业的龙头。"太锯"是二轻企业的老大，而且是从天津搬迁而来，人们的生活不同于本地人，时尚而新潮。"南三厂"雄踞长治市南郊，彼此相邻，形成了一个赫赫有名的大型企业集群。

应该说，长治、晋城合起来都叫"本地市场"，因为两地都是在晋东南地区。

晋东南地区，古时统称"上党"。秦始皇一统天下，在长治设立的郡府就叫"上党郡"，是全国 36 郡之一。那时，晋城就隶属于上党郡。"上党"叫成"长治"，是在明嘉靖八年，上党郡改为潞安府，上党县改为长治县。这也是长治县的由来。抗战时期，晋东南就叫"长治区"。由于地理和古老的原因，"上党"一说还时常被使用，比如说"上党战役"等。

说这些是想表明一个意思，那就是长治的洗衣机在长治和晋城开发市场，就是在家门口做生意，是一个自然表现，总觉得这似乎还算不得是走向了市场。要说走向市场，至少应该从打开太原的市场说起，因为这毕竟是在外地。

洗衣机开辟太原市场，意义就不同于在长治和晋城了。太原是省城，其市场的冷暖有着重要的引领意义。

杜亮是在 1980 年 5 月去太原的。他是最早去太原的人吗？还不是。去太原开辟市场的负责人是马东生。

马东生最早去太原，不是因为洗衣机，而是要去看住电器厂在"南宫"的那一摊摊。

"南宫"是人们对太原南文化宫的简称。改革开放初，在"南宫"的东南角建起了一个生产资料市场，是简易房的那种。长治县的低压电器厂、焊条厂、开关厂、空压机厂和电器厂等 5 个厂家在市场里租了 5 间门市出售各自的产品，电器厂卖的是砂轮机。

长治县的 5 个厂家都没有人在"南宫"驻守。马健全对马东生说："得去太原住个人哩，你愿不愿意去？"

马东生回答："叫去，去就行了。"

第二天，马东生就去了太原。他是和杜中杰一起去的，坐着一辆"解放车"，还拉着砂轮机。当时的路很难走，都是土路，坑坑洼洼，走了两天才到了太原"南宫"。

到了太原，马东生买上被褥就住在"南宫"的门市上，住在门市上的还有焊条厂的一个老汉。

有了"南宫"这个"滩头堡"，洗衣机要进军太原就有了立足之地。"浪花"洗衣机首先摆上了"南宫"，后来也摆到了山西省二轻商场、太原市二轻商场、山西省五交化公司门市部。洗衣机是"二轻"厂家生成的产品，进入二轻商场是顺理成章的事。"浪花"在太原现身，是要销售，更主要的是在展示。

有没有人来打听这洗衣机？有。但询问的人大多数是好奇，而还不是要购买。因为那时候购置洗衣机还不是家庭的首选。当洗衣机生产形成一定批量的时候，就不能只是展示，而是需要打开市场了。显然，仅这么靠"坐商"和"守株待兔"是不行的，必须要"行商"和主动出击，才能引导市场，打开新局面。

出击的目标，选择在大型企业，当然还有太原的知名商场。

马东生记得，他和马健全、牛连旺就去西山矿务局推销过洗衣机。用三轮车拉上洗衣机，在矿务局门口进行现场表演，把脏工作衣扔进洗衣机里，几分钟就洗完了，又快又干净，省时又省力。

马天河回忆说，他还在太原钢铁厂的门口也现场表演过，让人们看看用洗衣机洗衣服洗得净不净。那是在工人下班的时候进行表演，人们都还围着看。

当时除了现场表演，还有一招，就是找企业的工会合作，希望能公款购买，用于职工发福利和奖品；如职工购买，还可以通过工会实行分期付款。

现场表演，是要提高人们对洗衣机的认知度，让人们知道什么是洗衣机，以及使用洗衣机的好处。"浪花"在现场表演中很出彩，劲儿大，洗得净。与工会联手，是要增加人们的信任度，不怕上当受骗。再加上可以分期付款，又减轻了购买者的心理负担，产生了相当的诱惑力。这一套组合拳打出去还是颇有成效的，有人通过工会开始分期付款了。

进军大型企业可以"强攻"，那就是拉着洗衣机就来门口现场表演，几番表演后，也许就能拿下一块市场。但要进军太原的知名商场，却不能如此办理，而是需要"智取"。

太原当年的知名商场莫过于"五一百货大楼"了。马健全领着马东生去见了大楼的负责宣传的副主任。这位副主任在犹豫，说我们百货大楼从来没有摆过家电产品。

当天晚上，马东生带着一台"浪花"找到这位副主任的家里，说你先用用，觉得好了再给咱摆，不好了拉倒。

没几天，"浪花"摆进了五一百货大楼。还有"解放百货大楼"也摆上了"浪花"，那是杜中杰的功课。

就这样，太原的市场打开了局面。马健全厂长每个星期都要来太原一次，一开始还住宾馆，后来就和马东生一起住在"南宫"。马东生说，太原的市场以后肯定要活络起来，没有个账目和会计不行。马健全说，给你从厂里调个来。

很快，一个叫李秀敏的姑娘调到了"南宫"。她就是太原人，能来"南宫"工作很高兴。于是，李秀敏也成了"南宫"的元老之一。同时，负责维修洗衣机的焦成孩也到了太原，后来杜亮才又来到太原。

这年的腊月十八，马健全来太原对马东生说："过年要开工资哩，还差个两三万（元）就够了。"马东生说："这事儿我来完成。"

马东生立下"军令状"，想到了一个老乡。老乡是长治县司马村人，她的老公是太原市一个学校的校长。马东生立马就去找见这个校长，说要过年了，学校该给老师发点福利，一个老师可以发一台洗衣机，市场价205元，我按

180元给你；你要有钱就全给了我，没有了给一半儿也行。

这位校长说，行，过年搞福利就给老师们发个洗衣机，180元是学校出一半，老师个人出一半。

第二天，汽车把洗衣机拉到了学校的操场，马东生、焦成孩他们接上电，一台、一台地进行检测，没有问题了让老师们搬走。谁家还需要安装服务的，由焦成孩、杜亮负责服务到家。洗衣机拉了3车，他们在操场检测了3天。

110台洗衣机出手了，学校第二天把钱给了马东生和李秀敏。他们整理这些钱就整理了大半夜，因为校方的钱是10元一张的，而老师们交来的钱都是零碎的，有5元的，有1元的，还有毛毛票。

他们把钱整理好，一共是1.98万元，分装在三个鞋盒里。马东生不敢把这么一大笔钱放在自己身边，而是趁夜深人静的时候，悄悄放到立式砂轮机的底座里，然后再给砂轮机罩上包装箱，才去躺下睡觉。他觉得，砂轮机天天在那里摆着，不会引人注意。

天亮了，工具车拉着他，他背着三鞋盒钱，到了飞机场。他坐飞机回到了长治。他这是第一次坐飞机，安二型小飞机颠得他直想吐。

回到厂里，马健全问他："有多少钱？"

他说："差200（元）两万（元）。"

马健全说："够了，快叫喇叭通知，开资了。"

马东生说："是不是叫财务上点点钱？"

马健全说："点甚哩，差不了。工人急等开资哩。"

一会儿，厂里的大喇叭广播开了："开资啦，开资啦！各车间赶快来领工资啦！"

有资料表明，长治洗衣机厂1980年期末职工人数为397人，人均工资53.50元，月工资总额为2.15万元。

发工资的这天，是腊月二十三，俗称小年。

其实，这天已经进入 1981 年了，是 1981 年 1 月 28 日。

1980 年是"海棠"打基础的一年，尽管只生产了 2000 多台，但是不论是技术能力还是生产能力都有了一定的提升和进步。

进入 1981 年，长治洗衣机将面临一场生死决战。这是洗衣机厂所没有想到的。没有想到的，但来临了。

洗衣机厂该如何闯过这一关呢?

第 **4** 章 🌸 突围

1979 年、1980 年的这两年间，长治洗衣机是从初识到试制、从敲敲打打到小批量生产，为以后的发展打下了一定的基础。

如果说在这两年间，长治洗衣机还是潺潺细流、波澜不惊的话，那么到了 1981 年，就一定会有一个激流喷涌、惊涛拍岸的壮烈景观。

因为，轻工部决定：1981 年年产量达不到 1 万台的洗衣机生产厂家，不予定点。

换句话说，1 万台，就是洗衣机生产厂家的一条生死线。

"海棠"，必须面对这条生死线。于是，"海棠"在 1981 年就发生了一场生死突围战。

## 临危受命，背水一战

轻工部为什么要在 1981 年为洗衣机生产厂家画下 1 万台的生死线呢？到底，中国的洗衣机发生了什么？

两年前，人们对洗衣机都还很陌生。在长治洗衣机试制的时候，全国还没有批量生产的厂家，很多二轻系统的科研研究单位还是在测绘、探索阶段。然而，短短的两年时间过后，洗衣机由"坐冷板凳"变成了"香饽饽"，全国竟有400多家企业把目光投向了洗衣机生产。这些企业，可不都是敲敲打打的小"集体"，而是实力雄厚的"国企"，还有大型的军工企业。

洗衣机，由鲜为人知到蜂拥而至，变化是惊人的。

这种现象的出现，一方面是家电产品在社会和企业中的认知度大大提升，都在看好家电的发展方向；另一方面是许多企业也在"找米下锅"。这样一来，竞争的局面就形成了。

需要说明的是，我国的家电生产，一开始是安排以二轻系统的企业为主来搞，基本不涉及计划内的其他工业系统。这就是为什么省二轻厅要布置任务，梁吉祥、李庆怀南下时总是找各地二轻局联系的缘由。尽管二轻系统的厂家也是大小不等、水平不一，但毕竟是在同一个等高线上。现在有机械系统、军工系统的企业参与进来，那就不是同一个量级的竞争了，必然对二轻系统的企业形成很大的冲击。

面对冒出来的400多个打洗衣机主意厂家的"乱象"，轻工部来了个年产1万台的"一刀切"。当时"1万台"就是个高标杆，是跳起来才能摘到的桃子。

这条"1万台"的生死线一画，首当其冲的无疑是像长治洗衣机厂这样一类的弱小企业。他们是最经不起摔打的，但也必须和诸多的"国企"一起面对，完成了，生；完不成，死。

这像不像是逼上了"泸定桥"一样？

"飞夺泸定桥"，是红军长征中惊天地、泣鬼神的英雄壮举，为红军杀出了一条生路。一代伟人毛泽东为红军的死里求生留下了壮丽的诗篇："红军不怕远征难"，"大渡桥横铁索寒"。

长治洗衣机要面对 1 万台的生死线，就如同当年红军被逼上 "泸定桥"是一样的，冲过去，生；冲不过去，死。

当时，长治洗衣机的状况又是怎样的呢？

1980 年，全年生产了 2028 台；1981 年 1 月至 8 月，总共生产了 2000 台。

应该说，这 2000 台也很不容易。当时的装配还处在"地摊"状态，效率低下。马健全已经看到这个问题，他对牛润明说："这样干不行，既窝工又费时，你给咱搞一条流水线，哪怕是简易的也行。"

牛润明就到清华厂请了总工和两个工程技术人员，再加上装配车间技术员张万芳，一同到北京、天津、大连进行了考察，回来后设计了一条传动式的简易装配流水线，提高了生产效率。

这条简易装配流水线真正发挥作用，不是在前 8 个月，而是在后来的市场过程中。

2000 台不容易，但距离 1 万台的目标还是相差太远了。8 个月快要过去了，时间只有 4 个月了，"海棠"能够冲过万台生死线吗？从当时的态势看，确实是个大问题。

新生的"海棠"命悬一线。能不能生产"1 万台"，已经不只是洗衣机厂的事情了，省二轻厅的胡火原经常来厂里检查指导，地县二轻局也已把主要的技术力量投放了进来，长治县委也派出工作组蹲点在厂里。

县委工作组的组长是县委副书记张学忠。

张学忠是沁县人，1932 年腊月初八出生。他原来是晋东南地区经委办公室主任。长治县委多次向地委打报告，要他来长治县工作，因为长治县号称是工业县，需要加强工业战线的领导。就这样，张学忠来到长治县任县委副书记。

他临上任的时候，地委领导给他谈话说："你去了，把洗衣机搞上来就算完成任务了。"

他到县委报到时，县委书记郝永和对他说："要了你好几回，总算把你要来了。你来给咱管工业。咱县的企业听上去有50多个，可（产值）上不了1000万（元），怎么活啊？县里的事情你不用多管，去洗衣机厂蹲下来，不敢叫他们弄塌了。"

张学忠带着工作组蹲到了洗衣机厂。经过调研，他觉得洗衣机厂的领导在面对万台生死线的问题上，认识不高，措施不力，缺少那种在非常时期要拼死拼活"飞夺泸定桥"的勇气和霸气。毫无疑问，生产1万台洗衣机，长治洗衣机厂的困难是巨大的，但总是要去拼吧，总不能还是消停地迈着方步走路吧？

这怎么能行啊？8个月快过去了，留给洗衣机厂的时间已经不多了，但产量还相距甚远，没有大干快上的气势，1万台是肯定完不成的。过不了万台生死线，肯定就保不住定点资格，那就真是把洗衣机厂给"弄塌了"。他决心调整厂领导班子，调一个敢想敢干的"一把手"来。

他看中了蔡中祜。

蔡中祜，1942年出生，长治县横河村人，长治县起重设备厂的厂长。起重设备厂的前身是县横河车辆厂，也是个二轻企业，靠吃边角料过日子。经过发展，厂里的起重设备电动葫芦已经大有起色，有了一定的知名度，企业走出了困境。

张学忠在检查工作时，听取过起重设备厂蔡中祜的汇报，留下的印象是，这个厂长"头头是道，敢想敢干"。于是，他向县委提议，调蔡中祜到洗衣机厂任厂党支部书记。

挑兵点将，县委完全同意和支持张学忠的意见，把蔡中祜调到了洗衣机厂。

蔡中祜是1981年8月中旬到洗衣机厂走马上任的。他对我们回忆说："我是带着计划经济的伤痕，在市场经济与计划经济的博弈中，创下了起重机的名牌，来到洗衣机厂的。"

蔡中祜来到洗衣机厂，第一个任务是清晰而具体的，那就是拿下"1万台"，冲过"泸定桥"。这个任务显然是异常艰巨。完全可以这样说，蔡中祜是临

从前往后，第一排左起：梁吉祥、牛润明、琚秋堂、鲍安富、马天河；第二排左起：韩贵喜、李长安、蔡中祐、申德友、宋耀芳、崔仁昌、高玉宝；第三排左起：李庆怀、李永孝、牛连旺、邰天佑、马健全、赵牛成、王保祥、张晓琦；第四排左起：焦成孩、王德成、王安成、赵建国、王业武、杨安根、李旦则

危受命，是来力挽狂澜的。

他来到洗衣机厂，感到厂里有些冷清。他走进车间，详尽了解了洗衣机的生产流程和工艺。他走进科室，掌握了洗衣机的外协、外购件的情况。在调查研究的基础上，他得出一个结论，只要把职工的干劲调动到极致，外协、外购件又组织得当，在剩下的时间里完成1万台也不是没有可能。现在要的是领导的决心和决策，要的是"两强相遇勇者胜"的气势和氛围。

只有"背水一战"，才可能扭转局面，蔡中祜别无选择。他力排众议，做出一个大胆的决定：从9月份开始，1个月干8个月的活儿，月产2000台，大战4个月，到年底拿下1万台。

一个月生产2000台，4个月生产8000台，"海棠"的一场生死突围战打响了。

## 大战4个月，日以继夜

1981年8月底，洗衣机厂召开职工大会，蔡中祜在会上讲了目前的形势，代表厂党支部向全体党员、干部职工发出动员令："大战4个月，完成8千台！"

号令一出，全厂很快形成了大干快上、决战决胜的浓厚气氛。

梁吉祥回忆说："老蔡一来，深入车间，抓得很紧，急得嘴上都起了泡；干部们也是扑到一线，白天黑夜干就对了，当天的任务完不成不能下班。"

钣金车间的吴顶柱回忆说："大干4个月，很辛苦。我们钣金车间每天300个外壳，是非拿出来不行，干不出来就不能回家。白天，焊工还穿着工作衣；一到黑夜，也不怕人看了，都是穿着背心、裤衩干。天冷了，工房里生个大铁火，感冒了也得干，舍上命也得干。"

为什么要穿着背心、裤衩干呢？因为点焊机一边焊，一边要给外壳喷水降温，焊工的衣服都喷得湿透了，还不如脱了衣服干。

内桶的桶底在试制时，是焊接而成的，后来由油压机整体压制成型，这已经大大提高了效率。但是，"桶底"和"桶帮"还是要焊接的。焊接需要预热，要预热到70℃。预热到了时间，就是夜里12点，吴顶柱他们也要赶到车间进行焊接加工。

吴顶柱回忆说："什么时候预热好了，我就知道，不管是睡到什么时候，

钣金车间班前会。前排左起：王华心、王有福、张迷锁、吴顶住、靳文明、
宋金生、苏胜则、韩文盛　后排左起 郭保学　张双明　李永孝　赵有景

都能一骨碌爬起来去厂里。有一天的预热正是黑夜 12 点，我照样一下就醒了，
起身就往厂里赶。出了门，下着大雪哩啊。那时候，工作比什么都重要，比命
还要紧哩。"

吴顶柱的回忆确实让我们看到了一个拼死拼活大干的场面，大冬天光着膀
子干活，一股决战决胜的气氛在升腾着。

他还回忆说，一天黑夜加班，杨安根在冲床上装模具，滑块落下来，砸了
大拇指。杨安根去上了点药，没有耽误一天，坚持上班。

他还回忆到韩文胜也是被冲床冲了三个指头，也是不休息，黑夜该上班上班。

韩文胜伤了手指头确有其事，但不是在冲床上。韩文胜回忆说，他的三个
指头是因为安装 250 吨压力机时被三角带压坏的。当时是行车吊不动压力机，
他就抓住三角带往上盘，谁知一不小心，三个指头被三角带压住了。三个指头
压坏了，也没有休息一天，因为都在大干，自己不能回家。

4 个月不回家的，还有装配车间。装配车间的领导叫牛俊芳。

牛俊芳，男，1955 年出生，苏店镇西申家庄村人。他是在 1970 年 12 月到电器厂上班的，那年他 15 岁。开始他是学钳工，长大一点了学车工，车电机的外壳、转子。1974 年参军，在青岛北海舰队航空兵部干了四年半，1979 年 3 月复员。当时县武装部安排他到贾掌公社当武装部长，他不去，还回到了电器厂。后来，县武装部 3 年调了他 3 次，他都不走，只想在厂里好好干。

厂里安排他在缝纫机配件车间当副主任，1980 年又调他到洗衣机装配车间当副主任、主任。

牛俊芳来到洗衣机装配车间不久，便是"大战 4 个月"的非常时期。他回忆说："4 个月没有回过家，每天是吃在、睡在车间。干到凌晨了，有的就铺个纸箱睡在车间的地上，还不能把纸箱弄坏了，因为纸箱还要包装用哩；有的在工作

装配车间主任牛俊芳（中）召开班前会

台上垫个薄绒垫子眯瞪眯瞪，还不能把工件划坏了。8 点吃了饭，上班继续干。"

牛俊芳回忆说："都是个人啊，干得干得就干不动了，特别是到了黑夜 12 点，困得就不行。谁困了，我就叫谁搬上一个电机围着工房转圈儿，清醒了，接着干。再不行，我就叫他们在地上蹦蹦，蹦上几蹦也就清醒了。我还叫男的顶上 10 个纸箱转过圈儿。"

想想吧，这是怎样一种精神？深更半夜，为了提神，人们抱着电机、顶着纸箱"转圈儿"，这就是挑战自我极限的精神。是谁在书写"海棠"那亮煌煌的历史？是我们的工人！

装配车间负责质量的技术员张万芳回忆说："那是加班加点连轴转，多会儿有电多会儿装。"

张万芳，男，1947 年出生，沁水县郑庄村人。他是长治二中毕业，1968 年那批到厂的学生。钳工、锻工、铸工、车工、铣工、磨工等很多工种他都干过，还参与了装配流水线的设计。

大干 4 个月时，他不仅要加班连轴转，而且发现了问题还要进行改进。他回忆说："当时洗衣机没有国家标准，为了降低噪音，改进了电机的支架，增加了 4 个缺口。这一改，支架的弹性加大了，噪音就小了。"

在马可的记忆中，是连续 9 天没有离开过车间。

马可是在喷漆车间当主任。他是天津人，1951 年出生。1965 年搞大三线建设时，他妈妈来到长治一中教音乐，他是跟着妈妈一起来到长治的，在一中上初中。1968 年，他到电器厂参加了工作，那年他 17 岁。他参加工作就是搞喷漆，从喷砂轮机到喷洗衣机。

洗衣机进入批量生产后，就开始用烤漆了，是厂里自己上的烤漆线，轨道传送，手工推进去拉出来，烤窑有 30 多米长。

马可回忆说："最忙的时候，是个大冬天，连续 9 天不离车间，务必要生产出来。实在困得不行了，就钻到烤窑里睡一会儿。回了家就不成个样子了，工作衣都是硬的，上面都是漆。"

车间里昼夜大干，厂领导的办公室里也是灯火通明。每天晚上，蔡中祜都要到各个车间巡查，落实生产进度，现场解决问题。很多工人记得，大冬天，蔡书记满嘴起泡。

办公室主任赵建国回忆说："老蔡急得满嘴起泡，那是真的。我在办公室工作，每天要给他汇报生产进度，黑夜还要跟着他到车间巡查，最清楚这个了。人家叫我是'狗腿子'，我也就是，跑慢了都不行。我就住在'老爷楼'，可不能回家吃饭，一直盯在厂里。那时候办公室还管着后勤，直到黑夜12点夜班饭来了，大家都吃上蒸馍丸子汤了，我这才算是可以下班回家了。老蔡性子也急，一时不对就批评，一有问题就开会。他嘴上起泡，不光是我一个人知道，职工们也都留下了深刻的印象。"

我们应该记住，记住长治洗衣机厂1981年那最后的4个月，记住这4个月的每一天，记住那个冬天曾经飘落的雪花，雪花中如火如荼大战的车间，车间里的每个人的面孔。

## 决战千里，跑得不进家

大战4个月，牛福祥没有在车间连轴转，而是在火车上。

"大战四个月，完成八千台"，这其中一个重要的瓶颈，是配套零部件的供应。这些外购件、外协件一旦出现纰漏，"八千台"就放了空炮。当时，已经不可能按照正常的渠道和节奏进行物流，必须直接派人到外协厂家上门提货。

牛福祥先是要坐火车到南京，接上电容器，再背回到厂里来。

他是长治县贾掌镇定流村人，身份证上1954年出生，档案里是1952年出生。他1971年在经坊矿参加工作，1975年参军到了大连海航二师，1980年复员到了洗衣机厂，在厂供应科当业务会计。

到南京接电容器的，还有医疗室的冯佰言、车间主任贾志禄。

他们是在南京五台洞天饭店与赵建国碰了面，赵建国把25件500个电容器交给了他们。

赵建国是厂办主任，是被派到镇江和上海去进电容器和标准件的。他是长治市大北街人，1950年12月出生，毕业于太行中学，是1968年分配到电器厂的那批学生之一。他开始是在装配组装配砂轮机，很快就成了带班长，1970年成了车间主任，1977年被调到厂里的科室工作，供销科、技术检验科、生产科等几个主要科室都干过，1979年到厂办公室当主任。

"大战4个月"是特殊时期，厂办主任也得出马进零部件。他先到镇江电容器厂联系好电容器，并发到南京，再让厂里派人来南京背走。这样做会快一些，自己也好继续南下，到上海去进标准件。

电容器是20个为一件，牛福祥背10件200个；冯佰言和他背得一样多，贾志禄感冒了，背5件100个。他们上了火车没有座位，一黑夜就站着，一直站到郑州，腿都站肿了。

这还只是小菜一碟，叫牛福祥难忘的是到常州进电机。

洗衣机用的有常州电机电器总厂的电机，电机来不了货，分管材料供应的副厂长郜天佑，派牛福祥去常州进电机。

牛福祥这时候出差有困难，他老娘正在苏店医院住院，病床前需要人伺候。他爹也不愿意让他走，让他很是作难。他给老娘说："我不去不行啊，咱就是凭工作哩。"

老娘说："你该去去吧，我不要紧，一时半会儿还拉倒不了。"

他咬咬牙，坐火车上路了。他到了常州一问，才知道洗衣机厂欠人家 10 万元货款。常州的厂长对他说，货已经到了火车站的库房里，但就是不发；你们的款一来，马上就发货。

他说："我们的货款没有来，不是厂里没钱，肯定是手续上不很合适，你们该发货就发货吧。"

人家不理他这一套，他急得是团团转，说话的声音也变了，眼泪也快掉下来了。他说："我拿党性担保，你发了货，我回去就汇款。"

那时候一说"党性"，那是很严肃、很庄重的发誓。常州的厂长被说动了，当即通知车站发货。

他回到厂里，立即向常州汇了货款，这才去医院看老娘。

郜天佑的日子也不好过，主要材料进货都得他亲自出马。

郜天佑，1946 年出生，长治县南宋长青村人。他是 1968 年从南宋公社调到电器厂的，干过车工、锻工，在过变压器车间、电焊机车间、缝纫机配件车间当过车间主任，1980 年被提拔为副厂长。

他去河南洛阳进铝板，在太行山上堵车堵了两三天。那时候山西的公路交通还很落后，特别是出境路段，级别低而流量大，被堵在太行山上那就是常态。一到晚上，车灯闪亮，像巨龙一样蜿蜒在山上，可就是一动不动，急得郜天佑没咒念。

他去省物资公司进薄板，带着 4 辆车，还有一辆是拖挂车。天下着大雪，到了分水岭滑得拖挂车上不了坡。他下车找了石头想支住车轮，谁知石头甩出来，差点打到他。他只好把拖车摘下来放到半坡上，从太原返回时再挂走。

厂里还到湖南衡阳进过薄板，那也是一番周折。

去衡阳进薄板的是马东生。一天，马健全对他说，从苏联进来一批薄板，发到衡阳大库了，你去办一下，提回来。

马东生说，你叫我去我就去，办成办不成能试试呗。

衡阳大库是国家金属物资二级大库。马东生到了衡阳，去大库一看，哇，这也太大了吧，一眼根本就看不到头。他到门房打听谁是大库的主任。门房的人告诉他，主任是河南博爱人。他一听，感觉有戏，博爱就在太行山下，也算是半个老乡了。他去办公室见了大库主任，先是认了认老乡，然后拿出了提货的手续。

大库主任看了手续说，这批货明年才能提，现在根本不行。

到了晚上，他20元钱买了几个罐头，找到大库主任的家里，说厂里急用这批薄板，看看能不能想想办法。

主任说，老乡归老乡，要提薄板很难。

他说，这批薄板是洗衣机的材料，真是急用哩！我可以给咱们大库5台优惠洗衣机，一台50元。

主任说，你回吧，我瞧瞧。

过了两天，大库主任对他说，你去北京永定门站提货吧。

他回到厂里，向厂长作了汇报，说已经答应给大库5台优惠洗衣机了。

马健全说，提回薄板是大事，其他的都扯淡。

赵建国从上海进标准件回来，又到太谷、榆次进定时器去了。他回忆说："那些天跑得就不进家。"

进定时器，不只是在太谷和榆次，马天河与杜中杰就到北京玩具六厂催过定时器。

马天河，长治县西故县人，1942年11月出生，1961年参军，1968年复员，被分配到电器厂工作。

他和杜中杰一起到了北京。其实一起到北京的还有马健全、李长安、崔仁昌、李庆怀、牛润明等人。这时的崔仁昌已经由县二轻局长升任县经委主任了。北京玩具六厂是杜中杰联系的点，已经从这里进过一批定时器，只是还不能满足"大战"的需要，急需再进一批货。第二天，杜中杰和马健全、崔仁昌他们去了天津，参加轻工部洗衣机座谈会，留下马天河去催定时器。

马天河到北京玩具六厂联系，六厂供销科的人说："已经给过你们长治了，不能再给了。全国好多家都在这里订货，生产不出来。"

马天河对人家说："厂里正在搞'大战'，定时器顶手了，非再弄点不行啊。"

"考虑到你们的特殊情况，那就给 200 个吧。"

"能不能再多给点，200 个不行啊。"

"不行。这已经是照顾你们了。"六厂的人一口回绝。

晚上，马天河给蔡中祜书记挂电话汇报了情况，蔡书记说："200 个不行，必须想办法弄回 500 个来，而且要快，家里等着急用。"

他又去天津找到马健全厂长说明了困难，以及蔡书记的态度。马健全厂长说："你去催紧点儿，赶紧弄。"

他只好再去六厂"磨"，磨来磨去，用了一个星期的时间，定时器由 200 个磨成了 500 个。他赶紧把 500 个定时器装成 10 个箱子，从北京站上火车，要自己带回来。他一上火车就往座位下边塞箱子，前后两排塞得满满的。列车开动了，他也松了一口气，不管怎样难吧，总算是不辱使命。

火车快到榆次时，他把箱子搬到车门口准备下车。他已经联系好厂里的赵文正科长来榆次接站，然后一起回厂。列车在榆次停车只有 1 分钟，他必须早作准备。谁知，箱子搬到了车门口，被列车长发现了，说他这么多东西应该打行李票。他只好赶紧掏钱补票，只怕误了下车。车到榆次站，他又叽里咕噜把定时器搬下来，大冷天出了一头汗。等他与赵文正回到厂里时，已经是后半夜了。

蔡中祜还等在厂里，见他卸下了定时器，没有表扬反而批评他说："叫你去弄哩，一个礼拜弄了 500 个，这能行？"

他后来对我们回忆说："这件事我记得最清了，忙活来，吃苦来，还叫老蔡说了一顿，嫌少哩，嫌慢哩。"

厂里人都知道，马天河与蔡中祜还有过一次正面冲突。那是在一次会议上，蔡中祜又批评马天河，马天河觉得批评得很难听，接受不了，当场就顶了他几句。

蔡中祜不仅批评过马天河，也还批评过其他人，因为他确实很着急。能不能冲过"1万台"是命系"海棠"，蔡中祜是"海棠"的"一把手"，哪能不急？

大战4个月，风风火火，连续作战，到了1981年12月27日，洗衣机终于冲过了"生死线"，完成了10164台。其中，"浪花"牌5864台，"海棠"牌4300台。

大战4个月，是一幅波澜壮阔的画卷。我们所采集的部分人的记忆，只是散落的树叶，而树叶的背后是一片大森林。

这是一个奇迹，长治洗衣机厂实现了1万台的指标，冲过了"泸定桥"。

1982年初，轻工部定点考核组来到长治。蔡中祜在太行宾馆向考核组汇报了万台洗衣机生产的情况。考核组决定到厂里进行考察和验收。

部里的考核组来厂，是厂里的大事。但是人们知道，大战4个月时，一切精力和心思都是在生产上，对厂里的环境、车间的卫生就顾不得许多了，显得杂乱无章。这样的情景怎么能让考核组来看呢？

当天下午，蔡中祜召开干部紧急会议，要求用一个晚上的时间整理环境，使厂里的面貌来个大变化，迎接考核组。

这天晚上，各车间又是灯火通明，整理各自的工艺卫生环境，设备擦洗得干干净净，产品摆放得整整齐齐，零件、半成品之间建起了隔离带。一夜之间，从厂区到车间，面貌大变。

牛润明回忆说："我是服了老蔡的那股劲儿，说干甚就要干甚，一黑夜就要变个样。"

考核组到了厂里，分组进行核查，有的组核查技术资料、生产记录，有的组核查加工车间、生产流程，有的组核查结构布局、基本情况。经过认真、仔细的核查，认定了 10164 台洗衣机的真实性。

考核组的领导在反馈意见座谈会上说，我们原来不太相信长治厂能生产到 1 万台，现在看了厂里的情况，不仅确定了 1 万台的事实，而且很受感动。太行山上一个小厂，能搞成这个样子，不简单，不容易，很有发展前途。希望定点以后，再接再厉，再创佳绩。

很快，省二轻厅厅长王志明也来到厂里，高兴地说："不容易啊，给山西保住点了。"

蔡中祜回忆说："这个时期正是改革开放的初期，保住了定点厂的资格，就进了国家宏观调控的笼子，就保住了全厂职工的饭碗。这是我最难忘的 1981。"

"海棠"保住了定点，只是万里长征走完了第一步，还将要面临各种各样的考验。

"海棠"注定走在风雨中。

# 第5章 考验

1981 年 12 月 27 日，长治洗衣机产量上到了 1 万台，打胜了一场"生死战"。

30 多年后，2012 年 12 月 27 日，我们在太原采访了蔡中祜。他回忆起大战 4 个月的情景时，仍是禁不住感慨地说："那时候，很艰难啊。全厂上下发扬了'一不怕苦，二不怕死'的精神才闯过来的，是用智慧、用科学、用吃苦耐劳的精神完成了看似不可能完成的艰巨任务。有的工人都晕倒了啊，我很感谢大家。"

1981 年的"生死战"，显然是"海棠"发展的一个重要节点。如果说"海棠"后来声名鹊起有什么成功经验的话，那么面对困境绝地反击、背水一战突出重围、艰苦奋斗连续作战的精神无疑是其中宝贵的内涵。

完成了 1 万台，只是"海棠"的一个新起点，紧接着，1982 年，"海棠"又面临着一场新考验。

在 1982 年初，轻工部决定，这年 5 月要在北京举办全国家用电器展销会。山西省二轻厅要求海棠洗衣机参加这个展销会。

蔡中祜立刻就意识到，"海棠"参加全国家电展销会，实际上就是海棠牌洗衣机在全国的亮相，"是骡子是马拉出来遛遛"，这是对长治洗衣机厂综合素质、综合能力的一次严峻的考验。

"海棠"又是一场"背水之战"。


## 抓住机遇，勇于赶超

"海棠"要参加全国家电展销会，是机遇，也是挑战。这就逼着长治洗衣机厂马不停蹄，继续闯关。真可谓是"雄关漫道真如铁，而今迈步从头越"了。

我们再来看看"海棠"此时的情景吧。1981年，洗衣机厂走马换将，大战4个月，拼死拼活，总算完成了10164台，冲过了万台生死线。

有人说，1万台是情急之下拼凑出来的，先保住点再说，要投入市场还有问题。

蔡中祜多次说过："我们的洗衣机是让用的，不是让看的。"

"让用的"也好，"有问题"也罢，这都是在说一个问题：洗衣机的质量还不过关。

梁吉祥回忆说，他在太原出差时，有一天刚起床，一位老太太就找上门来，说她在省里的展销会上买了一台长治的洗衣机，第一次洗衣服就洗破了一条裤子，裤子还是毛料的。

梁吉祥说："咱们去看看情况，不行了就换一台。"

老太太说："不是换，是要退货。你们还得赔我的裤子。"

梁吉祥到了老太太家，一看裤子的确是磨坏了。其原因是双方面的，一是洗衣机确实存在有需要改进的地方，二是老太太也使用不当。毛料衣物一入水就发硬，再加上用水少，所以出现了问题。

梁吉祥马上派人又拉来一台洗衣机，亲自安装好，又亲自给老太太洗了衣服，赔偿了裤子的钱，老太太这才同意了换一台。

不要小看这件事，这足以说明人们对洗衣机的认识还需时日，但更为重要的是，厂家必须为市场提供优质的洗衣机，才能逐步引导市场、开发市场。在"海棠"进入小批量生产的时候，尽管有"水仙"作参照，但由于技术和能力的种种原因，差距还是很大的。先前我们已经提到过，"水仙"的盖板是塑料的，而"海棠"是铁皮的，"水仙"的内桶是整体拉伸的，而"海棠"还是焊接的。

这些问题是制约"海棠"上一个台阶的瓶颈。要突破这个瓶颈，是需要义无反顾的勇气和决心的。参加全国家电展销会，给了"海棠"一个契机，也是一个倒逼。很明显，如果"海棠"的机型没有大的突破，还是铁皮的盖板、焊接的内桶，一上展销会肯定是很败兴的，展示的不是优质的"海棠"，而是暴露出自己的"小"来。面对机遇和挑战，"海棠"必须做出自己的选择：是甘心落后，还是勇于赶超。

"海棠"选择了赶超。蔡中祜在1982年1月决定，要用半年的时间，对原有的机型进行脱胎换骨的改造，拿出国内先进水平的新型洗衣机来，迎接全国家电展销会的考试。

省二轻厅的领导非常支持"海棠"的抉择，决定用山西的煤来换取上海的技术支持，主要是内桶和钣金的技术。

当时山西的煤也是紧缺资源，用资源换技术，"海棠"是第一家。

有了上级的鼎力支持，"海棠"成立了以蔡中祜为组长的新产品试制领导小组，同时组建了以地区二轻局、县二轻局和洗衣机厂技术人员为主体的"地、县、厂联合设计组"，任李长安为组长，梁吉祥、李庆怀为副组长。

梁吉祥回忆说，联合设计组对"水仙"洗衣机进行了全面的测绘，分工负责，决心采用新技术、新工艺、新材料，在最短的时间内拿出新型的洗衣机来。

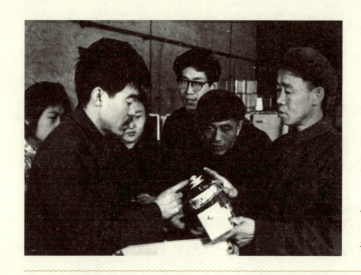

梁吉祥（右一）、
牛俊芳（左一）、张万芳
（右二）、牛连旺（右三）
在总装车间

　　李长安回忆说，为了新型洗衣机，地县二轻局的主要技术力量都放到了洗衣机厂，其中有高玉宝、张小琦、吕祖宏等人。

　　他强调说："我们都是推车的，技术工作还是以厂里为主，位置必须摆正了。厂里主要是梁吉祥、李庆怀、牛连旺他们。"

　　梁吉祥说："李工这样说，是谦虚哩。地区二轻局的人出了大力了，每个人的头上都有项目，自制件的主件主项都落实到了人头上。"他记得，由他来负责顶层框架，由李庆怀来负责内桶拉伸，由牛润明来负责设备选购等。

　　对"水仙"的测绘完成后，根据"海棠"自身的特点，对其中的一些功能进行了改进，然后大家共同讨论，确定设计总图和部件图。

　　有了设计原图，再进行画图、描图、晒图等一系列工作。那时的画图、描图都是技术员趴在图版上，一笔一笔地画出来的，不像现在可以在电脑上作图。蓝图也都是技术员在晒图机上一张张地晒出来的，远没有现在的便利和快捷。

　　同时，技术员按照图纸的要求编写工艺流程。

1981 年 4 月 10 日，厂里召开会议，听取联合设计进展情况的汇报。蔡中祜在会议上说，我们遇到的困难不小，但目标不变、信心不变，一定要坚定不移地干下去。

10 天后，4 月 20 日，厂里召开会议，研究新型洗衣机的问题。

梁吉祥汇报了顶层框架的进展情况和注塑模具的准备情况，李庆怀汇报了内桶拉伸的情况，其他人员汇报了各自担负工作的进展情况。

蔡中祜在会议上强调，这次要有 100 台样机参加全国家电展销会，一定要做到一鸣惊人。

再过一个星期，4 月 27 日，厂里再次开会，收集汇报参加展销会的准备情况。

5 月 5 日，参展临近，厂里开会，具体布置 100 台样机的零部件检测和总装。

我们列数这段时间的会议，只是想表明，新型洗衣机的试制在紧锣密鼓地进行中。我们很难对新型洗衣机的设计和改造有一个全面的描述，只能把目光聚焦到核心部件上。

这次改造升级的核心部件，是洗衣机内桶的整体拉伸。

## 内桶拉伸，眼里有尺子

"海棠"最初的内桶是由"桶底"和"桶帮"焊接而成的，这是"海棠"生产中的咽喉工序，也是流程中的短板。

我们还记得，为了内桶焊接，不得不请清华厂的师傅来传帮带，吴顶柱他们不得不半夜起床，冒着大雪来厂里上班。显然，内桶的焊接，不仅耗费了工时和人力，而且劳动强度大。即便如此，生产出的内桶也不理想，而且还存在有质量隐患。

上海"水仙"，以及国内先进的洗衣机，内桶都是拉伸成的一个整体。内桶要成为一个整体，这无疑是"海棠"必须要突破的一个关键环节，也是"海棠"自身质量提升的一个关键。

厂里还在1981年大战4个月的时候，已经把这项技术攻关的任务交给了李庆怀。这也足见领导要提升"海棠"质量的决心。

整体的内桶有哪些类型？李庆怀所看到的，有的是塑料的，有的是搪瓷的，有的是雪花铁皮的，还有的是铝板的。

李庆怀认为，塑料的不适合长治做，因为不论是对原材料还是对加工设备都没有认识；搪瓷的也不好，因为容易被碰掉瓷，一旦掉瓷就要坏；铁皮的是容易生锈。

他认为还是铝板的好，因为铝板经过氧化处理，会在表面生成氧化保护膜，这层保护膜具有高强度的耐碱耐酸性能，可以保证产品质量和使用寿命。

把铝板做成整体的内桶，技术工艺的术语叫"整体拉伸"。

李庆怀对拉伸技术还是有感觉的。他在淮海机械厂看到过炮弹壳的拉伸，那是要经过几十次的拉伸，才能把板材拉伸成弹壳。

洗衣机内桶该如何拉伸，他没见过。所以，他在天津参加完一个会议后，从北京到重庆、武汉、广州、上海等地看了一圈，就是要见识见识"整体拉伸"。

他一心忙他的新技术，所以对大战4个月并无太深的印象。不过，蔡中祜嘴上起泡，他是亲眼见的，也知道这4个月的不容易。

他是在上海的"水仙"洗衣机厂看到了"整体拉伸"的。那是经过三次拉伸才成型的，最后成为带圆弧的方形内桶。

李庆怀是下死眼看了那三次拉伸的过程，特别是拉伸的模具工装和工艺流程。他是白天看，晚上回到旅馆就画草图。

他回忆说："我看了，就能知道模具的基本尺寸和结构。我是车过转子的。"

张双明师傅也说过："庆怀的眼里有尺子。"

当然，仅这样看是不够的，他又到书店买了本《拉伸工艺》的技术书籍，回到长治琢磨起来。

蔡中祜给了他一个特权，工作时间可以是弹性的，可以在厂里搞，也可以在家里搞。

弹性工作时间很对李庆怀的胃口，他在家里工作，设计出了三道拉伸模具的图纸。图纸出来，在淮海机械厂用球墨铸铁铸造了模具的毛坯，然后拉到长治汽轮机厂进行加工。当时在长治，只有汽轮机厂有大型立车。这时，已经是1982年的春节了。

进入1982年，"海棠"要参加全国家电展销会，要拿出具有国内先进水平的新型洗衣机来，内桶的整体拉伸自然是改造升级的重中之重。

拉伸模具设计完成后，李庆怀又按照工艺流程，设计完成了下料、剪圆、涂油、拉伸、切边、冲孔等设备，使内桶拉伸形成一条完整的流水线。

这条流水线的核心设备是拉伸机。拉伸机是牛润明到济南锻压设备厂选定的，去济南采购回拉伸机的是杨安根。

杨安根，就是吴顶柱在回忆中提到的"滑块落下来，砸了大拇指"的那个人。杨安根是长治县东和乡东和村人，1945年出生，1966年在太原钢铁厂当合同工，1970年被调到电器厂。他在钣金车间做砂轮机防护罩，当过小组长、车间副主任、主任。

吴顶柱回忆说，杨安根"砸了大拇指，去上了点药，没有耽误一天，坚持上班"。

后来，我们采访了杨安根，最先提到的就是"滑块砸了大拇指"的事。

杨安根说，砸了大拇指的那天，是个星期天，天很冷，那已是"大战4个月"的收尾阶段了。他在冲床上工作，滑块砸的是左手大拇指，当时也不觉得疼，自己跑着就去了苏店医院。

医生把他的拇指截断了一截、缝住，说："没事了，回吧。"

他回来后，手疼起来了，疼得他没办法。他在家里休息还不到一个星期，厂里通知他去郑州轻工学院参加一个副厂级的干部学习班。

他说："我又不是副厂长，这去了算个甚？"

蔡中祜说："你工伤休息也是没事干，就去郑州给咱顶一杠子，厂里实在是抽不出人来了。"

他就去了郑州，记得是在郑州过的 1982 年元旦。

吴顶柱说他"坚持上班"也对，不过，不是在车间，而是在郑州。

厂里派他去济南采购拉伸机，是从郑州回来后的事。

他记得去济南的时候，天已经暖和了。拉伸机是两台，是分两次进货的。拉伸机到厂后，是由济南锻压设备厂的技术工人进行安装调试的。

拉伸机安装好后，模具也已完成了机加工和组装加工。拉伸模具是双动拉伸模，上模和下模的接触面需要研磨，进行研磨加工的是李庆怀和师傅张双明。

这一天，李庆怀和杨安根在拉伸机上安装好模具，要进行第一次拉伸试验。没有想到的是，第一次试拉，铝板被拉皱了。再试了试，铝板又拉破了。问题出在哪里了？这叫李庆怀是一头雾水。

李庆怀定下神来，研究拉"皱"和拉"破"的问题。上海的拉伸，上模和下模间涂的是猪油，这次试拉伸也是涂的猪油，用料没有问题。但问题到底出在哪里呢？他回到家里，吃不香也睡不着。

第二天，他从头试起，一点一点找问题。他发现，如果上模和下模把材料压得太紧，一拉就破；如果压得松一些，又一拉就皱。这里有一个猪油涂层厚薄的问题，也就是上模和下模的间隙问题，也有一个受力大小的问题。他经过反复试验，终于找到了最佳的涂层和受力，铝板不皱了，也不破了。

难点突破，整体拉伸成功了。

杨安根也回忆说，试成了，涂的是猪油，就是猪油化开的油。

整体拉伸的成功，无疑是具有关键意义的一件大事，为"海棠"新型洗衣机试制的成功，为"海棠"参加展销会提供了保障，为提升产品质量和大批量生产奠定了坚实的基础。

蔡中祜对整体拉伸技术的应用很感兴趣，对李庆怀说，你要写个东西。李庆怀写成了一篇技术论文，但没有发表，只是自己留存了下来，是个成果，也是个念想。

经过 5 个月的"背水一战"，有了整体拉伸的内桶，有了崭新的塑料框架、顶盖和控制面板，"海棠"终于破茧成蝶，面貌一新了。

整体拉伸的内桶在总装车间

## 载誉归来，乘势而上

1982 年 5 月 15 日，全国家用电器展销会在北京开幕。100 台新型的"海棠"如期参展，这就是海棠牌 XPB20—3 型单桶洗衣机。

展销会期间，李德生、钱正英、杨成武、王丙乾等领导人参观了展览，并且在"海棠"展台驻足询问，表示了充分的肯定。

全国煤炭工业部副部长胡富国也来到展销会。他是长治市长子县下霍村人，与"海棠"当然是老乡。他细细地观摩了"海棠"，高兴地对大伙说，来看看，这是我们长治的洗衣机啊，好！

1992 年，胡富国到山西省工作，担任省长、省委书记。他很关注"海棠"的发展，这是以后的事了。

海棠 3 型洗衣机在展销会上受到人们的青睐，整机水平排位在展销会的第二名，可谓是一鸣惊人。

轻工部的领导对"海棠"的表现很满意。前几个月，轻工部定点考核组到"海棠"考核时，曾因"海棠"冲过了"万台生死线"而感动。他们想不到的是，当时还是比较落后的"海棠"，竟然在短短 5 个月的时间内脱胎换骨，一举跃到了全国的前列，可以和上海产的洗衣机有一拼了。

100 台海棠 3 型洗衣机在展销会上销售一空。1982 年 5 月 27 日，"海棠"凯旋，地、县领导来厂里表示祝贺。

"海棠"在展销会上有了上佳的表现，是不是就是完美无缺了呢？当然不是。在全国洗衣机的横向比较中，"海棠"也还存在有自身的不足和缺点。

1982 年 6 月 11 日上午，厂里召开会议，针对洗衣机存在的问题，成立了 5 个攻关组，用一周的时间，分别进行攻关完善和认真处理。

钣金组：组长李永孝，副组长韩文胜，着重解决外围的质量问题，包括处

李德生在全
国家用电器展销
会上

杨成武在全
国家用电器展销
会上

胡富国在全
国家用电器展销
会上

理毛刺、焊缝和支脚的平稳等问题。

喷漆组：组长马可，提高喷漆质量，解决表明的"泪痕"问题。

总装组：组长牛俊芳，副组长张万芳，提高装配质量，解决共振的噪音和接头的密封问题。

测试组：组长牛连旺，解决电机的温升问题。

拉伸组：组长李庆怀，副组长李贵生、杨安根，进一步调试模具，纳入批量生产。

这些措施当然是必要的和正确的。应该说，产品的质量问题一直是生产中的重要问题，还将纳入质量体系的制度化保障中。

从此，海棠 3 型洗衣机，就是长治洗衣机厂的定型产品。

蔡中祐、梁吉祥、李庆怀等厂领导研究内桶拉伸问题

同一天的下午，6 月 11 日，厂里开会决定，对库存的 4000 台洗衣机要进行分等降价处理。这其中包括给每个职工处理一台，价格 100 元，从应发的奖金中扣除。

这个决定大得人心。为了试制、生产洗衣机，全厂上下艰苦奋斗，还不应该便宜买台洗衣机？该着了。要知道，生产洗衣机的职工家里并没有洗衣机啊。现在要给处理一台，这显然是个利好的消息，人人欢欣鼓舞。

不过，这也惹恼了一个人。这就是关秋发老师傅。关秋发是最早参加试制洗衣机的人，在南工房的"舞台"上敲打过洗衣机的外壳，还在 1979 年 10 月得过一张"在试制洗衣机中被评为革新能手"的奖状。但是，这次处理洗衣机时却没有他的份儿，因为他退休了，儿子接了班。他的心里不平衡了，愤愤地说："敲打洗衣机的时候有我，处理洗衣机的时候就没我了？！"

梁吉祥得知这一情况后，立即表态："老关的情况特殊，赶快给他弄上一台。"

关秋发把洗衣机搬回家，里里外外擦洗干净，不无自豪地对老伴说："你瞧瞧，这是我们厂的洗衣机！"

## 北出雁门关，东出东阳关

1982 年 5 月，"海棠"参展成功后，一方面查找自身的不足，尽快修补和完善，另一方面以最快的速度组织生产，大批量投放市场，占领市场。

蔡中祜回忆说，要保住市场，就必须组织庞大的信息和销售队伍。这支队伍占到全厂职工总数的 15.2%。在全国率先提出了"产品质量跟踪服务，终身保修服务，保修包换服务"等一系列服务的承诺。

对于"海棠"的真正考验，是在市场。

洗衣机走向市场，在 1980 年就开始了，特别是在省城太原打开市场，有着重要的意义。第二年，1981 年的初秋，马东生到大同开辟市场，一同去的还有李国胜。

李国胜，1955 年出生，长治县荫城镇桑梓村人。他在 1971 年初中毕业后来到电器厂参加工作，那年他才 16 岁。他显然是沾了他爹的光，他爹在木材公司工作。他初中一毕业，他爹就问他："念书哩，还是当工人哩？"他回答："当工人哩。"于是，他就来到了电器厂，开始是钳工，后来又干过车工、总装，当上了工段长。他去搞销售，第一站就是和马东生闯出雁门关，去了大同市。

大同，是山西省的名城。不说大同的煤，单说大同北魏时期的云冈石窟、辽代的上下华严寺就名传天下。北京北海公园的九龙壁都是仿照大同代王府的九龙照壁建造的，可见这里是多么的不同凡响。

马东生和李国胜去大同，找到大同机电公司，把洗衣机放到机电公司的门市部销售，而且还相继进入"第二百货商场"和"红旗商场"等几个商场。

来大同的第一车洗衣机是"浪花"，第二车就是"海棠"。大同的几个商场上了货，可就是没人买。他们去矿务局现场表演过，但也收效平平。这时候，李国胜出了个主意，开始给各单位写信，主要说明购买洗衣机可以分期付款。

这一下有了效果，大同第三人民医院的一个人拿着信找上门来，愿意帮助"海棠"组织销售。有了这位"自愿者"的帮忙，大同的市场开始有了松动。

后来有人说，有的人买上"海棠"不仅要洗衣服，而且还要洗瓜子、洗地瓜蛋，因为桶大，劲儿大，好用。

我们在采访马东生和李国胜时，问过他们："那人叫什么？"

李国胜说："那人不错，可时间长了，记不住他叫个甚了。"

马东生说："大同机电公司那人姓刘，都叫他老刘。"

这年腊月，厂里又往大同发了一车洗衣机。这是马东生押车发的货，开车的司机是栗志跃，车是进口日本的加长五十铃，一车拉了 120 台"海棠"。

天黑了，五十铃一上雁门关，开不动了，水箱开锅了，油路冻住了。司机栗志跃下车一看，对马东生说："坏了，恐怕是油箱冻了。"

"怎办啊？"马东生一听就急了。

栗志跃说："烤烤试试呗。"

马东生从车上拿了几个洗衣机的包装箱，放在油箱下点着了烤，可烤了半天，几个包装箱烧完了，五十铃还是没反应。"怎办啊？"栗志跃有点慌了。"拦个车拖呗，还能怎办。"马东生也没了脾气。

马东生在路边拦车，大半天见不到一辆车。好不容易看到一辆车上来，他摆了摆手，那辆车不但不停，反倒是加大油门冲了过去。

夜，越来越深。天，越来越冷。莽莽的群山，黑幽幽的，叫人不寒而栗。拦不住车？马东生真还不信了。他又拿来几个包装箱，铺在公路中央，自己躺在了上面。这时，一辆河北牌照的东风车拉着一车电石桶过来了。那司机一看路中间躺着个人，只好停下来。

马东生说："我的车坏了，给你 50 元钱，把车给我拖到大同。"

东风车司机说："我还急着有事儿哩啊。"

"你拖不拖吧？你不拖我就不起来。"马东生说完，又直挺挺躺在了路中央。

"你快起来吧，给你拖还不行？"东风车司机只好就范。

东风车这才拖上了五十铃，北出雁门关，在寒夜中向大同驶去。马东生记得，那天早上请河北的司机吃的是油条、咸菜和稀饭。

"海棠"进了库房和商场，可车还坏着哩。是大同机车车辆厂技工学校校办工厂帮他们修好了车，还给了他们每人一份二斤羊肉、几坨粉条、大葱和核桃。

马东生他们回到长治，已经是腊月二十七了。李国胜说，那年过了个好年。

转过年来，"海棠"加大了销售的力度。1982 年 2 月 23 日，正月最后一天，厂里正式成立了销售科，由马天河任科长，苏长生任副科长。那天，刚下了一场大雪，地上的积雪很厚很厚。

马天河回忆说："销售科成立了，第一站就是去邯郸打市场。"

选择邯郸作为销售科的第一站，首先是基于销售的战略考量。当时厂领导提出销售工作要勇闯三关，那就是雁门关、娘子关、东阳关。

闯出雁门关，就是要向大同、张家口等地发展。闯出娘子关，就是要使"海棠"走出山西省，走出太行山。闯出东阳关，其实是走出太行山的一个步骤，那就是首先要开辟邯郸市场。在这个棋局中，太原、大同的市场先后开辟，已经初步实现了闯出雁门关的这一构想，接下来就该是闯出娘子关的这一步大棋了。

首站选择河北邯郸市，最直接的原因就是长治距离邯郸近。如果要附加什么文化内涵的话，那就是长治在太行山上，邯郸在太行山下，有着天然的地缘关联。早在公元前 264 年，邯郸是赵国的都城，而长治也由韩国献给了赵国，与邯郸就是"一国"了。也正因为如此，才有了"长平之战"。长治的地方戏"上党落子"也是从邯郸的"武安落子"传过来的。

当然，不能因为有着地缘和历史的关联，"海棠"就可以轻易拿下邯郸的市场。马天河回忆说："去邯郸打市场，是我和补安带着四五个人去的。天已经暖和了。"

马天河所说的"补安"就是李补安。他是长治县南董村人，他的父亲就在电器厂工作，他来接的班。他说自己是个"顶替工"。马东生敲打洗衣机盖板时，他就在下料工序。李补安以后成了"海棠"销售的"掌门人"，这次去邯郸是初试牛刀。

马天河、李补安他们在邯郸市住在邯山路邯山饭店，每天蹬着三轮车，拉上洗衣机，从国棉一厂到国棉五厂，挨家进行现场表演。他们让职工脱下脏衣服，放到洗衣机里就洗，几分钟就搞定，让你看看洗得干净不干净。

他们还不断游说企业的工会，可以分期付款，也可以进行代销，还可以给职工发福利用。这样辛苦了两个月，这些企业的工会同意代销了。马天河说："在工会能搁下货，就是胜利。"

"海棠"要进入邯郸的商场，也是重头戏。开始，各个商场都不认可。工作了一段时间后，商场的态度也有了松动，邯郸市生产资料门市部、邯山商场同意进一些"海棠"进行试卖。

邯郸见了效果，他们挥师北上，直取河北省会石家庄。

在石家庄还是老战法，他们是先找大厂工会，进行现场表演，然后进攻商场。这些招数还真是奏效，第一个进去的是解放路百货商场。

石家庄人民商场是赫赫有名的大商场，不同意"海棠"进入。他们就来了个"迂回战术"，先去进攻人民商场对面一个店面不大的大众商店。大众商店的"架子小"，同意"海棠"试买。这一"试买"不要紧，"海棠"销得很好。人民商场一见"海棠"销路不错，这才放下身段，同意"海棠"进入。

有了人民商场的示范作用，"海棠"一鼓作气打进了石家庄的5家百货大楼。

在石家庄所不同的是，销售的形式有了变化，不是由商场代销，而是租赁柜台自己卖。这样做的优势是，介绍洗衣机的性能、用法更加专业，也能及时反馈顾客对洗衣机的意见和市场的信息。

"海棠"洗衣机接连在太原、大同、邯郸、石家庄打开了市场，还有一个秘诀，那就是"海棠"提出的"产品质量跟踪服务，终身保修服务，保修包换服务"等一系列服务的承诺。

不管是谁买了洗衣机，都要派人去走访，帮助客户安装、试用和征求意见。马天河回忆说："买了一台，得去家里好几遍，最少也得三遍。"有一次在石家庄，铁路大厦买了一台，打电话说洗衣机排不了水。马天河赶紧就去，去了一看，是他们的人不会用，一摁排水键，水就排干净了。马天河说，当时主要的问题集中在用户的操作上，还不是洗衣机的质量问题。

销售科在一起研究工作。
左起：刘和平、李补安、杜中杰、马天河、宋洛柱、贾富田、焦成孩、苏长生

服务承诺，现在并不新鲜，但在20世纪80年代初期，"海棠"的服务承诺，恰如一股春风吹进了市场，让人们耳目一新，很是享受。

系列的服务承诺，对于"海棠"的销售无疑起着至关重要的作用。因为顾客至上、顾客是上帝之类的承诺，都要体现在系列服务上，而不是其他。

梁吉祥记得这样一件事，一个五四三厂的老太太买了一台"海棠"，是内桶焊接的那种。两三个月后，整体拉伸内桶的"海棠"一生产出来，她就骑着三轮车来到厂里的门市部，非要换一台不行。

五四三厂是一个内迁的印制厂，在长治市北郊老顶山的半山腰上，距离洗衣机厂有10多公里。梁吉祥一开始不同意换，他担心一个来换了，产生连锁反应怎么办？可是老太太坚持要换，厂门市部的人又来请示，梁吉祥说："换，老太太来一趟不容易。"老太太换了洗衣机，见人就说洗衣机厂的服务态度就是好。

客户就是宣传的活广告。后来，厂里规定了一条，对卖出去的洗衣机，坏了就修，不好了就换，再不行就退。这恐怕就是"三包"最早的雏形。

但是，无论怎么说，服务是建在产品质量的基础上的。尽管"海棠"在全国家电展销会上一鸣惊人，但还没有在市场上展示出效应来。在石家庄，有顾客问："这是哪儿产的洗衣机啊？""山西，长治。"

"长治？没听说过。"顾客扭头走开了，去看上海、北京、大连产的洗衣机了。

长治，走下太行山，在市场上确实没有什么名气。长治既然不能给予"海棠"什么炫目的光环，那么"海棠"就必须靠自身闯出一个品牌来，证明自己不比其他名城所生产的洗衣机差。

获得这个证明的机会就出现在了 1983 年，这是后话。


## 调整班子，进入新阶段

在 1982 年，还有一件事必须提到，那就是厂长马健全被调走了。

马健全的调走，在厂里引起了一定的反响，因为他是"海棠"的"栽花人"之一。

在洗衣机厂的干部职工中间，有些人认为马健全的调来和调走，与县二轻局局长崔仁昌有很大的关联。其实不是，马健全调离洗衣机厂，是县委副书记张学忠决定的。

张学忠是蹲点在洗衣机厂的县委领导。梁吉祥回忆说："张书记真是蹲下来了，那么冷的天，他穿着黄大衣也要来厂里。"

张学忠在工作中发现，马健全厂长和蔡中祜书记之间有不配套、不协调的地方。

厂里不少人也看到了这一点，说他们谁也不服谁。有人说的好听点，说这是"一山难容二虎"。有人说的难听点，说这是"一个槽拴不住俩叫驴"。

还有人猜测，说蔡中祜一来到洗衣机厂就提出一个月生产2000台，这是前8个月的产量总和，恐怕这叫马健全很没面子，难免会有一定的抵触情绪。

还有人猜测，说大战4个月时，派马健全到天津参加轻工部的培训班，是县委领导的意思，是为蔡中祜的决策扫清障碍，减少干扰。

不管是说得好听还是难听，也不管是一针见血还是捕风捉影，这都是猜度。蔡中祜和马健全之间，从来没有过任何正面的冲突。厂里在一定范围内开过领导班子生活会，厂长作了批评和自我批评，这也是县委工作组的意思。

张学忠认为，班子不团结，会直接影响洗衣机厂的工作和发展，于是要调走"马"留下"蔡"。他对马健全表示，你的工作能力强，是把好手，但为了工作，你要离开洗衣机厂。

马健全表示，我就想在洗衣机厂干。

张学忠表示，那不行，离开洗衣机厂，县里的企业由你挑，去哪儿都是"一把手"。

马健全只好调离洗衣机厂，这是1982年8月的事。同年12月，他被调到县锅炉厂任党支部书记，真的成了"一把手"。1986年，他又被调到县经坊煤矿任党总支书记、矿长。1991年7月，他上任长治市南寨煤矿的"一把手"。南寨煤矿后来发展成为赫赫有名的"三元煤业集团"，马健全也是长治市人大常委会委员。他在"三元"一直工作到退休。

2012年11月17日，星期六。这天上午，我们采访了马健全。

他笑着对我们说："我在洗衣机厂的事，你不是已经写过了？就那些事了，还要采访什么？"

写过马健全的故事，那是 18 年前的事了。1994 年仲春，为了庆祝 1995 年长治解放 50 周年，我们着手编写一部报告文学集《英雄太行》，其中有一章是写煤炭战线的发展变化。当时马健全正是南寨煤矿的负责人，于是接受了我们的采访。那篇文章的题目是"热血八面风"，里面写到了他在洗衣机厂创业的故事。

后来，我们也还见面，但很少再说到"海棠"。这次采访，我们不想放过他，于是笑着对他说："写是写过了，那是多少年前的事了，而且那时候主要是说南寨煤矿。现在采访你，是想让你把洗衣机的事说得更细一些。"

马健全想了想说："'海棠'来得不容易，主要是大家的功劳。我离开得也早，也没什么要细说的。你好好写吧，我看过你写的不少东西，写申纪兰的那部《见证共和国》就不错，'海棠'也是有个写头哩，写好了也是部好书。写完了，我买一本。"

"肯定会送你的，不用买。"我们说。

他说："就这吧，你们好好去采访其他人。咱们是老朋友了，哪天了，好好聚聚。"

他不想多说，我们表示尊重。他是我们采访的第一人，我们却没有刷到更多的菜。

2012 年 12 月 22 日，那是一个冰天雪地的日子，我们专门采访了张学忠。他在 10 年前患过癌症，但一直和癌症作斗争，成为"斗癌勇士"。他已是耄耋老人了，但身体硬朗，思维敏捷，还编写了《小动作大养生》等小册子。

他主动提到了调走马健全的事。他说："我知道健全对我有意见，可有意见也不行，那是为了工作。"

张学忠的廉洁和勤勉、认真和负责，给"海棠"留下了很深的印记。他在

2012年12月22日，接受采访的张学忠（左）

长治县，从县委副书记做到了县委书记。他给我们说了很多，对于厘清"海棠"
的许多事件起到了提纲挈领的作用。

马健全调离了洗衣机厂，1982年9月，蔡中祜书记提议，县委做出决定，
由梁吉祥代理厂长。

梁吉祥对蔡中祜说："试试吧。要说，我是说不了；实干了，还马马虎虎。"

张学忠是看好这个领导班子的。他说："县委对这个班子很满意，有文有武，
有快有慢。老梁和老蔡配合得好，老梁最大的特点是'我听你的就对了'。"

梁吉祥是代厂长，但人们称呼的时候是不带"代"字的，直接叫厂长。梁
吉祥"代"的时间并不长，半年后，1983年2月，他被任命为厂长。

洗衣机厂的领导班子调整后，进入了一个新的发展时期。

1983年，将是"海棠"历史上值得记忆的年份。

# 第 6 章 创优

1983 年，是"海棠"发展的一个节点。

这一年，"海棠"推行以"成本倒算"为核心内容的经济承包责任制，首开企业管理改革的先河。打破大锅饭，激活企业的经营机制，实现扭亏为盈，对"海棠"的发展有着重大意义。

这一年，海棠3型洗衣机荣获国家轻工业部优质产品的称号，成为六大部优产品之一，对于"海棠"走向市场无疑起着至关重要的助推作用。

## 成本倒算，打破大锅饭

"海棠"推行以"成本倒算"为核心内容的经济承包责任制是在 1983 年，但准备工作在 1982 年就启动了。

推行经济承包责任制，为的是要扭亏为盈。

在 1982 年，"海棠"准备参加全国家电展销会的时候，对原有机型进行脱胎换骨的改造是当务之急、重中之重，同时，盈亏的问题也浮出了水面。

在1982年4月20日的汇报会上，蔡中祜一方面提出参展要做到一鸣惊人，另一方面也提到洗衣机的赔钱问题。

在当时，"海棠"要一鸣惊人是最重要的，所以我们没有对"赔钱"的问题展开描述。"海棠"凯旋而归了，"赔钱"的问题自然就提上了议事日程。

当时，洗衣机的市场价格是由上级有关部门确定的，但"海棠"是成本和价格倒挂。单桶洗衣机每台定价185元，而"海棠"的成本是195.99元。换句话说，每出厂一台"海棠"，直接亏损11元。

把成本降下来，扭亏为盈，是"海棠"必须要做的一篇大文章。

降低成本的核心是管理。管理出效益，这是企业的命脉。

如何加强管理降低成本呢？"海棠"想到了经济承包责任制。

中国的改革就是从农村推行经济承包责任制开始的。承包责任制的核心，是效益和劳动直接挂钩，打破了农业生产的"大锅饭"。

"大锅饭"是"公社化"的一大弊端，出工不出力，干多干少一个样。实践证明，只要人们的劳动和利益不是直接挂钩的话，那么人们的本能表现首先就是懒惰。农村一经推行承包责任制，马上就调动和焕发了农民的生产积极性，其原因就是产量的多少、利益的好坏直接体现在家庭的劳动和经营上。

农村经济承包责任制的成功，给企业改革提供了一个很好的示范和榜样作用。把承包责任制引进到企业管理中，这可行吗？企业毕竟不同于农村，工业的产业生产和粮食生产毕竟不是一回事，在企业搞承包责任制会不会也是"一包就灵"呢？

"海棠"决心试一试。改革就是允许试验，摸着石头过河。改革都能试一试，咱"海棠"也能试一试。

财务科:（右起）刘财顺、原茂则、李宗贵

"海棠"承包责任制的做法是"成本倒算"，也就是按照成本的总要求，逐级向后推算，得出各单位、各工序应该保持的成本指标，然后进行经济指标承包责任制。

这项工作在 1982 年的后半年就开始着手准备了。厂里组建了 5 人经济责任领导小组，成员分别是蔡中祜、梁吉祥、赵建国、刘财顺、任瑞红。

这个小组的前 3 位，蔡中祜是书记，梁吉祥是代厂长，赵建国是厂办主任，之前我们已经提到过，无须再介绍。只是刘财顺、任瑞红是第一次出现，需要说明一下。

刘财顺是财务科的负责人，后来是"海棠"集团的总会计师。他是西池乡西池村人，1939 年出生，1977 年到的电器厂。在这之前，他曾在一个煤矿搞过财务工作，所以到电器厂后，在车间工作不到一年就被调到了财务科。

任瑞红是生产科的统计员，后来是厂工会主席。她是长治县苏店人，1951 年 11 月出生，1971 年在电器厂参加工作。之前，她在苏店小学当了 3 年民办老师。

她到了电器厂,开始是在钣金车间做砂轮机的防护罩,天天是"哐哐"地敲打,在车间说个话都得大声喊。有一天,车间主任找她,说厂里要开大会,车间要个代表在大会上发言,其他人都不会说个话,你当过老师,你去给咱代表车间发言吧。她"嗯"了一声就算是答应下来了。

她把这次大会发言很当回事,自己准备发言稿一直到深夜。大会上她发了言,给人们留下了很好的印象。20岁的姑娘,英姿勃发,一股朝气,叫人耳目一新。有人对她说,这回大会发言,数你说得好哩。很快,她就成了车间保管员。后来生产科需要统计员,又选中了她。

从这个小组的构成可以看出,蔡中祜和梁吉祥是领导班子,负责定方向、定盘子;赵建国、刘财顺、任瑞红是工作班子,负责经济指标的测算、核定和考核。

"海棠"在什么状态下才能做到不亏损有盈利呢?经过测算,月产量2000台,单台成本必须控制在165元以内,否则,就是亏损。

于是,经济承包责任制的基本思路是:以月产2000台洗衣机为最低基数,以单台成本164元为最高限度,用"成本倒算"的方法,把成本要素分解成4项大指标,分别由车间和科室进行经济承包,功效与工资直接挂钩,完成指标的奖励,完不成的赔偿。

这个责任制可以用16个字来概括,那就是:"两级核算,成本包干,四大指标,全奖全赔。"

"两级核算"是厂部和车间分级核算。"成本包干"是成本指标一包到底。"四大指标"是在保产量指标、保质量指标的基础上所核定的"材料消耗定额指标"、"燃料、动力消耗定额指标"、"工资及附加费用指标"和"废品损失费用指标"。"全奖全赔"是效益与指标直接挂钩,节约有奖,亏损自补。

这是一个复杂的系统工程,从经济指标的确定,到考核办法的实施,必须做到既有先进性、科学性，又要有可操作性。

经济责任领导小组的工作班子，深入各个车间进行调查研究，收集整理各种大量的原始数据，经过分析研究，制定出分门别类的各项经济指标。

任瑞红回忆说，搞成本核算时，自己设计了数据统计表格，上千个数据用一个表格就能反映出来，而且是一目了然。

"材料消耗定额指标"，包括主要原材料、辅助材料和劳保费用。

主要原材料的定额核定，外购件按单台配套制定，自制件按图纸进行测算。辅助材料的定额核定，一是参照过去月产 2000 台的消耗情况，二是根据材料的用途和寿命进行核算。劳保费用是根据不同工种的需要进行单台推算。这些费用加在一起，就是单台的材料消耗定额指标，每台是 135.50 元，其中主要原材料占 133.92 元，辅助材料占 1.32 元，劳保费用占 0.26 元。分解到车间后，装配车间承包 98.96 元，钣金车间承包 30.54 元，机加工车间承包 0.73 元，烤漆车间承包 4.25 元。

"燃料、动力消耗定额指标"的核定，参考了过去月产 2000 台的消耗情况，进行合理分解。

"工资及附加费用指标"的核定，基础是工时定额和劳动定员。为了核定合理的工时定额，采取了 3 种方式：一是现场操作计时，二是统计分析，三是标准核定。经过细致的工作，工时定额由原来的 13 时 43 分钟修订为 11 时 12 分钟。

为了做到准确定员，采取了"按劳动效率定员、按设备定员、按岗位定员"等多种方式，确保各车间的平均工资在承包后不出现大的波动和差别。

工资指标也是分三部分细算，一是产品工资，二是劳保补贴，三是病假工资。这三项指标加在一起，单台的工资指标为 2.75 元。

"废品损失费用指标"，是参考上海厂家的质量指标来确定的。按 5% 的废品率核定出废品损失费用指标为 1.05 元，承包到车间。

车间与车间之间、上道工序与下道工序之间的半成品交接，不仅制定了规范的流程制度，而且换算为产品的内部价格，如果出现了流程的延误，按内部价格扣除或赔偿。

经济承包责任制的试行方案，把四大指标又分解成为可计算的 35 项小指标，每项指标都能落实到人头。

这个方案拿到中层干部会议上进行讨论。梁吉祥主持讨论会。他说："有什么意见，大家都可以提出来。"

大家不吭声。会议的气氛有些尴尬。梁吉祥又说："咱这是个试行的方案，是要让大家多劳多得、节约有奖，把成本降下来。咱总不能是一直赔着干吧？试行方案就是试试行不行。改革都能试一试，咱也能试一试吧？"

气氛这才有所缓和。大家说，你说是试试，试试就试试。

车间主任们也提出了一些问题，例如，停电怎么办，待料怎么办，车间脱产、半脱产人员的工资怎么算，车间之间的维修协助怎么算，等等。

会后，针对车间主任们提出的问题，领导小组进一步完善了方案，并于1983 年元月开始试行。

试行的结果会是怎么样？人们期待着。

## 一包就灵，洗衣机扭亏为盈

1983 年 1 月，"海棠"开始推行"两级核算，成本包干，四大指标，全奖全赔"的经济承包责任制。

承包责任制试行了一个月，梁吉祥组织试行情况汇报会。他说："咱们的承包责任制试行了一个月了，大家说说情况吧。"

他没有想到，大家又是谁也不吭声。

这，他有些不理解了。他是每天要到车间去的，从他自己掌握的一手情况看，承包责任制试行得还很不错。

比如烤漆车间，过去用水砂纸是拿来一张擦几下就随手扔掉了，根本就不在乎。下班打扫卫生时，水砂纸都是用铁锹除。据测算，单台使用量在 10 张以上。在承包方案中，把单台的水砂纸用量核定为 5 张，比原来下降了一半。因为节约有奖，工人对水砂纸的使用在乎了、上心了，不再是拿来整张就用，而是把整张撕开，分成 4 小张，一小张一小张地用；不但不随便扔掉，而且下班时还要锁进工具箱里，以便再用。

还有在钣金车间，为了提高内桶整体拉伸的成功率，也是费了很大的心思。这一切，他都是看在眼里的，但为什么大家不说呢？

"你们谁先说？"梁厂长挨个儿看着大家。

突然，一位车间主任发问："梁厂长，你说的全奖全赔，兑不兑现啊？"

"兑现啊，谁说不兑现啦？"

"指标一定半年呢？"

"不变啊。"

"行，你说话算数，咱就说说。"车间主任这才开始汇报承包试行的效果。

看来，车间主任不说话是有由头的。在讨论承包的试行方案时，车间主任最担心的是完不成指标，给大家开不了工资，所以强调的是"试试"；谁知试了一下，"一包就灵"，效果很是不错。车间自己经过核算，按照承包方案，不但能保住工资，而且还可以多少拿点奖金。在这种情况下，车间又怕厂长说话不算数，所以就都不吭声。现在顾虑打消了，整个汇报会的气氛也活跃起来。

烤漆车间节约得最多，单台水砂纸的用量只有 0.7 张，比承包方案的 5 张节约了 86%。算下账来，仅此一项，车间每人该发奖金 30 多元。

如果说烤漆车间是因为节约辅助材料拿到奖金的话，那么钣金车间拿奖就是攻克技术难关，完成了"废品损失费用指标"。

在承包方案中，废品率是按 5% 核定的。换句话说，只有成品率提高到 95%以上，才可能得到奖励，如果达不到，就要赔偿。这个硬指标成了钣金车间的"泸定桥"。因为内桶整体拉伸投入生产后，废品率居高不下，有时竟高达 60%。

试行经济承包责任制，要实行"全奖全赔"，有人就说，钣金车间把工人卖了也不够。尽管这是句玩笑话，但压力的确是实实在在地放在了车间主任吴顶柱的头上。

吴顶柱回忆说："蔡书记、梁厂长下了硬指标，废品率非降下来不行。蔡书记指着我说，你给我琢磨，弄不成，开除了你！"

吴顶柱回家睡不着觉了。他在琢磨，废品率这么高，问题出在了哪里呢？这里无非是两方面的原因，一个是材料，一个是模具。铝板的型号有多种，并不是哪一种都适合拉伸，自己一定要尽快找出最适合拉伸的那种铝板。还有，拉伸在试验时，就存在一个上下模的间隙调整问题，现在成品率不高，也一定和这一点有关系，自己一定要找出其中的规律，降低废品率。

他上了班，先对材料进行试验，一种、一种挨着试。L2 的不行，L3 的也不行，最后是 L4 的还好一些。

材料问题解决后，他就着重调整拉伸模具的间隙，一丝一丝地调，最后调到 0.75 毫米这个范围，成功率是最高的。

他在车间提出一个口号："从'0'做起，从'丝'开始。"蔡中祜在全厂职工大会上充分肯定了这个口号。

用上 L4 的铝板，把上下模的间隙调到 0.75 毫米，不破、不皱地生产了一批。但是，到了第二批拉伸，皱和破的问题又出现了。铝板还是 L4，上下模的间隙

内桶整体拉伸

还是 0.75 毫米，为什么会问题再现呢？

吴顶柱观察发现，原来是 L4 铝板的厚度并不一致，有的厚一点，有的就薄一点。这点差别，一般的使用感觉不到，但在拉伸机上可就反应明显了。同样是 0.75 毫米的间隙，厚一点的铝板就拉破，薄一点的就拉皱。

铝板的厚薄不能改变，能改变的是调整上下模的间隙。吴顶柱用千分尺把铝板全部量一遍，分类放开，然后再根据不同厚度的铝板，来调整上下模的间隙，确保相对间隙保持在 0.75 毫米的定值范围。这样一来，合格率大大提升，高达 99.7%。也就是说，内桶 60% 的废品率直线下降，不仅实现了承包方案核定的 5%，而且降到了 0.3%，实现了一个大突破。

山西省优秀 QC 小组奖状

任瑞红告诉吴顶柱，整体拉伸的废品率如此之低，这在轻工部都引起了轰动。

在山西省忻州市召开的全国质量工作会议上，长治洗衣机厂的钣金车间 QC 小组荣获"优秀质量小组"称号。吴顶柱出席了这次会议，并对整体拉伸的质量攻关做了示范和讲解，赢得了大会的好评。

在试行经济承包责任制的一个月内，各个车间一定是认真对待的，一定还有许多感人的事迹。我们只将其中记忆最深的列举一二，让人们窥一斑而知全貌。

汇报会议后，厂里按照承保方案立即兑现，发放了工资和奖金。

喷漆车间工人领到 30 元奖金，很是叫人眉开眼笑。30 元奖金，在 1983 年就绝对是一个大数目，因为工人的平均工资比这个也多不了多少。通过承包，工人能拿到 30 元奖金，那份指望、那份热情，是不难想象的，真好比是天上掉馅饼。

经济承包责任制，就这样在"海棠"推行开来。

"海棠"推行经济承包责任制，在企业的改革上具有划时代的意义。在 20 世纪 80 年代初期，我们对企业改革的理念是把企业推向市场。为什么要"推"呢？那是因为我们的企业在计划体制下，一直是政府怀抱中的附属生产单位，而不是本质意义上的企业，生产什么，是亏还是盈，都是政府的事而不是企业的事。实践证明，单纯的计划体制，只能是越搞越穷；政府怀抱中的企业，也是越来越没有活力，所以政府要把企业"推向市场"，还企业一个本质意义。这个本质意义，就是企业应该是在市场的竞争中，焕发自身的经营活力，求得生存和发展。

既然如此，企业为什么不是主动走向市场，而是被"推"呢？那是因为在计划体制下、在政府的怀抱中，企业只管按照政府的计划指令生产就可以了，端的是铁饭碗，"旱涝保丰收"，不必去经受市场的风险，所以不推不动，推推动动。

在当时，企业改革还只是在启动期间，社会主义市场经济的改革目标还没有确定，所以不论是政府还是企业，绝大多数都还在观望和迟疑之中。就在这种特定的时期，"海棠"率先推行经济承包责任制，无疑是企业管理中最本质的一次革命。因为实行承包制的出发点和落脚点不是计划，而是市场；不是长官意志，而是企业发展的需要。

总装车间

尤其值得注意的是，"海棠"的成本倒算，与15年后风行全国的"邯钢经验"几乎是如出一辙。所不同的是，"邯钢"是大型"国企"，"海棠"是小型"集体"。现在依然可以这样说，"海棠"的经营管理改革曾经走在了那个时代的前列，绝非虚夸之词。

改革还在继续。承包责任制实行半年后，随着产量的提高，月产2000台的基数已不适应生产的发展，有必要对经济指标进行适度调整。根据考核的结果，把产量基数提高到月产3500台，对相应的定额指标进行了修订，使单台成本又降低了2.40元。

修订后的经济指标，基本达到了比较先进的管理水平，车间之间也没有出现大的差异，各车间的工人工资基本实现了翻番，由40.5元提高到74.5元，最高可达250元，人均奖金达到20元以上。

"海棠"管理的改革先走了一步，市场的回报也是丰厚的。1983年，年产5万台，单台成本由195.99元下降到164元，全年利润实现70.4万元。

实践证明，市场的"秋波"总是送给那些敢为人先、勇于探索的人们。我们改革开放的大业，本就该是不断探索、不断试试、不断创新的，在改革的"浅水区"如此，在改革的"深水区"亦如此。

进入到1984年下半年，"海棠"的改革力度继续加大，由"两级核算，成本包干，四大指标，全奖全赔"，发展到"冻结基本工资，实行档次结算，利润工资挂钩，上下浮动不限"。

1984年，"海棠"实现了"四个翻番"、"四个第一"。"四个翻番"是：产量11万台，比1983年的5万台翻了一番多；产值2258万元，比1983年的1100万元翻了一番多；全员劳动生产率4.78万元，比1983年的2.7万元翻了近一番；利润206万元，比1983年的70.4万元翻了1.5番。

"四个第一"是：在全国同类产品中，"海棠"的单台成本最低，单台利润、人均创造利润、全员劳动生产率为最高。

毫无疑问，"海棠"走过了山重水复，迎来了柳暗花明。

我们是沿着经济承包责任制这条线走了下来的，还有许多发生在 1983 年的重大事件没有来得及说，特别是"海棠"成为"六大名牌"定然是必须要说的。

## "海棠"跻身"六大名牌"

1983 年 10 月 28 日，星期五，《山西日报》刊登一则消息：

长治海棠牌洗衣机被评为全国优质产品

本报讯　在一九八三年全轻工业优质产品评选中，我省长治洗衣机厂生产的海棠牌Ⅲ型洗衣机，被评为优质产品。它的优点是：设计先进，结构合理，造型美观，功能齐全，性能稳定，安全可靠，耐腐耐磨，洗净比高，噪音低，耗电少，尤其是整机寿命试验连续运转二百五十个小时。这个项目比全国其余四十七个厂生产的洗衣机都好。（刘兴华）

《山西日报》1983 年 10 月 28 日，发表"海棠"
被评为全国优质产品的消息

这则消息表明，"海棠"单桶洗衣机获得了国家轻工业部优质产品的称号。海棠人把这称为"部优"。

轻工部颁发优质产品证书，是在1983年9月。这时，长治县已不再由晋东南地区管辖，而是划归长治市管辖。"海棠"的"部优"也成为长治市当时所有产品中的唯一。

全国洗衣机同时获得这一称号的有6个品牌：长治的海棠牌，上海的水仙牌，营口的友谊牌，长春的君子兰牌，北京的白兰牌，武汉的荷花牌。这6个品牌的洗衣机号称是"六大名牌"。

"海棠"跻身于"六大名牌"，无疑是对产品质量的一个高度肯定。那么，"海棠"的质量有什么过人之处呢？

最为突出的是整机寿命试验，不仅超出了其他品牌，而且超过了部颁标准。

整机寿命试验，就是带负荷无故障运行。说得再通俗一点，那就是在洗衣机里加上物件进行洗涤，在连续的运行中，看你有多长时间不出故障。无故障运行的部颁标准是250小时，也就是10天10夜再加10个小时。

"海棠"的整机寿命试验有着怎样的表现呢？《长治报》（《长治日报》的前身）1983年11月8日发表的《海棠花香溢四方——长治洗衣机厂见闻之一》中有如下的描述：

这是一九八三年的春末。在首都北京全国家用电器测试中心站的测试大厅里，从全国二十个省市，三十余个企业选送来的四十六台各种型号的洗衣机，正在昼夜不停地运转着：50、100、150、200、250，整整过了十天十夜又十个小时，运转测试才最后停了下来。象（像）大浪淘沙一样，有些经不住"考验"的"落伍者"，运转刚过200个小时，就纷纷半路"掉队"了，能坚持运转到最后的只有十三台，而自始至终保持了正常运转的只有两台，这两台其中之一就是长

1983年11月8日《长治报》的剪报

治洗衣机厂生产的"海棠"牌铝合金桶Ⅲ型洗衣机，它和无锡洗衣机厂生产的另一种塑料桶型号的洗衣机并列获得整机性能最佳成绩。

　　毫无疑问，带负荷无故障运行是测试的关键。因为在整机运行过程中，任何一个零部件都不能出问题。

　　"海棠"为什么能坚持到最后？梁吉祥厂长给我们揭开了这个谜底。他说："寿命试验，大多数的洗衣机达不到部颁标准，最后的关键是在电机和波轮的传动带上。当洗衣机带负荷运转到了200个小时，三角皮带就自身发热，超过一定温度，就会被撕成一条一条的，不是断了，就是不转了。"

　　"细节决定成败"，就是传动带这么一个不起眼的零件，让很多厂家兵败首都，与第一次"部优"失之交臂。

　　很多厂家对这个问题确实不太在意，而"海棠"很早就注意到了这个问题。长治本地有生产皮带的厂家，上级领导也要求使用本地产品，但是经过测试，本地的皮带达不到要求。河北辛集一家橡胶厂的产品经得起测试，于是"海棠"

主要使用的是辛集的皮带。

"海棠"带负荷无故障运行到底能有多长时间？梁吉祥说："咱的能达到1250 个小时。这一点是最好，最突出。"

啊？52 个昼夜，超过了部颁标准的 4 倍！

当然，选择优质三角皮带，只是"海棠"大抓质量、大抓创优的一个代表。

质量是产品的生命。蔡中祜书记在会上讲："洗衣机的质量上不去，人们是不掏口袋的。所以，从领导到职工都必须从'海棠'生死存亡的高度认识质量问题，要大抓质量，大抓创优。从配套厂家到厂里各车间、各工序都要大抓质量，一个死角不能留，一个零件不放过。100 多个零部件，件件要优质。"

轻工部对洗衣机要进行评选活动，是早有安排的。

早在一年前，1982 年 10 月底，轻工部在安徽合肥召开会议，提出对洗衣机生产要制定标准，并且要对 300 多个厂家生产的洗衣机进行评选。全国有 26 个厂家参加了会议，"海棠"没有参加。省二轻厅胡火原参加了会议，并于 11 月4 日到厂里传达了合肥会议的精神。

在这天的会议上，厂里作出部署，由梁吉祥为总指挥，由李长安、牛润明负责图纸、资料，由牛连旺、李庆怀、李永孝负责产品准备，全厂上下齐动员，狠抓产品质量，迎接部里评选。

厂里按照部颁拟定标准的要求，进而制定了厂里的质量标准。"厂标"比"部标"更严苛，不仅所有的零部件要经得起长时间连续运行的考验，而且主件主项都要超过部颁标准。

电机是洗衣机的心脏。部颁标准要求，电机在长时间运行中，温升要≤ 75℃。"海棠"的电机温升自定标准是≤ 50.4℃。一开始，各个厂家配套"海棠"的电机都达不到这个要求，有的厂家就放弃了，而常州电机电器总厂却要坚持攻克这一难关。

我们还记得洗衣机"大战4个月"时，是牛福祥去常州催的电机，一句"我拿党性担保"的承诺就解了燃眉之急。这次为了解决电机的温升问题，常州厂积极改进，进行二次绝缘，终于使电机的温升控制在45℃～50℃。

赵成旺在检验

电机对洗衣机的噪音有直接的影响，噪音的部颁标准是≤75分贝。"海棠"自定的标准是≤65分贝。常州电机在噪音方面可以控制到55分贝～60分贝，这就大大低于了部颁的标准。

洗衣机的震动也是一项重要指标。我们还记得最早试制的洗衣机还"圪摇哩"，到省二轻厅送检，是李庆怀"使劲儿摁住，不让洗衣机晃"。为了减震，厂里发动职工小改小革，改制了电机支架，又在外壳上加了筋，最后又在减震垫的材质上动了脑筋。经过反复试验，最后才选定了柔软度恰当的材质。

包装箱，已经是洗衣机"体外"的部件了，但"海棠"一样对它的强度、文字说明、图案标识也都有高于部颁标准的要求。

提升"海棠"的质量是一个过程，是一个精心设计、精心制造、精心改进、精心完善的过程，是全厂上下付出艰辛劳动、聪明智慧的过程。

梁吉祥回忆说："我在厂里主要是抓质量。"

厂检验科的赵成旺回忆说："每次创优，技术、生产、检验的几个科长都是一道一道的工序把关，攻克难关，谁负责的工序和项目出了问题由谁承担责任。我负责的是制动性能，超过6秒为不合格。我就和工人一起改工装、做试验，找出刹车块的最佳角度，解决了问题，达到了标准。"

严格的质量控制，不断的改革创新，终于使"海棠"顺利通过轻工部的测试。

1983年4月11日，蔡中祜从轻工部家电测试中心主任张华荣那里获得一个重要的信息，"海棠"在评选的测试中"效果不错"。

1983年6月3日，厂里开会，传达轻工部的"北京会议"精神，"海棠"已经通过测试，6个厂家的产品从300多家中脱颖而出，获得轻工部优质产品称号。

6月12日，洗衣机厂召开全厂职工大会，热烈庆祝"海棠"荣获部优产品。

省二轻厅王志明厅长专程到会祝贺。他说："'海棠'获得部优，来之不易，意义重大啊！"

1983年8月，蔡中祜被任命为长治县二轻局副局长。


## 借力发力，快速占领市场

洗衣机的"六大名牌"中，有5个是出身于大城市或沿海城市，唯有"海棠"是在内陆山区的小城市。

1983年9月，"山西省优质产品"、"轻工部优质产品"双证颁发，"海棠"可谓是双喜临门。

"海棠"有了"部优"的名分，终于证明了自己的价值。在市场上，销售员介绍"海棠"时，不再说这是长治产的，而是说这是"部优产品"。

有了"部优"品牌，"海棠"在市场上迅速走红。1983年生产的5万台洗衣机销售一空。厂门口是车水马龙，排队装洗衣机。有的来了两三天了还装不上车。

"海棠"获得"部优"（右）、"省优"的证书、奖章

"海棠"也借力发力，加快了占领市场的步伐。

1983 年 10 月，一个 20 岁的小青年调到销售部工作。他叫李文斌，是长治县西池乡南池村人，1963 年出生，1980 年在县煤矿参加工作，1983 年到了"海棠"。

他回忆说，为了占领市场，在厂里内部招了四五十个销售员，充实到各个商店去。他就亲身经历了在石家庄打开人民商场的全过程。

马东生开辟了大同的市场后，又去河北张家口市开辟市场。"海棠"在张家口百货大楼、宣化钟楼商场销售得也都很好。商场的领导还请他吃烤全羊。马东生说："终身就这一次。"

这时，李国胜也回师太原，住进了"南宫"。

蔡中祜书记亲自赴北京开辟市场，一个电话把马东生、李补安叫到北京，抬着洗衣机进到前门百货商场。

一天，五十铃车向北京发货，天亮时走到北京菜市口，被一个交警拦住。

交警说："长治的车，就不罚款了。我是壶关人，咱是老乡。可是你们的车不能走了，白天货车不能通行。先停到路边吧，等天黑了再说。"

马东生、李补安赶紧组织人马，白天把洗衣机倒到商场里，黑夜又装了半车挂面，才又返回长治。挂面都是厂里职工托马东生代买的，用的是全国粮票。

马东生还到西安去开辟过市场。他是在火车上闲聊时认识了一个西安阎良倒腾方便面的小贩叫王素民。王素民的表妹在西安大雁塔东街商场当服务员，由她的引荐，马东生见了商场经理。经理一听是"六大名牌"的洗衣机，同意先进10台进行试卖。中午，经理请马东生吃饭。马东生第一次吃到了西安的凉皮。马东生记得东风车往西安送洗衣机，他和司机三个人爬了西岳华山，下了山，腿肿了；上了车，下不来。

他还记得去天津开辟市场。厂里质量科的谷明是天津插队知青，马东生拉着一车洗衣机和一台"太行"牌缝纫机，去到谷明家。"太行"牌缝纫机算是见面礼。谷明的哥哥领着马东生见了天津劝业场一个烧锅炉的。劝业场是天津著名的百货商场。这个烧锅炉的人又领着马东生见到了商场家电部的负责人，"海棠"就顺利地入驻了劝业场。

马东生从天津回来又去了河南郑州，在郑州紫荆山百货大楼摆上了"海棠"。

从销售人员的回忆中，我们就不难看出，"海棠"因为有"部优"品牌，不仅在快速地占领市场，而且开拓市场也比两三年前容易了许多。个中原因，一定有销售人员的汗马功劳，当然也必然包括了改革开放带来市场的活跃，以及人们生活水平的提升对洗衣机需求的增加。因为市场说到底，是个供需问题。

"海棠"红了。"海棠"单桶洗衣机在市场的竞争中，以上乘的质量和市场的开拓获得了新生，这给洗衣机厂带来了勃勃生机。

"海棠"获得了"部优"，1984年10月，长治市总工会、长治市劳动竞赛委员会为"海棠"记功表彰。这次表彰没有忘了关秋发老师傅，给他荣记为三等功。

2012 年 11 月 24 日，农历十月十一日，我们专程到苏店镇南董村采访了张双明师傅，到西故县乡河头村采访了关秋发师傅。

十月十日，长治县有吃炸糕的习俗。张双明师傅让儿媳妇端出黄澄澄的炸糕来招待我们。他说："知道你们来哩。"

他的儿媳妇说："你都快吃吧，有豆馅的、糖馅的，也有菜馅的，都是才炸的。"

张师傅 79 岁了，不多说话，坐在床沿上笑眯眯地看着我们吃炸糕。说起"海棠"的以往，张师傅说："我说不了个甚啊，家里很贫寒，我连小学也没毕业。厂里机加工的设备，我都开过，数我的技术好哩。徒弟里是（李）庆怀跟得我时间比较长。"

张师傅说："劳模，哪年也是个一等奖。1984 年退休了，二孩子接的班。"

我们告辞，张师傅送我们到大门口。我们上车走了，他还在那里站着，背后是平平的土地，一眼能望出去很远很远。

关秋发师傅比张双明年长 10 岁，已经 89 岁了，但精神矍铄，快言快语。

2012 年 11 月 24 日，接受采访的张双明师傅（上）和关秋发师傅（下）

说起"海棠",关师傅说:"南工房舞台上敲哩,李庆怀不叫我走,外壳、内桶都是靠手工敲打。"

关师傅说:"开始的洗衣机'圪摇'哩。我主要是听话,叫干甚干就对了。可受来哩,头发都掉了。唉,出过力了,不说了。"

关师傅说:"我没有想到你们会来,不简单啊。以前谁来了也要拜访拜访我哩,我也是创始人哩。"

他的"三等功"奖状规规整整地钉在墙上,那是老人生命光华的见证,那是一代海棠人的荣耀。

我们告别时,老师傅拉着我们的手,张了张嘴,只说出了一句话:"可来啊。"

老师傅的一句话,说得我们心里酸酸的。我们采访两位老师傅,是在寻根。"海棠"1983年获得"部优"称号,关秋发被荣记"三等功",无论怎么看,这都是"海棠"发展的一个新台阶。

如何使"海棠"步步登高,一步一重天?

"海棠"走出了一步好棋——引进。

# 第7章 🌺 引进

回望"海棠"的来路，引进日本"松下"双桶洗衣机的技术和关键设备，无疑是事关"海棠"发展的一个至关重要的举措。

引进，是实现跨越发展的一个有效的捷径。引进，包括引进先进的思想理念、先进的技术设备、先进的管理模式、先进的工艺材料，以及可用的资本资金。

"十月革命一声炮响，给我们送来了马克思列宁主义。"毛泽东主席的这句经典名言，清楚地表明了中国共产党的诞生和指导思想的确立，不是因为几千年的"孔孟学说"，而恰恰是中国先进知识分子进行了石破天惊的"引进"，找到了中国革命的道路。

中国的革命是如此，经济的发展也是如此。中国的引进走过了百年的曲折路，有过清末"洋务运动"的残缺和夭折，有过新中国成立初期苏联老大哥"掐脖子"的艰难和痛苦，也有过"文化大革命"时期的内讧和荒蛮。真正实现现代化的引进，只是在改革开放的新时期才成为现实。尽管我们的引进还受有诸多的制约，但引进的捷径已经浮出水面，封闭的大门已经打开。

敢于利用这条捷径的，特别是"第一个吃螃蟹的人"，是需要具有相当勇气的。"海棠"就勇敢地走上了这条路。

有不少人认为，"海棠"是在获得"部优"以后才搞引进的，因为获得"部优"在前，而搞引进在后。其实，从最初引发了要进行引进的这一观念的时间表上看，引进和"部优"并没有逻辑上的因果关联。当然，"海棠"获得"部优"后，"凭借好风力，送我上青天"的作用也是重要的一环，但起决定作用的还是市场。换言之，即使"海棠"没有跻身"六大名牌"，引进也是要进行的。

当然，引进的这条路也并不好走，走好了也不容易。

现在，我们就从人们的记忆中，沿着引进路上的标记，去感受"海棠"引进的纵横风雨吧。


## 市场调研，广州"隆中对"

"海棠"什么时候有了要搞引进的念头呢？至少是在 1983 年的初春。

蔡中祜对梁吉祥有过多次这样的表示，市场上已经有了双桶洗衣机，我们不能只干"单桶"，也要立即着手上"双桶"。"双桶"怎么上？这要慎重考虑。

1983 年清明节过后，蔡中祜对梁吉祥说："你在家里抓好生产，我带人出去考察考察市场。"

梁吉祥回忆说，这次外出考察，主要是考察"单桶"在市场上的寿命和"双桶"在市场的前景。

参加这次考察的一共有 8 个人，其中有厂里的蔡中祜、李庆怀，有地区二轻局的李长安、高玉宝、张小琦，有县经委的崔仁昌，有县二轻局的牛润明和刘建生。

关于这次考察，李长安有一个小笔记本，较为详细地记录了考察的行程和内容。我们对这个笔记本的记录稍加整理，就可以看出考察的基本情况。

李长安的小笔记本

考察组一行于 1983 年 4 月 8 日下午 5 时坐火车离开长治，第二天上午 11 时到达北京。4 月 10 日至 13 日，考察组在北京考察。

11 日，他们去拜访了轻工部家电测试中心的张华荣主任。张华荣透露出"海棠"在评选中"效果不错"的信息，使他们非常兴奋。

12 日上午，他们考察了北京洗衣机总厂。

北京洗衣机总厂在卢沟桥附近。卢沟桥，是中华民族心底一个永远无法忘却的记忆，因为 1937 年 7 月 7 日的"卢沟桥事变"是日本军国主义全面侵华战争的开始，从此爆发了中国全民族的抗日战争。

北京洗衣机总厂职工总数 2000 人，其中生产洗衣机的是 800 人。目前生产白兰牌单桶洗衣机，年产 6 万台，成本价 160 元，出厂价 180 元，零售价 199 元。"双桶"洗衣机正在建设三条线，带喷淋式的前处理线、冲压线和拉伸线。拉伸线正在安装 2 台 250 吨压力机和点焊机。总装线已投产使用。"双桶" 6 月可投产，今年 3 万台，成本价 290 元，零售价估计为 350 元，与上海的售价接近。

从这里得出的信息是，"北洗"的职工人数比长治多一倍，"单桶"的产量和价格与长治差不多，比长治走先一步的是已经开始上"双桶"，喷淋式的前处理线比较先进。

4 月 14 日 9 时 15 分，考察组乘"三叉戟"离京，飞抵重庆。

他们对乘坐"三叉戟"的印象极深，因为在过去传达林彪反党集团的罪行时，说林彪是坐"三叉戟"从蒙古的天上摔下来的。

4月15日至18日在重庆考察，其中16日考察了重庆洗衣机二厂。这个厂生产山峡牌单桶洗衣机，成本价162元，出厂价170元，零售价199元。"重洗"的可取之处有二，一是腿部有实物，二是背部有线架。

在重庆时，至少有两件"闲事"不可能记到李长安的笔记本上。

一件事是"住旅馆"，另一件事是"看汽车"。

从北京飞到重庆，他们要找旅馆住下。去哪里住呢？这是个问题。

他们在街上走着，突然看见了一幢大楼上挂有"重庆市工会"的牌子。蔡中祜说，进去看看，工会可能有招待所。

他们进去大楼一问，楼里就是有"工会招待所"。但是，招待所只"招待"工会系统的人，不接待散客。就在他们准备离开时，蔡中祜突然"变脸"，用很严厉的口气对接待人员说："我就不信了，你们市委书记的老乡来了，王谦还不给我们安排个地方住？"

蔡中祜的这一带有训斥性的质问，把大楼的接待人员"弄懵了"。当时，重庆市委书记是王谦。王谦是山西人，抗战时期在长治区工作过，而且是长治区的书记。新中国成立初期，试办农业生产合作社就是从长治地区开的先河，其具体领导者，就是担任区委书记的王谦。

接待人员一听是"王谦书记的老乡"，而且口气强硬，于是赶快安排住宿。拿到房间钥匙后准备上楼了，蔡中祜还又说了一句："你们注意啊，把工会工作准备一下，做个汇报。"

住进房间了，有人问蔡中祜："你和王谦书记很熟悉？"

蔡中祜笑了，说："我认识他，他不认识我。哈哈哈，不那样说，咱还得去找地方住哩。一说，这不就住下了？"

牛润明回忆说："老蔡啊你不佩服不行，脑子来得快，也会说。"

"看汽车"的事，是 17 日和 18 日。从重庆到武汉的船票需要预定，他们订到的船票是 19 日上午的，这样就有了 17 日、18 日两天空闲时间。就在这两天，蔡中祜叫上李庆怀去了一趟成都。洗衣机厂在成都要买一辆工具车，是"双排座、没鼻子"的那种，蔡中祜想去看看能不能尽快交货。他们从重庆坐火车到了成都，去到厂里一看，人家还正在组装。

"你们要赶快交货啊。"蔡中祜说。

"很快，到时候就交了。"厂里的人答。

他们离开汽车厂，还去了一趟峨眉山。峨眉山，地势陡峭，风景秀丽，云海翻涌，林木葱茏，有"秀甲天下"的美誉。据传，这里是普贤菩萨的道场，与山西的五台山、安徽的九华山、浙江的普陀山同为中国佛教四大名山，尤其以"金顶祥光"最为著名。可惜，因为时间关系，他们只到报国寺礼拜一番，便匆匆告辞了。

4 月 19 日 7 时，考察组登上船， 21 日下午 4 时抵达武汉。22 日到武汉洗衣机厂考察。

这个厂职工总数 1083 人，生产荷花牌洗衣机，1982 年产量为 10 万台，1983 年可达 15 万台。内桶由铝质改为塑料，使用 3000 克注塑机。"武洗"的职工人数比长治多一倍，产量也多一倍，而且内桶材质的改造值得借鉴。

4 月 24 日上午 12 时他们坐火车离开武汉， 25 日 6 时抵达广州。26 日到广州洗衣机厂考察。

"广洗"也是在 1981 年由汽车配件厂和机修厂两个厂合并起来的，职工总数 1400 人。1980 年，机修厂由生产机械产品和电线改产为洗衣机，1981 年达到批量生产，年产 4.5 万台，是五羊牌和高宝牌。1982 年 11.5 万台，销往香港 5 万台。1983 年计划 15 万台，争取 16 万台，目标是 20 万台。

"广洗"的厂长姓麦，麦厂长在介绍情况时，特别说明，"双桶"是洗衣机的发展方向，而且一出来就是要高水平。"双桶"不再使用铝板而是注塑件，国内的注塑机和模具都不行，一定要引进日本的。广州已经要引进日本东芝的样机和万克注塑机，以及10套模具，11月到货，年底出产品。成本价270元～280元，出厂价300元，零售价350元以下。引进的资金是与香港金源公司搞补偿贸易，引进的管道是通过轻工部进出口公司。

"广洗"的发展，对考察组人们的触动最大。

李庆怀回忆说，广州洗衣机厂已经形成规模，干得热火朝天，过道里都堆满了产品，长治已经明显落后了。

牛润明回忆说，麦厂长的介绍使我们大开眼界，看来不引进是不行的。

在广州的一个小旅馆里，蔡中祜召开了一个碰头会，大家议了一番，形成了这样一个共识：长治洗衣机厂要发展，必须上"双桶"；要上"双桶"，必须是高起点、高水平；要有高水平，必须要搞引进；要搞引进，应该是日本的样机、技术和设备；引进后的生产能力要达到20万台，占领华北、西北市场。

这个碰头会是开在4月26日的晚上，很有些"隆中对"的意味。人们把考察的情况经过这么一议，似乎有茅塞顿开的感觉，脑子清醒了，长治洗衣机厂下一步发展的思路清晰了。

4月28日下午2时，考察组坐火车离开广州， 29日子时到了上海。

这中间，还有一个情节李长安没有记录。当时，从广州到上海的火车票非常紧张。麦厂长说，你们先上车、后补票，我把你们送到车上，每个车厢是118个座位，100号以后都是空位，没问题的啦。

28日下午2点，麦厂长派人把他们送到了火车上。果然，车厢里有空座位，他们喜出望外，一人一个座位，还靠着车窗。谁知，还没有等他们把屁股坐热，人们就上车了，拿着有座位号的车票让他们让座，结果还是把他们搞得无座可坐。

列车开动了，车厢里挤得满满的，他们只好站在走道上。牛润明干脆坐到了洗脸的池子上。列车一直到了湖南株洲，他们才算有了座位。这时又补到了两张卧铺票，赶快让蔡中祜和李长安去歇息腰腿。李庆怀回忆说："那次简直是弄草鸡了。"

4月30日至5月1日，他们在上海洗衣机总厂休息。5月2日考察总厂和二分厂。

上海洗衣机二分厂在中山北路。李庆怀记忆中第一次来看洗衣机，就来过这个地方。二分厂生产洗衣机的注塑件已经有了万克注塑机，生产内桶的频率是95秒一个。

5月4日11时，考察组坐火车离开上海，经郑州换车，于5月5日16时返回长治。

回到厂里后，5月9日，蔡中祜召开中层干部会议，讲了这次考察的内容和成果，明确提出必须立即着手搞"双桶"，而且要引进。

梁吉祥回忆说："蔡是力排众议要搞引进的。他的意思是要搞就搞最先进的、一流的。最后，决定搞引进。"

在厂里基本统一思想后，5月15日，蔡中祜、李长安等人向省二轻厅领导作了考察情况的汇报。省厅有关领导听取汇报后，表示支持引进。

正当洗衣机厂准备搞引进的时候，1983年6月，李长安带着地区二轻局的技术人员遗憾地撤出了洗衣机厂。其缘由是，从1983年9月起，长治县归属长治市管辖了。这就是"市管县"的试点。两年以后，1985年，晋东南地区行政公署撤销建制，原所辖的各县分别由长治市和晋城市（原晋城县升格）管辖。

1983年7月，李长安获得一个奖状：

为表彰在我区科学技术研究和推广工作中做出显著成绩者，特颁发此奖状，以资鼓励。

授奖项目：海棠—XP82—Ⅲ型洗衣机

奖励等级：一等奖

受奖单位：地、县、厂联合设计组

山西省晋东南地区行政公署

1983 年 7 月

2013 年 1 月 31 日，接受采访的李长安

颁发给李长安的奖状（复印件）

李长安从 1980 年 11 月到"海棠"蹲点，至 1983 年 6 月撤走，其间两年半的时间，付出了自己的心血和智慧，给海棠人留下了极其深刻的印象。

2013 年 1 月 31 日，我们采访了李长安。他已经是 80 岁的老人了，耳朵有点背。我们没有采取问答的采访方式，只是任凭老人自由地去回忆当年在"海棠"的岁月。这是一段他无法忘怀的经历，他回忆着，眼角有了泪光。他的老伴对我们说："不敢叫老李说了，一说'海棠'他就激动。他现在的身体已经不敢激动了。"

我们准备告辞时，他老伴给我们拿出了他的这个奖状和 1983

年考察洗衣机的笔记本。我们拍了照片，他老伴又细心地收藏好。我们知道，老人珍藏这个奖状和笔记本，就是珍藏"海棠"，就是珍藏无以言表的逝水年华。

1983年6月，李长安他们撤离了，但"引进"的大戏这才开场，精彩还在后头。

## 力主引进，省长拍板支持

引进，在20世纪80年代初期，对于内陆省份的山西省来讲还很稀罕。

"提出引进的设想，当时那是很大胆的。要知道，山西省里的领导还没有人出过国，更不要说其他人了。"蔡中祜对我们回忆说。

见多识广。见的东西多了，知识才能丰富，思维才能开阔，认识才能准确和深刻。长治县归属长治市管辖后，洗衣机厂、县二轻局的领导一起去向长治市委的领导汇报关于引进的问题。当时的市委领导竟说了一句叫人哭笑不得的话："洗衣机？洗衣机还要引进？我看搓板就很好。"

这也许是开了个玩笑，但玩笑也折射出了许多地方领导对洗衣机引进的不理解。

上党盆地，黄土高原上的上党盆地，人们世代居住在盆地里，盆地意识的产生和维系就成了一种文化。解放思想，就必须突破盆地意识，欢迎蔚蓝大海的波涛来拍击厚重的黄土地。山那边是海。改革开放就要求我们，不但要看见山，而且要看到海。

梁吉祥回忆说："当时我们看到，咱搞引进不只是厂里的事，也不是咱说了就算，没有省里领导的点头支持肯定不行。就在咱没办法的时候，王省长来了厂里一趟，解决了大问题。"

"王省长"是王森浩。他来洗衣机厂视察工作并现场办公是在1983年9月

1983年9月7日，山西省省长王森浩（前右）视察长治洗衣机厂

7日上午。陪同王森浩省长来视察洗衣机厂的，有省计委、省经委等有关部门的领导，有长治县县长荆共民、县委副书记张学忠、县经委主任崔仁昌等。

王森浩省长视察了车间生产线，在办公会上听取了蔡中祜关于洗衣机的生产现状、责任制管理和下一步发展思路的工作汇报。

蔡中祜在汇报中着重强调了新产品的发展和引进的决心。他说："洗衣机要发展，必须要上双桶洗衣机。要上双桶，一是自己搞拼凑式的，二是搞技术引进。经过我们对市场的调研，引进是主流趋势，技术先进，形成生产能力速度快、规模大。我们经过研究，决心要进行引进。省二轻厅的领导同意和支持我们的想法。要搞引进，必须有省领导的支持。如果能把国外的先进技术、关键设备和科学管理引进来，我们肯定能拿出一流的产品，为山西省争光。"

王森浩省长听了汇报很高兴，对洗衣机厂的工作讲了五点意见：1. 有一个很好的产品。2. 服务工作做得很好。3. 搞发展有气魄、有战略眼光。4. 企业的管理、效益很好，在部里的评比也不错。5. 要发展、要引进，就要搞80年代最新产品，本着这个原则去和日本人谈判，现在就谈，结果向省经委汇报，省政府大力支持你们，无论如何要搞上去。

这次现场办公会后，省政府办公厅发了一个《会议纪要》，明确地记录了王省长关于"海棠"引进的表态。这对"海棠"引进工作的推进无疑是非常关键的。

蔡中祐回忆起这次会议时说："我提出，中国的民族工业不引进就不会有大跨步的前进。拿来你的，加上我的，发展民族的。（王）森浩同志、（白）清才同志都非常支持。"

梁吉祥回忆说："引进的关键，是王森浩省长来洗衣机厂的现场办公，我们拿上《会议纪要》到市里、省里的有关部门跑，说省长已经表态了，要抓紧落实啊。呵呵，这下就顺当多了，谁家也不能说什么了。省计委、省经委的领导也表态说，你们打报告，我们批一下。"

1983年9月24日，省政府重点建设项目检查组明确指示："洗衣机厂引进双缸半自动洗衣机技术改造计划问题，可以和日方谈判，谈判结果向省委汇报。但引进必须是80年代的最新技术，经济效益要好。"

长治洗衣机厂很快向上级打出了关于引进的请示报告。为了把引进工作做到实处，蔡中祐和李庆怀要去轻工部一趟，进一步了解国内市场上引进的机型分布和市场表现。就在他们要走的前一天，有个人来到了洗衣机厂。

这是1983年10月1日，国庆节。这个人是骑着自行车来到洗衣机厂的。

蔡中祜和梁吉祥见到这个人很高兴。蔡中祜说："你来了正合适，我和庆怀明天就要走哩，你也一起去，去轻工部一趟。"

那人说："行啊，那我就去。"

来人叫徐增伦，在日后的引进过程中，一直担任项目的总工程师职务。

徐增伦的到来，与李长安等人在洗衣机厂工作的性质是一样的，都是技术援助。李长安等人撤出洗衣机厂后，厂里向长治市经委打请示报告，说明厂里的技术力量薄弱，现有的技术人员大都是高中毕业生，不适应引进工作的需要，希望派技术专家来厂帮助指导工作。

长治市经委经过研究，决定派徐增伦到洗衣机厂来。徐增伦原来是长治液压厂的工程师。液压厂是省属企业，他在液压厂工作了10年。1980年5月，长治市经委从各厂抽调了10多名技术人员，组建了一个"长治市技术服务处"，意在集中技术力量攻克长治市各企业中遇到的技术难关。徐增伦是被抽调出来组建技术服务处的领导之一。现在，洗衣机厂有了请求，市经委决定派徐增伦到厂里担任项目技术负责人，兼总工程师。

市经委的领导给徐增伦谈话说："'海棠'是部优产品，现在准备要搞引进，达到20万台的产量，你去帮帮忙。"

徐增伦说："我去看看吧。"

于是，他骑着自行车来到了苏店，没想到第二天就投入了工作。

这次去北京，不是坐火车，而是坐厂里新买的工具车。这就是4月17日蔡中祜和李庆怀去成都看的"双排座、没鼻子"的那辆。司机是李长青，蔡中祜坐前排，徐增伦和李庆怀坐在后排。到了北京，由杜中杰安排好，住在了前门大栅栏附近的旅馆里。

蔡中祜一行先去了轻工部，见了游玉海，汇报了准备引进的情况。

游玉海表示，全国的洗衣机厂家都在准备搞引进，辽宁营口家跑得最快，引进了日本松下的"小波轮"。部里主张不搞重复引进，你们的引进，最好在机型、容量上有所不同。

他们还去轻工部家电研究所所长杨家骅家里进行了拜访。

杨家骅表示，世界的洗衣机有三大主流，一是美国搅拌式的，二是欧洲滚筒式的，三是日本波轮式的。我国市场上所引进生产的都是日本的波轮式洗衣机，其中，营口、杭州、无锡引进的是"松下"的机型和技术，广州引进的是"东芝"的机型和技术。

杨家骅还说，你们还是考虑引进日本的技术和设备比较好，这和东北亚的生活习惯差不多有关系。但要注意，在选择机型上一定要具有先进性，不能落后于国内其他厂家；容量不可太大也不可太小，符合大众的洗涤习惯；价格还要适中，适应市场的购买力。这就叫"先进、实用，买得起"。

这次北京之行，确定了引进的大方向和基本原则，下一步就是沟通引进的渠道。

这年6月23日，山西省组建了对外贸易经济厅，是对外的专职机构。蔡中祜他们从北京回来，就去找经贸厅联系。省经贸厅对长治的引进很感兴趣，责成白子肖负责这项工作。

白子肖姑娘非常热心"海棠"的引进工作，除了工作职责以外还有一层关系，那就是她的父亲白清才曾任晋东南地委书记。白清才书记在任期间多次到洗衣机厂视察和指导过工作，自然对"海棠"是有感情的。这时的白清才已经是山西省常务副省长了。

白子肖说，山西将举行第一届国际经济技术合作洽谈会，在这个会上谈是最合适的；不过，正式上会前要先接触一下日本的中介商，做到心中有底，以免无功而返。

通过白子肖的联系，李庆怀去北京"接触"了日本的中介商。日本的中介商大部分下榻在北京饭店、新桥饭店等。李庆怀为了进入这些高档场所，还专门去买了一套深蓝色的呢子衣服，因为穿得不上档次饭店门卫不让进。

从"呢子衣服"的这个细节可以推断出，李庆怀在北京"接触"外商的时间，大约在冬季。

李庆怀在北京饭店、新桥饭店相继"接触"了6个日本中介商，有日本贸易促进会关西本部的大园睦郎，有"东芝"驻北京事务所的有元将郎、田中道则，有兵库县贸易株式会社的広濑纯一等等。他们大多是很有礼貌但又是一般性地聊聊，只有和兵库县的広濑纯一还谈得比较深入。

広濑纯一还说，下次再谈，就是和我们的次长大村胜重了。

李庆怀回来向蔡中祜汇报，蔡中祜说："先接触一下，有个准备，有小白给咱牵线，上了洽谈会谁有诚意就给谁谈。不过，我给你说好了庆怀，不管和谁家谈，咱们必须要去日本考察。不看不知道，眼见为实嘛，不能叫人家拿上几个图片就糊弄了咱。"

"那肯定，知道了。"李庆怀答应。


## 洽谈会，脚踩几只船

"海棠"为引进紧锣密鼓准备的时候，引进的请示报告有了批复。

1984年元月14日，省经委与省计委、省经贸厅共同研究后，以"晋经技字（1984）第50号"文件的形式予以批复：一、为了使产品升级换代，同意引进日本大波轮式双缸半自动洗衣机及设备模具的项目，形成年产20万台的生产能力。二、项目内容包括技术软件一套，万克注塑机一台，大型注塑模具10套，样机2台。三、总投资540万元，用外汇100万美元。四、经济效益为新增产值 7600 万元，利润 480 万元，税金 374 万元。本项目已列入 1984 年山西省国际经济技术合作洽谈会第一批项目，尽快提出可行性报告。

有了这个批件，"海棠"加快了准备步伐。

"没个翻译不行，咱怎么和日本人谈？"蔡中祜对李庆怀说："咱得去找个翻译。"

"我高中的班主任老师现在在（晋东南）师专，我去找找他。"

蔡中祜和李庆怀来到晋东南师专（长治学院前身），李庆怀的老师推荐了一个教日语的老师，名叫齐达。

天气渐渐地转暖了，新柳吐出了嫩芽，草色开始泛青。

1984 年 4 月 1 日，太原迎泽宾馆，彩旗飘舞，山西省首届国际经济技术合作洽谈会在这里举办。洽谈会举办至 11 日，有 26 个国家和地区的 470 多家厂商参加，签订出口贸易合同 170 万美元。

为了组织好这次洽谈会，省经贸厅在这之前还专门在"南宫"举办了一次家电展览。展品都是进口的家电产品，让参加洽谈会的厂家都来参观，还可以进行测绘，以增加对国外家电产品的了解，不至于在洽谈会上是个"棒槌"。李庆怀等人专门看了展览的国外洗衣机，也拆开来看了看结构，画了几个草图，但要进行测绘并不现实。

看了这个家电展览，至少让人们开了开眼，不会在洽谈会上当"睁眼瞎"。

作为洽谈会的第一批项目，长治洗衣机厂组团参加。蔡中祜、徐增伦、李庆怀等人，通过白子肖的联系，见了兵库县贸易株式会社东京输出部次长大村胜重。他的中国话说得很生硬，但确实表现出积极的合作意愿。

他来洽谈会，不是瞎猫来撞死耗子，而是通过洽谈会对外公布的合作项目上，得知长治洗衣机厂要进行引进的这一信息，并且是与"松下"、"东芝"进行了联系后才有备而来的。

李庆怀对他说，曾经与"东芝"的有元将郎、田中道则在北京有过接触，可他们这次没有来。大村胜重表示，我也可以与"东芝"他们联系，但要引进洗衣机的技术，最好是"松下"的，"松下"是日本最大的洗衣机生产厂家，起步早、机型多、品牌硬。

徐增伦对我们回忆说："在洽谈会上，日本'三洋'、'东芝'、'松下'、'三菱'等几家的代表都在，我们要了很多资料，在宾馆的床上铺开，一家、一家地比对，认为'松下'的'爱妻号'比较好，容量4.5公斤，售价400多元。领导一商量，说不错，就定这个。定了机型，就找中间商谈，中间商是兵库贸易。双方达成并草签了合作协议。"

李庆怀的回忆与此不同。他说："我们没有住迎泽宾馆，是住在太原儿童公园旁边的一个小旅馆。当时大村力推'松下'，小白也认为'松下'不错，所以有了引进'松下'的意向。当时也没有选择机型，也不知道有什么'爱妻号'。选机型是到日本考察时才确定的，在洽谈会上主要是谈了引进合作意向，并且签了协议。"

两位回忆的不同并不当紧，当紧的是要签订合作协议。

1984年4月10日，长治洗衣机厂的代表李庆怀、日本兵库县贸易株式会社的代表大村胜重，共同签署了《关于洗衣机设备引进和技术合作意向书》，

李庆怀与大村胜
重签署的意向书

李庆怀与日本都筑公司签署
的意向书（左）、与香港南洋贸
易公司签署的意向书

协议的内容可以简要地概括为以下条款：1. 日本"松下"愿意为长治洗衣机厂提供所需要的生产设备、模具和技术。2. 注塑机的报价及性能等问题以后与"松下"进行磋商。3. 对于要引进的机型、工装模具、技术软件等，待我方赴日实地考察后再做决断。4. 我方尽快向日方提供洗衣机型号的拟选范围。5. 技术合作的方式以后再进行协商。6. 我方同意赴日考察时同时进行技术交流。7、赴日考察的时间、期限和内容。8. 考察费用。9. 本意向书以中文书写，一式两份，双方各一份。10. 洗衣机厂委托山西省国际信托投资公司办理有关事项。

《意向书》的核心条款是，长治洗衣机厂到日本实地考察后，再决定引进的机型、工装模具、技术软件和技术合作方式，然后再对价格问题进行协商。

在这前一天，4 月 9 日，李庆怀代表洗衣机厂与香港南洋贸易公司总经理姚生辉，签署了《关于洗衣机生产设备和技术引进意向书》，双方约定 5 月在广州深入洽商。

4 月 10 日这一天，李庆怀代表洗衣机厂还与日本都筑国际总公司社长都筑清明，签署了《关于洗衣机生产设备和技术引进意向书》，其中有中日合资经营或合作生产，使年产量达到 40 万台以上的意向条款。

前后两天，洗衣机厂同 3 家公司签署了 3 个《意向书》，我们曾问过李庆怀，既然已经和兵库的大村胜重签了《意向书》，为什么还要与另外两家也签署《意向书》？这是不是要脚踩几只船？

李庆怀笑着回答我们说："你说是脚踩几只船也行，其实这叫有备无患，也是市场运作的一个惯例。省二轻厅的胡火原就说，咱要货比三家，不能一棵树上吊死。咱和兵库的大村谈，想引进'松下'的机型、技术和设备，是基本的愿望，但也是剃头挑子一头热。在谈判的过程中会出现什么问题，那谁也说不清。和其他的商家签署意向书，那是需要的，用得上就用，用不上拉倒。"

大村胜重当然非常积极和主动，就在洽谈会闭幕的当天，4 月 11 日，日本兵库县贸易株式会社向山西省国际信托投资公司发来邀请函，邀请省二轻厅组团到日本进行技术考察谈判。

一切都很顺利，省二轻厅积极准备，期待飞向大海的那一天。

## 一冲而起，飞向辽阔的海洋

1984 年 5 月 12 日，省二轻厅向省政府提交赴日考察的请示报告。

一个月后，6 月 19 日，省政府办公厅批复了请示报告，同意赴日考察 12 天，赴日考察组的人员是：

组长：魏华，女，省二轻厅副厅长；

翻译：关永昌，晋西机械厂；

组员：胡火原，省二轻厅干部，省家电引进项目负责人；

白子肖，女，省经贸厅信托投资公司，商务谈判代表；

 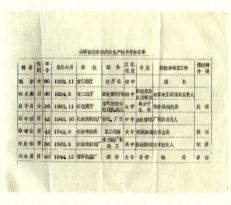

出国考察组的政府批件（左）及名单

蔡中祜，长治洗衣机厂厂长，洗衣机项目负责人；

徐增伦，长治市经委，总工程师，技术主谈；

李庆怀，长治洗衣机厂副厂长，技术负责人；

在这个确定名单的背后，还有两个小故事。

在洗衣机厂确定赴日人员时，"一把手"蔡中祜是理所当然要去的，这没有问题，问题是他的职务要加以变通。因为日本人不认"书记"这个职务，所以在外事活动中，蔡中祜就变身为"厂长"了。

蔡中祜还想让张学忠一同出国考察。县委副书记张学忠一直在洗衣机厂蹲点，现在有机会出国去日本，蔡中祜想让他出去一趟，既代表了县里，又能出出国。不想，张学忠一口拒绝，很认真地说："我去干什么？要让懂技术的人去。"

再有，是考察组翻译的更换。最早选定的日语翻译是晋东南师专的齐达，上洽谈会翻译的也是他，日方的第一次邀请函上说的还是他。但在此后几次李庆怀与他的外出工作中，感觉不是太理想。其中有翻译水平一般的因素，也有"狡猾狡猾的"成分。李庆怀提出要换翻译。蔡中祜去省二轻厅说了这个人的情况，厅长白银奇笑笑说："这还是个问题？我给你找个好的。"

白厅长立马拿起电话打给晋西机械厂。白厅长对晋西机械厂很熟悉，因为他就在厂里当过"一把手"。一个电话，敲定了晋西机械厂的关永昌来做翻译。

换了翻译，还得让兵库县贸易再来一次邀请函，这才把赴日考察的人员最后敲定。

这次赴日考察，无论是二轻厅的请示报告，还是省府办公厅的批复，组长是二轻厅副厅长魏华。但需要说明的是，与日方会谈的主谈却不是魏华，而是蔡中祜。二轻厅表示，这次引进事关洗衣机厂发展的大局，老蔡是厂里的"一把手"，又熟悉情况，要在一线主谈；这样也可以留有余地。

1984 年 7 月 10 日 8 时 10 分，省二轻厅洗衣机考察组乘坐 CA921 航班的飞机从北京起飞，中途落地上海，下午飞向了辽阔的海洋。

飞机向日本国飞去，高空飞行，平稳得很。

但是，当我们面向日本，心里却无法平静，总觉得是五味杂陈，有话要说。

中国与日本是一衣带水的邻邦，中日的友好交往源远流长，这应该是历史的主流。

据史学家考证，在光武帝中元二年（公元 57 年），日本和中国开始交往。到了隋唐时期，日本向中国派遣使节和留学生，加速移植先进的中国文化。两国在这一时期的交往愈加密切，日本邀请"鉴真东渡"就是正史的明证。

19 世纪 60 年代末，日本的明治维新加快了日本的发展，使之逐步成为资本主义列强之一。27 年后，中国也搞了维新运动，戊戌变法的流产，使中国陷进了半封建半殖民地的深渊。此消彼长，两国实力的差距明显拉大。"甲午海战"后，清政府在 1896 年派出了第一批留学日本的学生。20 世纪初，中国有识之士留学日本，学习先进的理念、知识，以拯救贫疾交加的中国。1905 年，中国留日学生有 8600 人，达到了巅峰状态。

值得一说的是，中国革命的先驱者孙中山、黄兴等，是在日本成立的同盟会。中国共产党的创始人陈独秀、李大钊，以及中共一大代表中的李达、董必武、李汉俊和周佛海都是留日的学生。郭沫若、鲁迅，这些中国文坛上旗手级的人物也在日本留过学。

我们的开国总理周恩来，1917 年也到日本求学。1919 年春，他放弃学业，毅然回国参加革命。归国途中，他面对大海，写下了气壮山河的诗篇：

> 大江歌罢掉头东，
>
> 邃密群科济世穷。
>
> 面壁十年图破壁，
>
> 难酬蹈海亦英雄。

周总理对中日关系曾经说过这样的话："两千年友好，五十年对立。"

"五十年对立"，是日本强加给中国的，是日本军国主义侵略中国所造成的。这是我们必须要正视的历史问题。

1894 年，日本军国主义发动侵华战争，侵占了我国的台湾和澎湖列岛。1931 年，日本军国主义发动"九一八事变"，侵略我东北三省。1937 年，日本军国主义发动"七七卢沟桥事变"，开始了全面的侵华战争。

日本侵略者在侵华战争中烧杀淫掠，惨无人道，给中国人民造成了深重的灾难。

日本的侵华战争，是历史的铁证，是谁也无法抹掉的。

新中国成立后，有 20 多年两国还处于敌对的不正常状态，直到 1972 年 9 月，两国才正式建交。

建交 40 年来，两国的经济贸易和民间交往快速发展，而且成果丰硕。但是，我们不能不看到，日本右翼政治人物贼心不死，不断地蓄意在两国的交往中制造麻烦。特别是到了 21 世纪的今天，日本政坛右转，不但不正视和反省侵略的历史罪行，反而以"钓鱼岛"挑起事端，试图破坏和改变二战的胜利成果和世界秩序，损伤了中日两国来之不易的友好局面，伤害了中日两国人民的感情。这是我们今天不愿意看到却又在发生的事情。

罔顾历史，就无法看到未来。历史不会是简单的重复，当今中国不再是无能的清政府。中国的崛起和强大，有利于世界的经济发展与和平稳定，有利于二战后世界秩序的维护。任何遏制中国前进的企图都是自不量力的螳臂当车，日本右翼政客的狂妄只会是搬起石头砸了自己的脚。

我们知道，对日本人民和"日本鬼子"应该有个区分，但心底的那份创痛却很难平复，绝不会因为日本人哈了一下腰、说了句"请多多关照"的话就以为多么友好，反而需要不断提高警惕。

这是提及日本就想要先说的话，不吐不快。当然，这与洗衣机要引进日本的先进技术并无直接的关联，因为先进的技术和管理与右翼政治人物的叫嚣并不是一回事。在相当长的一个时期，日本专心发展经济和技术，而中国在忙于政治运动和阶级斗争，日本的制造技术、工艺水平和创新能力高出中国一筹，也是不争的事实。

1978 年 10 月，邓小平访问日本。在他乘坐新干线的高速列车时说："什么是现代化？这就是现代化。"

改革开放初期，不论是电视机还是洗衣机，都是日本产品引领着中国时尚的潮流。所以，洗衣机引进日本的先进技术和设备是一个正确的选择。

考察组向日本飞去，暗流在海底涌动，太阳在云层上面。

# 第 8 章 访 日

　　"海棠"实施引进战略，这是走在了山西省的前列，开了一个先河。

　　"海棠"实施引进战略，创造了黄土高原的奇迹。

　　想当年，太行山上打东洋，浴血奋战，彪炳史册。现如今，"海棠"要飞到日本去，引进日本的先进技术，也会在改革开放的史册上留下亮煌煌的一页。

　　飞过海洋，这是海棠做梦都想不到的事，然而却成了事实。

　　日本，会给这一代太行人留下怎样的印记?

## 落差，巨大的撞击

　　1984 年 7 月 10 日，暮色中，飞机轻轻地晃动了两下，穿过对流层，开始下降高度。机翼下，是日本的大阪府。

李庆怀凭窗俯瞰，夜里的大阪灯火灿烂。

山西二轻厅洗衣机考察组乘坐的飞机，中途从上海起飞，经过 4 个多小时的飞行，缓缓降落在了大阪国际空港。

"你第一眼看到的日本是什么？"我们采访李庆怀时问过他。

他说："看到的是日本的大阪。从飞机上往下看，大阪夜里灯火通明，就跟着了火一样。"

"什么感觉？"

"反差太大。以前听说过'不夜城'，那是说上海。我去过上海，一到晚上，也是主要的街道有灯光，根本不可能像大阪那样。长治就不要说了，黑灯瞎火，走到街上还害怕哩。"

大阪府，地处日本本州西部，是日本仅次于东京的第二大城市，也是日本的数代都城。这里濒临大阪湾，是日本商业和贸易发展最早的地区，工业、贸易发达，是日本的经济中心。

大阪是历史悠久的百川之城，市内河道纵横，水域面积占到 10% 以上，河上 1400 多座造型别致的大小桥梁把整个市区连成一片，既有"水都"之称，又有"大阪八百八桥"的说法。

到机场接机的是大村胜重。他见到考察组的到来，满面笑容，连连点头哈腰，用生硬的汉语说："辛苦了，欢迎，欢迎。"

出了机场，打出租车去饭店。出租车依次排队，半分钟走一辆。我们的人一下子就显出来走路也慢了，说话也慢了。出租车干净整洁，一尘不染，司机是衣冠楚楚，整齐的领带，雪白的手套。

车出机场，沿路霓虹闪烁，万家灯火，映衬出大阪夜间的繁华。

大村胜重把考察组送到大阪府丰中市的一个酒店入住。这个酒店不大，五层楼，是"松下"的关系户，距离"松下"总部不远。酒店很干净，也很安静。

山西二轻厅洗衣机考察组在日本的合影，魏华（中）、关永昌（右一）、胡
火原（左一）、白子肖（右三）、蔡中祜（左三）、徐增伦（右四）、李庆怀（右二）

李庆怀说："宾馆就和没有人一样，静悄悄的。你要喝茶有自动售茶机，你要
喝饮料有自动饮料机，全都是现代化的服务设施。"

踏上异国的土地，睡不着，又起得早。第二天一早，推开饭店的窗户放眼望去，
不见鳞次栉比的高楼大厦，满眼是迤逦秀美的岛国风光；没有人声、汽车声混
杂的城市喧闹，只有空气清新的静谧安详。干净，安静，现代化的城市设施，
整洁有序的生活环境，足以让黄土高原来的人感到一种惊奇和落差。

大阪没有高楼大厦？显然不是。大阪的高楼大厦都集中在商业区，只是他

们第一眼没有看到而已。他们后来置身于商业区的楼区中间，依然感到的是干净和安静，这叫他们难以忘怀。

应该说，这是"海棠"对日本的第一感觉。

厂里曾经有人好奇地问过李庆怀："你第一次到日本，第一感觉是什么？"

李庆怀想了想回答说："不能说，也说不出来。最好是你们去看看就知道了。"

人们听了这话很不理解，什么叫"不能说"？什么是"你去看看就知道了"？这就是寒碜人哩嘛，你知道不是谁都能够去了日本的。

其实，人们误解了他。在 80 年代初，我们和日本那种巨大的落差，以及现代化生活对他们心灵强烈的冲击，确实是无以言表的。

在长治，上党的首府，不也是几十年就是"一条马路一座楼，一个警察一个猴"吗？长治的城市变化，不也是在 2000 年以后才开始的吗？所以这种落差和冲击是必然的。

但是无论怎样，"海棠"勇敢地迈出了引进的这一步，就要和国际知名企业"松下"开始握手了。

## 初识"松下"，相中"大波轮"

大阪是考察组的第一站，也是考察的中心站，因为"松下"的总部、洗衣机事业部以及旗下的三国洗衣机生产厂都在大阪。

1984 年 7 月 11 日，考察组的行程安排是参观"松下技术馆"。

上午，兵库贸易的大村胜重准时来到考察组下榻的饭店，领着考察组一起参观了松下技术馆。

松下技术馆是"松下"的一个窗口，凡是第一次来"松下"的贵宾都要参观这里，以了解"松下"的发展和现状。

松下技术馆并不在松下本部，而是在大阪府的守口市，需要乘坐城市快轨才能到达。这是一个环境优美的所在，绿树成荫，山清水秀。进入展馆，进行了登记，展馆的电子屏幕上显现出"欢迎中国·山西朋友"的字样。门厅里机械人用汉语说："欢迎光临"。考察组的人一一和机械人握手，李庆怀是最后一位。他使劲儿握住机械人的手，机械人说："您的力量好大啊。"

乘电梯上楼，正式进入展区。有映像、音响展区，介绍最现代的映像、音响设备；有家电、住宅设备展区，介绍新材料、新技术的家电、住宅用设备器具；有半导体展区，介绍大规模集成电路等高集成化、多功能化的各种半导体元件；有元件、材料展区，介绍传感器、马达、显示器等最近开发的先进技术；有生产技术展区，介绍为满足产品的多功能、高质量、合理价格所需要的最新生产技术；有音响试听展区，可以欣赏高保真脉码调制音响技术所产生的雷射唱机系统、盒式数字音响设备、多功能雷射唱片机；有自动化家庭系统展

松下电器技术馆

区，介绍为创造舒适、安全、经济方便的生活而利用电脑进行安全自动检测、房屋照明及家电的遥控、信息系统；有资讯、通信展区，介绍为实现先进办公室所需要的自动化办公用设备及光通信技术；有高清晰图像试播间，可以欣赏卫星转播的高清晰度图像以及由录像等装置转换成的高清晰度大屏幕图像；有能源、照明展区，介绍太阳能电池等各种电池的元器件技术、低耗电高色调照明技术。

参观完松下技术馆有什么感觉？我们在采访李庆怀时曾经问过他这个问题。

"四个字，"他说："那就是'目瞪口呆'。这不是我一个人的感觉，是考察组所有人的感觉。给你说，也不是这一次有目瞪口呆的感觉，在日本好多的时候都是。因为，以前没见过啊，想也想不到。'不看不知道'，这是对的，可联下来的一句就是'一看吓一跳'。这中间的反差太大了，真是天壤之别啊。"

松下电器历史馆

出了技术馆，又来到大阪府的门真市参观松下电器历史馆。这里展示了松下电器的创业史和发展历程。

"松下"，是松下电器产业株式会社的简称，创立于 1918 年，创始人是松下幸之助。

松下幸之助，人称"老松下"。他于 1910 年 15 岁时进入大阪电灯公司工作。由于老板不接受他生产灯泡插座的建议，他便炒了老板的鱿鱼，以 100 日元做本钱，贷款 100 日元，于 1918 年在大阪市福岛区大关町创办了松下电器器具制作所。

这个制作所开始只有 3 个人，生产的产品是灯泡插座以及双灯泡使用的旋转式插座。

1923 年，"松下"研制了自行车使用的炮弹形干电池灯具。1930 年，"松下"确定了 7 个指导性精神：品质，公正，团队合作，努力工作，谦逊，社会意识，感恩心情。

1931 年，"松下"开始生产收音机，在日本收音机评比中获得第一名。1935 年，松下电器贸易株式会社成立，并改组为股份有限制，实行分公司制度，下设 9 大公司。1939 年第一次到海外办企业，开办了上海干电池工厂。1945 年日本战败，松下立即恢复家电业。1951 年，松下洗衣机投放市场，1952 年，"松下"与荷兰飞利浦公司进行技术合作，松下电视机投放市场，成为世界瞩目的电子产品生产商。1971 年，松下电器股份在纽约证券交易所上市。

1978 年 10 月，改革开放的总设计师、副总理邓小平访问日本。他在日本访问了两家企业，一家是"日产汽车"，另一家就是"松下电器"。这时 83 岁的"老松下"已于 1961 年辞去了董事长职务，但还是兴致勃勃地会见了中国尊贵的客人，陪同邓小平参观了松下技术馆，并且相互谈得很是投机。其后，"老松下"先后两次访华，"松下"与中国的交往和合作愈加密切。

松下目前的职工人数，国内 10 万名，国外 3.5 万名；46 个生产公司，34 个销售公司；松下设有中央研究院，下属 22 个研究所，从事技术研究和培养科技人才。

"松下"的发展也有过这样和那样的挫折，也有过跌入谷底的尴尬和艰难，但松下总是能在困境中崛起，一步步走向辉煌。

参观完松下技术馆和历史馆回到饭店，下午，蔡中祜叫上李庆怀和翻译关永昌，来到饭店旁边的一个超市。超市里的商品琳琅满目，在家电区有日本生产的多种洗衣机。

蔡中祜让关永昌问问服务生："这里哪种洗衣机销得最好？"

关永昌一翻译，服务生彬彬有礼地回答："销得都很好。"

"总有哪一种卖得最好吧？"蔡中祜还让关永昌问。

"顾客一般不选是哪个厂家生产的，因为技术已经成熟，水平不相上下。"服务生回答。

"你再问问，他们不选生产厂家，选什么？"蔡中祜对关永昌说。

关永昌翻译过去，服务生笑了笑说："顾客只选适合自己的。"

这时，走过来一个人，哈了哈腰说："顾客当然要选名牌，比如，'松下'的品牌就最早也最响。"

"噢——"蔡中祜听完翻译"噢"了一声说："我们先看一看。"

"欢迎光顾，多多关照。"那人听了翻译后，说了句客气话，退了两步，返身走了。

"这是你们的什么人？"蔡中祜让关永昌问服务生。

服务生说："这位先生是'松下'在超市的销售经理。"

走出超市，关永昌问蔡中祜："打听这干啥？"

蔡中祜笑笑说："摸摸底，对对号，调查调查。"

第二天，7月12日，考察组参观考察三国洗衣机厂。

上午9点，大村胜重带着考察组来到松下洗衣机事业部海外输出部的二楼二室。

在这里，他们稍加休息，喝了杯咖啡，便来到二楼的一个展厅。

展厅里陈列的全部是"松下"洗衣机，从最初的机械式到最现代的电脑全自动式，有单桶的，有双桶的，有小波轮的，有大波轮的，林林总总几十种机型。

出了展厅，向后走，他们便来到三国洗衣机厂的厂区。

松下洗衣机事业部有两个洗衣机厂，三国洗衣机厂是其中之一，生产双桶半自动；另一个是在静冈县的静冈洗衣机厂，生产双桶全自动。两个厂的总产量是年产100万台以上，占到日本全国产量的28%左右，是日本最大的洗衣机生产厂家。产品有20%出口，并在加拿大、英国、东南亚地区有5个海外洗衣机厂。洗衣机事业部就设在三国洗衣机厂。

三国洗衣机厂仿佛是一个大花园，绿树成荫，草坪青青，碧流潺潺，嫣红姹紫。

据介绍，这里面积33000平方米，职工800人，年产洗衣机60万台以上；生产工房是5幢大楼，各自上下两层，分有10个工段：钣金冲压焊接、前处理、粉体喷漆、注塑、精密件加工、电子件组装、5条总装线、包装、半成品库、成品库等。

考察组参观了钣金生产线、注塑生产线、一条总装线和一个成品库房。

钣金车间里干净整洁，作业区、通行区标线清晰，所有的钣金加工，不仅是机械加工，而且都是有机械手辅助作业，规范而精确。

注塑车间里排列着整齐的注塑机，电脑控制，生产着各种塑料件，快速而完备。

总装线上全部是随行夹具，链滚传动，自动传输，紧张而有序。

产品库房全部是自动化存取，整洁而灵便。

这又让人目瞪口呆，见过洗衣机生产线，但没有见过这么先进和现代化的生产线。特别是总装线上装配的这款洗衣机，外形漂亮，内桶又大，还是大波轮，一下子就紧紧吸引住了考察组人员的目光。

"要引进，就要他这种的。"蔡中祜对李庆怀、徐增伦说。

"是咧，是咧。"徐增伦答。

"正在生产的，肯定是最先进的。"李庆怀答。

参观完厂区，考察组又回到二楼二室。他们喝了一杯咖啡，就开始吃午饭。

午饭是盒饭，叫做"中华料理"，米饭上有几片肉、一片鱼和一些青菜。

用完午餐，考察组就在这里等着下午与"松下"进行会谈。

## 谈判，纠结与坚韧

1984 年 7 月 12 日下午 1 时许，松下洗衣机事业部海外输出部部长伊达晴志等进入二楼二室。

大村胜重向伊达晴志逐一介绍了考察组的成员，伊达晴志面带微笑，并与考察组成员一一握手致意。

入座后，伊达晴志代表松下电器致了简短的欢迎辞："我很高兴代表松下电器，热烈欢迎中国山西洗衣机考察组的各位贵宾光临。松下电器是中国的朋友，一贯致力于日中友好，并为此做出了不懈的努力。我们希望通过双方的共同努力，使这次合作成为愉快的成功的合作。为了使各位对松下电器有个大概的了解，请首先观看一个电视片。诸位请。"

伊达晴志的话音一落，窗帘缓缓自动拉上，谈判室里的屏幕上开始播放松下电器的电视片。岛国的风光，松下的发展，在柔和的音乐中瑰丽多彩。

电视片播完，窗帘开启，双方正襟危坐，会谈进入正题。

伊达晴志首先点头微笑，然后说："欢迎朋友们到访松下。我们松下很高兴与中国合作，已经与营口、杭州、无锡等三个洗衣机厂成功合作了洗衣机机型和技术的转让。我们愿意与长治洗衣机厂合作。我们从贵国的轻工部了解到，你们的'海棠'洗衣机是'部优产品'。我们愿意和有实力的厂家合作，使长治洗衣机厂成为中国第四个成功引进松下的厂家。"

蔡中祜听完关永昌的翻译后说："感谢部长先生。我们参观了松下技术馆和三国洗衣机厂，确实感到了松下的先进。我们愿意引进松下的机型、技术以及关键设备。"

伊达晴志说："松下可以提供与贵国其他三个厂相同的机型、技术和设备，以满足你们的需求。"

蔡中祜听完翻译后，没有马上搭话。

伊达晴志看着蔡中祜，问："有什么问题吗？"

蔡中祜说："你说，转让给我们的机型和技术和其他三个厂一样？"

伊达晴志回应："是的，是相同的机型和技术。这一点是确定的，请放心。"

蔡中祜说："我不同意这个方案。"

蔡中祜说到这里停顿了一下，看了看日方的反应。伊达晴志和大村胜重面无表情。蔡中祜接着说："据我们考察，松下转让给我国三个厂的机型和技术，是 70 年代的水平，而不是最先进的。我们要引进的，不同于国内的三个厂家。经过实地考察，我们要引进你们正在生产的这款洗衣机。"

伊达晴志略微欠了一下身子说："按照松下的惯例，我们正在生产的产品，其技术和机型是不会转让的。这一点也是明确的，请包涵理解，多多关照。"

蔡中祜不由得提高了嗓门说："我们要引进的，一定是最先进的。我们选中的就是这款机型。"

双方的坚持，使谈判的气氛凝重起来。停了一会儿，伊达晴志说："魏厅长，蔡厂长，我们在引进的机型问题上有不同的意见。双方都需要进一步冷静思考。今天就先谈到这里，好吗？"

首次谈判，不欢而散。谈判虽然没有破局，但在回宾馆的路上，考察组的人一言不发。

蔡中祜的心情自然是沉重的。他没有想到松下竟然不输出最先进的机型和技术，在谈判的核心问题上成了僵局。他不甘心引进松下70年代的"小波轮"，就是看中了正在生产的"大波轮"。如果下一步还谈不成怎么办？怎么回去向领导交代？是就范，还是坚持？他遇到了难题。

晚上，大村胜重急急来到蔡中祜的房间，与他闭门协商。

他们谈了大概有两个小时，大村胜重匆匆走了。

大村胜重走了以后，蔡中祜对李庆怀和徐增伦说："大村来了很激动，想劝咱们接受松下的意见。我是坚持要他现在生产的。磨来磨去，谈了半天。"

当我们现在要走进历史真实的时候，发现了一个问题。大村胜重来与蔡中祜闭门商谈，最大的问题是语言的交流。大村胜重只会简单的汉语，怎么与快人快语的蔡中祜对话？

我们就这个问题问过李庆怀。他说："大村来谈话确有其事。你一问，让我想起一个人来。这人叫山口纯司，是在北京长大、在北京念的书，说的一口北京腔，那是一个中国通。山口1980年左右回国，就是兵库县贸易的，与白子肖一直有联系。那天晚上，是他和大村一起来的。这样，交流起来根本就没有任何问题。"

他又说："在日本谈判其实很简单。一句话，翻译来翻译去，占了不少时间。有时候日本人听了翻译，还'咯咯咯'地笑半天。会谈主要是老蔡说，咱们的其他人基本不插话。"

他还说："大村来干什么？就是急着做成这笔买卖哩。他是个中介商，两边传传话。他来说咱们，就是松下的哪一个机型也行，拿回去就是好东西。他去说松下，就是你们这么多机型，给了他不就完了，费什么劲啊？谈不成这笔买卖，他来太原的花费都报销不了。"

不管事后说得怎么轻松，但在当时确实是遇到了"一个坎儿"。

蔡中祜 2012 年 12 月 27 日在太原给我们回忆说："在日本的谈判啊，那是很激烈的。你让翻译说，我黑夜睡不着啊。他给我 20 世纪 70 年代的技术，我不要。我要的是一流的。"

他说的"黑夜睡不着"，很可能就是在 7 月 12 日的这天夜里。

在核心问题上出现了分歧，谈判的走局不定，是会峰回路转，还是砂锅捣蒜？真叫人是进也难、退亦难。这一夜，过得肯定不那么轻松了，饭店很安静，自己很折腾。

第二天，7 月 13 日上午，日方没有动静。考察组的人员也在宾馆待着。李庆怀问蔡中祜："会不会拉倒了？"

蔡中祜说："谁知道。我想，松下不会这么就拉倒了，叫他们去商量吧，不行了再说。反正把快要淘汰的机型给咱，我是不干。"

蔡中祜说："大不了是和松下谈不成，那咱再去找其他合作伙伴，反正不能在一棵树上吊死。"

李庆怀说："大村是急着想做成这笔买卖哩。"

蔡中祜说："我是把硬话说了，松下不行，我们就另起炉灶；再不行，买上一台回去照着做。活人还能叫尿憋死？等等吧，这就看他们的了。"

午饭后，大村胜重来到饭店，请考察组进行下一轮谈判。

进到会谈室，没有日方的代表。大村胜重在服务小姐沏茶的时候也抽身离开了。考察组只好在会谈室里空等着，心情沉沉的。

足足等了 30 分钟，伊达晴志和大村胜重等人才走进了会谈室。伊达晴志哈了一下腰说："对不起，让诸位久等了。"

入座后，伊达晴志单刀直入地说："大家很辛苦，现在我们继续进行会谈。昨天我们双方都充分表达了各自的意见，意见的分歧集中在机型的问题上。现在请你们说明一下思考以后的意见。"

蔡中祐说："我们经过认真的思考，意见没有改变，只考虑引进现在的机型，其他的不予考虑。"

短兵相接后，是沉默。沉默中，相持着。

"这样吧，"伊达晴志打破了沉默："我们必须对贵厂的实际情况进行考察，才能最后做出决定。"

蔡中祐说："只要有合作的足够诚意，我们欢迎松下的朋友去考察我们洗衣机厂。"

伊达晴志说："你们的真诚和坚定说服了我们。现在可以说，松下原则上是同意提供'爱妻号'的机型和技术的。"他说到这里，话锋一转，接着又说："但是，这要在我们考察完你们的洗衣机厂以后，认为你们符合'爱妻号'的生产条件，才能进行下一步的技术谈判和价格谈判。这一点，是必需的，请你们理解，多多关照。"

蔡中祐说："我们完全理解部长负责任的态度和做法。"

伊达晴志说："还有，要把你们生产设施改造的方案和进度、解决电机、电路板等关键零部件的可行性方案尽快告知我们，这也是我们要考察的内容。"

蔡中祐说："这些都没有问题。"

伊达晴志说："既然没有问题了，我们现在可以用协议备忘录的形式，来确认我们会谈形成的共识。"

蔡中祐立刻站起来，双手紧紧地握住伊达晴志的手说："谢谢，谢谢伊达部长和松下的诚意和勇气，愿我们的合作成功！"

双方的代表全部起身，谈判室里响起了热烈的掌声。

经过对文本的讨论协商，5时许，蔡中祐、伊达晴志分别在协议备忘录上签字。

李庆怀回忆说："关键的一步，就这样迈过去了。后来有人说，谈判是在争吵中完成的。哪有的事啊，怎么会是吵出来的呢？吵能吵成吗？不可能的。"

我们看到一张照片，是这天晚上用餐的时候拍照的，大家喜笑颜开，轻松了许多。


## 拜岚山，眺富士，以诗壮怀

7月14日、15日是休息日，考察组对日本京都、神户进行了游览参观。

神户，距离大阪30公里，是日本的第六大城市。神户面向大阪海湾，是日本著名的国际贸易港口，也是日本最美丽、最有异国风情的城市之一。神户很少有林立的高楼，建筑都在山间的绿荫中，显得和谐而精致。神户的唐人街，也叫"中华街"，入口处有中式门楼，石柱、石拱，红色琉璃瓦顶，门额有"长安门"字样，并镶有"敦睦"的牌匾。行走其间，熟悉的华人汉语，南腔北调，好像是徜徉于北京的王府井一般。

京都，日本的"千年古都"，日本人心灵的故乡。京都又称"洛阳"，是因为东侧的左京是仿照当年中国古都"洛阳"建造的。这里是"中国化"极深的城市，不但大量的寺庙仿自中国，而且许多店铺的名称仍然有汉字的印记和标识。

在京都，考察组专程来到岚山公园，拜谒了《雨中岚山》诗碑。诗碑建在半山腰上，是一整块未经打磨的本地著名的鞍马石。正面竖体刻着周恩来总理

1919 年 4 月 5 日在日本留学时写的一首现代诗《雨中岚山》：

### 雨中岚山

雨中二次游岚山，两岸苍松，夹着几株樱。

到尽处，突见一山高，流出泉水绿如许，绕石照人。

潇潇雨，雾蒙浓，一线阳光穿云出，愈见姣妍。

人间的万象真理，愈求愈模糊；

模糊中偶然见着一点光明，真愈觉姣妍。

这是在 70 年代末，日本的有识之士和部分日中友好团体发起筹建的。这些人士的姓名和团体的名称，刻在了诗碑的背面。诗碑建成后，邓颖超亲赴日本，为诗碑落成揭幕。

这诗碑，没有纪念碑的高大华丽，没有考究的雕刻工艺，没有悦目的几何图形，其朴实无华，令人感到一种伟大深含其中。这诗碑，是中日友好永存的象征。

7 月 16 日，考察组赴福井县武生市参观武生微电机厂。

武生市在福井县中部，直面日本海，是仅次于福井市的第二大城市。武生微电机厂是"松下"旗下的企业，全厂职工 913 名，共有 3 个车间，产量很高，月产电机 140 万台，品种多达 13000 种以上，其特点是控制性能优越、噪音低、可靠性高。

现在的日本已经没有武生市了。2005 年，武生市与今立町合并为越前市了。

7 月 17 日，考察组离开大阪，前往静冈县沼津市，入住在沼津市三枚桥的一家饭店。

静冈县处于大阪与东京之间，日本的象征、著名的富士山就在静冈县境内。

日本京都岚山
公园"雨中岚山"
诗碑

站在沼津市三枚桥这家饭店的楼顶就可以远眺富士山。李庆怀当然不肯错过这个机会，一大早便在楼顶以富士山为背景拍了一张照片。静冈县的伊豆半岛温泉众多，有"温泉半岛"之称。

7月18日，考察组到静冈全自动洗衣机厂参观。

静冈全自动洗衣机厂，职工450名，3个主要车间、一个成品库。这里只有一条总装线，年产量为36万台全自动洗衣机、36万台干燥箱，产品规格多达100种以上。

7月19日，考察组考察了东芝机械株式会社所属的塑料成型机械厂、塑料模具厂。双桶洗衣机塑料内桶生产所需要的万克注塑机以及模具，就是在这里生产的。

"东芝"，在中国很有名。东芝工厂的环境也是绿色环抱，非常美丽。李庆怀就注意到，工房外清凌凌的水里还有大虾在游动。

工房内是20℃恒温，大型的机加工设备足以叫人目瞪口呆。正在加工的巨型齿轮，齿厚比李庆怀都高，可见齿轮的直径该有多大。精密的电子仪器更是叫人目不暇接。

　　李庆怀后来想到，为什么"东芝"敢叫你参观生产线？难道不怕你偷学走什么技术吗？人家根本不怕，因为你就看不懂。东芝要展现给你的，是个概念，那就是"东芝"规模足够庞大、设备足够精密、技术足够尖端。

　　有没有这种可能，既然万克注塑机和模具是"东芝"生产的，我们可不可以直接与"东芝"联手呢？蔡中祜向"东芝"提出，咱们能不能直接搞设备方面的合作呢？

　　"东芝"立即婉言拒绝："我们和松下是多年的老朋友，高兴结识新朋友，

考察组在日本东京

但不能忘了老朋友。你们需要我们的产品，一定是通过松下进行，没有别的管道。"

一翻译，李庆怀听懂了，日本人是"一疙瘩"，抱团跟你做生意。

有人说，要是中国人和日本人单打独斗，是中国人赢；要是各出三个人较量，是日本人赢；因为日本人是团结得"一疙瘩"，而中国人是"三个和尚没水吃"。这也许只是说笑着逗你玩儿，也许还真能说明点什么，"其中滋味，谁能解得开？"

参观完"东芝"的当天晚上，考察组到达日本首都东京。

7月20日，在日本东京，考察组见到了日本都筑国际总公司社长都筑清明。他是在太原和李庆怀签署过《意向书》的。他一见考察组已经和"松下"进行了接触，很有些不情愿。但他知道了与松下的谈判还有许多障碍的时候，又表示出极大的兴趣，表示愿意从中牵线，再去寻找其他的合作伙伴。

在东京，考察组跑了四五家商店，才买到一台"爱妻号"洗衣机。

7月21日，考察组乘机返回北京。那也是在夜间，俯瞰北京，亮灯的只有长安街，两溜儿，很长。

在北京接机的是杜中杰。在北京歇息了一晚上，第二天返回太原。然后，"双排座"工具车拉着人和样机返回长治。

1984年7月29日，考察组做出了《洗衣机赴日考察汇报》。

《汇报》中明确了这次考察的成果：1.选中了洗衣机型，是松下爱妻号W300型。2.选定了注塑机型，是IS1600DN型，1600吨锁模力，与东芝机械公司洽谈了有关模具的问题。3.为洗衣机电机引进工作提供了依据。4.与松下洗衣机事业部产生了《备忘录》，松下洗衣机事业部有关人员9月～10月考察我长治洗衣机厂。5.广泛了解和调查了日方洗衣机市场情况，小波盘洗衣机在日本处于淘汰趋势，新型大波盘洗衣机将取而代之。6.日本国内洗衣机工艺技术水平已经达到高度自动化、程序化，在生产管理中全部采用了电脑技术，生产真正实现了优质、高产、低消耗、高效益、高效率。

《汇报》对回国后的工作也作了一个梳理：1. 向各级领导做好汇报，争取领导的支持。2. 做好与松下继续洽谈的准备工作。这里面主要包括落实电机的引进、落实电子线路板的制造。3. 引进资金的落实。4. 加强引进工作的领导。

轻工部五金家电局的领导和技术专家，见到《汇报》，很是高兴地表示：1. 山西是有志气有勇气的。2. 选择的机型是正确的。3. 轻工部支持你们，要抓出一个好的洗衣机来。

访日归来，蔡中祜在 1984 年 9 月 21 日写下了《赴日归来的联想》一文。他在文章中说："1984 年 7 月 10 日至 21 日，我随山西省洗衣机考察组对日本松下电器公司、东芝机械等进行了实地考察。目睹日本战后的发展速度，联想伟大祖国战后在现代化建设方面与日本的差距，看到伟大祖国粉碎"四人帮"以来，建设四个现代化的政策、决心和速度，深感在治理国家中有些经验是应该借鉴的。"

他在文章中列举了 12 条值得借鉴的经验：

一、从松下电器公司第三代洗衣机厂厂长看松下挑选接班人的严肃性。二、从日本企业各级颁发工资看日本企业对工人的管理。三、从日本国铁和日本个人铁路的比较看"大锅饭"的弊端。四、从松下工人考试上榜公布看松下工人对技术的追求。五、从日本饭店老板送饭看日本人做生意的态度。六、从中间商同时接待六个考察团看日本人的工作效率。七、从日本报纸上刊登的自杀事件看日本人的事业心、自尊心、自重心。八、从日本城市没有交通警监督看日本的社会秩序和人们的公德。九、从松下公司不解雇工人看其治理工厂的手段。十、从日本人向有长处的人毕恭毕敬的学习精神、追求精神看日本人的求实。十一、从没有大批农民，看日本百姓的生活。十二、从中国籍王先生的惭愧看海外人士对祖国的希望。

文章的结尾是他在访日期间写的一首小诗：

## 富士山就在我的脚下

7月17日，在日本沼津市公寓，清晨6时登上楼顶，俯瞰富士山全貌，摄影留念。远眺富士山，遥想伟大祖国四化建设一日千里，日新月异，思潮起伏，欣然命笔：

清晨，我站在建筑群的峰巅，

富士山就在我的脚下！

日本啊，日本，

路多，并没有祖国的宽，

山绿，并没有祖国的阔，

囱高，并没有祖国的繁，

有志之士，更没有祖国的多。

只不过，只不过，

二次大战后你醒来的早，

歧途走来，注意了人类的进步。

我的祖国，

战后外战转内战，

尤其是"文化大革命"的倾覆。

而今苏醒啦，祖国，

祖国苏醒啦！

祖国的有志之士啊，

要走前辈未走的路，

要赶超世界先进的步伐！

啊！

清晨我站在日本建筑群的峰巅，

富士山便在我的脚下……

从黄土高原走向了大海，从改革开放初期的百废待兴走向了先进的现代化，人们一定是感觉到了两者间的差距，也一定对邓小平所讲的"科学技术是先进的生产力"有了更加深刻的认识。

落后，就要挨打。所以，我们必须要强大起来。

差距，会生发跨越的激情。所以，我们要超常规地发展，大踏步地前进。

"海棠"迈出了关键的一步，这又是上了一个"泸定桥"。

# 第9章 🌸 谈 判

9月末的太行山，柿树叶红了，绛红绛红；杨树叶黄了，金黄金黄，原本绿色的世界开始五彩斑斓起来。倘若再见几场雨，一早一晚夹杂着几许寒意，那就真有些"萧瑟秋风今又是"的感觉了。

1984年的9月就是如此，秋分节气一过，秋高气爽，天气明显转凉。26日，日本"松下"的伊达晴志、津坂定夫、野田靖、川岸清，兵库县贸易的山口纯司等5人要来长治，对长治洗衣机厂进行实地考察。

这是"海棠"引进的第二步。

这也是自从1945年那个秋天以后，日本人第一次造访太行山。

## 三杯酒，一头驴

1984年9月26日下午，长治宾馆，贵宾楼。

长治宾馆，是当时长治市接待外宾最好的饭店，高高的主楼耸立在英雄街上，俯瞰着平房灰瓦，很是鹤立鸡群。

省二轻厅的魏华、胡火原，省国际贸易信托投资公司的王瑞春，长治市外事局的任志常、长治市经委的徐增伦、二轻局的刘和昌，长治县的领导张学忠、崔仁昌，长治洗衣机厂的蔡中祜、梁吉祥、李庆怀、赵建国等早早地在长治宾馆等候着。

该来了呀，怎么还没有来啊？天色渐渐暗了下来，蔡中祜有些着急，不时地看看手表。

按照约定，日本客人是今天到太原，长治专门派车去接。从时间上推算，日本客人早该到了，可眼看天色已晚，却迟迟不见其踪影。

那年头，通讯手段极为落后，连个手机也没有，也不知发生了什么情况，所以只能是干着急。

天黑了，日本客人终于来到了，蔡中祜心上的一块石头落了地。他一问才知道，之所以迟迟来不了，是因为车在路上坏了。还算不错，拦了一辆工具车，才总算把客人拉了回来。

伊达晴志等人到了长治，灰头土脸不说，主要是冷得不行。日本人穿得太少，不知道太行山的厉害。在欢迎的晚宴上，宾主推杯换盏。日本人三杯过后，这才驱走了寒气，浑身上下暖和起来。

李庆怀记得，津坂定夫"那家伙能喝，喝了好几杯"。

酒足饭饱，人们回到房间。没有想到的是，时间不长，宾馆突然停电了，立刻漆黑一片。

当时长治人对停电很习惯，因为那是家常便饭，可是日本人很不习惯，他们想不到现在还停电？

一看停了电，赵建国他们赶紧去找蜡烛，一个房间、一个房间挨着点上，有的放在酒瓶上，有的放在电视机上，房间总算有了亮光。

烛光摇曳，是不是比灯火通明更平添了几多诗意和浪漫呢？

这时，长治市的领导到房间向日本客人表示道歉，说咱们长治就这个条件，实在是对不起了，多包涵啊。

日本客人本打算洗个澡再睡觉，但碰上了停电也只好作罢，心里不爽，也无可奈何。

路上坏了车，宾馆又停电，这不是要给日本人什么下马威，实在都是意外，叫人哭笑不得。"松下"对长治洗衣机厂的实地考察就在这样的气氛中开始了。

第二天，9月27日上午，客人们考察了长治市缝纫机厂。下午，秋雨阵阵，客人来到苏店，考察了洗衣机厂。他们在生产车间看得很仔细，时不时相互交换一下眼神。

在会议室，蔡中祜向客人们介绍了洗衣机厂的基本情况。

这里需要说明一下，蔡中祜的职务已经是洗衣机厂党总支书记了。洗衣机厂党支部是从1984年8月3日经长治县委常委会讨论决定改为总支的，由县委直属。蔡中祜现在还有一个头衔，那就是9月22日被长治市委任命的长治市经委副主任。

这天，日本客人还到苏店铸造厂进行了考察。

日本人是来考察洗衣机厂的，为什么还要考察缝纫机厂和苏店铸造厂呢？原因是洗衣机厂要进行引进，就必须扩大工房；要扩大工房，当时有三个选项，一是在旧厂改造，二是在铸造厂新建，三是搬迁到长治市区与缝纫机厂联合。

洗衣机厂与缝纫机厂联合，是长治市委主要领导的意见。

长治市缝纫机厂生产太行牌缝纫机，曾经火爆一时。然而，当海棠洗衣机成为"部优名牌"时，太行缝纫机却每况愈下。其中原因纷繁复杂，不是几句话能说清楚的。王森浩省长视察了长治市，曾对缝纫机厂连年亏损的问题提出批评，于是媒体上就有了"要学'海棠'，不学'太行'"的说法。

在这个背景下，长治市委领导就产生了"海棠"和"太行"进行"联合"的思路：洗衣机厂的引进部分可以放在缝纫机厂来搞，既解决了"海棠"引进需要扩大厂房的问题，又解决了缝纫机厂等米下锅的问题，这岂不是两全其美的好事？

遗憾的是，"联合"的双方都不领情。

缝纫机厂不愿意"联合"，因为这有被兼并的嫌疑。缝纫机厂始建于1958年，在长治市是很有名气的"国企"。尽管建厂20多年来大部分年头是在亏损的情况下度日，但也没有沦落到要被苏店一个集体企业"吃掉"的境地。所以，当长治县二轻局的牛润明来缝纫机厂做"联合"的前期工作时，缝纫机厂的领导很不客气地问："你们一个集体企业，还想吃掉我们国企？"一句话，让牛润明碰了一鼻子灰。

长治县也不愿意"联合"。如果把洗衣机厂的引进部分拿走了，那不是把"海棠"的筋抽了吗？所以，当长治市委主要领导打电话给县委副书记张学忠时，张学忠就问："我们和缝纫机厂怎么联合？以后是谁做主？要是缝纫机厂做主，那就又垮台了；要是我们做主，他们肯定不行啊。我看，这事就弄不成名堂。"

尽管这件事还有许多变数，但还是让"松下"去看了缝纫机厂。

考察苏店铸造厂，是因为这里是新建工房的理想场地。苏店铸造厂也是县二轻企业，与洗衣机厂相邻，虽然只有一座铁炉两个工房，破破烂烂的，但占地的面积足够大。若在这里新建工房，既能满足引进的需要，拆迁的投入又不大，而且操作起来相对容易。

考察完铸造厂，日本人在大门口一眼看到不远处的树下拴着一头驴。一见有驴，伊达晴志显得很兴奋，说他这是第一次见到真的毛驴。他几步就走了过去，搂住驴脖子，把脸贴到驴脸上，非要让津坂定夫给他和毛驴照张相不行。

山口纯司也受到了感染，开口就唱"大海航行靠舵手，万物生长靠太阳"。

咱们的人有点不适应了，一个驴，有什么好稀奇的？再说，唱的这是什么歌啊。

## 长治会谈，有共识有分歧

"松下"实地考察完，在太行宾馆进入了会谈程序。

不对吧？昨天不是还在长治宾馆吗，怎么又到了太行宾馆呢？

会谈确实是在太行宾馆进行的。昨天长治宾馆停了电，"海棠"觉得很败兴，第二天就倒到了太行宾馆。

太行宾馆刚进行了装修，也是晋东南地区最好的宾馆了。

日方有 5 人参加会谈，我方参加会谈的有胡火原、蔡中祜、徐增伦、李庆怀、牛润明、赵建国和翻译贾继。

贾继在山西化肥厂外联室工作，被长治市外事局临时借来当翻译的。"山化"落地在潞城县，潞城县和长治县是一起划归长治市管辖的，所以市外办就从"山化"就地取材。

牛润明也需要再补充介绍一下。他在 1984 年 4 月已经被提拔为长治县二轻局的副局长了。有一天，长治县委书记王家璧见了他，还主动和他握手，叫着他的名字说："润明啊，好好干啊，提了你了。"所以，他来参加会谈是代表县二轻局的。

赵建国参加会谈，主要是做记录。会谈的记录有 55 页之多，使我们有机会通过会谈记录，看到了会谈的一个基本面貌。

9月28日9时，会谈开始。双方入座，寒暄几句后，胡火原请日方先谈谈实地考察的感受。

谈判记录手稿

日方认为，洗衣机厂还是很不错的，环境卫生搞得好，生产人员也很认真；存在的问题是零部件的精度不够好，比如外壳的焊接点不美观、内桶中的圆角不太理想、零部件进厂的检验不严格等等。

接下来，谈的是引进所需要工房的改扩建方案。

我方的意思是按照年产20万台、50万台、100万台三种情况去考虑改扩建方案。

日方认为，20万台是一条总装线，旧厂改造一下就可以了；如果是50万台、100万台，那就必须新建。能在铸造厂新建最好了，可以使车间的布局更优化，以适应大批量的现代化生产。日方在谈这个问题时，随手画了几个草图。日方反复强调，不管采用哪个方案，都要尽快定下来，否则不好往下谈。

对于到底上多大的产量，伊达晴志认为，20万台不谈，量级太小，主要是谈50万台和100万台。

胡火原表示，起步是20万台，最终的目标是达到100万台。

野田靖问，最终目标是哪一年？

胡火原答，1990年。

伊达晴志问，50万台在哪年？

胡火原答，50万台从明年接着干，1987年达到50万台水平。

上午的会谈到 11 时 30 分中止。

下午的会谈从 13 时 30 分开始。会谈一开始还是继续讨论工房的改扩建方案。我方提出 20 万台怎么改建?

日方说,不应考虑 20 万台,应该考虑的是 50 万台、100 万台。双方又画了草图,基本达成了一致。

再往下谈,就是引进机型的话题。

日方认为,长治要全面引进"爱妻号"还存在有很多问题。这些问题中有的是日方自身的,比如,电子控制板的技术在日本还不成熟,有一定的返修率。不成熟的技术是不能转让的。比如,日本的电子控制板是按日本民用电压 110 伏设计的,不适合中国 220 伏民用电压。如果要转让,需要重新设计,增加了成本,也需要时间。

有的问题是中方的,比如电压普遍不稳,不但会损害电子控制板,而且会给用户带来很大的麻烦,必然会影响到松下在市场的声誉。所以,应该先引进机械式的,等条件成熟了再改为电子式的。这两款机型之间,除了控制板以外,其他是完全一样的,到时候转换一下控制板就可以了。

日方提出的问题,特别是提到中方电压不稳的问题,这不是在鸡蛋里挑骨头,确实是戳到我们的软肋上了。那时候,电压不稳是经常的,电灯泡好好的就变成个"红蛋蛋"了;家里有电视的,还要配个稳压器,要不然就不能看。但是,这是个基础性问题,肯定会随着经济的发展得以解决的。于是,我方坚持要引进最新的"爱妻号"机型,至少是先引进 5 万台散件,组装后在市场上"投石问路"。

我方还表示,松下一直强调电子式的技术不适应中国市场,但日本的"东芝"表示这不是问题。

这显然是在敲山震虎。蔡中祜强调,设备和技术要同时引进,在零部件上,我们能做的就不引进，比如钣金、喷涂都问题不大。厂房的问题，我们能够解决，资金的问题也已经落实。

就这么些个问题，谈过来谈过去，一直谈到 18 时 30 分还没有一个定论。我方提出，是不是晚上继续谈？因为时间很紧，一定是要签个协议的。

日方表示协议要签，但晚上不谈了，一是需要碰碰头，二是也要休息放松一下，建议明天继续谈。

第二天，9 月 29 日上午 8 时 30 分，双方又进了会谈室。

客气话不说了，直奔主题。日方表示，机型的问题先搁置起来，因为这个问题影响会谈的进程。现在要谈的是，引进的设备和模具要确定下来，然后再谈技术转让的形式。

对于我方提出是否可能与"松下"合资、合作的问题，伊达晴志表示，这是"松下"战略层面的问题，超出了我们会谈的权限，所以这个问题也不谈。

我方同意日方的提议，强调说，设备要先确定，但与技术转让和协助不要脱节，在引进散件的时候，同时要提供工艺、质量标准，以保证产品的质量。

这些问题基本敲定后，又来谈机型的问题。

日方还是坚持先转让机械式的。伊达晴志说："我们不是固执地不转让，而是确实存在许多问题。有些问题发生在我们国内，比较容易解决；要是发生在贵国，那就很难解决。所以，一定要分开步骤。如果你们要坚持电子式的，那么会谈到此结束，没法再谈下去了。"

蔡中祜说："如果我们没有电子式的，就会失去市场。"

胡火原说："分两步走也可以考虑，但要与'营口'一样，引进机械式的同时，要引进电子式。"

伊达晴志说："散件的引进也要分步走。"

蔡中祜说："明年引进 5 万台散件时，一半是机械式，另一半可以是电子式的。"

伊达晴志说："这不能说死，需要再确认。"

胡火原说："至少是与'营口'引进电子式的要同步，否则我们就落后了。"

一遇到机型问题，谈得就很艰难，总是各说各话，双方坚持着，又各自有些退让。上午的会谈一直延续到了 12 时 30 分才告一段落，"两步走"是双方可以接受的最大公约数。

下午 13 时 30 分，会谈继续。

国家轻工部对这次会谈很重视，五金家电局的领导给胡火原来了电话指示：一是会谈的情况要及时汇报；二是要相信"松下"，给予优惠待遇；三是松下与长治的合作是长期的，不是权宜之计。

胡火原汇报了会谈的情况，双方尽管有分歧，但共识也不少；先把一致的意见敲死了签个协议，分歧的部分留给下一步解决。

下午的会谈就按照这个精神进行，就引进设备的名录和时间表、技术工艺资料的提供、散件引进的时间等进一步敲定。经过反复协商，在机型的问题上达成三点共识：引进电子式的时间要与"营口"同步；引进的 5 万台散件中，有 10% 是电子式的；一旦电子式在中国市场上受到欢迎，我方立即将机械式改为电子式。

双方约定，明天上午就这些项目的细节再进行技术类的会谈，认定协议文本，下午就可以签订协议。

第二天，9 月 30 日，下午 14 时，举行签字仪式。

我方参加的人员有：省经贸厅的王瑞春，省二轻厅的胡火原，长治市二轻局的副局长刘和昌，长治县委副书记张学忠、县经委主任崔仁昌、县二轻局局长何树魁，长治洗衣机厂蔡中祜、梁吉祥、徐增伦、李庆怀、赵建国等。

胡火原首先致辞："中日双方经过 4 天紧张、热烈、友好的谈判，表现了我们双方的诚意,尽了很大的努力,进行了很好的合作,今天就要签订合同草案。"

伊达晴志讲:"与会谈的几位先生在日本已经认识了,通过这次会谈加深了认识和友谊。这几天的会谈,我们解决了不少问题,但还有其他大的问题要解决。为了尽快搞上去,我们回去准备好,尽早给你们回音;对于我们的要求,你们也要尽快告诉我们。谢谢。"

日方的签字代表是伊达晴志,我方的签字代表是省经贸厅经理王瑞春、长治洗衣机厂厂长蔡中祜。

《长治日报》在 10 月 8 日的报眼上报道了这次会谈,消息的标题是《日本松下公司代表来市洽谈,蔡中祜代表我方签订协议——"爱妻号"双缸洗衣机全部设备将从（19）85 年开始引进》。

金秋十月,一个收获的季节。


## 太原会谈,砍价没商量

1984 年 11 月初,太行山开始进入冬季了。

太原,并州饭店。"海棠"引进的第三次谈判在这里进行。

并州,是太原的别称。汉代时,全国治十三州,太原为并州。并州饭店,是太原的大饭店,这时又恰逢重新装修过,显得既古朴又现代。

继长治会谈后,双方进行了准备,一个月后,又紧锣密鼓地进行太原会谈。这次谈判的核心是引进价格的问题。

省二轻厅对价格谈判有个基调,那就是要在日方的报价上压缩 30%。这很像老百姓买东西讨价还价一样,不管要多少,拦腰砍一刀。

谈判在第二天上午进行。日方代表是松下的伊达晴志、藤本卓也,兵库县贸易的山口纯司等。

我方的代表是省二轻厅的胡火原和一个姓靳的处长，省贸易厅国际信托贸易公司的王瑞春，长治洗衣机厂的蔡中祜、徐增伦、牛润明、李庆怀和翻译贾继等，杜忠杰、赵建国等在会议上服务。

蔡中祜礼节性地致了欢迎词，接下来就进入了谈判的实质阶段，先由日方报价。日方的报价是：洗衣机生产设备 26 台（套），114963 千日元；洗衣机模具 19 副，139034 千日元；合计为 253997 千日元。

当时，253997 千日元相当于人民币 3200 万元。蔡中祜感觉这个报价还不算太离谱，与国内其他引进厂家的数目不相上下。

省二轻厅的靳处长表示，2 亿 5 千多日元，这要价过高了，要压缩 30%。

山口纯司把这一"还价"翻译给伊达晴志，伊达晴志立刻表现出一脸惊愕。他给山口纯司"叽里咕噜"了几句，山口纯司用北京话告诉我方说："贵方不是在开玩笑吧？凭什么就压缩 30% 啊？"

日方显然无法接受我方的"还价"，伊达晴志通过山口纯司表示，我们的报价是考虑了双方的条件才报出的，不是漫天要价；你们要压缩 30%，为什么？在什么项目上压缩？

我方的代表不知该说什么好，只是看着对方。

蔡中祜也黑封了脸。他没有想到，省二轻厅上来就是拦腰一刀，这还怎么谈下去？

会谈室里的气氛太压抑了，李庆怀来到楼道里透透气。胡火原也溜了出来。他给李庆怀说："小鬼子鬼很大，不砍掉 30% 不行。"

李庆怀问："有个什么理由啊？"

"先砍砍再说。"

他们回到会谈室，还是听日方在说。伊达晴志表示，贵方一上来就压缩

30%，我们还没有遇到过这种情况，感到不可思议；我们不是第一次来中国谈生意，你们也不是第一家；我们怀疑你们的谈判诚意。

李庆怀感觉到，咱们谈不过人家，因为松下说得在理，而我们只会硬拗，说不出个子丑寅卯，人家一反驳，咱就是张大嘴冒凉气。

要价高不高？我们感觉确实有点高，但日本人觉得不高。这除了买卖双方各自利益所在的原因外，还有重要的一点，那就是双方的经济水平不在同一个档次上。

一台洗衣机，在日本的售价是 28000 日元，相当于人民币 2000 元。我们在当时能拿 2000 元去买一台洗衣机吗？这是不可能的。因为我们普通人的月工资才几十元钱，不会两年不吃不喝去买台洗衣机的。但在日本却是另一回事。津阪定夫的月工资是 56 万日元，伊达晴志的月工资是 80 万日元，他们拿 3 万日元买洗衣机还是问题吗？显然只是小菜一碟。

这就是差距。当时听说日本人的电视机一旦坏了，不去修理而是扔掉，我们觉得简直是不可思议。过了 30 年，轮到我们了，我们的电视机坏了，也是不去修理而是再买一台。因为我们的工资也上来了，买台电视机不是个事了。

当双方的经济水平不在同一等高线上的时候，谈判就很难进行。天壤之别，不只是一种感觉，而是非常的实在。谈判到了第三天，僵局还是无法打破。

当然，这三天也不是没有效果，双方也有松动，我方退了一步，表示可以从压缩 30% 退到压缩 25%；日方也退了一步，表示可以考虑压缩 5%，但绝不同意我方的要求。

还有，这三天也不是只谈价格，也还对引进的其他事项进行了磋商，比如，设备的明细、可提供的技术资料、引进的散件问题、技术培训问题等等。这些问题的磋商异议不大，但一谈到价格问题，就进入死胡同，谁也不肯让步。

其实，在价格问题上，我方的意见并不一致。

蔡中祜不想破局，不管是多少钱，引进成功是最要紧的。因为引进是"海棠"的命，能走到这一步已经很不容易，不能因为钱而毁了引进的大局。

但是，二轻厅的处长们丝毫没有松口的意思，似乎不压缩 25% 就不罢休。

日方倒是铁板一块，似乎并不急于成交，退到 5% 就再也不退了，而且每退一步都要拿计算器"摁半天"，算算退一步的效果是什么。

三天无果，日方决定不再继续谈下去，要乘坐当天 19 时 30 分的火车离开太原返回北京，火车票已经买了。

## 一锤定音，挽狂澜于既倒

11 月 7 日下午 14 时，双方又谈一次价格，没几句话就谈崩了。

日方认为我方没有诚意，起身离开了谈判桌，回房间整理物品，准备打道回府了。

眼看谈判要破局，蔡中祜心急火燎。他立即去找省二轻厅白银奇厅长。白厅长不在办公室，去迎泽宾馆开会了。蔡中祜又找到迎泽宾馆，见到了白厅长，汇报了谈判的情况。

白厅长听完情况，问蔡中祜："你说怎么办？"

蔡中祜说："不能就这拉倒了，现在就等你一句话了。"

白厅长说："逼不退小日本，就按实际情况办。谈判你做主，10% 上下就可以了。如果这也不行，就按他们说的签，不能泡了汤。"

蔡中祜转身下楼，没有坐电梯，从 8 楼一口气跑了下来。

牛润明回忆说，是老蔡叫上他一起去找的白厅长，白厅长的表态是能降就降，降不下来，就定这个，省厅支持一下。老蔡一听这个话，高兴得就往回跑。"

李庆怀回忆说，老蔡叫上他一起去找过白清才副省长。

白清才副省长这天是正在迎泽宾馆二楼的一个套间里休息，秘书领他们进了房间的客厅，听见白省长在卧室还说了一句："老蔡来了？先坐啊。"

不一会儿，白省长来到客厅，听了蔡中祜的汇报说："钱的问题不是关键，关键是这个项目行不行？"

蔡中祜说："项目肯定行啊，现在主要是价格。"

白清才副省长说："项目行了就行，该怎么签就怎么签。"

"有了白省长的这个表态，老蔡有底了，回来就签了。"李庆怀对我们说。

徐增伦还有另外一个回忆。他回忆说："签字的文本是在太原三桥大厦进行准备，我们工作了一个星期了，弄好了等头头们审查。这时候，经贸厅的一个处长不签字，他说这么多内容我看也看不完，怎么签？老蔡急了，把手表都摔了，指着这个处长说，你要误了这件事，你负责；这是全省人民的一个大项目，你能负得了这个责吗？那个处长这才签了字。"

徐增伦的这段回忆已经表明蔡中祜确实是非常着急，又摔表又训人，实在是顾不得许多了。

蔡中祜回到并州饭店，叫上山口纯司去找伊达晴志，说："咱们再谈谈吧。"

伊达晴志说："还怎么谈？"

蔡中祜说："能不能压缩10%？"

"不行，那不可能。"伊达晴志说。

蔡中祜说："我们还可以再退，但是你们也要让让步。老朋友了，表示个诚意嘛，我向上也好说啊。"

伊达晴志听完翻译，想了一下说："请先生先回，我们商量后去答复你。"

几分钟后，双方代表又坐进会谈室。

蔡中祜说："我们请示了上级领导，底线是10%左右。"

蔡中祜与伊达晴志（左）在并州饭店谈判

伊达晴志、山口纯司又拿计算器"摁了摁"，交换了一下意见，然后表示说，我们只能压缩9.5%，这也是底线了。

10%与9.5%，差不多，能向领导交代了，蔡中祜立即表态："好，就按这个定。现在可以草签合同了。"

几经周折，终于算是合拍了。我方的代表松了一口气，日方的代表还有些不情愿。双方代表的握手，是礼节性的，一点也不热烈。

草签合同也应该有个仪式，但时间来不及了，于是拿来省经贸厅的合同文本，由李庆怀填写好内容，双方代表在上面签字。

合同的内容是：ZA—W300L型洗衣机生产设备26台、套，ZA—W300L型洗衣机模具19副，总价为229867千日元。

　　合同的附件中还包括了以上设备和模具分期交货的时间和口岸，日方无偿提供的技术资料和服务，引进5万台散件时间的安排等。

　　附件中说明，本合同最后的确认，定于12月在北京进行；技术合同的磋商定于1985年2月举行；中方技术人员培训，在11月底联系等等。附件的文本是提前磋商后拟好的，只等总价谈好后，拿出来就行了。

　　我方签字的代表：省国际信托投资公司的王瑞春、长治洗衣机厂的蔡中祜；日方签字的代表：松下电器产业株式会社的藤本卓也、兵库县贸易株式会社的山口纯司。

　　合同上签了字，还要在数十页的合同的附件上签字。蔡中祜看看手表说，这样签就误了火车了，咱们边走边签。

　　在附件上签字有两种说法：一说，是在面包车上边走边签的。另一说，是在车站旁边的小饭店签的。

签字的合同文本局部

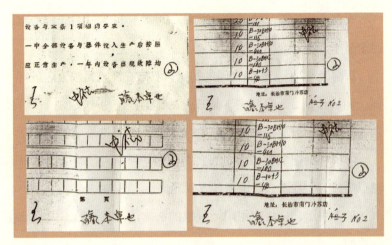

合同附件的签字

面包车上签字的说法是: 蔡中祜、藤本卓也、山口纯司、王瑞春坐在面包车上,一边走一边把合同附件垫在膝盖上签字。字还没有签完,已经到了火车站,又在贵宾候车室里签完了最后几页。签完字离开车还有4分钟,人们是跑着冲到"388"软卧车厢的。

小饭店签字的说法是: 当时在会谈室签字是来不及了,因为日本客人还没有吃饭,总不能让客人饿着肚子上路吧? 于是,急忙来火车站旁边的一个小饭店,一边等着上饭一边签字。签字也是在面包车上,也是在膝盖上,你签完了我签,我签完了你签。签完了字,日本人没心思吃饭,就直接上了火车。

两种说法有一个共同点,那就是时间紧迫,容不得在附件上从容地签字。我们仔细看了附件的复印件,蔡中祜就签了"中祜"两个字,还算不上周正;山口纯司就签个"山"字,字上画个圆圈;王瑞春是签个"王"字;还数藤本卓也签的比较全,4个字一个也没有落下。4个人所签的字,没有一个比较规范的排列,完全是签了就算数,可见签得确实很匆忙。

火车一声长笛，驶离了太原站。1984 年 11 月 7 日，"海棠"的历史记住了这个日子。

1984 年 12 月，按照合同的约定，双方在北京民族饭店进行了合同最后的磋商、确认和签订。合同文本是日方制作的，一份中文的，一份日文的，大红颜色的硬皮儿，很是有规范和正式的感觉。

李庆怀细细地看了合同的文本，感觉到在内容的表述上很不习惯，读起来也很绕口，而且怎么看也是日方有理。

日方表示，这是使用国际规范的法律语言表述的，内容与在太原的会谈是一致的。

蔡中祜认为，只要是项目一个不少，价格没有什么变动，至于怎么说的并不是关键，所以不再在语言表述上计较了。

很快，搞了一个签字仪式，规模不大却也显得隆重。在正式合同上签字的是：山西省国际信托投资公司的王瑞春，长治洗衣机厂的蔡中祜；松下电器产业株式会社的藤本卓也，兵库县贸易株式会社的山口纯司。

签完了字，相互交换合同文本，握手，鼓掌，照相，举杯庆贺。

第二天，北京落了一场雪，不算大，但也是飘飘洒洒。

长治也不知道下雪了没有？该是有吧，有场雪好啊。

1984 年，就这样匆匆走过了。这是"海棠"新发展的奠基年。

下年呢？ 1985 年，我们还有很长的路要走，每一步也必定会留下深深的脚印，一个接着一个，就像是留在雪地上的一样……

# 第10章 爬坡

1985 年，"海棠"的爬坡年。

1984 年 12 月，"海棠"与"松下"在北京民族饭店签订了关于引进的正式合同，这就逼着"海棠"要去爬上一道道陡坡，才能到达风光无限的巅峰。

随着合同的签订，"海棠"必须要解决的诸多问题提上了日程，比如，引进需要的资金怎么解决？工房扩大到底采用哪种方案？如何尽快掌握引进的技术和设备？等等。

要知道，这些个问题的尽快解决，哪一个都不是轻而易举的。

## 贷款，东方不亮西方亮

在"长治会谈"时，1984 年 9 月 28 日下午，蔡中祜向"松下"表示"厂房问题我们能解决，资金问题已经落实"。日方吃了这个定心丸，会谈就不再绕圈子，而是直奔引进机型问题的主题。

其实，这是一种谈判策略，而实际上，这两个问题都还悬而未决。

资金的问题，在引进中的位置显然是"唯此为大"。

引进需要多少资金？说大数，1310 万元。

这 1310 万元的资金从哪里来？

靠企业自身的积累？这不可能。1984 年 1 ～ 9 月，洗衣机厂利润为 180 万元。这对于洗衣机厂来说已经是个不小的数目了，但对于引进所需的资金而言，只是杯水车薪。

靠县里财政的支持？这也不可能。当时长治县的可支配财力也很有限，是个"吃饭财政"，顾了这头顾不了那头。县里还等着"海棠"缴税开工资哩，拿什么支持"海棠"？

资金的出路当然是向银行贷款了。但是，在长治的几家银行都不贷款给洗衣机厂，因为洗衣机厂的全部家当也不值这个数，都怕投进去回不来。蔡中祜、梁吉祥和刘财顺多次跑过几家银行，基本上没有什么指望。

就在蔡中祜、梁吉祥他们为引进资金问题焦头烂额时，他们捕捉到了一个信息：世界银行在山西寻找投资项目。

这使他们看到了另外一条出路和希望，真是东方不亮西方亮，于是立即向"世行"申请贷款。

1985 年 1 月 11 日上午，中国投资银行受"世行"的委托来考察了洗衣机厂。

在这一天的中层以上干部会议上，蔡中祜传达了考察的情况。会议记录是这样记载的：

本日上午，世界银行委托国家投资银行负责人前来我厂进行投资考察。省厅五金家电科胡火原，市经委吴建清（副）主任，市二轻局刘（副）局长，县委张学忠（副）书记陪同前来。本厂蔡中祜、梁吉祥、徐增伦、杜中杰、刘财顺接待。蔡书记汇报了企业近年来狠抓改革，经济效益三年四大步、四年六大步的显著成绩，赢得了投资银行的支持，决定对我厂引进双缸洗衣机进行投资支持。

毫无疑问，蔡中祜的这场汇报定然是有声有色的，既有一路创业的艰难，又有"部优名牌"的成果；既有市场竞争的动力，又有大胆引进的勇气；既有必定成功的把握，又有资金短缺的困惑；既有经济效益的瞻望，又有尽快还贷的保证。

考察小组听了汇报，分明能感觉到了一个小厂的雄心大志和光明的发展前景，于是当场拍板，确定了投资洗衣机厂1310万元的意向，其中外汇200万美元，配套人民币510万元。

200万美元，当时汇兑人民币800万元。510万元配套资金中，国内配套设备315万元，基建工程195万元。

1985年1月31日，中国投资银行发文给中国投资银行山西省分行、山西省国际信托投资公司，经审查，同意把200万美元的外汇贷款、510万元的配套人民币贷款，作为"备选项目"。

接着，中国投资银行发文批准了这个贷款项目，贷款期限为2年2个月，外汇贷款年利率8%，人民币贷款年利率8.64%。

后来，外汇贷款又追加了23万美元，是1986年1月9日的事了。

张学忠回忆说："有了'世行'的贷款，自己再刮刮家底，就凑够引进的这个钱了。"

梁吉祥回忆说："后来我们才知道，'世行'在山西的投资项目，一开始就落不了地，没有哪家敢贷。是我们'海棠'的引进项目贷了款，才使'世行'在山西有了投资项目。当然了，也只有'世行'看好我们的项目，敢投我们的项目。什么是银企联手、合作双赢？'海棠'与'世行'的合作就是一个成功的例子。"

有了"世行"的贷款作支撑，"海棠"的引进有底气了。

## 扩建工房，是个问题

"海棠"的引进，必须要解决扩大工房的问题。

长治市的领导是想通过洗衣机厂与缝纫机厂的"联合"来解决这一问题。没有想到的是，双方都不愿意"联合"，一个个扭鼻子歪嘴。市领导开会协调过，但没有协调下来。缝纫机厂的领导强烈表示反对联合，长治县也找了一堆不去缝纫机厂的理由。

因为"联合"的方案迟迟定不下来，所以扩大工房竟成了难题。

1984年10月15日，"长治会谈"半个月后，山西省副省长阎武宏听取了省二轻厅、长治市、长治洗衣机厂关于引进与长治会谈的工作汇报。这次汇报，厂里把在东京买的"爱妻号"双桶洗衣机搬到会上。阎武宏听完对洗衣机的介绍后，朗朗地笑着甩了一句："哈哈，'爱妻号'，就是爱老婆号嘛。"

在这次会上，阎武宏表示，引进双桶洗衣机，要上得快，抢时间争速度，还要省投资；年产规模按20万台来考虑。

在提到关于扩大工房的问题时，省二轻厅副厅长魏华表示，搬到缝纫机厂去搞，投资比较大；在洗衣机厂就地解决，投资比较小。

阎武宏表示，这个问题，由市、县自己去协调解决。他当场还问："长治县来人了没有？"

牛润明赶紧站起来说："来了。王（副）县长来了。"

"你们什么意见？"阎武宏问。

"服从大局。"王副县长答。

长治县委书记王家璧没有参加这次会议，当他得知王副县长的表态是"服从大局"时，很不高兴。长治县是不愿意让洗衣机厂这个"宝贝蛋"被弄走的，这倒好，不但没有据理力争，反而来了个"服从大局"？他专门把牛润明叫到办公室问明了会议的情况，黑着脸说："什么是大局？啊，你说。"

牛润明回答："在苏店最得劲了。"

王家璧书记这才笑了，说："哦，对了嘛。投资少，时间短，见效快，这就是大局。去了市里能行？这三点哪一点也达不到，怎么就成了大局了？"

3天后，10月18日下午，阎武宏副省长在迎泽宾馆主持召开了"关于长治洗衣机厂引进双缸洗衣机问题"的会议。

省二轻厅的魏华副厅长，省轻工厅的万良适副厅长，长治市的谢栓贵市长，省经委、省计委的三个处长，以及相关人员出席了会议。会议产生了一个《纪要》，其要点是："一、为了快上、早出产品，占用长治缝纫机厂的部分厂房上马，按年产20万台的规模安排。占用多少厂房及人员安排等事项，由长治市政府统筹考虑。二、占用缝纫机厂房要多利用、少拆建，力争用1000万元搞上去。三、缝纫机厂的债务、亏损问题，长治市另行解决，如无法解决可报请省政府统一考虑。四、如何利用缝纫机厂发展电冰箱的问题，省二轻厅和长治市要尽快提出可行性方案报省决策。五、力争双缸洗衣机尽快投产。"

1984年11月24日，省经委、省计委以"晋经技字（1984）543号"文件的形式印发了这个《纪要》。

是不是有了这个《纪要》，洗衣机厂扩大工房的问题就可以顺利解决了呢？还不是。长治市拿着《纪要》的尚方宝剑再次开会协调，但双方还是扭着劲儿，各说各话。有意思的是，这个《纪要》反倒是给双方的说辞提供了一个前提。

缝纫机厂认为，既然是"20万台的规模"，在他们厂就地改造就行了，还来我们厂干什么？

洗衣机厂认为，既然是"20万台的规模"，在我们厂就地改造就行了，还去缝纫机厂干甚？

梁吉祥回忆说："就这个问题，一直圪锯圪锯定不了。"

我们听懂了，"圪锯"这一地方话的意思就是"扯来扯去"。

很明显，不去和缝纫机厂"联合"，是洗衣机厂、长治县、省二轻厅统一的意愿，就连苏店村也不愿意让洗衣机厂走。

能有个厂子在村里，说"共同发展"就不是在打官腔，而肯定是个好事。一天，村里党总支书记崔贵生来到厂里找领导，蔡中祜不在，是梁吉祥接待了他。崔贵生书记说："听说你们要走哩？苏店老百姓坚决反对。你们只要留下来，苏店大队大力支持。你们要占什么地方，我们就给你们什么地方，要占多少就给多少。你们给不给钱是小事，主要是不能走。"

梁吉祥表示，我们不愿意走啊，这是上头定的事情。

当天晚上，梁吉祥把村干部的表态汇报给了蔡中祜，蔡中祜说："这咱们就更有底了。"

厂领导这就去找省经委、省计委，表示说扩大工房的问题最好就地解决，不需要去缝纫机厂。两部门的领导表示说，这是省长表的态，我们不敢变；你们要变，就去找阎副省长。

厂领导去找长治县委，县委书记王家璧说，以县委的名义出个报告，表明县里的意见。

厂领导又去找长治市政府，市长谢栓贵表示说，好啊，企业有自主权了，你们自己去找找。

说话间，1985年到来了。厂领导去找到省二轻厅白银奇厅长，请白厅长出面去找找阎副省长。

一天，王家璧书记在太原开会，见到了阎武宏副省长。阎副省长问："你们不是愿意去市里吗，怎么又不愿意了？"

这显然是阎武宏看到了长治县的报告。王家璧说："我以前就不知道这事儿，怎么就说愿意了？"

阎武宏说："有人给我说你们愿意去啊。"

王家璧说："阎省长，是谁给你说的我们愿意去了？是谁替我们做主了？"

阎武宏说："噢，你们不愿意去？这样吧，那天了开个会，再定一下。"

## "海棠"不走，就地改造

一天晚上，杜中杰从太原给蔡中祜打回电话说："阎（副）省长明天下午要见，你们领导赶快来。"

蔡中祜对梁吉祥说："你明天起早就去太原，叫上徐工，阎（副）省长要说咱们工房的事哩，要争取到在厂里就地改造最好。"

第二天一大早，梁吉祥去市里接上徐增伦，坐着去太原送洗衣机的大货车往太原赶。在车上，梁吉祥对徐增伦说："向省长汇报，咱要抓住几个要点，一是时间快，二是节约资金，三是见效快。这些，几句话就得说清楚，话多了省长没时间听。"

徐增伦说："对着咧。"

梁吉祥说："咱俩分分工，我表态，你来说具体的。咱还得捏个数字，要用数字说话才行。"

徐增伦说："对着咧。时间快吧，能快半年。节约资金吧，能省四分之一。挣钱的数目说100多万都不算大。"

他们在大货车的驾驶室里统一了口径，基本形成了一个汇报提纲。到了洗衣机厂在太原河西的临时办事处，已经是大中午了，他们还没有来得及吃饭，就接到杜中杰的电话："你们来了？赶快到迎泽宾馆来，1点钟，阎（副）省长要见哩，可不敢误了啊。"

他们又急忙赶到迎泽宾馆，宾馆会议室里已经坐满了人，有二轻厅厅长白银奇，省经委、省计委的领导，长治市市长谢栓贵，长治县委书记王家璧，长治市经委副主任李德身等。

不一会儿，阎武宏副省长端着茶杯进到会议室，落座后，说："咋弄的啊？是个什么情况啊？"

谢栓贵市长回答："两家都不同意，市里也没有协调好。"

阎武宏问："厂里谁来了？"

谢栓贵答："厂长和总工来了。"

"噢，你们说说。"阎武宏说。

梁吉祥说："现在是两家扯皮，缝纫机厂不愿意让去，我们也不愿意去。其实就地改造就好，既上得快又节省投资。这事得赶快定下来，要不然就要耽误了和'松下'的合同，那可就把我们厂拖垮了。具体情况，徐工说一说。"

徐增伦就按照统一了的口径，说了说能节约的投资、抢回的时间、提前投产的效益等等。

阎武宏听完喝了一口茶，对王家璧书记说："县里什么意见？"

王家璧说："县里的考虑是，怎样有利于洗衣机厂节省投资、尽快投产、见到效益就怎样来，其他没意见。"

阎武宏听完，对谢栓贵市长说："不要一直扯了，他们愿意就地搞，就定成个就地搞。你说哩，老谢？"

谢栓贵答："我没有什么意见。"

阎武宏宣布说："就这么定了吧，厂里自己搞。散会。"

"圪锯"了几个月的事，在会上三言两语就这么确定了。梁吉祥、徐增伦高兴得不行，回到办事处就给蔡中祜打电话说："定了，就在咱们那儿了。"

蔡中祜说："好，好啊。"

张学忠得知这一信息后，高兴地说："这就弄对了嘛。"

事情一经确定，马上开始运作。

长治县在 1985 年 1 月 23 日，成立了以王守清副县长为总指挥的洗衣机厂改造扩建指挥部。

梁吉祥去找到晋东南地区设计室进行工房设计。他的一个同学在这里当领导。他给老同学谈了工房的要求后特别强调说："这个事情非常紧，你们得全力以赴，先出地基图，出来我们就干。"

老同学表示说："没问题，我们加加班，赶快给你们弄。"

牛润明去联系工程队，找到了省建三公司三处，说我们的工程很急啊，几个月就得给我们盖起来。

省建家说，没问题，我们就是个干这的。

地方在哪里？就选在洗衣机厂西边的地上。县委副书记张学忠叫来苏店村党总支书记崔贵生说："洗衣机厂要盖工房，你们拿出那片地，先借，等批下来了，该给你多少钱给你多少钱。"

崔贵生说："行。我们给厂里承许过，只要不走，要哪儿、要多少都行。张书记啊，你让洗衣机厂帮助我们一下，要是能办个洗衣机配件厂就更好了。"

张学忠说："这还是个问题？能行。"

1985 年早春，洗衣机厂改造扩建工程开始了，注塑车间 3500 平方米，投资 63 万元；烤漆车间 2300 平方米，投资 41.4 万元；锅炉房 615 平方米，投资 11 万元；总面积 6415 平方米，总投资 115.4 万元。工房的地基工程同时展开，也是轰轰烈烈。

3 月 30 日，阎武宏副省长来到洗衣机厂视察。这时洗衣机厂扩建工房的工地上干得是热火朝天。他围着已经开工的 5 座厂房的地基全部转了一圈儿，然后说："嗯，干得不赖。"

他问张学忠："占的地批了？"

张学忠说："我们是先借哩，随后就批。要上就快上，不敢比比等等啊，那就不赶趟了。"

天气转暖，工房出了地面。5月25日，洗衣机厂扩建工程举行奠基仪式。县长李晋鸿在仪式上讲了话。

6月10日，山西省常务副省长白清才视察洗衣机厂，有王家璧、李晋鸿、张学忠、崔仁昌等陪同。

蔡中祜作了工作汇报。白清才在听取蔡中祜的汇报中，有三次插话，肯定了洗衣机厂的发展。

当蔡中祜汇报到"今年1至5月份实现利润200万元，接近去年利润总额"时，白清才说："这是你们大胆改革的结果。"

白清才（右）在担任晋东南地委书记、山西省副省长期间多次视察"海棠"

当蔡中祜汇报到"人才使用、分配制度、经营方式、情报信息、扶持乡镇的五项改革"时，白清才说："你们厂的成功，归结于人才配套改革。"

当蔡中祜汇报到引进工作时，白清才说："我很赞成你们'决不躺在名牌身上吃名牌，继续站在名牌之上创名牌'的这两句话。你们要把质量抓好，在中国也搞一个像日本松下的公司，把产品打入国际市场。"

白清才视察了扩建工地，感到很满意。他对蔡中祜说："要加快进度，保证质量啊。"

张学忠后来给我们回忆起这件事时，不禁感慨地说："厂子要上，必须有个劲儿，要拧住劲儿上。"

后来，张学忠在全省二轻工作会议上介绍了长治县发展二轻企业的经验。长治县40多个二轻企业个个都不亏损，这在当时是非常难能可贵的，在全省引起了很大的反响。

他介绍的经验有一条，那就是"劲往一处使，一心搞事业"。


## 赴日研修，无意一路风景

1985年7月6日，长治洗衣机厂梁吉祥等一行8人，到日本"松下"进行技术培训。

在这之前，1985年5月，蔡中祜、徐增伦、李庆怀等人再次到日本访问，一是看看引进设备、模具的生产情况，二是想与"松下"签订技术转让合作合同。

他们看到设备和模具正在制造，而且发货的时间也没有问题。日方表示，你们不来看，我们也是按照合同生产。

这次访日，"海棠"和"松下"直接签订了技术转让合作合同，其要点是：

"松下"提供"爱妻号"洗衣机的全部技术资料，负责对我方的技术骨干分批进行技术培训，派出专家到长治对设备安装、调试进行全程指导，解决设备运行中出现的问题和故障；我方以产量为基数付给"松下"技术转让费。

有了技术转让合作合同，梁吉祥等人才有机会第一批赴日接受技术培训。

省政府办公厅出国任务批件表明，这次赴日技术培训的期限为25天，培训的人员是：组长，梁吉祥；组员，李庆怀、牛润明、牛连旺、闫克良、宋文斌；翻译，贾继、孙稳进。

这一行8人中，第一次出现在我们文字中的有闫克良、宋文斌和孙稳进，需要略加介绍。

闫克良原是长治液压厂的技术人员，经徐增伦的推荐，来到洗衣机厂帮助工作，后来出任副总工程师。

宋文斌，长治县苏店镇北天河村人，1962年出生，1984年8月太原理工大学电机专业毕业。他原来被分配到长治县低压电器厂，但他想去洗衣机厂，活动了活动，又改派到了洗衣机厂。10月底，他到"海棠"上班，先是在生产车间当工人，锻炼了几个月后，调到技术科当技术员。他是洗衣机厂为数不多的理工本科毕业生，这次去日本培训有他，显然有重用的意思。这年他23岁，正是"少年壮志不言愁"的大好年华。他也是将来说"海棠"绕不过去的人物。

孙稳进，是省二轻厅的人，这次作为随组翻译。

这次赴日培训，"松下"有另外一名称，叫"技术研修"。这8个除了翻译外，其他6人为"松下研修生"。

1985年7月6日上午，研修组离开长治到达太原。下午去向二轻厅白厅长、胡火原等作了出国研修准备情况的汇报；还到省外办接受出国外事活动中应知应会的知识培训。

7月7日上午，研修组在太原置办出国的服装、用具，下午乘坐面包车离开太原，当晚住在五台山。

一进五台山，顿然感到暑气全消，凉爽宜人。这里海拔 3000 多米，号称是"华北屋脊"，7 月、8 月最热的时候也不过 10℃左右，是著名的"清凉山"。五台山是中国佛教四大名山，也与印度的鹿野苑、菩提伽耶、拘尸那迦，尼泊尔的蓝毗尼花园并称为世界五大佛教圣地，1982 年被国务院批准列入第一批国家级风景名胜区名单。

晨钟暮鼓，清凉可人，一夜好觉。第二天，7 月 8 日，他们拜过佛祖与菩萨，便又匆匆上路。面包车路过清东陵，他们还进去见识了一下。陵地松柏参天，森森寂静，可也荒草遍地。其地不可久留，他们傍晚时分抵达北京。

7 月 9 日、10 日两天，研修组在北京继续置办出国的服装和用具。

在一个服装店，梁吉祥他们很快就搞定了深蓝色的西装，可是牛润明怎么试也不合体，因为他又瘦又小。在服装店老板的劝说下，他只好买了一套咖啡色的西装。

7 月 11 日 10 时 20 分，研修组乘坐飞机离开北京，经上海落地，于 14 时 20 分飞抵日本大阪国际空港。

"松下"的川岸清、兵库县贸易的广濑纯一到机场接机。

川岸清见到牛润明显得很兴奋，两人热情地问候、交谈。其实，他们两个人互相听不懂对方在说什么，更多的是通过表情传达热情。牛润明告诉我们："川岸一看见我，高兴得叽哩哇啦。他也说，我也说，他说的我听不懂，我说的他也听不懂，可说的是一股劲儿。等翻译老贾过来，我们已经说完了。"

"到了日本的第一感觉是什么？"我们问过梁吉祥。

梁吉祥说："第一次出国，一出大阪机场，看到一片小车。后来才知道那都是出租车在排队，非常惊奇。心想，这小日本就是发达。"

"到了日本的第一感觉是什么？"我们以同样的问题问过宋文斌。

　　"懵懵懂懂。"宋文斌说："（我）那时候还是个小屁孩，一到日本，什么都新鲜，什么都新奇，只嫌自己的眼不够用。大阪是海洋性气候，太干净了，整洁有序。"

　　研修组一行入住大阪府丰中市的饭店。李庆怀对这里已经很熟悉了，因为这是第三次来。安置好以后，梁吉祥在饭店附近的街道转了转，看到商店里的商品琳琅满目，"实挺挺的"，但买的人不多。不像当时在国内，买的人不少，货架上的东西不多。

　　当晚，兵库县贸易的広濑纯一宴请研修组一行。

　　7月12日上午，研修组正式到松下三国洗衣机厂参观。参观前，松下洗衣机事业部部长松下正幸会见了研修组全体人员。

　　松下正幸（前中）会见研究组全体人员，组长：梁吉祥（前左三）；组员：李庆怀（前右三）、牛润明（前左二）、牛连旺（二排右一）、闫克良（二排左二）、宋文斌（前右一）；翻译：贾继（前右二）、孙稳进（前左一）

松下正幸是"老松下"松下幸之助的"孙子"，人称"小松下"。"老松下"有子夭折，女儿找一倒插门女婿平田正治，后改姓为松下正治。"老松下"1961年退居二线后，松下正治就成了"松下"的掌门人，他的儿子就是松下正幸。1977年，"松下"再换掌门人，名叫山下俊彦。"小松下"无疑是"松下"极力培养的接班人，正从基层一步步锻炼成长。这几年他正在洗衣机事业部当部长，所以蔡中祜、李庆怀5月来的时候就受到了"小松下"的会见，这次研修组来又受到同样的礼遇。

陪同"小松下"会见研修组的人员有伊达晴志、木下龙生、川岸清、山口根平等。

"小松下"致欢迎辞，伊达晴志介绍洗衣机厂的概况，然后由川岸清领着研修组参观三国洗衣机厂。

12日下午，双方讨论了研修组学习的日程安排和学习内容。

7月13日至8月1日，研修组进入了研修的状态。

## 笔记本，记下征尘多少

研修组是怎样研修的呢？梁吉祥有记录。

这次赴日研修，梁吉祥有一大一小俩笔记本。大笔记本是活页的，是在研修活动现场记录的内容。他可能觉得记得有点乱，于是当晚又整理在一个小笔记本上，清晰也简练。我们只是把小笔记本上的原文抄录在此就是：

### 7月13日

今天正式到厂实学。全天由川岸先生辅导，把日方和我方所签订的引进日本全部设备合同的全部资料进行了详细过目，并把双方所存在的问题交换了意见，并进行了确认。

川岸先生主讲了松下为我方制造的设备、模具等有关技术资料的说明。资料共给两套，一套资料室保存，一套供使用。提供的资料是：1. 设备装配图；2. 设备零件图（这是主要部分）；3. 使用说明书；4. 空气、油压配管图；5. 电气线路图；6. 设备的日常保养；7. 基础图；8. 维修零件图；9. 工具目录（主要的部分）；10. 零件检验表；共分 10 大部分。

### 7月15日

今天到车间参加了一次班前会，使我十分受教育。松下电器公司全体工作人员有严密的组织纪律性，每天一上班，先到院内做操，完毕后到办公室列队，整齐而严肃地由领导带领齐声宣读信条，然后一齐唱厂歌。每天两次，天天如此。我想，一个资本主义国家工厂的工人都教育成了这个样子，在我们社会主义的中国为什么不可以呢？

今天重点是了解设备管理，上午阅读资料，下午到车间参观对照。

在生产管理上必须做到重视安全，重视效率，重视质量。

任何先进的科学仪器，都要由人来掌握，所以首先必须重视人的作用。松下对职工的教育抓得很紧，在全厂大力开展5S运动。5S运功内容是：1. 整理，2. 整顿，3. 教育，4. 清除，5. 清洁卫生。以上这5条经常教育，使工人养成习惯。每台设备都设有日常检点卡，卡内定有详细内容与要求，按规定进行日、周、月检点。到一定时间还要进行5S运动评比奖励。

### 7月16日

今天重点是整机总装工艺的学习，结合实际，边装边讲，使全体实习人员基本了解了洗衣机装配工艺。同时松下也为我厂提供了一部分总装资料。

晚上，伊达部长等8人设宴招待了我们全体实习人员。

**7 月 17 日**

今天的重点是到车间实习，全团人员分总装、钣金、涂漆、注塑四个专业分别到车间看实际操作。我的重点是把总装线全部详细地看了一下，对洗衣机如何总装有了一个概括的了解。

**7 月 18 日**

今天分头到车间了解各自的生产工艺。我重点看了洗衣机主要部件的组装工艺，桶体合装、甩干电机合装、洗涤电机合装。

下午和该厂就控制标牌的设计问题交换了意见。标牌颜色定为绿色和茶色两种。

**7 月 19 日**

今天仍是到车间进行现场实习。我在钣金车间进行实习，重点：1. 了解了洗衣机外壳生产工艺；2. 外壳成型机、点焊机的结构和工作原理，传送机械的结构和工作原理，并简要地把传送机械的结构用草图勾画了一下，以及设计注意事项，作为我厂改

研修组在实习

装设计的重要参考。

**7月20日**

松下公司专门安排,由川岸、小田二位先生陪同到日本京都进行了参观。

**7月21日**

在旅馆休息。下午2点半,李庆怀、牛连旺、孙译员三人到沼津东芝厂进行为期10天的1600吨注塑机工艺学习,到本月30日结束。31日到松下静冈洗衣机厂参观一天,晚上返回三国厂。

**7月22日**

总装、喷涂、钣金三个小组按原计划到车间现场实习。我重点观看了甩干轴和洗涤轴的加工工艺,并对甩干轴工艺排列作了记录。

**7月23日**

今天仍按原计划分组实习。我重点观察了主轴加工工艺、刹车轮加工工艺、法兰盘加工工艺,并作了工艺记录。

**7月24日**

上午10时到12时,由木下先生给全体同志讲解了管理知识,重点介绍了松下洗衣机事业部组织机构管理。从这里可以看出,他们分工细、职责明,每个部门的领导只有一人,不设副职。这样做,可使下级只接受一个人的指令,便于工作。

其余时间仍按原计划到车间进行实习。我重点了解了以下几个问题:1.刹车轮问题。刹车轮材质为可锻铸铁,外圆如果和轴孔同心可以不加工,如果不同心要加工。从松下的厂生产情况看,刹车轮有的表明处理了一下,有的没处理。川岸先生讲,加工完毕后不进行处理也可以,问题不大。2.法兰盘问题。法兰盘是用3.2mm板材用8道工序冷冲拉伸而成。

**7月25日**

上午各组分别到车间实习。下午，总装组和川岸先生，结合松下洗衣机总装自动线，根据我厂实际，对我厂初步制定的总装线方案进行了详细的讨论。

松下的小田、中尾二位先生把松下总装自动线的特点作了详细说明，并把营口洗衣机厂输送机在使用中存在的问题作了说明。

川岸先生对我厂制定的总装工艺进行了分析，指出了问题。双方经过讨论，确定总装线再加长6米，重新制定工艺后再进行讨论。

（大笔记本注明：总装线松下要求60米，我厂只能到55米。松下再次说明，总装线不达60米长，日产量达不到850台。）

### 7月26日

上午按原计划进行。我到喷涂车间进行实习，基本了解了前处理工艺和粉体喷涂工艺，以及粉体喷涂设备的结构和工作原理。

### 7月27日

上午，除涂装组外，其余同志一块按照自编工艺进行实际拆装。通过自己亲手拆装，弄懂了每个零件的安装位置和作用，同时进一步验证了我们所编工艺的正确与否。

### 7月28日

离日前要做的工作：1.到东京开一次座谈会，各自谈赴日研修的收获、体会，为全团总结收集材料。2.每个团员把自己所收集到的技术资料全部报给团长，造册登记，返厂后全部上交资料室统一保管，使用借阅。3.离开松下之前要开好座谈会。4.每人向松下要的零部件，上报登记，各自保管。返厂后上交，统一保管使用。

### 7月29日

全团仍按原计划活动。我和闫克良在会议室，按照自编工艺，第二次进行拆装。下午到车间活动。李、牛等三人仍在沼津学习。

**7月30日**

今天仍按原计划活动。上午11时~下午3时，川岸先生专请前处理专家安田先生讲前处理工艺。其余时间在车间参观。

**7月31日**

参观制品抽样检查。

**8月1日**

9时至9时30分，松下洗衣机事业部部长松下正幸亲自主持欢送会，给我们全体研修人员颁发了结业证书，并互赠礼品。我代表全团致答谢辞。

其余时间各人写总结。

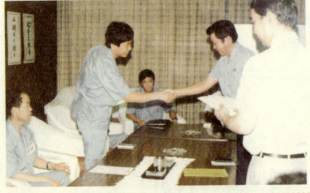

松下电器为研修组举行欢送会，并颁发研修结业证书

须要说明的是，笔记本上对 7 月 14 日没有记录，因为这天是公休日。他们 7 月 20 日到京东参观、 21 日在旅馆休息、28 日没有到车间实习，都因为这些天是公休日。

这次去日本研修，其他人还有笔记本吗？有啊。至少是牛润明有，宋文斌也有。

牛润明说："我最能记了，记了好几本。"

宋文斌也说："我记得有笔记本，因为回来要用哩。"

为什么我们这里只是抄录了梁吉祥的笔记本呢？因为，他们两人的笔记本都已经找不见了，而且理由一致，都是因为搬了几次家不知道跑哪儿去了。还好，有梁吉祥的笔记本在，这就显得弥足珍贵了。

当然，还有好多内容不可能记在他的笔记本上。

比如，去京都参观的那天，牛润明看中了一台 16 寸的黑白电视机想买，李庆怀对他说"不要买，回去收不到台"。

他放弃了电视机，买了件棉衣。

比如，7 月 21 日，李庆怀、牛连旺和翻译孙稳进一起去了沼津"东芝"相模工场实习注塑机。7 月 31 日他们返回大阪。送他们到"东芝"的是"松下"生产技术课主事宫村精一，接待他们的是西村雄一，"东芝"的研修老师是田安永治。相模工场在相模湾，离日本的第三大城市横滨市不远。他们在公休日去横滨游了一游。

这次研修每人有 700 日元的补助费，由牛润明掌管着。他对梁吉祥说，这钱不能在大阪发，要不，去了东京想买个东西就没钱了。

8 月 2 日下午，他们离开大阪到达东京。他们在东京 3 日、4 日停留了两天。牛润明和宋文斌一人买了一台双卡双声道收录两用机。

宋文斌注意到东京的街头有反战人士在进行静坐示威。1945 年 8 月 6 日、9 日，美国向日本的广岛和长崎扔下了原子弹，在每年接近这两天的日子里，日本的反战人士是要有所反应的。

牛润明回到旅馆觉得他买的两用机"不得劲"，叫上贾继又去商店换了一台。叫他感动的是，商店的服务员一边说着一边连连给他们鞠躬。他问贾继："她说的是什么啊？"

贾继说："说你受累了，辛苦了。"

牛润明笑笑说："要在咱国内换个东西，不要说不换，就是换，也要翻白眼剜你几眼，还给你鞠躬哩，美死你哩。"

8月5日，研修组飞回北京。

飞机到了北京上空，无法降落，只能在盘旋。

宋文斌凭窗望去，机翼下正是电闪雷鸣、暴雨倾盆的强对流天气。他对李庆怀说："这下不去啊，可就那什么了。唉，不亏啊，咱总算出过国，去过日本了。"

李庆怀说："瞎说什么哩。屁大个孩儿，切切要活哩。"

飞机盘旋了一阵后，还是降落在了首都机场。

落地了，心里踏实了，尽管冒着雨，总比在天上强。

既然落地了，就继续接着干，再说其他都是废话了。因为"海棠"的引进工作进入到一个"白热化"的阶段。

第11章 ❀ **冲刺**

　　"海棠"的引进，从 1985 年 10 月起，走进了一个"白热化"的阶段。这是因为日本进口的设备、模具等已于 8 月、9 月，分批到厂。再过一个多月，日本专家就要来厂进行设备安装了。这已经到了火烧眉毛的时候了。

　　1985 年国庆节的第二天，10 月 2 日，洗衣机厂召开全体工程技术人员和中层以上干部会议，对下一步工作做了周密的安排部署。

　　蔡中祜在会议上强调说，现在是白热化阶段，也是出成果的时候，同志们要众志成城，团结一致，力争 11 月拿出样机，让领导来剪彩。

　　这次会议是个节点，那就是要求"海棠"所有的工作必须是快马加鞭，向着"当年引进，当年投产"的目标发起冲刺。

　　"海棠"的引进工作，从广州小旅馆里的"隆中对"，到力排众议的定盘子；从洽谈会和"老外"的接触，到与"松下"

艰难的谈判；"海棠"是在爬着一个个的陡坡，每走一步都要付出极大的努力和艰辛。现在走到了安装设备的新阶段了，离新产品的出世只有最后的一里路了，必须要再努一把力。

## 土办法，小日本竖起大拇指

按照 10 月 2 日会议的部署要求，单桶总装线要搬到北边新盖的工房里。但是，眼下不可能，因为新工房还没有建好。

基建工程的进展是顺利的，注塑车间、烤漆车间、35 米烟囱、24 米水塔、锅炉房等都已经有了模样。当然，基建工程的投资几乎翻了一番，超资 157.47 万元。

搬不进新工房里，就搬到院里。车间主任牛俊芳他们买回白布，作成 60 米长、15 米宽的大棚，固定在两排工房的外墙上，中间拿一行柱子顶起来，有 3 米高，地面铺上"人造革"，就可以继续生产了。

2013 年 1 月 9 日，我们采访牛俊芳时，他顺路让我们看了看曾经是临时总装线的那个地方。站在两个工房的空地间，他比画着说："大棚就搭在这里。"

"总装线是怎么固定的？"我们问了句门外的话。

"单桶的，基本不用固定。"他说。

我们觉得在两个工房间搭建个大棚并没有多少困难，所以也没有太往心里去。牛俊芳看着这片空地，像是自言自语又像是对我们说："天气也越来越冷了，（大棚）最多是挡挡风，生个火也不顶用，唉，一个冬天就过去了。"

他轻轻的一声叹息，让我们内心随之一震。一个冬天啊，整整的一个冬天，天寒地冻，工人们就在简易的大棚里生产，那该要有多大的忍耐力啊。不用多说了，那一定是个刻骨铭心的冬天。

如果说，仅从内部还看不出"白热化"的话，那么日本专家的到来，就一定是"白热化"的标识了。

1985年11月9日，洗衣机厂的领导和职工夹道欢迎日本专家的到来。这天来的日本专家，有"松下"的津坂定夫、川岸清等，还有"东芝"来的专家。他们主要是来安装进口日本的设备，津坂定夫是这批专家组的负责人。

过了几天，"松下"的伊达晴志、木下龙生等人也来到厂里，也是受到了夹道欢迎。他们在11月27日下午，与洗衣机厂达成了"技术援助契约"。在《契约》上签字的是蔡中祜、伊达晴志。

日本专家的到来，厂里上下想不"白热化"也不行了。

日本人来了，新工房里的地面还没有打完。津坂定夫说："你们还不具备安装设备的条件，我们先回去，等你们完工了我们再来。"

徐增伦说："哎，你们不能走啊。地面没有完工，又不影响安装，你们走什么啊走？"

"地面不完工，怎么不影响安装啊？"津坂定夫有点听不懂了。

徐增伦说："时间来得及啊。咱是先要开箱验收设备、模具吧？几十箱的设备、模具验收一遍，那得多少时间？至少要一个多星期吧？有这一个多星期的时间，我们的地面早完工了，还影响安装吗？"

津坂定夫说："我们有系统工程进度表，拖一天也不行。"

徐增伦说："放心吧，一天也不会拖你的。"

开箱验收是第一步。开箱前，先要按照包装箱上所标明的设备名称分类搬运到车间里去。设备到厂时，都先后存放在厂区的一片空地上，离工房有几十米远。这些设备和模具有四点折边机、外壳模具、冲压件模具、粉体涂装设备、装配设备、装配工具胎具、万克注塑机、大型洗桶模具、底座模具等。

在搬运这些设备时，只能是先从外围开始，是涂装的设备搬运到涂装车间，是注塑的设备搬运到注塑车间，是总装线的设备搬运到总装车间，层层递进，分类到位。

开箱验收是在车间里，在场的有太原海关的工作人员，有中日双方的代表徐增伦和津坂定夫。

当然，开箱验收也还有个先后顺序。需要安装的设备先验收，验收完就可以进行安装，而一些辅助设备和模具就在后面验收，不耽误使用就是了。这样就形成一个流水作业，搬运的搬运，验收的验收。

验收先从打完地面的车间开始，第一部分的验收就用了9天时间。等验收完第二批、第三批，都已经到了12月份了。最后一批验完，徐增伦和津坂定夫在验收清单上签字的日期是12月9日。

时间是足够的，第一部分的设备还没有验收完，所有新工房的地面都已经打好，只待设备到位安装。

小型设备的搬运很简单，用叉车运走就行；难的是大型设备的搬运，特别是万克注塑机的底座和锁模机头这两个大件。

万克注塑机是分装到厂的，底座一箱，锁模机头一箱，注塑部分一箱、四根导柱一箱、机械手一箱，还有其他部件一箱，大大小小一共六七箱。其他的几箱都搬运到车间里了，只有底座和锁模机头这两个大件成了麻烦，一是大，二是重。底座有30多吨，锁模机头有19吨，叉车没办法对付，叉不住，也叉不动。

津坂定夫提出，车间的大门不行，大门的高度和宽度与锁模机头包装箱上所标注的高度、宽度相差无几，怎么保证锁模机头能够顺利进了大门而不被磕碰坏？

在讨论这些问题时，津坂定夫提出，打电话叫吊装公司来，用大型吊车吊进去。

厂里人一听，第一反应是"日本人瞎说哩"。大吊车，哪儿有？据说是太原有，反正是长治没有。先不说有没有大型吊车，也不说人家来不来，即使有了大吊车，也不可能把设备吊进工房里啊，那车间大门怎么进？

津坂定夫说，大门不好进就不从大门进，把车间顶部掀开，从房顶上吊进去不就行了吗？

哇？掀房顶，这也太离谱了吧？厂里人觉得这更是不可思议了。什么人才掀房顶？那是"三天不打，上房揭瓦"。

津坂定夫一直强调要用吊车，说是在日本都是这么干的。

他说得不错，也不假。去过松下三国洗衣机厂的人都知道，日本车间的大门又高又大，大型汽车可以直接开进去，就不存在进不去的问题。再有，为了防范台风或地震什么的，日本车间的顶部是轻便式的那种，是很容易拆装的，所以津坂定夫的"吊车说"在日本就是轻车熟路。可是，"海棠"不是"三国"，汽车进不去车间，更不用说掀什么房顶了。讨论了半天，也没有讨论出个所以然来。

天黑了，日本专家回太行宾馆去休息了。

第二天早上，津坂定夫等一上班就来到了工房。一进工房，他愣住了。昨天晚上还在场地上叫人头疼不已的底座和锁模机头，现在怎么都已经进到车间里了？

他看看车间大门和房顶，大门没有改变，房顶也没有掀动，一切都是原来的。他大惑不解，昨天晚上他们走后，厂里肯定是发生了什么。他指着两个大件问梁吉祥："这是怎么回事？"

梁吉祥说："你先不要问这个。你们先去检查一下，看看有什么问题没有。"津坂定夫等几个人仔细检查了锁模机头的包装箱，然后说："没问题，丝毫没

检查、安
装从日本进
口的设备

有磕碰的痕迹。快告诉我，这是怎么进来的？"

梁吉祥这才细说从头。

昨天晚上，日本人走了，剩下厂里的人继续讨论。蔡中祐说："问题大家都知道了，日本人走了，可咱得想办法解决。大家有什么办法，说说看。"

有人说，津坂说用吊车吊就是瞎说哩，那两个大件从场地运到车间门口，四五十米的距离就不是问题，又车又不住、又不动，那不怕，用千斤顶顶一顶，塞到底下滚杠，连拉带撬，拖过去就对了。

有人说，咱厂以前的拉伸机、压力机，不都是这样滚过去的？这不是个大事。

有人说，那家伙重了，单靠人拉怕拉不动，得用绞盘车哩。

有人说，难点还是在进工房的大门，高了不行，偏了也不行，进不去是小事，磕碰了设备是大事。

有人说，再难也不能掀房顶啊，咱就慢慢来，一点一点进，费点劲吧，还能进不去了？

有人说，绞盘车在工房的外面还好办，可以固定在大树上。可要进工房门，绞盘车在哪儿固定？工房里什么也没有啊？

有人说，怎么没有啊？正对着大门的墙里面有根水泥柱，可以在水泥柱两边的墙根掏俩窟窿，不就固定在水泥柱上了？

有人笑着说，这不掀房顶了，又改成凿墙挖窟窿了。

有人说，在墙上凿俩窟窿不碍事，补也好补，不比掀了房顶强？

就这样，你一句，我一句，七嘴八舌，凑出来个方案。

梁吉祥回忆说："是李永孝他们几个老师傅出的主意。"

李永孝，苏店村人，1958年参军，1964年复员，1969年分配到电器厂上班，开过车床，搞过钣金，当过车间主任，后来到生产科任科长。

李庆怀回忆说："是李永孝指挥搬运的。他是生产科长嘛。"

三个臭皮匠顶个诸葛亮。这个搬运方案虽然是个土办法，但很管用，工人们心里也有底。

蔡中祜说："这就是蚂蚁啃骨头嘛，行，咱就按这个办法试试，现在去吃饭，吃了饭就干。"

吃完饭，设备科准备绞盘车、滚杠、千斤顶等工具，有人去水泥柱两边的墙根凿窟窿。准备停当后，蔡中祜说："大家都听李科长的指挥，开始吧。"

李永孝一声令下，支起千斤顶，塞进滚杠，绞车吃上劲儿，再加上工人在前边拉后边撬，底座开始向前移动。到了工房门口，再把绞盘车固定到墙里的水泥柱上，一鼓作气把底座拖进了工房。

在拖锁模机头进工房时，更是多了几分小心，前后左右有人关照，机械和人力协同动作，总算顺利完成了任务。

夜深了，大家一起到食堂吃加班饭，有丸子汤，有烧饼，吃得是稀里哗啦。

梁吉祥把"蚂蚁啃骨头"的土办法从头说了一遍，津坂定夫听完，竖起大拇指说："了不起啊！"

梁吉祥笑笑说："这是几个老师傅的主意。"

厂里还有没有再让日本人竖大拇指的事了？还有。那就是万克注塑机的安装又遇到了难题，也是用土办法解决的。

万克注塑机的底座要安放到水泥基座上，车间里20吨的行车吊不动30多吨的底座。津坂定夫习惯性地要用吊车吊，工人们谁也不吭声。因为吊车就开不到工房里来，再说，工房里也根本升不开吊臂，怎么吊？要想升起吊臂，还得掀房顶哩，这不是胡说哩是什么？

李永孝看了看基座，又看了看底座，对翻译说："你给津坂说，不用他管了，我们给你装上就对了。"

津坂定夫听完，看了看李永孝，离开了车间。

李永孝对工人们说,行车吊不动整个底座,但总能先吊起一头儿吧?再不行,配上千斤顶总行吧?咱就先吊起一头儿来,垫上东西,然后再吊另一头儿,这不就行了?

有人问,底下垫甚啊?恐怕非得铁路上的枕木不行,其他东西吃不住这么重。

梁吉祥说:"咱说干就干。没枕木,去借。其他的按老李说的办。"

中午时分,厂里从长治车站借来枕木。大家就按李永孝说的办法,先吊起底座的一头,垫上枕木,然后再吊另一头,又垫上枕木,高出基座后,行车吊着一头儿平移过去,然后用同样的办法再落下来,安装到了基座上。

梁吉祥回忆说:"就是老师傅们这个土办法,吊吊支支,支支吊吊,终于把底座安到了基座上,前后干了好几个小时。"

津坂定夫上班到工房一看,又是一脸惊愕。他想不到,"海棠"的老师傅哪来的这么多土办法、好办法,要在"松下",就知道给吊装公司打电话。

用土办法解决安装万克注塑机的难题,这该是"海棠"发展史上值得书写的一笔。这是智慧,也是精神。梁吉祥给我们回忆起这件事时,仍然是眉开眼笑。他不无自豪地说:"咱的土办法也让小日本竖起了大拇指啊,哈哈。"

## 认真严谨,日本专家不含糊

万克注塑机的底座到位后,其他部件的组装就好办多了,因为行车能吊得动。

但是,就在安装注塑机导柱时,行车的配合出了点问题,险些造成大麻烦。

安装导柱的是日本专家,开行车的师傅是从清华厂借来的老师傅。安装时,是由日本专家发出指令,翻译告诉李庆怀,李庆怀再指挥行车师傅。

一开始还很顺利,吊起、放下,稳稳当当,配合得有了几分默契。

导柱安装的程序是，先是将导柱快速提升到孔位，然后由孔位里的细钢丝牵引导柱，一点儿一点儿地微量提升，等导柱和孔位完全对位时，才能装到孔位里。

快速提升导柱时，没有问题。问题出在微量提升时，日本专家作了一个提升的手势，行车师傅理解错了，不是微量提升而是快速提升，结果拉断了细钢丝，把导柱掉了下来，差一点砸到人。

这一下，吓得行车师傅的脸都白了。津坂定夫发火了，停止了安装，开始训话。

他没有去训开行车的师傅，而是在训日本人。日本的等级观念很森严，上级训话的时候，下级是笔挺地站在那里，"嗨，嗨"地应着。尽管来"海棠"的日本专家不是一个单位的，津坂定夫是"松下"的，设备安装的是"东芝"的，但由于津坂定夫是这次设备安装的负责人，所以在他训话的时候，"东芝"的人也是规规矩矩、毕恭毕敬地立在那里，"嗨，嗨"地应着。

津坂定夫训的是什么？李庆怀听不懂。他问翻译："训什么哩？"

"津坂嫌他们不认真哩。"翻译说。

这还不算完，中午回太行宾馆吃饭时，津坂定夫又在小餐厅训了他们20分钟。从此后，他们工作更加小心翼翼，再也没有出过任何纰漏。

大冬天，津坂定夫穿着单衣单裤，在设备上爬上爬下地检测，也是厂里有目共睹的事。人们说："日本人工作起来就不怕冷。"

后来我们想，日本人在"海棠"安装设备时只穿单衣单裤，恐怕不只是要表现什么不怕冷的精神，很可能是无衣可穿的尴尬。

他们来的时候日本还不冷，也没有估计到太行山上冬天的严寒，所以就没有准备冬装。天冷了，又没冬装，就只能是单衣单裤硬顶了呗。当然，我们这只是"小人之心"的猜度，是不算数的。我们还是要说他们的"精神好"，因为厂里的人都这么认为。

万克注塑机安装好了，要装模具进行试机。关于进口模具，还有点儿小插曲。

在开箱验收进口的模具时，没有想到的是，竟然发现有的模具的个别部位上有了锈迹。这一下，可叫厂里一些人抓住了日本人的"把柄"，开始议论纷纷。

有的说，模具还能生了锈？退货！

有的说，叫他们重做，生锈了还能用？

日本专家当然也很尴尬，没有想到会发生这样的情况。

厂领导亲自到现场观察后，认为这不是什么了不起的大事。

梁吉祥说，模具在热天装的箱，这么远的距离，又存放了这么长的时间，有点锈迹、锈斑是正常的，也不碍事。

李庆怀说，有点锈迹、锈斑，处理一下就是了；要退货重做，那跑到猴年马月了。

蔡中祐说，只要我们能处理好的，就不要再说三道四了，合作嘛，要有诚意，不要在小事上计较。

当时，人们不再说什么了，可现在要装模试机了，有人就想看看，万克注塑机打出来的洗桶，与日本带来的样品一样不一样。

日本进口的模具，每一套都附带有打出来的3套样品，就是用于安装试机后作比对的。

试机后的结果是，打出来的洗桶样品与带来的洗桶样品，是一模一样的，丝毫不差。

## "双桶"的第一台样机

1985年12月中旬的一天，进口设备的安装基本完成，厂领导和日本专家在会议室里交谈着，气氛很轻松。

说起这段时间的工作，双方都给对方留下了深刻的印象。工人师傅用"蚂蚁啃骨头"的土办法解决工作中的难题，叫日本人感慨不已。

日本专家积极、认真、严谨的工作状态，也叫厂里人心生佩服。

大家正在会议室聊着，一件让日本人意想不到的事情出现了。

会议室的门开了，徐增伦推着一台双桶洗衣机进来，说："这是我们试装的样机，请专家们测试测试，按照松下的标准提提意见。"

啊？日本专家一听，立刻就愣住了。图纸资料还没有给你们，设备还没有正式运行，这哪来的产品样机啊？

梁吉祥回忆说："当时津坂很不高兴，他看了半天，只'哼'了一声。"

蔡中祜赶紧解释说："我们早点拿出样机，你们专家也光荣啊，说明你们的工作大有成效，这有什么不好啊？"

津坂定夫听了这话，心里受用了许多，脸色也"由阴转晴"。

到底，样机从何而来呢？不会是"天上掉下个林妹妹"吧？这不得不从头说起。

我们欲说"从头"也很难，因为人们的回忆不尽相同。

徐增伦的回忆是，半年前，"海棠"与"松下"直接签订了技术转让合作合同，厂里要求"松下"把"爱妻号"的技术资料尽快寄来，厂里得到这些技术资料后，拿到北京轻工部家电研究所，用了一个月的时间翻译过来，然后组织技术力量进行消化，使之成为可直接使用的完整的技术资料。

徐增伦说："技术员们每天是描图、晒图，简直是不分白天黑夜地赶。"

"海棠"在对技术资料进行消化的过程中，还按照部颁标准，进行了国产化的修正和完善。同时，结合国内的实际情况，对整机的功能也进行了部分的调整。比如，日本是海洋型气候，对洗衣机的洗净度要求不高，而我们大部分地区是内陆型气候，对洗净度就要求很高，于是就加大动力、延长洗涤时间，增强了洗净度的功能，超过了部颁的标准。

洗衣机上有180多个非标准的零部件需要外协厂家生产配套，通过轻工部家电研究所所长杨家华的推荐，主要的外协件由浙江海宁、宁波一带的厂家配套生产。

郜天佑副厂长负责外协工作，他一个厂家、一个厂家去考察落实，考察生产的能力、质量和供货期。外协件不是"一个萝卜一个坑"，而是一个零部件由3家生产，形成一个竞争的态势，也便于"海棠"优中选优。

外协的零部件到位后，厂内的设备安装基本完成，在试车的过程中打出了一些样品。这样，厂里就试装了一台样机给日本人看。

梁吉祥的回忆与之不同，不同的部分主要是集中在技术资料的来源上。

梁吉祥的回忆是，半年前，蔡中祜他们去日本谈判技术转让合作合同时，从"松下"带回来一台"爱妻号"洗衣机。当时并没有"爱妻号"的技术资料，而是把这台洗衣机放到北京轻工部家电研究所，请专家们进行测绘。测绘的专家是李先立工程师。李工用了一个多月时间完成了测绘，拿出了图纸和自制件、外协件的清单。厂里就按照这个图纸和清单，到海宁、宁波一带组织模具加工和外协件生产。我们在设备安装调试过程中有了自制件的样品，这时外协件也已经到位，于是就装出了一台样机。

不过，他特别说明，试装的样机，用的是厂里的自制件还是日本带来的样品，实在是记不清了。他说："可能是有试机的样品，也有带来的样品啊。"

李庆怀的回忆与之不同，不同的部分，是说当时的样机不可能有厂里的自制件。

他回忆说，拿出样机的时候，设备安装只是告一段落，还有待调试。当时，国内配套的4千克注塑机还没有安装好，哪来的样机底座？再说，当时万克注

1985年12月19日，"海棠"欢送日本专家回国

塑机也不可能装上模具试注，因为电的问题还在解决中。长治的电压不是一直不稳嘛，解决不了电的问题就试注，一旦出了问题，塑料注进模具里拿不出来可就麻烦了。电的问题不解决，日本专家是绝不会同意试注的。所以，样机上的外协件是国产的，其余都是日本带来的样品，不会有厂里的自制件。

回忆的不准确并不重要，回忆过程的不同也不重要，重要的是确实有一台样机推到了日本人面前，叫他们意想不到，惊叹不已。

津坂定夫对样机进行了检测，挑不出大的毛病来，不由得又竖起了大拇指，连连说："好，好。"

1985年12月19日，"松下"专家对设备安装、调试告一段落，离厂回国，要赶回去过圣诞节了。

12月28日，厂领导与20多名有关人员，带着两台双桶洗衣机的样机，向长治县县委、县政府报喜。县委书记王家璧、副书记张学忠对洗衣机厂引进工作取得阶段性成果表示祝贺和表扬。

随后，县委张学忠副书记、县经委崔仁昌主任、县二轻局何树奎局长又带着洗衣机厂的人和双桶洗衣机，向长治市二轻局、长治市委、市政府报了喜。

在喜庆的气氛中，1985年的日历掀到了最后一页。

在10天前，梁吉祥厂长在会议上对1985年的工作已经有了一个回顾和总结。这一年，单桶洗衣机完成22万台，实现产值4500万元，全员劳效突破10万元，创全国洗衣机行业最好水平；利润503.8万元，人均1万元，比1984年翻了一番；产品质量、单台成本、销售利润均达到最好水平。这一年，引进工作取得当年引进、当年施工、当年出样机的高速度。他说："还有其他工作做得也不错。"

关于1986年，这次会议也定了一个方针，那就是"质量第一，信誉至上，内联外引，消化创新，加强管理，同行争冠，巩固改革，效益再翻"。他说："大家如果没有什么意见，这个方针目标大体就这样定下来了。"

1986年，"海棠"前行的步伐，你听到了吗？

## 注塑机，谁家的月亮圆

1985年底，双桶洗衣机报了喜，说实话，象征的意义大于实际的意义，只是以样机的形式表明了"海棠"实现了"当年投产"的目标。这离正式投入生产还有一段路要走。

1986年1月9日，35KVA输变电工程启动通电。

这是确保双桶洗衣机正常生产的基础性工程，不得不说。

也许我们还能记得，日本人第一次来"海棠"考察就遇到在长治宾馆停电的尴尬，然后他们在谈判桌上就把电压不稳拿出来说事。

这不是日本人故意找茬，而确实是个现实的大问题。应该说，设备越是现代化，对电力的要求就越高。正如李庆怀说的那样，万克注塑机正在工作，突然电压不稳或者停电，模具里的残品拿不出来不说，还会直接对注塑机造成伤害。显然，这不是一个洗桶的问题，而是影响设备安全和生产线是否能正常运行的问题。

洗衣机厂的电力存在有问题，从配电房低压传输到厂里，损耗很大，电压不稳，电流不足。现在新增大型进口设备后，这个问题就到了非解决不可的时候了。

为解决这个问题，长治县成立了以副县长牛二锁为主任的输变电工程启动委员会。李庆怀有个同学在地区电力公司，经过协商，决定从配电房用高压向厂里传输，在厂里增设变压器，然后再变压到车间，以保证设备的电压稳定和电流强度。

1986年1月9日，这项工程完工，上午检查线路，下午4时30分正式接通。经过两次启动程序实验，晚上9时30分实验完毕。

1986年1月18日，厂领导在太行宾馆宴请日本专家津坂定夫、川岸清等人。这次来厂的日本专家不多，只有三四个人，也还是有"松下"的也有"东芝"的。他们主要来进行设备的调试。张学忠、崔仁昌、牛润明等长治县的领导出席了宴请，出席宴请的还有长治市外事办主任任志常和副主任苑凤举。

万克注塑机安装好后，要进行注油调试。一注油，发现4个导柱的密封圈有问题。津坂定夫一个国际长途电话，3天后，密封圈空运到位。这样负责、高效的工作，叫徐增伦心里很是佩服。

叫徐增伦大发脾气的，是4千克注塑机的注油调试。

"海棠"的双桶洗衣机上马，引进的日本设备、模具是关键性的，国内能配套的就不引进。国内配套的设备有立式铣床、无心磨床、剪板机、工业锅炉、冲床、自动包扎机、闭式双点压力机、4千克注塑机、台钻、总装线、前处理线、烤漆线烤箱、气体软氮化炉、电动双梁行车等。

4千克注塑机，就是四川德阳生产的国内配套设备。这台注塑机一注油调试，与日本注塑机相比较，立刻就显出了狼狈相。

日本注塑机注油调试，几乎是滴油不漏，地上是干干净净，而德阳注塑机注油调试，机油喷得到处都是，在地上流了30多米远。

很快，德阳注塑机厂的厂长、总工带着几个工人来了。德阳的厂长还对徐增伦半开玩笑地说："徐工啊，什么小日本的好？你不要老说外国的月亮圆嘛。"

徐增伦说："圆不圆，你看看就知道了。"

德阳的厂长、总工到车间一看，傻眼了。他们注塑机漏下的机油一直流到了万克注塑机的跟前。他们打开注塑机一看，是单向阀坏了，阀体和阀杆还不同心。叫徐增伦无法接受的是，阀体里竟然还残留有加工时的铁屑。

徐增伦发火了："你们就是这样干哩？铁屑都处理不干净？我要去告你们！"

德阳的厂长也急了："徐工，你怎么这样厉害？"

徐增伦说："这是轻工部的重点项目，你们能负得了这个责？"

德阳的总工赶紧来打圆场："徐工徐工，不要发火，是我们的毛病，我们抓紧修好就是了。"

徐增伦为什么发这么大的脾气？设备的质量水平有问题，这是一方面。更主要的是，这台注塑机是他亲自去德阳考察、洽谈、订购回来的。机油流了一地，自己觉得有些败兴，一看阀体里还有铁屑，那气就不打一处来。

发火归发火，注塑机的单向阀得赶快修。徐增伦回忆说："他们修了好长时间，总算过关了。"

德阳家修了有多长时间？大致有两个星期。因为2月1日是试模成功的日子。

2月1日，试模开始。上午10时许，德阳的4千克注塑机成功注出了双桶洗衣机的底座；下午7时20分，万克注塑机成功注出了双桶洗衣机的洗桶。

蔡中祜亲自洒酒万克注塑机，车间工人燃放鞭炮，祝贺万克注塑机调试成功

　　按照日本的习俗，大型设备安装调试成功后，是要敬香磕头的。这很像中国老百姓盖房上梁时的礼仪和庄严。可是，洗衣机厂不兴这个，怕被说是封建迷信。为了不扫日本人的兴，也为了图个吉利，洗衣机厂的领导和日本专家一同在车间举行了个祝贺试车成功的仪式，没有磕头敬香，而是燃放鞭炮，洒酒天地，既虔诚又热闹。

　　这一天还有一个特别之处，也给了人们燃放鞭炮的一个理由。那就是这天恰巧是农历腊月二十三，俗称"小年"。放个鞭炮，又过小年，又庆祝注塑机试模成功，兼而有之吧。

　　注塑机调试完成，标志着难关已经攻克。

## 一路过关，"海棠"1986

注塑机调试完成后，我们的目光再转向壳体、涂装的设备调试。

在壳体、涂装的设备调试过程中，给徐增伦留下记忆最深的人是杜亮。

徐增伦回忆说："杜亮的一条线，是过了春节才干的。日本人来了，大连的人也来了，开始调试。每天下午 4 点汇总，有了问题，第二天杜亮就解决了，所以对他印象最深。"

杜亮，我们在这之前说单桶洗衣机销售的时候曾经提及过这个人。他在 1980 年 5 月到太原搞销售服务，干了两年，调回来到喷漆车间当副主任。当时车间主任是马可。一年多以后，马可去电大学习，他就成了主任。到了引进日本生产线时，他正是双桶壳体车间的主任。

徐增伦说的"杜亮的一条线"，就是说壳体生产线，包括壳体成型和涂装。"海棠"在引进日本这条生产线的时候，不是整体照搬，而是选择性引进，只引进了关键的设备和技术，其余的是国产化。比如，壳体成型部分的设备只引进了四点折边机和焊接机，涂装部分的设备只引进了自动喷粉设备，整个除锈、除油的前处理，以及烘干通道、传输轨道和悬挂链，则都是国产的。当然，外壳和冲压件的模具全部是引进日本的。

壳体成型和涂装的自动线，以及总装的自动线都是由大连自动化研究所设计和制造的，是"交钥匙工程"。但自动线的工艺线路图，是由徐增伦亲自画的。他说："图画完了，我也累草鸡了。"

杜亮对这段时期的工作，该有怎样的回忆?

杜亮回忆说："那是刻骨铭心的一段，完成后，我瘦了 12 斤。"

杜亮从小就喜欢鼓捣个电器，初三时自己装矿石收音机，那是 1977 年。他父亲给了他 1 元钱吃饭，他却去买了收音机的小零件，一个磁棒花了 6 角钱。

没想到，这个磁棒还让弟弟给摔断了，他是拖过弟弟就打。进厂了，工作了，但年少时的兴趣不减。现在面临日本自动化的新设备、新技术，他更是饿虎扑食般地学习着、消化着。

他每天把日本的技术资料拿回家里学习，一屁股坐在椅子上就到了凌晨3点多。为了弄通、吃透、使用、操作这些新设备，他自己还买了大量的技术书籍，与新设备比对着学习。

自己学，跟着专家学，在安装、调试的过程中，杜亮掌握了壳体成型和涂装的全套技术，所以一有问题就能很快解决，赢得了日本专家的高度评价。

杜亮回忆说："从安装到调试，加班加点是以前的两倍多。有问题了，日本专家走了，我们就开夜车加班处理。我们不干，谁干？"

有一天夜里，他在家睡觉，值班工人去敲他家的大门。他醒不了，工人就往院里扔半头砖。一扔砖头，把他老婆吓醒了。他老婆推搡着叫醒他说："快醒醒啊，有人往院里扔砖哩。"

他一骨碌爬起来，边穿衣服边说："肯定是设备出了问题了。"他一边连着打几个哈欠，一边和工人一起去了厂里。

杜亮说："这段时间，也是我学到知识最多的时候。在洗衣机厂，只要勤奋，什么都能学到。日本先进的涂装技术，我学到了；日本专家敬业的精神，我也学到了。我是终身受益，受益匪浅。"

1986年2月28日，到厂的日本设备全部安装调试完成，进入到了试生产的新阶段。

在试生产过程中，最叫人不放心的，还是注塑机和涂装线。

最开始，万克注塑机有时候也出毛病，不是不出料，就是打不满。一出现问题，日本专家川岸清他们就一一检查调试，不回去吃饭。经过对温度、压力反复地调整，一个多月后表现正常了。

进口的万克注塑机

有一天，万克注塑机报警，停止了工作。专家打开来一看，一个轴承座发黑了。

厂里立即开会讨论这个问题。有人提出，是不是操作不当引起了注塑机报警？因为人们不怀疑日本的设备会有质量问题，所以就怀疑我们自己的操作。

刘忠松站出来反对这种说法。他说："我去看过了，这和操作没有关系，是轴承与轴承座配合不好，烧了。日本的设备也会有质量问题，我们不能迷信。"

梁吉祥支持刘忠松的观点。他说："刘工说得有道理。川岸先生要进一步检测。"

川岸清经过检测，确实是制造时出的问题。他又是让日本空运来零件，很快使万克注塑机恢复了正常工作。

有人给川岸清开玩笑说："日本制造的机械也出毛病啊？"

川岸清说:"刘工太厉害了,一眼就看出问题的症结,帮了我们的忙。"

刘工,刘忠松,设备科科长。他是河北唐山人,1939 年出生于北京,毕业于太原一中,1957 年来到长治,1963 年到长治前进农业机械厂(液压厂的前身)设备科工作,1980 年为助理工程师。1983 年,他来到洗衣机厂,一开始也是来帮助做技术工作的,3 年后正式调到了洗衣机厂,还是搞设备科的老本行。

刘忠松回忆说:"(19)83 年来的时候,主要是完善单桶洗衣机的正规图纸,后来搞一些模具设计。我到设备科后,建立了设备台账,觉得还挺有意思。特别是修理拉伸机,印象最深。"

修理拉伸机是在 1986 年,是年初还是年底?他记不清了,只记得是正赶上下大雪。

这一天,单桶的拉伸机坏了,停了产。吴顶柱急忙向厂里汇报,梁吉祥和刘忠松一起过去看情况。拆开拉伸机一看,原来是大齿轮打断了两个齿,不能工作了。刘忠松到苏店玛钢厂找了个大齿轮胚子,拿回来进行了机加工,然后到缝纫机厂进行滚齿。缝纫机厂有滚齿机,开滚齿机的就是他的老同学。

那天,下着大雪,他骑着嘉陵摩托车,往缝纫机厂赶。天快黑了,雪大风紧,摩托车都不能骑了。到了缝纫机厂,找到了他的老同学,从滚齿机上卸下正在加工的工件,装上他的工件就干。夜里 11 点,他请老同学吃了碗羊肉烩面,接着干,快到天亮时干好了。

回到厂里,吴顶柱立即组织安装,拉伸机恢复正常。

刘忠松说:"拉伸机从坏到修好,还不到两天时间。"

对于这次万克注塑机报警,刘忠松说:"日本设备技术先进、制造精良,这都没有问题。但也要实事求是,有了问题就说问题,解决了就对了。"

涂装设备在试生产中,也有一个磨合的过程。

杜亮回忆说,当时的问题,一个是磷化处理产生气泡,一个是悬挂链上的外壳往下掉。特别外壳进到烘干通道里掉下来，人得进到通道里挂上去才行。通道里是 100 多度的高温，而且涂装粉末挥发的气味很刺激、很难闻。

涂装工段工段长赵虎山，一发现掉链，就钻到通道里挂链。有一次他孩子病了发高烧，他都没有离开生产线。杜亮说他是"爱钻研，事业心强，特别能受，就是脾气不太好，工作起来很忘我"。

经过大连自动化研究所工程师们的反复调试、改进，自动线终于运转自如了，也不再掉链了。

徐增伦回忆说："磷化处理开始不过关，老有气泡。后来发现不是设备和技术的问题，而是原材料不过关。日本涂装公司的杜冈来了，用上日本的粉剂，一次就过了关。后来，我们一直用人家的，就再也没有问题了。"

在试生产过程中，外协件也是情况不断。摩擦片、控制板等一开始也是达不到"松下"的技术要求，叫人很着急。

涂装生产线

就在试生产一团乱麻的时候，徐增伦的父亲病了，更叫他是心神不宁。为了两不耽误，厂里安排，徐总就不要再骑自行车上下班了，早上用车送医生到徐总家，接上徐总来上班；晚上把徐总送回家，再把医生接走。

为了尽快出成果，川岸清来调试最后一批设备的时候，从"松下"带来了一批部件。用上日本的这些零部件，厂里的第一批双桶洗衣机下线了。

## 八面临风，迈上新台阶

"海棠"的第一批洗衣机，在厂里的质量检测中心进行了严格的质量检验，甚至是破坏性的测试。

在满负荷运转时，日本专家从前后左右不同方向，连续猛力地推拉洗衣机数十次，然后停机检测内桶。检测结果表明，洗涤桶和甩干桶没有丝毫的变形和损伤。

控制板上的所有开关，经过连续两万次启动和闭合的检测，始终处于正常工作状态。

带负荷无故障运行，到了 1200 个小时，仍是安然无恙，已经大大超出部颁标准了。

包装好的整机，以不同的受力角度，从 1 米高的台子上摔到水泥地上。然后打开包装，接上电源，洗衣机立即就能正常工作，没有任何问题。

徐增伦说："这说明我们选对了机型，质量是过关的。"

1986 年 3 月 29 日，中国家用电器工业标准化质量检测中心站，对送检的 4 台"海棠"双桶洗衣机出具了测试报告，报告中的检测结论是："所测项目达到'GB4288～4289—84'家用电动洗衣机的国家标准。"

1986 年 4 月 21 日，山西省产品质量检验研究所，对送检的"海棠"双桶洗衣机出具了检验报告，结论是："受检项目全符合标准要求。"

"海棠"双桶洗衣机有了省、部级的检测合格的权威报告，1986 年 4 月 23 日、24 日，通过了山西省二轻厅的正式鉴定。这次鉴定委员会主任委员是蔡中祜。

需要特别说明的是，这时的蔡中祜，已经不是长治洗衣机厂的党总支书记了，而是山西省二轻厅的副厅长。

蔡中祜是何时调离长治洗衣机厂的？他自己的记忆是 1986 年 3 月，我们查到的调离函件是 2 月 24 日。这两个时间点没有多大差异。

我们说这个时间点，只是想说，蔡中祜调离的时候，是在"海棠"的攀登接近辉煌顶点的时候，或者说已经完全看到了那个顶点的辉煌。他说："当时（海棠）如日中天，（我）来了太原。"

"海棠"能走到今天这一步，毋庸置疑，蔡中祜起到了至关重要的作用。

历史是人民创造的，但在关键处的几步上，必须是由关键人物代表人民的意志和历史的趋向坚定地走过去。一个民族、一个国家的历史是如此，一个企业的历史也是如此。

蔡中祜回忆说："我在海棠 5 年，做了几件事：一、定点；二、组建了一个班子，以梁吉祥为首的班子；三、企业内部改革，打破大锅饭、铁饭碗；四、走出国门；五、引进，开发了海棠的新天地。"

回望"海棠"，蔡中祜说的这几件事，都是决定"海棠"命运何去何从的大事。这里没有丝毫夸张的成分，凡是熟悉"海棠"的人都应该看到这个基本的事实，即使有点偏见也无法改变这一点。

蔡中祜来担任"海棠"双桶洗衣机鉴定委员会主任，无论怎么说，对"海棠"、对蔡中祜本人，都是一件很漂亮的事。

1986 年 7 月 30 日，轻工部五金家电局韩文成处长带领"洗衣机引进、吸收、消化考察组"到"海棠"进行考察，给予海棠双桶洗衣机的引进工作高度的评价。

第二天，7月31日，山西省二轻厅邀请省经委、省计委、中国投资银行山西分行、省计量标准局、省财政厅等有关单位，到"海棠"进行双桶洗衣机引进技术项目的竣工验收。8月1日，验收签字。

验收完的第二天，1986年8月2日，"海棠"隆重举行了双桶洗衣机投产剪彩仪式。

长治市市长张泽宇主持仪式。洗衣机厂厂长梁吉祥、"松下贸易"董事清柳秀士，分别在仪式上致辞。轻工部总工程师黄良辅，省政府秘书长李玉明，省二轻厅副厅长唐关仁、蔡中祜，"松下电器"海外部部长伊达晴志等，一起剪了彩。

1986年8月2日，海棠双桶洗衣机投产剪彩仪式

欢迎来参加剪彩仪式的日本专家

海棠双桶洗衣机投产会议

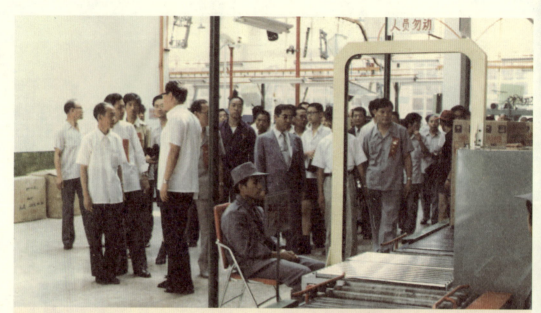

日本专家参观"海棠"生产线

日本专家参观海棠生产线

　　历史总会留下遗憾。投产剪彩，如此隆重的仪式，总工徐增伦没有参加。他病了，发高烧，已经烧了两三天了。剪彩前，川岸清还去看望了他。

　　1986 年 8 月 12 日，轻工部的游玉海等人，到"海棠"进行为期 3 天的生产许可证验收工作，并且考核合格。

　　1986 年 10 月 14 日，省二轻厅副厅长蔡中祜利用度假时间，参加了洗衣机厂全厂职工大会，并在大会上讲了话。

　　显然，蔡中祜的这次讲话不同以往。尽管会场还是那个会场，职工还是那些职工，但由于自身的地位变化，讲话中自然多了些指导的意义。在"海棠"的《大事记》中是这样记载这次讲话的："为双桶洗衣机日产 500 台打下基础。"

　　第二天，10 月 15 日，山西省优秀质量管理奖企业检查组，在"海棠"进行了 3 天的检测，考核总分达到 93.75 分，在全省预评企业中名列前茅。

2013 年 1 月 21 日，
接受采访的徐增伦

1986 年 11 月 15 日，"海棠"为徐增伦开了一个欢送会。他已经圆满完成了任务，要离开"海棠"了。他说："我是来帮忙的，'双桶'正式投产了，我也该回了。"

2013 年 1 月 21 日下午，阴天，我们在太原采访了徐增伦。

徐增伦 1983 年 10 月 1 日到"海棠"帮助工作时，年仅 41 岁，正是干事业的年华。一晃 30 年过去了，他已是古稀之人，但依然是思路清晰，学者的风度不减当年。他说："我在海棠的几年，正是引进的那几年，时间不算长，却是我人生非常珍贵的一段经历。听说你们要来采访，我几天睡不好，把那段工作捋了捋，整理了东西提供给你们。说起海棠啊，那话就长了。"

我们一直聊到大天黑，似乎有聊不完的话题。告辞时，他特别说："写写'海棠'是件好事，'海棠'奋斗过、成功过。不要写我，我只是个帮忙的。"

他把我们送到电梯门口，问："怎么来的？开着车？"

我们回答说，是的。他叮嘱说："刚下罢雪，路滑，要小心啊。见了海棠的人，代我问个好。"

我们下了楼，太原街头已是华灯齐明。灯光映亮了路上的雪水，雪水里倒映着匆匆的脚步。

徐总离开"海棠"是在1986年那个冬天。1986年12月20日，轻工部在上海召开全国洗衣机生产许可证总结发证大会。杜中杰副厂长代表"海棠"领到了第一批"全国工业产品生产许可证"。

"海棠"领到的"许可证"是两个，一个是海棠牌双桶洗衣机，一个是海棠牌单桶洗衣机。"许可证"的有效期限是，1987年元月1日至1991年12月31日。

1986年12月22日，山西省优秀质量管理奖、山西省优质产品奖颁奖大会在太原举行。长治洗衣机厂被评为"山西省一九八六年优秀质量管理奖"，海棠牌双桶洗衣机被评为"山西省优质产品奖"。李庆怀副厂长代表"海棠"上台领奖。

1986年12月30日，"海棠"召开1986年总结表彰大会。梁吉祥厂长在大会上总结了1986年"海棠"取得

海棠双桶洗衣机生产许可证（上）、海棠单桶洗衣机生产许可证（中）、山西省1986年优秀质量管理奖（下）

的 10 项重大成就，提出了 1987 年的奋斗目标。

1986，"海棠"走得潇洒。

科学技术是第一生产力。引进先进的科学技术，是实现我们跨越式发展的有效的重要途径之一。"海棠"在这条途径中探索着、实践着，道路越走越宽广。

我们用《引进》、《访日》、《谈判》、《上坡》、《冲刺》等五个章节的篇幅来描述这一经过，就是想说明这一途径的正确和不易。

为"海棠"的成长鞠一捧水吧，我们听到的是历史长河那奔腾不息的涛声。

为"海棠"的发展喊一声"好"吧，那是 20 世纪末期在太行山上发出的长啸。

涛声不绝，长啸仰天！

# 第12章 花开

1986 年，"海棠"双桶洗衣机开始投入批量生产。

"海棠"双桶生产线的设计能力为年产 20 万台。这只是说生产线具备了这个能力，并不是说"海棠"已经有了这个能力。因为操作人员的技术熟练程度还达不到，还有生产中出现的各种问题需要解决。

换句话说，"海棠"的人的能力还不行。

人的能力，是生产力中最为关键的一个要素。操作人员的文化程度，以及对设备的认识、操作，对能力的形成至关重要。

有一次，梁吉祥去北京开会时路过太原，杜中杰告诉他说，咱的洗衣机声音大。他听了听，"海棠"运转的时候声音就是大。

他带着这个问题回到厂里，与检验科的赵成旺一起攻关，用了半年的时间才解决了这个问题。原来是皮带装得太紧，松一点就好了。

这就说明，"海棠"要达到 20 万台的生产能力有个逐步提升的过程，还有许多问题需要去认识、去解决，还要有艰苦的路途要走。

但是，"海棠"毕竟是站到了新的高点上、新的起点上。

## "海棠"登顶，风景这边独好

"海棠"的引进为"海棠"赢得了一系列的荣誉，最终使山老区的产品登上了荣誉的顶点。

1987 年 1 月 19 日，轻工业部发出《关于颁发 1986 年全国轻工业优质产品证书的通知》。《通知》中，海棠双桶洗衣机被评为 1986 年全国轻工业优质产品。

1987 年 1 月 30 日，轻工部《家用电器信息报》发布 1986 年获得"部优"称号的洗衣机名单，海棠双桶洗衣机在双桶系列中名列第一，海棠单桶洗衣机参加复审后在单桶系列中名列第一。

"海棠"双桶、单桶在 1986 年"部优"产品中双双夺冠，无疑在洗衣机的家族中是独占花魁。

轻工部为"海棠"颁发的奖状

"海棠"
荣获的奖状、
奖牌、证书

1987年3月，海棠牌双桶洗衣机被山西经委评为"1986年度省优秀新产品"。

1987年4月，中华全国总工会授予长治洗衣机厂"全国先进集体"称号，并颁发"五一劳动奖状"。

1987年9月3日，《中国轻工业报》发布1987年全国轻工业优秀新产品名单，海棠双桶洗衣机榜上有名。

1987年11月12日，《中国轻工业报》发布轻工部优秀质量管理企业名单，长治洗衣机厂荣获"优秀质量管理企业"称号。

1988年1月10日，海棠双桶洗衣机获得1987年山西省科学进步奖一等奖。

1988年8月15日，轻工部发布1987年度国家二级企业名单，长治洗衣机厂被国务院企业管理委员会列为国家二级企业。

1988年9月，在全国质量跟踪评议活动中，海棠双桶洗衣机被评为全国十佳洗衣机。

1988年12月2日，《经济日报》发布国家质量奖名单，海棠牌双桶洗衣机获得国家质量奖审定委员会颁发的"银质奖"第一名。

1988年12月13日，长治洗衣机厂成为山西省政府计划单列单位。

我们快速地将"海棠"在这两年内获得的荣誉罗列出来，就是想尽快地说到这个"银质奖第一名"。

奖状、奖牌

　　银质奖第一名，就是全国双桶洗衣机质量奖的最高奖。因为这次国家质量奖中，双桶洗衣机的金质奖为空缺。

　　"海棠"获得第一名，这至少是一个标志，标志着海棠双桶洗衣机登上了1988年洗衣机产品双桶系列国家质量奖的巅峰。

　　"海棠"获得全国双桶洗衣机质量奖第一名，毫无疑问是值得庆祝的大事。1988年12月29日，长治县政府隆重举行"海棠"庆功大会。长治市党政主要领导，长治县委、县人大、县政府、县政协的领导，悉数出席了大会。

　　那天，锣鼓喧天，彩旗飘扬。

　　"海棠"获得国家质量奖双桶洗衣机的第一名，正如海棠花开，灿如朝霞，娇艳无比。

　　会当凌绝顶，一览众山小。站在辉煌的顶点，回首望去，才真正能看清楚登山路径的斗折蛇行、荆棘遍地，才真正体会到"科学技术是第一生产力"这一论断的正确性。

　　"海棠"获得国家质量奖双桶洗衣机的第一名，不仅在"海棠"的发展史上，而且在长治的工业发展史上、山西省的家用电器发展史上，进而在中国洗衣机的发展史上，都是值得大书一笔的。

这是历史性的一个突破，也是史册上亮煌煌的一页。

这是"海棠"的辉煌。

这是长治老区20世纪最后的骄傲。

长治老区，在历史上有过辉煌的传奇。

生发于上党盆地的"精卫填海"、"羿射九日"、"炎帝尝百草"等等脍炙人口的史前神话传说，留下了史前文化的精髓。

"抗日的烽火燃烧在太行山上"，朱德、彭德怀、左权、杨尚昆、刘伯承、邓小平、徐向前等老一辈革命家和开国将帅，带领中华民族的优秀儿女在这里浴血抗战，成为抗日战争的传奇。

刘伯承、邓小平亲自指挥的上党战役，打响了解放战争序幕的前哨战，彪炳史册。

20世纪50年代初，上党区"10个老社"的试办，开创了中国农民走集体化道路的先河，引发了中南海最高决策层对农村发展"到底该先迈哪条腿"的"一场争论"。

随着时光的流逝和时空的变幻，长治曾经的辉煌都成了远去的背影。20世纪末，在市场经济大潮的冲击下，太行山上的这座小城，还有什么能拿得出手，不叫世人遗忘？

那就是"海棠"。是"海棠"，叫山外的人知道了长治，难道这不值得长治骄傲吗？

然而，在"海棠"登上巅峰、领略风光无限的同时，我们是不是还不应该过分地自我陶醉呢？

"海棠"获得国家质量奖双桶洗衣机的第一名，只是说明，或者仅仅是说明，我国现有的双桶洗衣机的质量还没有出其右者。但是，我们必须看到，这次国家质量奖空缺了双桶洗衣机的金质奖，显然是虚位以待，希望有更高水平的双桶洗衣机出现，并不是到此为止。

换句话说，"海棠"是"银奖"而不是"金奖"，那就意味着"海棠"还不满足"金奖"所设定的条件，一定是还应该有不小的提升空间，包括技术水平、质量管理、技术创新，以及核心技术的掌控和研发等等。

这不是故意泼冷水扫兴，也不是成心磨道里找驴蹄，更不是专门鸡蛋里挑骨头，而只是清醒、理性、实事求是地看待成绩。

不要自我陶醉，不要得意忘形，不要忘乎所以，而是务必要戒骄戒躁，务必有足够的忧患意识。因为，洗衣机更新换代的节奏、洗衣机市场风云的变换，都比我们预知的要快很多，或许我们还无法预知。

这些个问题是值得"海棠"认真地去思考的。因为，忧患者生，安乐者死。

现在，我们的目光从炫目的奖杯上离开，要去观察"海棠"在市场上的反应，因为市场才是产品效益的终极。

## 最有直觉的，不想说什么

在"海棠"，对市场一线最有直觉的是谁？

是李补安。这几乎是"海棠"的众口一词。

李补安是 1982 年由车间工人进入销售队伍的，最早到邯郸、石家庄、邢台等地打开河北市场的就有他。他带着"海棠单桶"在几个大厂的门口现场表演，使"海棠"在燕赵大地有了立锥之地。他到商场游说、示范，使得"海棠"在大型商场登堂入室，打开了局面。

后来，李补安被提拔为销售科副科长、科长，1987 年 12 月 6 日被任命为副厂长，分工负责销售，这就标志着他成为"海棠"销售的掌门人。"海棠"最兴旺的时候，在全国有105个销售网点，这些网点的开创，都倾注有他大量的心血、汗水和智慧。

要想说清楚"海棠"销售的脉络，要想对销售人员的辛苦有一个全面的叙述，那就非得采访李补安不可。

但是，我们的采访却被李补安婉拒了。

2013年1月24日，农历腊月十三。上午，我们与李补安约好，在长治九州宾馆见面。他是九州宾馆的老板，社会上的人这样说。

热茶香茗，香烟袅袅，李补安以老朋友的情谊接待我们。他动情地说："你们还记得'海棠'，很难得啊。听说你们要见我，我是两个晚上睡不好觉。"

我们觉得有戏，赶紧拿出纸笔，准备记录采访。不想，他停顿了一会儿说："可是，我想了想，我不想说什么。"

我们愣了。他看着我们问："你们能救得了'海棠'吗？"

我们无语，只能是摇摇头。他说："你们救不了洗衣机厂，我不谈，因为你们救不了。"

他的这个理由，把我们逼到了死角。我们说："我们已经采访了很多人了，就想采访采访你。"

他微微一笑，自信地说："你说你说采访了谁，我就知道他说什么了。"

"那是。我们想请你谈谈销售。"我们坚持着。

婉拒采访的李补安

他说："说起销售的事，那 3 天 3 夜也说不完。走千山万水，说千言万语，受千难万苦，那太多了。去年还是前年，我走到广州的南方大厦，心里很难受。这，谁能体会得到？"

"那是你付出心血的地方。"我们说。

"我不想谈这些。你们怎样写我，我都不持异议。"

听到这里，我们心里又是"咯噔"了一下。

核心议题不能进入，就只能漫谈。我们也在不断地试探底线，试图找到打开他内心的一个突破口。谁知，品着香茗，不知不觉已到中午时分。

"你们想听销售的事咱们再约，在这里吃个自助餐吧。"他说。

我们去吃饭。他问我们："要不要来二两？"

我们说："不喝。一喝酒，下午就不能谈了。"

他说："你们吃了饭先休息，我下午有空闲就找你们谈。不找你们，那就是我有事，咱们再约时间。快过年了，都忙哩。过了年我就去太原了，5 月回来。"

我们下午等着他。他没有来见我们。我们知道他忙得脱不开身，所以没有打扰。

过了春节我们和他联系，到了 5 月我们又和他联系，他都婉拒了我们的采访。最近的一次联系，已到立秋时节了，他还是不想谈。

我们的采访失败了，但还是要感谢他，感谢他的真情流露，感谢他以老朋友的情谊见了我们，在那个腊月十三的上午。我们也不再打扰他了。不愿意再谈以往，我们理解和尊重他的意愿。

我们对市场销售得有一个描述，这是必需的。好在我们采访了一些一线的销售人员，他们的回忆或许能勾勒出"海棠"销售的大致情形来。在这些人的回忆中，也许时间的转换点未必准确，也许事件的逻辑关系未必清晰，但这都不当紧，当紧的是他们的付出和艰辛，当紧的是他们在"决胜千里"。

　　"海棠"在全国有 105 个销售网点，每个网点的开拓和营销都不容易，都是办事处的同志们付出了极大的辛劳和努力，克服了重重困难，才使得"海棠花开香万家"。毫无疑问，每个网点都有着共同的奋斗目标，又有着不同的经营特色；都有着共同的感人情怀，又有着不同的传奇故事，才使得"海棠"娇艳无比。

　　我们很想对所有的网点都进行一个描述，然而很难做到这一点。于是，我们在此只能是对那些有代表性的影响大的网点进行描述。这是可以理解的吧？

　　那么，该先从哪里说起呢？最简单的办法是，还是按照先前的顺序，先说太原市场。

## 太原，"海棠"的福地

　　说太原市场，还是续着李国胜回到太原说起。

　　1982 年，李国胜从大同回到太原"南宫"，负责销售"海棠"，也负责维修。他是白天销售，黑夜维修。"海棠"开始在媒体"登广告"，李国胜说："我和报纸、电视台的记者们可熟了，就因为登广告。"

　　他在太原干了 3 年，到 1985 年不干了，非要求回厂不行，哪怕是下车间也行。他说这其中的原因是，"海棠"在太原供不上货。

　　他回到厂里，在钣金车间生产外壳。他在车间干了不长时间，1986 年春，又被杜中杰副厂长叫去西安打市场。他在西安干了半年，1986 年后半年又回到了太原。这次回到太原，形势有了变化，第一批"海棠双桶"要投放太原市场了。

　　"海棠双桶"投放太原，由李补安任总指挥，李国胜负责宣传，20 多人住进了太原河西区千峰百货大楼的招待所。

李国胜回忆，当时"海棠双桶"在太原市场"特别快"，白天预售，黑夜到货，一天 20 多万元，一天两三车货。

当时，是收上预付款，坐车回到厂里，交了钱再提货。这显然很不方便，于是就想在太原的银行开户，便于资金的流动。李国胜在河西区一个叫前北屯的地方，找了个个体旅馆包下来，成立了山西办事处，领取了营业执照，算是有了"海棠"的大本营。

这次在太原投放"海棠双桶"，有个负责售后服务的人叫栗堂则。他后来是太原办事处主任。

栗堂则，长治县荫城人，1958 年出生，荫城中学毕业，1980 年参加工作，1985 年底到了"海棠"钣金车间，1986 年 6 月来到太原搞售后服务。

当时来搞售后服务的有 6 个人，白天修理，晚上学习。在最初的一段时间，他们晚上 10 点钟以前没有休息过，都在加紧培训学习。

"海棠"制订了"六条便民措施"，向用户承诺，所售出的产品一定要服务上门，市内 3 天，市外一周。"海棠"还提出两个口号："为社会奉献优质产品，是海棠的职责"，"为社会提供优质服务，是海棠的义务"。

栗堂则说："六条便民措施，两个口号，把我们'卡死了'，这是要考核的啊。不能按时服务的，超出一天罚 5 元。那会儿几十元钱的工资，罚 5 元也是很厉害的。"

一天，太原重机厂有个用户找到办事处，很有情绪地说："我打电话 40 多天了，怎么还不去给我修理？什么 3 天、一周，你们这不是胡说哩？我要去投诉你们。"

啊？怎么还会有这事？于是赶快拿出电话记录检查。一查，还真有。43 天前，这位用户确实是打电话说过"计时器不回位"的问题。办事处一边赔情道歉，一边赶紧派人去重机厂上门修理。

　　超出一天罚款 5 元，这回超出了 36 天，该罚 180 元。180 元，把俩月的工资罚光了，给谁也受不了。

　　办事处开会讨论，决定该罚就罚，制度面前人人平等。这一罚，把电话记录员给罚得哭了。哭过了，记住了，谁也不敢马虎了。

　　哭过的人，还不只是被罚款的。即使没有被罚的，销售员说起辛苦来，也会哭鼻子的。

　　在商场里的"海棠"销售员，大部分是厂里来的女孩子。商场上午 9 时开门，她们是 7 时从办事处出发，8 时 30 分准时到位。进入商场就是打扫卫生，开门后向顾客介绍"海棠"，这一站就是一天，中午吃饭也是在这三尺柜台。晚上回到办事处，还要汇报登记销售的数量，以及用户的地址。这些事情做完了，她们一头躺在床上，身子像散了架。

　　当时，在山西办事处的人员，3 个月才能回一次家。她们不能提辛苦，不能提家。一提这些，她们就会泣不成声，潜然泪下。她们也说，哭甚哩，这是工作啊。可是，一提这些她们就由不得自己了。

　　1987 年，刘建文是办事处主任，半年后，由栗堂则出任主任，"接了太原这个摊子"。他在太原干了 15 年，一直干到 2003 年。

　　他接手主任后，发现太原市二轻商场的销售量"上不来"。于是他订了个策略，加大宣传，引导销售，从讲解、看机、包装、送货，一条龙服务。这样试了一段时间，还是没有多大起色。他就想了一个新点子，要在商场进行抽奖销售活动。他向李补安申请了一些经费，在《太原日报》刊登了"海棠"在太原市二轻商场举行"抽奖销售活动"的信息：每 10 台抽一次奖，一等奖 200 元奖金，二等奖被套一个，三等奖围裙一个。

　　这个活动搞了 40 天，太原市二轻商场火了，一天开五六次奖，商场经理颁奖。栗堂则说："一天累得不行，可心里乐滋滋的。"

"抽奖销售活动"效果很好，"海棠"又在省五交化公司商场、市五交化公司商场开始搞"买一赠一"、"买一赠二"的活动，买洗衣机，赠送被套什么的。

市场竞争是必然的，"海棠"的做法有了成效，其他品牌的洗衣机也会很快跟进。与"海棠"竞争最激烈的一家，就是"膘着干"，你"海棠"赠送被套，我就赠送餐具，比你的还狠。不过，产品竞争到最后，是取决于产品的质量而不是在乎赠品的大小。

1987年9月10日，教师节，"海棠"在《山西日报》向全省教师发出热情洋溢的慰问信，并提供1000台双桶洗衣机的"优惠券"。杜中杰代表"海棠"，随省政府慰问团向11名特级教师每人赠送一台"海棠双桶"。李庆怀、李补安代表"海棠"向长治县一中、长治县实验小学、长治县政府幼儿园赠送了洗衣机。

1987年9月15日，"海棠"向山西赴老山前线参战的第二野战医疗所赠送了"海棠单桶"和"海棠双桶"。

这项活动，无疑在社会产生了很大的反响，发挥了正能量。

1987年，《太原晚报》举办"金兔杯"日用工业品评比活动。"海棠双桶"在活动中被评为第一名，"海棠单桶"被评为第二名。不到一年工夫，与"海棠"最较劲的那个品牌，黯然退出了太原市场。

"海棠双桶"进入太原五一百货大楼，销售员身披的绶带上印有"日本有松下，中国有海棠"的广告语，很是吸引眼球。很快，大楼的销售业绩逐步提升。

1989年，有了一股抢购风，"海棠"卖疯了。从前北屯的"海棠"办事处到迎泽大街有500米远，人们排队就能从办事处一直排到迎泽大街上。省五交化公司来人说，海棠，我们包销了。

这是市场的一种特殊反应，没有哪个产品能一直"疯"下去。

栗堂则最担心的还是售后服务。售后服务搞不好，是会失去信誉、失去市

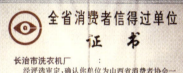

海棠荣获的奖状、奖杯、奖牌

场的。售后服务人员素质的高低，决定了服务的优劣。

太原天龙大厦一个叫王成斌的维修员，认真负责，态度好，技术高，被人们称为"王海棠"。

厂里一个叫杨保全的来到太原，叫栗堂则皱起了眉头，因为他连自己的名字都写不好。栗堂则问："你来干甚啊？"

杨保全说："甚也能干，我能吃苦。"

"能受是吧？那你搞维修吧。"栗堂则把他分配到售后服务队，让他拿笔拿纸去记下用户的地址、姓名来。

叫栗堂则没有想到的是，杨保全是个很吃苦、很用心的人。杨保全字写得不好，但记性很好。他把一天派工单上的地名抄下来，基本就能背下来，而且每天晚上照着派工单去认识地名、地址。半年时间不到，他不但维修的技术能过关，而且对太原的地名、地址很熟悉，成为维修队的骨干。

栗堂则说："售后服务人员很辛苦，刮风下雨不能停，一天马不停蹄，干到深夜才能回来。杨保全一干就是十几年，很出色。"

办事处从前北屯搬到"海棠大厦"，是 1989 年的事。这一年，"海棠"在太原的销售额达到 9000 万元。

栗堂则说："每年太原的销售额都是最高。"

太原，"海棠"的福地！


## 河南，一杯酒一生情

"海棠双桶"在太原稳住局面后，1986 年末，李补安率队挥师郑州，开展"中原大会战"。

郑州，无须多介绍，那是全国著名的交通枢纽，河南省省会。

"得中原者得天下"。中原，是兵家必争之地，也是商家的必争之地。以郑州为中心，打开和扩大中原市场，是"海棠"的销售战略。

我们还记得在这之前，马东生已经把"海棠"摆上了郑州的紫荆山百货大楼，算是有了"滩头堡"。

1984年，"海棠"在郑州成立河南办事处。这是"海棠"在全国建立的第一个办事处。这次去"中原大会战"的有李补安、原德胜、李文斌、李元生等人。

原德胜，长治县苏店镇南董村人，1953年出生，完小毕业，1979年在晋东南（荫城）机床厂参加工作，1984年调到"海棠"。

他调到"海棠"就去了郑州，住在"河南饭店"，在紫荆山百货大楼卖洗衣机。当时"紫荆山"洗衣机的售货员还是大楼的员工，厂家的人员只是起个辅助作用。千万不要小看这个辅助作用，能不能打动顾客的心，还是厂家人员的介绍、演示的作用大。

在"紫荆山"，几个品牌洗衣机摆在一起卖，"海棠"被摆在不显眼的位置。有顾客来，商场售货员总是先介绍别的品牌，然后才能轮到"海棠"。"海棠"觉得很憋屈，为此，争抢顾客的现象时有发生，你说你的好，我说我的好。

一次，有位顾客正要想看看"海棠"，却被另一个厂家的服务员拉走了，而且说："你听说过山西长治吗？那地方就出煤，能生产出什么好家电产品来？你来看看我们的，我们是沿海城市，你肯定知道……"还没有等他说完，"海棠"服务员被他那蔑视的口气激怒了，上去就是一阵拳脚。

原德胜回忆说："因为争顾客，发生过厂与厂之间的争吵，还打过架，都想卖自己的哩。"

打了架，让"紫荆山"罚了款。商场明确表示，如果再有类似情况发生，一起"扫地出门"。

无论怎么样，都不应该打架。如何使"海棠"在"紫荆山"走出被动的窘境，李文斌有着自己的思考。

李文斌，长治县西池乡南池村人，1963 年出生，1980 年在长治县煤矿参加工作。1983 年，他 20 岁那年调到"海棠"，10 月到销售科工作。当时的销售科也就 20 多个人。

他也曾经带着"海棠"到商店、家属院进行现场示范、讲解，销售洗衣机。他说："走街串巷，很辛苦。"

后来，他到太原、石家庄、郑州等地方搞销售，长治的英雄路商场，太原的五一百货大楼，石家庄的人民商场，郑州的紫荆山百货大楼，他都去过。他回忆说："在外地搞销售，每天补助 7 角钱，自己兑换全国粮票。通讯很不方便，打一个长途电话一等就是一上午。"

他知道顾客买洗衣机这样的"大件"，一定是"货比三家"的，也不是只听产地的名气大小，关键还是想要"看得见、摸得着"。所以，"海棠"开始在"紫荆山"现场做示范，把脏布扔到洗衣机里洗，看看洗得净不净。他说："'海棠'的洗净度高、磨损度底、内桶一次成型，是个优势。"

为了把"海棠"摆到显眼的货位上，让顾客一眼就能看见，李文斌努力与大楼家电组的上上下下"搞好关系"。"海棠"销售员每天提前上班打扫卫生，把环境搞得干干净净，整整齐齐。这样做招人待见，觉得"海棠"的人实诚、勤快，"眼里有生活"。李文斌见了家电组的人，主动递个烟，瞅机会还去吃个饭。他回忆说："我原来不抽烟，因为搞销售，买开烟了，给人家，自己也得冒。"

这样一来二去，与"紫金山"的关系和睦了，气氛宽松了，"海棠"的位置"上眼"了，大楼的售货员开始主动介绍"海棠"了。"海棠"的销售量逐步增加，一天能走 20 台、30 台。

《郑州晚报》刊发了这样一则消息：

海棠牌洗衣机受到用户好评

本报讯 长治产海棠牌Ⅲ型洗衣机，在国家轻工业部组织的洗衣机评比会上获一类产品。它以其优质、价廉的特点，迅速打入河南市场，深受郑州用户的欢迎。

海棠牌洗衣机，在郑州市紫荆山百货大楼试销以来，由最初每天只能卖出2、3台，迅速增加到每天销售20多台，第一批100台海棠牌洗衣机不到10天便销售一空。目前，长治洗衣机厂正积极组织送货，以满足郑州人民的需要。 （赵顺生）

剪报

为了扩大战果，原德胜派许嘉斌去平顶山市打市场。

许嘉斌，长治县北天河村人，1964年出生。1984年，他20岁时来到"海棠"。他先是在单桶装配车间干了一年，1985年到了销售科。在开发郑州市场中，他和杨丽华、左秀玉、郜国平、牛宏斌等人一同到了郑州。

去平顶山市的是许嘉斌、李元生和左秀玉。

"平顶山商场"也是几个品牌的洗衣机在竞争，"海棠"的表现不是很好。许嘉斌他们就在商场搞展销活动，打上条幅，印上资料，介绍"海棠"的性能和特点。这是平顶山商场其他品牌所没有的。这样一来，人们的注意力自然被"海棠"吸引。

当然，与商场家电部"搞好关系"那是肯定的。许嘉斌记得家电部经理是个女经理，她有了什么问题需要帮忙，"海棠"总是态度积极，尽心竭力。

许嘉斌他们把"海棠"在平顶山的市场激活了，"海棠"的销量可以占到家电市场的70%～80%。

1985年年底，原德胜又派许嘉斌一个人去了信阳市。在许嘉斌的印象中，信阳的家电市场规模小，"海棠"在信阳人民商场"卖不动"。

他到了信阳，又把在平顶山商场的做法演绎了一遍，又是条幅，又是"海棠展销"。这一下，"海棠"在信阳有了很高的知名度，在"春节市场"的旺季火了一把。腊月二十八，许嘉斌坐火车回家过年。

春节后，许嘉斌回到郑州，在"紫荆山"负责。一起负责的还有许天忠。许田忠负责维修，许嘉斌负责接待顾客。

1986 年，"海棠"对营销机制进行了改革，正式成立销售部，并且实行厂、部两级核算。厂里按成本加利润的内部价给了销售部,销售部以市场价进行营销。销售部对各办事处实行销售承包责任制，办事处对销售部进行内部结算，销售部再对厂部财务进行结算。

这样改革的初衷，是要搞活经营机制，给予销售部一定的经营自主权，进而激活销售人员的积极性。

毫无疑问，营销机制的改革的确是为销售队伍注入了一股活力。1986 年进入销售旺季，李补安亲自到郑州指挥"中原大会战"。

这次"中原大战"，"海棠"是鸟枪换炮，办事处配置了面包车，人马也增加到 30 多人，主打产品是"海棠双桶"。郑州的各大商场、河南的各大城市，都在搞"海棠展销"活动，很有些铺天盖地、席卷中原的架势。

在会战期间，紫荆山商场最多的一天卖出了 170 台"海棠双桶"。许嘉斌回忆说："打包装，手都打困了。"

他还说："中原大会战效果不错，'部优产品'的称号也很给力。"

1987 年，河南办事处在八一建军节，向驻郑州的部队、河南省军区、武装部搞了一次慰问优惠活动。一个单位发放 30 个优惠券，凭券可以到办事处直接优惠购买。这次的慰问优惠活动，无疑产生了很好的影响，促进了"海棠"的销售。

紧接着在教师节，"海棠"又在郑州的各大院校、各个学校对老师开展了慰问优惠活动。

许嘉斌回忆说："两次慰问优惠活动，郑州的市场打开了，影响面也扩大了，知名度也提高了。"

这两个活动，第二年继续坚持搞，使"海棠"在社会的正面效应更加扩散和发扬。

1988年中秋节后，原德胜去了太原，许嘉斌升任河南办事处主任。在河南市场，豫北、豫西是另立门户，其余的城市都归河南办事处管辖。

河南办事处除直管郑州市场的销售外，还下属三个办事处：平顶山办事处，负责平顶山市、南阳市的销售；驻马店办事处，负责驻马店市、信阳市、漯河市、许昌市的销售，开封办事处，负责开封市、商丘市的销售。

许嘉斌在办事处当主任期间，有几件事情不能忘怀。

"海棠双桶"进入"亚细亚"颇费周折。

郑州亚细亚商场地处郑州的黄金地段，是郑州的大型现代化商场、地标商场，但"海棠"进不去。许嘉斌去找过"亚细亚"家电部经理，一说自己是"海棠"的，立刻遭到拒绝："'海棠'的，不能上。"

"海棠"进不去"亚细亚"，失去的不

获奖证书

山西长治洗衣机厂
海棠牌洗衣机

**河南市场最畅销王牌洗衣机**

河南市场最畅销商品评审委员会
一九九三年九月

奖杯、奖牌

仅是一个卖点，而且是失去了一个标识。这叫许嘉斌如芒刺在背。

这是为什么呢？他和家电部经理"磨叽"了半天，才知道了事情的原委。原来早在"亚细亚"准备开张的时候，家电部经理曾经两次到"河南饭店"去找办事处主任，希望"海棠"能进"亚细亚"。但是，他两次都没有见到主任，其他人员的接待没准儿也不够热情，事后也没有信息反馈。这一来，叫"亚细亚"和"海棠"产生了心结，以后再也不让"海棠"踏进"亚细亚"一步。

如果事情到此为止，那还不难办。许嘉斌去做个解释，表示个道歉，请吃个饭，或许"扣子"就解开了。但是，进不进"亚细亚"并不这么简单，还牵扯到其他商场的利益。其他商场的态度是，"海棠"你哪儿都能去，就是不能去"亚细亚"；你要去"亚细亚"，我们就联合拒绝销售"海棠"。

这一下，叫许嘉斌陷入了两难境地：不去"亚细亚"，丢了在郑州的标识；去了"亚细亚"，丢了大面积的"根据地"。

许嘉斌当时的"压力很大"，愁得睡不着。思来想去，他觉得要摆平这件事，还应该从"紫荆山"入手打开缺口，毕竟"海棠"和"紫荆山"有了这么多年的交情了。

他请"紫荆山"家电部经理刘伟吃个饭，几杯"汾酒"下肚，趁着耳热面赤，叙说了自己的难处。刘伟也表示愿意从中斡旋，成全"海棠"的美意。

他们去郑州商业大厦游说，没想到，商业大厦的老总彭国志是长治人。人不亲土亲，彭国志老总一口答应帮助"海棠"上"亚细亚"。

有彭国志老总、刘伟经理出面，许嘉斌和"亚细亚"的老总、家电部的经理"坐在了一条板凳"上。

酒过三巡，菜过五味，许嘉斌表示："亚细亚"是商家的名牌，"海棠"进不去是"海棠"的遗憾；"海棠双桶"是全国洗衣机质量第一，也是名牌，"亚细亚"没有"海棠"也是个遗憾；现在就是要强强联合、合作双赢才是正经的路数。

"亚细亚"老总表示，家电部要尽快让"海棠"进来，安排到主要的位置，把"海棠"的销售量抓起来。

"海棠"要进"亚细亚"，华联商厦家电部经理不干了，要停销"海棠"。"华联"和"亚细亚"是门对门，竞争很激烈。许嘉斌又请彭国志老总出面与"华联"老总协调，这才算是消停下来，稳住了郑州市场的阵脚。

冬夜惊魂，想起来就叫许嘉斌后怕。

1989 年，河南办事处从河南饭店搬到了解放路的一个二层楼独家小院。冬天的一个凌晨，许嘉斌被另一个房间的敲门声和"老苏，老苏"的呼叫声惊醒。

他起身开门一看，是陈宏雄在叫苏青山、苗和平他们的房门。许嘉斌问："咋了？"

陈宏雄说："叫不开他们的门啊。"

许嘉斌立刻意识到，这是不是他们中了煤气？因为小院的取暖还是煤球火。

二话不说，许嘉斌让陈宏雄从窗户爬进去打开房门。进门一看，苏青山、苗和平都在床上摊着双手，瞪着两眼，一动不动。

许嘉斌、陈宏雄赶紧把他两个人抬到院子里，又是掐人中，又是扎针，忙乱了半天，这两个人才算有了反应。

原来，是陈宏雄、苏青山、苗和平三个人守着煤球火聊天，一聊就是大半夜，谁也没有在意应该通风跑跑煤气。等到陈宏雄凌晨来叫苏青山时，这才发现他俩"煤烟"了。

陈宏雄说："娘啊，咱还大干哩，弄不好，拉着尸首回家哩。"

许嘉斌回忆说："事后，想起来就后怕。这真要出了人命，回去可怎么交代啊？"

许嘉斌在河南办事处一直干到1997年3月，才调回销售部销售科任副科长。销售科长是李文斌。许嘉斌在河南十多年，兢兢业业，不敢有丝毫的懈怠。1986年他的大姑娘出生、1991年他的二姑娘出生，他都在郑州而不在妻子的身边。说起这些事来，他很愧疚，常常是唏嘘不已。

李补安对他说，等孩儿们长大了，我给她们好好说说，她爹是怎"受"来。

许嘉斌在河南最为难忘的是，1994年10月的一天，李补安在郑州亚细亚大酒店，把6家商家的老总、家电部经理、家电服务员请到一起，开了一场联谊会。联谊会上，又是开怀畅饮，又是卡拉OK。

那天，许嘉斌太高兴了，喝得面红耳赤，似乎有着事业有成的畅快和兴奋，也有着所有付出和委屈的一种释放和倾诉。

爱过才会懂，一杯酒一生情。

# 第13章 🌸 弄 潮

"海棠"绽放，花气袭人。

"海棠"第一，市场走俏。

"海棠"在获得"部优产品"后，1987 年 5 月 1 日，中国消费者协会、河北省消费者协会、郑州消费者协会，同时在石家庄、郑州、太原，对"海棠"进行质量跟踪评议活动。

这是"中消协"首次在洗衣机行业举办这样的活动，显然是我国市场经济逐步成熟的一个反映。中顾委常委、"中消协"名誉会长王首道，为这次活动题词："海棠花开香万家。"

1988 年 11 月 25 日，"海棠"系列洗衣机被国家轻工部、中国质量协会用户委员会评为"全国质量跟踪服务第一名"。

这些活动的开展，为"海棠"走俏市场起到了很好的助推作用。"海棠"在市场上的名气也越来越大了。

1987 年 12 月 10 日，"海棠"在长治举行 1988 年订货会，13 个省市、189 家商业企业参会，共订出单桶洗衣机 30 万台、双桶洗衣机 17 万台。

海棠花开
香万家

贺海棠牌洗衣机质量跟踪活动

王首道 一九八七年
五月十三日

"中消协"名誉会长王首道的题词

1988年11月24日，"海棠"在长治举行1989年订货会，共订出洗衣机60万台。

后来，"海棠"的订货会开到了五台山。滚滚红尘中一方清净地，既能避暑又能拜佛，既能谈生意又能论境界，买卖双方低声细语，合作双赢心照不宣。

那么，"海棠"最先火起来的河北市场又当如何呢？让我们东出太行，走进"海棠"的第二故乡。

## 河北，海棠的第二故乡

河北，"海棠"的第二故乡。

也许我们还记得，"海棠"冲出"娘子关"，首选地就是河北省的市场。那是1982年"天暖和的时候"，由马天河、李补安带人去邯郸市打开局面的。

梁吉祥回忆说："海棠单桶最先在市场上叫响，还不是在山西，而是在河北，河北的邯郸、石家庄、邢台等地方。"

"海棠"在河北销售量大，覆盖面广，号称是第二故乡。特别是在河北的农村，人们对"海棠"青睐有加。姑娘们谈婚论嫁，彩礼中没有海棠牌洗衣机那是肯定不行的。有人说，这是"非海棠不嫁"。

1986年12月，"海棠双桶"、"海棠单桶"双双被河北省消费者协会评为"信得过"产品。

1987年春夏之交，河北办事处走马换将，由刘建文担任主任。

刘建文,长治县苏店镇南董村人,与李补安、原德胜都是一个村的同学。他 1954 年 10 月出生,比李补安年长一岁。

刘建文 1972 年在长治液压厂参加工作,搞了多年的车间统计。李补安在邯郸开辟市场期间,就和刘建文一直有联系。刘建文那时就提出想调到"海棠",因为他的妻子就在"海棠"工作。李补安考虑到刘建文有开拓市场的能力,于是同意他调回"海棠",从事市场营销工作。

刘建文 1987 年春调到"海棠",李补安领着他去过郑州的河南办事处、太原的山西办事处,考察市场,熟悉市场营销。然后,到了石家庄,让他任河北办事处主任,负责河北省和京津唐地区的营销工作。

这时,河北办事处的副主任是李元生,邯郸办事处主任是王双根,保定办事处主任是刘青,邢台办事处主任是谭旭东。

刘建文上任办事处主任,正是"海棠"在河北市场火的时候。"供不应求,各大商场是缺货、断顿、吃不饱。"刘建文回忆说。

石家庄解放路百货商场,是"海棠"在石家庄最早进入的商场,关系自然不同其他。即便如此,商场也是"吃不饱"。为了"要上货",商场专门用 3、4 个车直接来厂里进货,并且要刘建文一同回来。有办事处主任亲自回厂提货,总不至于跑了空趟。几车货拉到石家庄,不用下车,一两个小时就卖光了。

"抢购风的时候,商家都对我们办事处有意见,因为要不上货。那时候,谁抓上货,谁就抓住了钱。"刘建文回忆说。

他还说:"当时,谁能买上洗衣机,都是好大的面子。库房里连残次品都没有了。那阵风过后,人们的消费理性了好多,但'海棠'还是走得快,倒是双桶的产量成了问题。"

我们不妨看几封在此前后的商家和用户的来信,便可感觉到市场的热度。

1986 年 9 月 20 日,石家庄解放路百货商场业务科来函:

"海棠"牌洗衣机于（19）86年8月份在我商场举办了为期20天的质量跟踪展销会，第一天销出近百台。顾客反映，该机质量好，工艺精，造型别致，美观大方，洗衣脱水容量大，省电省时。洗衣机厂在售后服务方面，替用户着想，周到仔细。展销期间，厂方工作人员与商场售货员当场给用户试水试机挑选，介绍操作、使用方法及注意事项。每位用户给一份征求意见书，并将用户家庭住址登记在册，使用户免除后顾

销售商场来函

之忧。用户赞不绝口，"海棠"信誉倍增，商场信誉倍增。这样，商场取得较好的经济效益和社会效益。

1986年9月30日，石家庄五金交电化工采购供应批发站家用电器经营部来函：

海棠牌双桶洗衣机，我站自8月份经销以来，销售近2000台。从各县经营单位争先订购情况得出，海棠牌双桶洗衣机销量夺魁，受到广大消费者的好评。

销售商场来函

用户反映：1.海棠牌双桶洗衣机质量稳，开箱率高。2.造型好，洗衣、脱水容量大，功能全，洗净度高，磨损率低，用起来顺手。3.厂方和我站密切配合，售后服务做得细，用户购买该机无后顾之忧，有过硬的六条便民公告供用户监督。4.厂方与我站开设了初期质量跟踪服务点，所有海棠机出售时，都要登记入册，以便回访。

这样，使我站在单一洗衣机经济收入有明

显提高，使经济效益明显增长。

有没有人在来信中提出质量问题的？有，但大多是针对单桶洗衣机的。1985年12月15日，河北省正定县柴油厂孟祥振来信：

贵厂生产的海棠牌洗衣机深受广大群众欢迎，但有点美中不足，就是从缸桶上端向外壳内侧溅水，形成严重锈蚀，大大缩短洗衣机的寿命和电器的不安全，还会影响你们以后的生意。希望贵厂今后的产品对缸桶上端进行很好的密封和对机壳内侧进行很好的防锈处理。

来信中，还有的根据自己的实际情况提出改进意见的。1986年1月13日，河南焦作轮胎厂机修车间的李志超来信，不仅提出了意见，而且还附有自己画的示意图：

根据贵厂生产的海棠牌洗衣机及使用情况，为使贵厂产品能够不断创新，倍受用户欢迎和好评，提高市场竞争力，我想向您提出一项新的改进建议，不知是否妥当。目前城市居民住楼房较多，一般家庭没有地面下水道，而只有高于地面的水池，使用目前的洗衣机排水方式，废水只能用盆子一盆一盆端起来倒掉，甚至水不易排净，就不太方便。假如在机内增装一个微型电泵，那么，废水也向高处自动排出，而且也可增加排水速度。

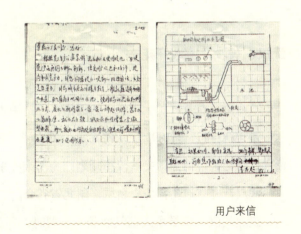

用户来信

来信中，还有突发奇想的，想让洗衣机给孩子洗澡用。1987年8月27日，河北峰峰矿务局通二矿工人郭九林来信就有这样的提议。

一封封的来信，都是对"海棠"的爱护和信任。

产品质量、售后服务，是驱动"海棠"走俏市场的两个轮子。

刘建文也遇到过难题。石家庄有个老人的洗衣机坏了，维修员上门服务却碰了个钉子。办事处副主任李元生上门道歉，并表示一定修好，再不行就换一台。这个老人很倔，还是不行。李元生说，你要干甚啊，我给你磕个头行不行？

刘建文只好亲自出马。他给老人说："你要怎么也行，修好也行，换一台也行，就是退货都行。但是，我还是想让你成为'海棠'的用户。老人家，你就不能信我这一回？咱赌一把行不行？"

老人这才有了一丝笑意，说："不用换，修好就行了。我就是想试试你们的诚意。事不过三，你们能三次上门，够了。"

"第二故乡"，来之不易啊，那是心血和智慧的结晶。


## 武汉、长沙，遍地开花

"海棠"花开，扩大市场，四面出击，是销售的必然选项。

是 1990 年还是 1991 年，许嘉斌记不准了，他去武汉搞全国质量跟踪展示活动。这时，"海棠"把武汉市场划归为河南办事处。

武汉，九省通衢，历史名城，湖北省省会。

提起武汉，总是令人荡气回肠。三国时，刘备人马被曹操大军追杀，只得退守夏口。夏口，就是后来武汉三镇的汉口。夏口是刘备绝地反击的最后的根据地，赤壁大战，挥师入川，这才有了三国鼎立的局面，才有了留给后人值得品味的历史传奇。

黄鹤楼是武汉的标志。过往的名人中，有不少人拿黄鹤楼说事。

> 昔人已乘黄鹤去，
>
> 此地空余黄鹤楼。
>
> 黄鹤一去不复返，
>
> 白云千载空悠悠。

这是唐开元年间，崔颢在武汉留下的脍炙人口的诗篇《黄鹤楼》中的首联和颔联。后来唐代大诗人李白来到黄鹤楼，虽然也说"眼前有景道不得，崔颢题诗在上头"，但也不甘寂寞，还是写下"黄鹤楼中吹玉笛，江城五月落梅花"的名句。

1911 年 10 月 10 日的武昌起义，敲响了中国最后一个封建王朝覆灭的丧钟，使武汉成为推翻清王朝的标识性的城市。

1927 年春，毛泽东登上黄鹤楼，面对严峻的革命形势，触景生情，感怀国事，写下了《菩萨蛮·黄鹤楼》：

> 茫茫九派流中国，沉沉一线穿南北。烟雨莽苍苍，龟蛇锁大江。
>
> 黄鹤知何去？剩有游人处。把酒酹滔滔，心潮逐浪高！

岁月流逝，时过境迁，武汉成为华中的经济中心，"海棠"不可或缺。

许嘉斌去武汉，是和牛守芳一起去的，48 台洗衣机一个集装箱发到武昌的中南商业大楼。

"海棠"在中南商业大楼，3 天没卖出一台。许嘉斌回忆说："光介绍，不动，愁死了，黑夜睡不着。"

"要是在武汉销不动，还得倒回郑州哩。"他不得不这样盘算。

牛守芳在郑州是好样的销售员，可来了武汉就施展不开拳脚了。他介绍得已经是口干舌燥了，可顾客看看他，走开了。

这是为什么呢？许嘉斌只好把大楼的家电部经理叫出来吃个饭。

说到 3 天不开张，家电部经理笑了，说，你们介绍的，不要说当地一般人听不懂，就是我也听不懂你们说的是个啥嘛。

啊？这是语言障碍阻隔了交流。他们在河南，语言交流还马马虎虎，尽管腔调不一样，可都能听懂对方在说什么，毕竟是山上山下。可一来武汉，那就麻烦了。湖北话，他们听不懂；他们说的，武汉人又听不懂。别看你使劲介绍了半天，稍微快一点，他们就不知道你说的是个啥。

这怎么办？不要说学会说湖北话，就是说成半生不熟的普通话，也不是一时半会儿能学好的。许嘉斌向家电部经理表示，配合着卖完这 48 台洗衣机，给你们点补助费。

第二天，家电部派来一个售货员，帮助卖"海棠"。这就顺畅多了，"九头鸟"们本地话一说，信任度大幅提升，当天就卖了 3 台。

有一家的洗衣机在现场表演，一块绸布甩干了可以飘起来。许嘉斌去买了个尼龙衫，"海棠"一甩干也能飘起来。尼龙衫比绸布重，人们一眼就看出，"海棠"比那一家强。

不长时间，48 台"海棠"卖光。许嘉斌打电话请示李补安，在不在武汉继续"开疆扩土"。

李补安说："这要看你们的情况。先站住脚，其他的再说。"

许嘉斌在汉口定下房子，从河南办事处抽去 7 个人，组建湖北办事处，自己兼任主任。

"海棠"在武汉三镇站住了脚，武昌有中南商场，汉阳有汉阳商场，汉口有武汉中心百货大楼。可以说，武汉的局面已经打开。

这时，许嘉斌回到了郑州，湖北办事处的主任由牛守芳担任。再后来，原俊平也在办事处当过主任。

牛守芳在儿子出生的时候没有陪在妻子的身边，而是正在中南商场忙活。后来的一天，李文斌在厂里碰见牛守芳，问了一声："孩子叫个甚啊？"

"叫个盼盼吧。盼着我回来哩。"牛守芳回答着，话音变了声。

李文斌听了，扭头走开，心里不禁一阵酸楚。

武汉局面的打开，要按李国胜的回忆说，应该是在打开长沙局面之后的事。李国胜回忆说，1987 年，他就去了长沙打市场。

> 独立寒秋，湘江北去，橘子洲头。看万山红遍，层林尽染；漫
> 江碧透，百舸争流。鹰击长空，鱼翔浅底，万类霜天竞自由。怅寥廓，
> 问苍茫大地，谁主沉浮？

这是毛泽东 1925 年写下的《沁园春·长沙》一词的上片。没有去过长沙的人，不会对长沙有什么概念，但毛主席这首《长沙》确实激励着几代的人们奋发向上，"指点江山，激扬文字"。"海棠"在市场的竞争，不也是"到中流击水，浪遏飞舟"？

长沙，历史名城，湘楚文化的发源地，湖南省省会。

李国胜到长沙，是受到邀请的。李补安接到了一封湖南省五交化公司老总的来信，要求与"海棠"洽谈业务。于是，他派李国胜去了长沙。

李国胜一到长沙，才知道湖南省五交化公司老总是晋中太谷人，山西老乡。

老乡见老乡，老总中午请李国胜吃饭。几杯酒下肚，老总对李国胜说："你发货吧。"

李国胜问："进哪几个商场？"

老总说："你对我就对了，公司负责安排，统一对你算账。"

李国胜说："这也好，省劲儿。"

于是，一个车皮的洗衣机发到长沙，有 200 台左右。

李国胜不需要到商场介绍、表演，但住得很不习惯。夏天太热，招待所光有个凉席，晚上不能睡觉，把毛巾用冷水湿透，搭在身上才能迷糊一会儿。

李国胜还到昆明去开发过市场。

昆明，云南省省会，著名的"春城"、"花城"。

李国胜去昆明，是跟随李补安去的。他们接到过昆明西南大厦的一封来信，要求"海棠"到昆明。在北京参加完一个会议后，他们飞到了昆明。

"我们早就听说'海棠'了，很想和你们合作。"大厦经理说。

一听话音，耳熟。再一问，经理原籍是屯留人。屯留，那就更是近老乡了。又是老乡见老乡，"海棠"进到了西南大厦。

李国胜回忆说，在昆明开过新闻发布会，赵建国副厂长也在。

这是 1987 年的事吗？赵建国回忆说："在昆明开新闻发布会，肯定是在 1996 年，是我和（李）国胜去的。"

假如两个人说得是一回事，那就以后再说，因为 1996 年销售部发生了重大的人事变动。


## 上海，南京路上有"海棠"

"海棠"挺进上海，应该是 1993 年，具体的日子记不清了，但事情却历历在目。回忆这件事的是董迷柱。

董迷柱，是在 1985 年初，应蔡中祜、梁吉祥的邀请到"海棠"工作的。他从 1981 年起是在长治县经委工作，断不了去"海棠"下厂。他对"海棠"能有一个较为完整的印象，是因为"国标宣贯会"要在长治召开，他去为"海棠"整理汇报材料而形成的。从一个小小的电器厂起步，经过敲敲打打的创业、万台生死线的决战、打破铁饭碗的改革、技术质量的突破、跻身"六大名牌"的奇迹，"海棠"的来路在他的脑海里清晰了。

"国标宣贯会"，是国家洗衣机标准宣传贯彻会议的简称，是于1984年4月25日在长治市召开的。"国标宣贯会"为什么开在长治市？说白了，就是因为有"海棠"，"海棠"是"六大名牌"之一。

广州洗衣机厂的麦厂长也来参加会议，是李庆怀去火车站接的他。4月25日下午，与会代表到"海棠"参观。当时一条简易的装配流水线，流水线上工人规范的动作，也是叫参观者很"上眼"。那天，轻工部的总工杨家骅在"海棠"作了题为《创国优，保持先进》的报告。

"国标宣贯会"在长治市召开，肯定是"海棠"的荣光。"海棠"也通过这次会议的准备了解了董迷柱的才干。

1985年初，董迷柱到"海棠"参加关于引进的一个会议。梁吉祥把他从会议上叫出来说："你来洗衣机厂工作吧。"

"我考虑考虑吧。"董迷柱说。

"不用考虑了，过来吧。咱这就定了啊。"梁吉祥说。

一星期后，赵建国去把董迷柱的工作手续办到了"海棠"，生米做成了熟饭，并任命他为办公室主任。1987年12月，李补安、赵文正、牛连旺被任命为副厂长时，同时任命董迷柱为厂长助理，享受副厂级待遇。他后来成为"海棠"公司董事会董事、副总经理。

2012年11月18日上午，我们采访了董迷柱。这时，他已经是"振东集团"党委书记。"海棠"挺进上海，就是他这时回忆的。

应该是1993年，北方的市场稳住后，"海棠"决心闯闯上海滩。

销售部从北京、太原、天津等几个办事处抽调10多名"美女销售员"，由李补安亲自带领，南下上海。当时上海市内正在修建高架桥，到处是水泥墩子，

"稀泥满街"。李补安穿的一双运动鞋，糊得全是泥巴。

他们在"黄山饭店"安顿下来，第一个目标就是"一百"。

上海南京路，南京路上的"第一百货大楼"，那可都是声名赫赫的"大牌"，寸土寸金。李补安他们进去"一百"，刚刚说明来意，就碰了一鼻子灰："不知道什么'海棠'，没听说过。"

李补安没有灰心，也不会灰心，因为以前每到一个新地方几乎都是要先碰一鼻子灰。第二天，他们找到"一百"的副总。这位副总说，我们"一百"销售的洗衣机都是进口的牌子，西门子、夏普、松下的等等，国产的也是上海"水仙"，没上过北方的品牌。

李补安说，我们"海棠"就是引进松下先进技术生产的，日本有"松下"，中国有"海棠"，"海棠"是全国质量奖的第一名。

副总迟疑了一下说，那拿几台试试吧。

"海棠"进了"一百"，两三天了无人问津。"美女销售员"回来就哭："不要说是卖了，连问都没人问。"

上海人不接受"海棠"，其实是不接受"北方"。他们认为轻工产品是上海的最好。其实，我们北方人也认为是这样。问题是，在洗衣机的制造上，"海棠"已经实现了跨越式的发展，有底气与任何品牌一较高下。

李补安亲自蹲在"一百"销售家电的场地办公，办公桌就是"海棠"的包装箱。又是提前上班打扫卫生，又是调动"一百"家电销售员的积极性，"海棠"在第四天终于开张了。

有人来问，这洗衣机的质量怎么样？

销售员就告诉他，技术是引进"松下"的，质量拿过全国的第一名；内桶是进口的 PP 塑料，外壳是上海宝钢的渗锌钢板；我们的服务有六条便民措施，送货上门，保修包换。

精明的上海人开始动心了，"海棠"开张了。

复旦大学的一个教授买了台"海棠"，销售员送货上门。教授住的是小高层。销售员找到小高层时又碰上停电，只好背着洗衣机上楼。十几层楼，开始还挺得住，越往上越发愁，"美女销售员"到最后几层，几乎是一步一哭。上了楼，教授家里还没人，小姑娘就坐在门口一边哭一边等。

教授回来了，上了上楼已经是气喘吁吁。当他看到"海棠"的小姑娘能把洗衣机背到楼上，立刻激动不已，连连说："'海棠'太了不起了，谢谢了，谢谢了。"

复旦大学还有一个老教授也买了台"海棠"，送货上门后，销售员发现，他的卫生间的门太小，竟然进不去个"海棠"。销售员动手把卫生间的门框卸掉，进去洗衣机并且安装好后，再把门框上好。老教授也是感动得不知说什么好。

"海棠"在上海终于立住了脚，以皮实、耐用给了上海人一个惊喜。1994年，在庆祝"海棠"进沪一周年的时候，复旦大学的两个教授对着上海的媒体叙说了当年的情景，说到动情处，老教授竟然也是老泪横流。

上海新闻局长显然是被感动了，在讲话中说："'海棠'的广告语是'至诚通天'，我说应该加上一句，叫'至诚通人'！"

那天，喝的是"五粮液"。上海人不能喝酒，但"一百"的副总、家电部经理等，也是不管不顾，不醉不归。

"销售工作太艰难了，每打开一块市场，都要付出千辛万苦。"董迷柱对我们说。

董迷柱回忆说："为了销售'海棠'，在北京打过架，老蔡在北京现场写广告词。这都很不容易啊。"

北京，这正是我们要关注的一个大市场。

你好北京，"海棠"来了！

## "海棠"闹京华，九州独一家

打进北京市场，是"海棠"营销战略中重要的目标。

北京，绝对是各路名牌争相抢占、一展身手的大平台。也许我们还记得，在"海棠"的"单桶"时期，蔡中祜、马东升、李补安他们就到北京开发市场，拉上洗衣机去，带着挂面回。

李国胜1987年在销售部维修科当科长。他也回忆说，1988年去北京开辟过市场。

李国胜回忆去北京，是1988年10月，在北京举办的第一次全国名牌洗衣机展销活动，他是和李补安、刘建文一起去的，一场"海棠双桶"进京的好戏上演了。

为了有一个精彩的亮相，"海棠"在北京展览馆搞了一个相当规模的造势晚会，李谷一、陈佩斯、朱时茂等"大腕"登场表演，主持人是央视的陈铎。所有的来宾和观众，每人一份"海棠双桶"的简介和图片。

刘建文回忆说："在北京搞了个新闻发布会，主要是发布'六条便民措施'的承诺。"

李补安、杜中杰坐镇北京指挥，晚上，"海棠"在王府井北京百货大楼、西单商场、东安市场、福隆大厦等地标型商场上了货，只待第二天与顾客见面。

刘建文和女销售员秦晓玲在北京百货大楼负责销售。大楼上午9时开门营业，他们7时30分到岗，打扫了卫生，擦拭干净洗衣机，等着开门。要是今天不开张怎么办？刘建文心里惴惴不安。

9时整，大楼开门营业，顾客蜂拥而至。还好，上午"海棠"就卖出一台，叫刘建文松了一口气。他和秦晓玲坐在大楼对面的一个台阶上要抽根烟放松放松。"你抽不抽？"刘建文问秦晓玲。

秦晓玲说："我不会。"刘建文说："不行，你不会也得抽，咱这是高兴哩。"秦晓玲抽了一口，呛得自己是又咳嗽又流泪。

李国胜的回忆与此略有不同。他记得，第一天一台也没有卖出去，第二天还是卖不动。这怎么办啊，难道还得叫保定商场拉走哩？

他去找到大楼家电部经理，表明了"你们卖一台，补助点钱"。

第三天，经过大楼家电部的介绍，"海棠"开张了。展销期间卖了100多台，算是"双桶"在北京打开了市场。这才组建北京办事处，由原德胜负责。

北京办事处有30多个人，包下了长椿街孔雀旅馆。

原德胜回忆说："让我去北京，我不去。我只是完小毕业，能不能干成？害怕哩。只怕捅下乱子。"

原德胜去北京，是押着3车洗衣机。那天晚上，车队下了太行山，走到河北涉县，被漳河谷地的凌晨雾气所笼罩。原德胜是在中间的那辆车上，嘱咐司机要小心慢行。谁知，走了不远，最前面的那辆车就侧翻到了沟里。

他去找到一家宾馆，用宾馆里的座机电话告知厂里，车队在涉县发生了事故。厂里派来车和人，把洗衣机装好，这才又向北京出发。北京四大商场上的货，就是这次拉来的。

原德胜回忆说，这次去北京的还有董迷柱和《长治日报》记者李仁秀等。

记者李仁秀在北京采访到了什么？有过怎样的新闻报道呢？

我们找到了李仁秀发表在1993年2月11日《长治日报》头版头条的通讯《海棠闹京华》，从中可以看出记者在北京的所见所闻：

1990年11月28日，经营副厂长李补安带领十几名销售员来到北京。

一位新闻界朋友问李补安："进京'练摊'，你有什么绝活儿？"李补安告诉这位朋友，他想教北京人如何显示做"上帝"的风采。

进京第二天，李补安把北京十大商场的家电经理请到宾馆谈判。原本想来

剪报

做一番应酬的老板们，被李补安的话镇住了："海棠的宗旨是出一台产品，尽十分义务。消费者想到的，我们都列入了一般工作职责之内；消费者想不到的，我们也想做一些尝试。"

李补安把售后服务条例写在制作精美的宣传牌上，与海棠洗衣机一起摆进了首都各大商场的柜台。海棠产品实行全程服务，送货上门、安装到户、补贴超程运费、赔偿质量损失……北京人将信将疑地买走了一台又一台产品。

买到海棠洗衣机的用户，第2天就会有跟踪员上门服务。问询洗衣机使用情况，介绍操作要领，现场示范洗衣，帮助用户安装，拆门接线，过墙打洞，凡能体现海棠特殊服务的项目，他们都从方便用户出发，一一耐心去做。借助"海棠人"的这种诚实服务，各大商场赚了钱，冷眼变笑脸；用户的要求得到了满足，怀疑变成了信服。1991年，长治洗衣机厂不仅成功地开拓了首都市场，还争来了销售第一的桂冠。

海棠洗衣机进京之前，摆在商店里的洗衣机就有21种牌号，海棠走俏北京后，先后又进来12种。各路精英云集首都大市场，难以想象的商战一幕连着一幕。

1992年10月份以前，海棠洗衣机由于供货原因，一度从4大商场的头名榜上下落。正在中央党校学习的省二轻工业总公司经理蔡中祜心急如焚。老蔡在京住党校半年多，几乎所有的星期天都在为"海棠"事业奔波。

11月份，在北京市场与"海棠"平分秋色的无锡"小天鹅"洗衣机，掀起一股强大的宣传攻势，给本来就没有充足货源的海棠洗衣机带来巨大的市场压力。

消息传到工厂，厂长梁吉祥如坐针毡，他用最快的速度解决了运输问题，安排好正常生产，和几位副厂长星夜赶到北京，与坐镇在那里的副厂长李补安、杜中杰共商市场对策。

李补安向梁厂长表示，多则 10 天，少则一周，保准捷报到厂。

海棠借助在中华精品推展会上被评选为唯一特级金奖的优势，组织了一场宣传战。12 月份的第一个星期天，海棠全自动洗衣机日销量由过去的十几台，猛增到 84 台。到了第三个星期天，日销量达到 130 台，超过称雄市场的"小天鹅"洗衣机 20 多台。12 月份的最后一个星期天，海棠洗衣机日销量达到 207 台，创造北京市场单种牌号洗衣机日销量之最。

207 台，这个数字电传到工厂，长治洗衣机厂像过节一样热闹，厂长梁吉祥当即给北京办事处发去贺电，表示工厂每天加班 3 小时，增加产量，满足市场需要。

北京办事处有 30 多名职工，其中 21 人负责销售，9 人跟踪产品。在商店站柜台的销售员，每天站十几个小时，腿肿、嗓子哑是常有的事。跟踪员每天上门服务 15 家，他们每人要挤坐公共车行程百余公里，反复倒车 30 多次，上下爬楼梯的次数要超几千次。

春节来临，商场经理再三要求"海棠"销售员迟几天放假。腊月二十九，忙了一年的销售员拖着疲惫的身子，搭上末班车回家过年。他们很累了，但个个喜笑颜开，因为他们去年从北京拿回 1500 万元的销售收入，占到工厂总销售额的十分之一。

1992 年，海棠洗衣机以占市场总销售量的 39.9%，名列京都榜首。我们坚信，1993 年，首都洗衣机市场将是更加火爆的"海棠年"！

以上所摘抄的只是《海棠闹京华》的部分文字，但已经展示了"海棠"在北京的大致风貌和基本脉络。

《海棠闹京华》见报时，《长治日报》特别配发了本报评论员文章《愿百花争闹满园春》。

《海棠闹京华》被评选为1993年山西新闻奖一等奖。时任《长治日报》副总编辑的王占禹告诉我们："《海棠闹京华》能评上山西新闻奖也是不简单的事，李仁秀的这篇通讯真是下了功夫的，写得确实也不错，该着了。"

有了媒体上的一个大致的描述后，我们再返回当事人的记忆，或许能获得更具体、更生动的素材，也更能接近历史的原貌。

原德胜回忆说，北京办事处成立于1990年年底。他当主任期间，经历了1992年促销"海棠全自动"的活动。

"海棠全自动"是"海棠双桶"成功引进后的又一次引进的洗衣机新机型。为了开展"海棠全自动"促销活动，李补安、杜中杰都去了北京指挥。蔡中祜正在中央党校学习，也积极参加了这一活动。

当时有一个品牌的洗衣机与"海棠"竞争得很激烈，几乎难分高下。"海棠"在洗衣机的盖板上竖立一支香烟，开动洗衣机后，香烟竟然不倒，以示洗衣机运行的平稳。而那个品牌的洗衣机在商场挂上了一位中央领导视察他们厂的大

奖杯、奖状

照片，以示领导的关爱和重视，很给这个品牌提气。

　　一支香烟和中央领导相比，"海棠"有了几分尴尬。夜里，蔡中祜、李补安、杜中杰等领导在一起发愁，怎么办啊，总不能让人家的一张照片压过风头啊。

　　原德胜这时说了一句话，起到了柳暗花明的作用。他说："咱没有中央领导的照片，可是获得了北京博览会特级金奖了啊。"

　　"快拿来看看。"蔡中祜急切地说。原德胜赶紧拿来奖杯和证书，蔡中祜一看，是"海棠"在1992年"中华国货精品推展会"上获得的唯一的"特级金奖"。蔡中祜说："快去制作，明天就把'特级金奖'贴出去。老百姓更信这个。"

　　原德胜记得，是蔡中祜亲自为"特级金奖"写的广告词。

　　第二天，"海棠"有了"特级金奖"的广告，销售状况立即开始回升。12月，北京各大商场纷纷拉出宣传"海棠"的横幅，市场热度向"海棠"倾斜。

　　12月20日，《经济日报》刊发的一条消息夺人眼球，题目是"1993年买

奖状、奖杯

什么商品好？"。这则消息报道的是，中消协在钓鱼台国宾馆向市场推荐 8 个品牌的产品，其中除了"雪豹"皮衣外，都是家电产品。7 个品牌的家电产品中，电冰箱家族占据 4 席，有"海尔"、"长岭"、"美菱"、"扬子"；空调有"东宝"，彩电有"康佳"，洗衣机也是只有一个席位，那就是"海棠"。

"海棠"在 1992 年，荣获北京市最畅销国产商品展销月"京华奖"。

"海棠"火爆京城，那个与"海棠"难分高下的品牌，差点成了南飞的大雁。1993 年 2 月 3 日，《农民日报》很感兴趣地报道了此事。报道最后写道："海棠的确在质量上下功夫不浅，其各项指标达到或超过国际水平。全程序无故障运行，松下标准为 5000 程序，而海棠已达 6000 程序，高于松下标准。91 ～ 92 两年在北京市场销售居首位。"

"最多一天卖过 500 台。"原德胜回忆说。

为了确保北京市场，李文斌亲自押车往北京送货。最多的一次是 11 个车，每个车 108 台。

每次货到北京，都是办事处的销售员自己卸车，晚上用"三轮"送到商场，再自己背进去。有个女销售员背不动洗衣机，哭了。原德胜说："背不动也不要哭，在办事处接电话也行。"

当时的售后服务，主要是电话联系。一天，办事处接到一个电话，是国务院车队打来的，说他们买了台洗衣机坏了，需要服务。原德胜说，我们立刻去修理。

打电话的人说："我去接你们，要不，你们进不来。"时间不长，来车了，原德胜带着一个维修员上了车，进到了中南海。洗衣机哪里坏了？怎么修好的？原德胜记不得了。他只是记得给维修员说过一句话："要不是修洗衣机，咱能进了中南海？梦吧你。"

还有一次用户来电话，说是洗衣机爆炸了。原德胜不到 10 分钟就到了用户

奖杯、奖牌

家。这家用户也是在宣武区，离办事处不算远。

说是"爆炸"有点过分，但脱水桶确实是破裂了，而且老太太也摔倒在地上。原德胜赶紧先把老人送到医院，经检查无大碍后，才赶快换上一台新的洗衣机，并对用户进行了赔偿。

"海棠"在北京走俏，一是产品质量，二是售后服务。每走一台，第二天就进行跟踪服务，不会安装的，帮你安装；不会使用的，教你使用；对产品不满意的，要换要退，立即办理。1993年1月15日，《消费时报》报道了"海棠"在北京市场的表现，题目是《京华压群芳，九州独一家》。

商海弄潮，潮涨潮落，方显英雄本色。

北京，每天在太阳跃出地平线的同一时刻，五星红旗升起在天安门广场上。

"海棠"在北京，听到了祖国前进的脚步声了吗？

# 第14章 🌸 改 制

"海棠"遍地开花，独秀京华。

"海棠"八面来风，风华正茂。

当我们粗线条描述"海棠"销售的进程时，为了事件的连续性，已经把时间跨越到了 20 世纪 90 年代，而且提到了"海棠全自动"新的机型。

"海棠"闹京华，说的就是海棠全自动洗衣机。

"海棠全自动"是怎么回事？这显然应该有个交代。当然，需要交代的还有许多大事。

那么，让我们来个穿越，再回到 1987 年的那个时间节点上。

## 晒晒班子，任重道远

1987 年 12 月 6 日，牛连旺、赵文正、李补安被任命为长治洗衣机厂副厂长。

这时，厂级领导班子的构成是：

厂长：梁吉祥；

副厂长：李庆怀，赵建国，杜中杰，牛连旺，赵文正，李补安。

享受副厂级待遇的有：厂工会主席任瑞虹，总会计师刘才顺，家电研究所所长、副总工闫克良，厂长助理、厂团委书记董迷柱，砂轮机分厂厂长王德成。

1988年1月31日，梁吉祥当选为第七届全国人民代表大会代表。他是第七届、第八届两届全国人大代表。

1988年3月25日至4月13日，七届人大一次会议在北京召开，梁吉祥还是那身中山装去参加会议。

在北京，李补安对他说："梁厂长，你是人大代表了，怎么还是这身中山装？快去换换。你是代表'海棠'的呀。"

李补安去王府井给他买了一套西装，老梁这才"旧貌换新颜"。

梁吉祥说："除了出国和参加人代会，我不穿西装，不习惯，也不得劲儿。"

梁吉祥的俭朴是很著名的，比如骑自行车上下班，比如坐着工具车去太原办事等等。任瑞虹对我们说过，她到市里去开会，厂里都是派小车；而梁厂长到市里开会，坐的却是工具车，这使她很受感动。

梁吉祥的俭朴曾被许多媒体多次报道过，称赞这是朴素本质的体现，是高风亮节。这说得不错，因为"俭为德"。梁吉祥的俭朴是值得充分肯定和发扬的。不过，他被选上全国人大代表不只是因为他的俭朴，而是社会对"海棠"肯定的一个标志。

1990年5月30日，长治洗衣机厂党总支改建为党委。

党委书记：梁吉祥；

党委副书记：赵建国（常务），李庆怀；

党委委员：杜中杰，任瑞虹（女），董迷柱，王德成。

领导班子成员（左起）：赵建国　李庆怀　梁吉祥　杜中杰
　　　　　　　　　　牛连旺　赵文正　李补安　董迷柱

党委纪检书记：杜中杰。

这次组建党委，书记、副书记只是理顺了一下，而委员全部是新增的。

我们把"班子"在这里"晒"了一下，只是想说，这套党政领导班子稳定了好长一个时间，不是说名称，而是说实际。

领导班子在企业的发展中是至关重要的。一个能人救活一个企业，说的就是"头头"的作用。当然，要毁掉一个企业，派去一个"不着调"的头头也很快，三折腾两折腾就拉倒了。

一个好的企业领导班子，对能力的要求是多方面的，有科学决策的能力，有洞察市场的能力，有团结进取的能力，有不断创新的能力等等。"海棠"正处于发展的关键时刻，领导班子任重而道远。

### "全自动"引进，至诚通天

晒完班子，再来说全自动洗衣机。

全自动洗衣机，也是"海棠"引进日本松下的机型，那是在 1989 年。如果说引进"双桶"是第一次引进的话，那么引进"全自动"就是第二次引进。

第二次引进，是"海棠"引进战略的一部分。

"海棠"实施引进战略，是"海棠"发展的核心战略。

如果说，1983 年开始的第一次引进，"海棠"多少还有点被动的话，那么，经过了在"松下"的考察，"双桶"引进的成功，坚持引进就成为"海棠"的主动的和主导的发展战略。

在"松下"，"海棠"见识到了洗衣机家族现代化、系列化的存在和前景，双桶的，全自动的，智能型的，一种比一种上一个台阶，一种比一种更加现代化。尽管每种洗衣机都有一个相适应的消费群体，但总的发展趋势是越来越高级，越来越现代化。

有了"松下"的参照和榜样，"海棠"有了自己的发展模式和目标，那就是要像"松下"那样，逐步发展成为品种齐全、技术先进、形成系列的洗衣机厂家。日本有"松下"，中国有"海棠"，不能仅是有"双桶"，而是要成为一个系列。

这一点，蔡中祜反复强调过，在他是厂总支书记的时候就说过，后来成为省二轻厅副厅长、厅长的时候还说过。特别是"海棠双桶"火爆市场、荣获"银奖"以后，他多次对梁吉祥说过，"海棠"可不敢抱着"双桶"不放，还清债务后，一定要赶快上"全自动"。

应该说，这时候全自动洗衣机已经在国内的市场上有了反应，这也是"海棠"要"赶快上"的重要的原因。全自动洗衣机最有影响的品牌是无锡生产的"小天鹅"。小天鹅的起步就是引进日本的"全自动",并且在北京等特大城市打开了市场。国家对全自动也是另眼相看,在"海棠双桶"荣获"银奖"的时候,小天鹅获得了全自动洗衣机的"金奖"。

这无疑是"海棠"发展的一个路标,或者说是一个要追赶的对象。所以"海棠"的第二次引进,有着自身战略发展的原动力,也有市场参照的外在压力。

还有一条原因不得不说,那就是"双桶"的材料在涨价,几乎是成倍地涨,利润的空间在缩小,而"全自动"的利润几乎是对半开。这也是赶快上"全自动"的一个缘由。

"赶快上"有个前提,那就是要在"还清债务后"。什么时候还清债务的?是在1988年9月29日。

这一天,"海棠"还清了"世行"的全部贷款。当初贷款额为1310万元,后又追加23万美元,因汇率的变化,现在归还的额度成为2290万元。

在归还贷款时,"世行"的官员表示,如果企业资金有困难的话,可以先把利息结清,本金以后再还也可以。

梁吉祥说:"不了,要还就还清。好借好还,再借不难。咱是说了就算,诚信为重。"

后来有人说,老梁太老实,能给银行结清利息就不错了,怎么连本金也还了,傻啊?有个小品演得一针见血:现在欠账的是大爷,要钱的是孙子。

当时,山西利用"世行"贷款的企业有10多家,几年下来,其他企业不是没有产品就是没有效益,成功的还只有"海棠",而且按期归还了贷款。

山西省审计局对"海棠"利用"世行"贷款的情况进行了审计,并且上报了审计调查报告。1988年11月24日,山西省政府办公厅以〔1988〕138号文件,通知印发了这个《报告》。《通知》中说:

长治洗衣机厂利用世界银行贷款的做法与经验很值得借鉴。近年来,我省利用外资，引进技术、设备的项目逐年增多，如何使这些资金、技术、设备尽快发挥经济效益，使企业及产品立于不败之地，是值得研究的一个问题。长治洗衣机厂是一个十分成功的引进典型，为我们提供了宝贵的经验。

山西省政府表彰"海棠"为"世行合作的典范"。"海棠"获得"世行"在中国大陆"最可信赖的企业"的荣誉称号。

"无债一身轻"，老百姓都这样想，"海棠"的决策者也这样想。

1988年9月"海棠"还清了债务，12月获得国家质量奖双桶洗衣机"银奖第一名"，于是第二次引进就摆上了议事日程。

1989年1月，农历腊月天，蔡中祜借回家过春节的机会，在"海棠"召开了一个厂长会议，在会议上正式提出了引进"全自动"的议题。厂长们对这个议题已觉不新鲜，私下谈话"吹风"也好，以前开会"下毛毛雨"也好，都已说过多次。所以在这次会议上，厂长们没有不同意见的表示。"海棠"引进"全自动"就这样敲定了。

过了春节，"海棠"就到"松下"去考察引进"全自动"的项目。这次去"松下"考察的是4个人：蔡中祜，梁吉祥，李庆怀，翻译李平安。

蔡中祜是被"海棠"邀请去的，"海棠"还专门向省二轻厅领导为蔡中祜请了假。这次去日本考察没有组团，也不用逐级上报审批，"松下"来个邀请函，买机票去就对了，比先前开放了，也简便了。这几个人也不稀罕什么大阪了，和"松下"也是老朋友了，很顺当地谈好了引进"全自动"的模具和技术。当然，必要的程序和场面不可少，但毕竟比第一次引进要轻松了许多。

"全自动"项目考察和谈判完成后，逐级上报，得到了上级部门的批准。"海棠"投资1860万元（另一说是1767.3万元），引进"松下"全自动洗衣机生产技术和主要模具，形成年产10万台的能力。

1990年2月7日，农历正月十二，"海棠"组团到"松下"进行研修培训。

考察组在日本

这次研修培训的领队是牛连旺，翻译是李平安、王宏亚，队员是杜中杰、赵建国、赵文正、李补安、赵成旺、张万芳、牛俊芳。

梁吉祥回忆说："这次研修主要是让副厂长们出出国。"

研修团 2 月 7 日启程到太原，8 日、9 日、10 日这 3 天在北京准备出国事宜，11 日从北京飞大阪，12 日游览大阪，13 日、14 日、15 日、16 日、17 日、18 日、19 日这 7 天在松下电器三国工厂研修。其中 17 日、18 日是星期天，游览了京都和大阪。20 日、21 日、22 日、23 日、24 日、25 日、26 日、27 日、28 日这 9 天在静冈袋井研修，其中 24 日、25 日是星期天，因为下雨，哪里也没去成。3 月 1 日、2 日在东京，3 日回国。研修团连去带回，说大数 24 天。这个行程，是赵建国的笔记本所记录的。

赵建国的笔记本

赴日研修组（左起）：李平安（翻译）赵成旺、赵建国、杜中杰 牛俊芳、牛连旺、津阪定夫（日本专家）、李补安、王宏亚（翻译）、张万芳、赵文正

牛俊芳这次到"松下"研修，主要是负责总装线。一天中午，他吃完盒饭后，到了车间，拱到了总装线的下面去看。看完后，他跑到厕所，撕开烟盒画了一张草图。

原来，他想不通"松下"总装线在运行时为什么听不到声音？他拱到总装线下面看明白了，原来日本的总装线是链条传动而不是齿轮传动，所以赶快去厕所画了一张草图。

总装线上所有的工序和操作要领，他都是躲在厕所里画到烟盒上的。回厂里进行职工培训时，烟盒上的草图就是他的讲义，一道工序也不落。

1990年3月，引进"松下"全自动洗衣机技术和模具到厂。5月，"全自动"总装线安装，牛俊芳是总指挥。那些天，是昼夜加班干。一天，他在调试总装线时，突然传动带转开了。他赶紧去拉闸，可一下就撞到了槽钢上，把脑门的头皮都掀了起来。他被撞得昏过去了，人们赶紧把他送到了医院。

他后来才知道，自己撞昏后，李庆怀操起一根木棒，一边骂着，一边就要去追打那个合闸的工人。他在医院住院的一个月期间，日本专家川岸清还特意拿着礼品去探视过，他感觉很好。

6月11日，海棠牌全自动洗衣机投产，举行了隆重热烈的投产剪彩仪式。

"松下"洗衣机海外部部长龟田利男，应邀出席了投产剪彩仪式。他是提前一天来到"海棠"的。在参观车间时，他一脸严肃，还在流水线上亲自检测零部件。他在测试中心逐日查看了整机性能的检测记录，这才有了笑容。

他在投产剪彩仪式上说："短短的半年时间，'海棠'就完成了从引进到投产的全过程，这个效率在日本也很少见。我认为'海棠'的成功，奥秘就是4个字——至诚通天！"

全自动洗衣机投产剪彩仪式

日本松下电器海外部部长龟田利男（左）在海棠植下友谊树

龟田利男为海棠写下"至诚通天"

"至诚通天"后来就成了"海棠"洗衣机的广告词，走进千家万户。在上海，有媒体领导提出还应该再加 4 个字——至诚通人！

"通天"也好，"通人"也罢，要紧的是"至诚"。诚，是中华民族品行的高境界。诚实、诚信、诚挚、诚心、诚意、诚朴、诚恳、诚笃、忠诚、虔诚，这些个词语都是在倡导或者规范做人做事的德行和德性。"诚"到极致，或者说致力求"诚"，便可"通人"、"通天"了。人也是天，人比天大；天也是人，天意佑人。这没有什么玄妙，只是值得品味就是。

牛俊芳因为受伤住院，没能参加 6 月 11 日的全自动洗衣机投产仪式，心里很难受。在过后不久的庆祝党的生日表彰会上，牛俊芳受到了表彰，但他心气难平，于是当面质问党委书记，我因公负伤了，日本人还知道去看看我，你们怎么不去？

梁吉祥一下反应不过来。他后来说，当时太忙了，就没顾上。

后来，厂里定下一条，中层以上干部和老工人住院的，厂长去探视；一般工人住院的，工会主席去探视。有了这条规定，就和个人的性格无关了。

川岸清去探视牛俊芳，一方面是出于礼节，另一方面也说明了他对牛俊芳的另眼相看。

有一次，万克注塑机的模具出了问题，冷却不了了。川岸清表示，如果是电器部分出了故障，我能修好，因为我是电器专家，可现在是模具本身的问题，就需要返回国内进行修理，修理费需要 800 万日元。

这叫梁吉祥很费脑筋，费用高低且不说，主要是来回的周期长。

就在这节骨眼上，牛俊芳找到梁厂长，自告奋勇地说，我来试试。

梁吉祥疑惑地说，你能修了？

牛俊芳说，我看过图纸了，冷却不了的原因，是模具内冷却液的水路不通，我修修试试吧。

梁吉祥同意了。牛俊芳带着 10 个工人，把模具打开，一件一件做好标记，找到了问题的症结，疏通了冷却液的水路，然后按照标记安装好了模具，一试，模具冷却的问题解决了，注塑机正常工作了。他们前后用了一个星期的时间，大大缩短了修理周期。为此，厂里发给他们 3000 元奖金，川岸清对牛俊芳竖起了大拇指。

"海棠全自动"投产后，当年就在北京首届国际博览会上获得"金奖"。我们说"海棠"《京华压群芳，九州岛独一家》，说的就是"海棠全自动"。

在"全自动"投产仪式的前一天，1990 年 6 月 10 日，长治市政府正式授予常驻"海棠"的日本"松下"技术专家川岸清"长治市荣誉市民"称号。长治市市长杨月生向川岸清颁发了"荣誉市民证书"。

人们所不知道的是，提议给川岸清颁发"荣誉市民"称号的，是长治市外事办。

苑凤举是外事办的副主任，河北省邢台人，1960 年毕业于山西大学中文系，分配到晋东南师专当老师，1964 年调到晋东南地委秘书处，1971 年到地区外事办工作。1985 年"市管县"后，他被省外事办点名留在了长治市外事办。

他有丰富的外事工作经验，"海棠"第一次引进时就参与了接待日本专家等工作。他也经常到"海棠"去看望日本专家，给蔡中祐、梁吉祥他们出了不少与日本专家打交道的好点子。这次为了给川岸清颁发"荣誉市民"，他还去"松下"对川岸清进行了调查。

那是 1990 年 4 月，苑凤举和长治市政府办公厅的秘书长一起去了日本。他们想，我们政府的秘书长都来了，"松下"接待的还不该是个总部的领导？谁知，接待他们的是洗衣机海外部部长伊达晴志。

他们说，这次来主要是要了解一下川岸清的情况。

伊达晴志说，川岸清是洗衣机事业部的技术人员，对洗衣机的电器特别精通，对工作兢兢业业，对到长治去工作无悔无怨。

日本专家川岸清获得长治市"荣誉市民"称号

　　苑凤举说明，长治市政府拟定要授予川岸清"荣誉市民"称号。伊达晴志听到这里，立刻表示，请稍等，去去就来。

　　不一会儿，"松下"的一位副董事长来到接待室。他表示欢迎长治市的领导来到"松下"。他说，能给川岸清授予"荣誉市民"称号，我们感到无上光荣，我们在非洲有一个，这是第二个。

　　苑凤举回忆说："在松下，一说给川岸清'荣誉市民'，接待的规格马上就提高了。"

　　川岸清是"海棠"的老朋友，获得"荣誉市民"称号是实至名归。

　　川岸清获得"荣誉市民"称号后，"松下"在发放"红包"时，红包上印着川岸清的头像和事迹简介，以此来激励松下的员工。

　　1993年9月27日，川岸清携夫人一同在北京出席了国庆招待会，受到了李鹏总理的接见。

　　这是"松下"的荣光，也是"海棠"的荣光。

## 形成系列，百米冲刺

海棠牌全自动洗衣机走向市场，不再是洗衣机家族传统的绿色，而是"变脸"为乳白色，很是叫人耳目一新。

有人说，"海棠"在北京掀起了"白色家电"的风潮，从此家电的色彩才发生了根本的变化。

是不是家电的色彩是因"海棠变脸"而引发的，我们不敢说。但有一条我们敢说，那就是"海棠"的创新速度还不落伍。

这年，"海棠双桶"有 200 台销往苏联。第二年，苏联解体了，"海棠"有可能走向世界的步伐因此戛然而止。不过，"海棠"的主打市场还没有到了海外，所以苏联解体对"海棠"的影响并不大。

有了"海棠全自动"在北京"九州独一家"的风光，"海棠"引进的步伐进一步加快，几乎是向着发展战略的目标在百米冲刺。

1991 年，投资 2113.5 万元，小双桶洗衣机问世。

1994 年，投资 4500 万元（另一说是 4806.8 万元），引进"松下"智能型全自动洗衣机。

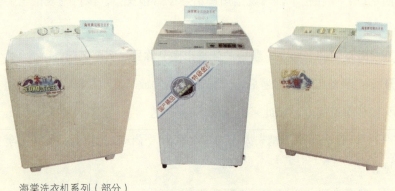

海棠洗衣机系列（部分）

连续几次引进，都没有再向"世行"贷过款，也没有在国内银行贷款。梁吉祥不无自豪地对我们说："这都是我们自己挣的钱。"

"海棠"把将近1亿元的资本投入到引进中，真是有点破釜沉舟的感觉。我们必须看到，改革开放的大形势在这时发生了很大的变化，这也是"海棠"百米冲刺加速的重要原因。

20世纪90年代，中国改革开放的发展走进了一个极其重要的时间节点。1992年1月18日至2月21日，改革开放的总设计师邓小平，分别视察了武昌、深圳、珠海、上海等地，发表了重要的谈话，史称"南方谈话"。

"南方谈话"打破了姓"社"姓"资"的思想禁锢，指明了改革的方向，犹如强劲的春风吹绿了万里山河，中国的改革开放掀起了新一轮的热潮。

"南方谈话"后的金秋时节，1992年10月12日至18日，党的十四大在北京召开，确定了我国经济体制改革的目标是建立社会主义市场经济。

这是我国改革开放的一个重要里程碑，无论在理论上还是在实践上都经历了一个复杂的过程。

改革开放前，我国实行的是计划经济体制。"文化大革命"结束后，党的工作重心实行转移，确立了以经济建设为中心。这时，大家对计划经济体制进行了深刻的反思。邓小平在十一届三中全会主题报告中，特别提出要靠供求法则来解决问题，要扩大企业的自主权。

1980年初，国务院成立了体制改革办公室。9月，体改办出台了《关于经济体制改革的初步意见》，提出社会主义经济是公有制基础之上的有计划的商品经济。这是体制改革的第一阶段，其特征是"破冰"，提出了计划经济为主、市场调节为辅的经济模式。

1984年10月20日，党的十二届三中全会召开，通过了《中共中央关于经济体制改革的若干决定》，提出了社会主义经济是有计划的商品经济。这表明，体制改革进入了第二阶段。"商品经济"正式浮出水面，市场不只是"为辅"，而是成为主体。

邓小平在第二天举行的中顾委会议上讲，这次经济体制改革的文件好，说了一些老祖宗没有说过的一些新话，是一本新版的马克思主义经济学的教科书。

但是，计划经济是社会主义标志的问题，还在禁锢着许多人的观念，总认为计划经济姓"社"，市场经济姓"资"。面对思想的混淆和国际、国内的波澜再起，邓小平在 1989 年 5 月的谈话中指出，十三大政治报告，是经过代表大会通过的，一个字都不要动。

为了打破姓"社"、姓"资"的思想藩篱，1992 年春，88 岁高龄的邓小平发表了 "南方谈话"。

在中共十四大上，明确提出经济体制改革的目标，就是要建立社会主义市场经济体制。

今天来看，社会主义市场经济体制的确立，为我国经济发展和社会进步翻天覆地的变化带来了巨大的推动力。这是一个正确的选择，否则，中国梦就无从谈起。

1993 年 11 月 11 日至 14 日，十四届三中全会通过了《中共中央关于建立社会主义市场经济若干问题的决定》。

全会指出，进一步转换国有企业经营机制，建立适应市场经济要求，产权清晰，权责明确，政企分开，管理科学的现代企业制度。

"海棠"在这个大背景下，不仅加快了引进的步伐，而且开始进入了建立现代企业制度的一个新时期。

改革开放，就是走前人没有走过的道路。

这条路上，注定是风雨和阳光同在，风险和探索结伴。

"海棠"能走好这一步吗?

## 股份合作，走在风雨中

1993 年元宵节前的一天，时任山西省省长的胡富国，来"海棠"进行视察。

胡富国在"海棠"的会议室，看到人们大多是西装革履，只有他和梁吉祥是一身灰蓝色的中山装，于是笑着对梁吉祥说："老梁啊，人家说我是个'土省长'，我看你也是个'土厂长'。不简单啊，老梁，土厂长弄出了个洋产品来，啊，哈哈哈。"

就在这一年，1993 年 5 月，长治洗衣机厂改组为"长治海棠洗衣机股份合作有限公司"。

应该看到，山西省大力推行股份合作制，是改革进程中的大胆探索。1993 年 4 月，山西省二轻厅召开地市局长会议，推进股份合作制。4 月 28 日，"海棠"提出了改组为股份合作有限公司的设想。这一设想得到了市、县体改委、经委、二轻局的支持。

5 月 6 日，"海棠"职代会主席团会议举手表决，通过了厂部提交的企业改组的建议，同意进行改组。

3 天后，5 月 8 日，"海棠"向长治市体改委提交改组申请书。5 月 12 日，体改委发文，批准"海棠"改组。5 月 20 日，长治洗衣机股份合作有限公司首届股东代表大会召开。

股东代表大会举手表决通过了《公司章程》、《章程实施细则》。

股东代表大会选举产生了公司董事会，董事会董事有 9 人，按姓氏笔画为序排列如下：牛连旺，王德成，杜中杰，李庆怀，李补安，赵文正，赵建国，梁吉祥，董迷柱。

董事会举行第一次会议，选举产生了董事长：梁吉祥。

股东代表大会选举产生公司监事会，监事会监事有 5 人，按姓氏笔画为序排列如下：任瑞虹，李文斌，吴顶柱，张远生，赵成旺。

监事会举行第一次会议，选举产生了监事会主席：任瑞虹。

董事会决定聘任蔡中祜为名誉董事长，梁吉祥为总经理，李庆怀为常务副总经理，赵建国、牛连旺、李补安、赵文正、杜中杰为副总经理，李庆怀为总工程师，刘财顺为总会计师，董迷柱为总经理助理。

从设想到完成，前后仅用 22 天，"海棠"改制完成。

梁吉祥在公司成立大会上的讲话中提到这次改组的意义："当今社会是市场经济的改革年代，改革呼唤新生事物，企业急需转换经营机制。从长治洗衣机厂到长治洗衣机股份合作有限公司，使职工变股东，这是恢复二轻集体企业'自主经营、自负盈亏、自我积累、自我发展'本来面目的一个重大改革举措，这将意味着集体企业'二国营'模式旧管理体制的消亡，适应市场经济新体制的诞生。"

"股份合作"的核心是股份。"海棠"的这次改组，总股份确定为 5250 万股，每股 1 元。股份构成是：集体股 2105.3 万股，占总股份的 40.1%；职工折股 2100 万股，占 40%；职工入股 156.7 万股，占 3%；无形股 888 万股，占16.9%。

从股本构成看，集体占绝对的大头，岿然不动，官方和部门满意。职工入股只占 3%，因为投入不多，所以职工也没有多少意见。如此来看，这是一个安全过渡、各方都容易接受的改制。

1993 年 12 月，"海棠"进行了全员劳动合同制的签订。至此，公司制的最后一道手续完成了。

在"海棠"改制的进程中，日本友人来访。

1993 年 5 月 4 日上午，"松下"海外部部长户田一雄一行 3 人来访"海棠"，受到了夹道欢迎。

户田一雄一行在车间看到员工们紧张有序的工作，很是满意。他们在测试中心，看到洗衣机正在无故障运行的测试中。户田一雄看了由川岸清亲自标记的测试启动时间后，不禁吃了一惊。因为这台洗衣机从启动的时间看，已经运行半年了，达到了 4500 个小时。他拿出计算机算了一下，如果换算成工作程序的话，这已经达到 6000 个工作程序，完全是世界先进水平的记录。如果按用户每天一次的使用频率计算，可以实现 16 年无故障运行。

户田一雄颇有兴致地题词："海棠花遍地开，长治松下友谊深。"

户田一雄一行离开时，长治县委书记王虎林、县长郝韵章亲自到厂话别。

时隔两年，1995 年 11 月 9 日，松下洗衣机海外部的小出和雄来访"海棠"。

他在北京入境后，没有直奔长治，而是先到了王府井的北京百货大楼。他碰巧看到一对男女青年要买海棠牌洗衣机，于是上前搭话："洗衣机品牌这么多，为什么要选'海棠'？"

小伙子说："'海棠'的牌子好，还听邻居说服务也特别好，保修时间长，再说价格我们也能接受，所以就选定了。"

小出和雄来到"海棠"，从原材料到总装线，细细地进行了现场考察。他对梁吉祥说："我看'海棠'受客户的欢迎，关键有几点：有著名的商标，有先进的机型，有过硬的质量，有完善的服务，有训练有素的员工。"梁吉祥连连点头。

为"海棠"的成功总结几点经验，小出和雄说得不错。这是任何一个企业走向成功的必备条件，或者说是先决条件。没有这几点，企业要想成功，那就是一枕黄粱。

小出和雄走马观花所看到的，是以日本企业作为参照的，要让他看到中国中小型企业生存的艰难，那就是太难为他了。

在中国的当时，市场经济蓬勃兴起，但市场经济的元素和功能还不齐全也不完善，而计划经济的体制和观念又不肯轻易退出。在如此复杂而纠结的社会生态环境下，身处激烈竞争领域中的中小企业，能抗得住首当其冲的新旧体制碰撞、新旧观念碰撞而引发的风雨吗？

我们说，很难。

有了小出和雄得出的这几点经验，"海棠"能够在风雨中独善其身吗？"海棠"能够在跋涉中一路坦途吗？

我们不想这样问"海棠"，但"海棠"应该问自己。

因为，这是个问题。

# 第15章 ❀ 拐 点

进入 20 世纪 90 年代中期，市场经济体制的快速推进，给企业发展带来了机遇和挑战。

长治市的企业正在经历着转型的艰难。长治是山老区，与全国其他的山老区相比较，最大的不同点是工业起步早，而且门类全。全市共有不同规模的国有工业企业 279 个，其中央企 10 个，省企 13 个，市企、县企 256 个，分布于钢铁、煤炭、军工、机械、轻工、化工、纺织、电子、医药、二轻、建筑、建材等行业。

这些企业在计划经济时代有过巨大的贡献，支撑了老区的经济发展。但在市场经济的构建中，国企又各自呈现出不同的生存状态，有的借风扬帆，快速发展；有的包袱沉重，步履艰难；有的连年亏损，难以为继；坦率地说，日子好过的连三分之一也占不到。

在众多国企异常艰难的时候，"海棠"逆势而上，花开九州，成了长治企业界一道别样的风景。

在计划经济向市场经济转轨的过程中，企业必然伴随着新生的阵痛。有的企业在阵痛中获得了新生，有的却走向了衰亡。

1996年，"海棠"的拐点出现了。

## 副总辞职，各说各话

在1996年春节期间，李补安向董事会辞去了董事、副总经理、销售部长的职务。

这是"海棠"的一个拐点，是"海棠"历史上无法绕过去的事情，所以不得不说。

我们先去看看辞职的当天到底发生了什么。

梁吉祥的回忆是这样的：

正月初六班子开了个会，因为第二天职工就要上班了，我再过几天也要去北京参加全国人代会，所以对工作要做个安排。

在会上，我批评了销售部几句，主要是说销售部买了几部工具车，用的司机都是南董（村）的人，厂里人们对此很有议论。我说，销售部不能只重用南董（村）的人，其他有能力的人也要提拔嘛。销售部的重大事情以后我要多过问，补安你也要多请示。

就说了这啊，补安的脸色就不对了，回去办公室写了个《辞职报告》交来了。这是干甚哩？说了几句就辞职了？我就派人去做他的思想工作。一会儿，去做工作的人回来说，李厂长说了，写了辞职书，就是坚决不干了。原来准备一个小时的会议，因为这事拖了很久，最后经过研究，决定销售部的工作先由赵建国负起责来。

按照梁吉祥回忆的这个说法，可以归纳出两条：一、辞职的时间是正月初六；

二、辞职的原因是梁吉祥在会议上批评了李补安使用工具车司机的问题。

李补安对辞职的说法与梁吉祥的回忆大有不同。

先看他的《辞职报告》：

辞职报告

董事会并梁吉祥董事长：

我请求辞去长治洗衣机股份合作有限公司董事、副总经理、销售部部长职务。

辞职人 李补安 96.2.24 日

辞职报告

《辞职报告》很简明，表明了辞去的职务和时间。《辞职报告》不表明辞职的原因很正常，那么在什么时候李补安表明了辞职的原因呢？是在当年的 7 月 1 日。

1996 年 7 月 1 日，一个署名为李补安、标题为《我说两句吧》的书面材料，表明了他辞职的原因和时间：

大家一直不知道我辞职的真相，简单点说，一是想阻止海棠大厦独立；二是领导提出的 1996 年销售经费削减 50%，全年广告不能做，销售部中层干部暂不任命；三是不让说青红皂白，就把完不成三个亿的责任强加在销售部头上；当然还有些其他原因。

……

《我说两句吧》

到了今年正月初五，我在万般无奈的情况下，辞去了我心爱的工作，放下了我终身追求的海棠事业。

从这份材料看，李补安辞职的原因和时间与梁吉祥的回忆对不上榫卯。

从辞职的时间看，一个记的是"初六"，一个说的是"初五"。到底是哪一天呢？李补安说的"初五"应该准确，因为是他在辞职，这是刻骨铭心的大事，所以不该会记错。

赵建国的笔记证明了这一点。他在笔记上记有这年"海棠"春节假期的规定：从 2 月 15 日（腊月二十七）至 2 月 23 日（正月初五）。依照梁吉祥的回忆，开会是在"职工上班的前一天"，那就是初五。

但是，《辞职报告》写于 1996 年 2 月 24 日，这是正月初六，那又该怎么解释呢？无非是两种可能：一是《辞职报告》不是会议当天写的，而是在第二天；二是李补安笔误，把 23 日写成了 24 日了。

辞职的时间点不是关键，关键是辞职的原因。很多人所关注的，不是李补安哪天辞的职，而是他为什么要辞职。

从李补安所说的辞职真相，与"初五会议"并没有多大关系。梁吉祥对我们说，会议上就没有提到销售额的事，只是说了工具车司机的问题，更没有说什么海棠大厦要独立。

既然如此，李补安为什么要说到"海棠大厦独立"和"三亿元销售"的事呢？看来是另有起因。

赵建国回忆说，李补安辞职，不是因为正月初五那次会议，而是因为正月初三的会议。

我们再往前推两天，看看正月初三发生了什么？

正月初三，1996 年 2 月 21 日，"海棠"开了一个班子会。

梁吉祥回忆说，正月初三的会议是个告别会、座谈会，是蔡中祜书记调到太原市工作了，请他来和厂里的干部们告别一下，再给大家讲讲。

蔡中祜也对我们说，正月初三是我的一个告别会，1995 年秋我从省二轻厅调到太原市委、市政府工作了，梁厂长竭力要求我再回来给大家讲讲。

赵建国的笔记表明，"初三会议"有三项议程：一是重温董事会"太原会议"的两个决议；二是班子成员分别汇报对"两个决议"的落实情况；三是蔡中祜讲话。

议程中提到的"太原会议"又是个什么会议呢？

这是 1995 年 12 月 24 日"海棠"在太原召开的班子会议，被称为"太原会议"。在"太原会议"上，梁吉祥、李补安、赵文正、牛连旺、李庆怀、赵建国、王德成、杜中杰、董迷柱等分别作了工作汇报，然后蔡中祜作了重要讲话。他在讲话中，明确了 1996 年工作的目标：产值 3 亿元，产量 40 万台，销售额 3 亿元，争取 3.2 亿元。

1995 年的销售额达到了 2.68 亿元，1996 年完成 3 亿元应该问题不大；完成 3.2 亿元，那就是跳起来才能摘到的桃子。

这次"太原会议"敲定了 1996 年"海棠"的工作盘子，并形成了董事会决议。

我们去太原采访蔡中祜时，他对我们说："（19）96 年如果没有 3 亿元的销售，厂子就活不下去啊。我批评了（李）补安，你不敢有野心啊！"

"初三会议"上，先是各分管领导汇报了两个月来落实"太原会议"的工作情况，然后由蔡中祜讲话。

蔡中祜在讲话中，强调了 1996 年工作的任务大、压力大，必须下大力气，改变旧办法，创造新办法，超常规行动，大打 96 翻身仗。他在讲话中再次对销售工作提出了批评。

告别会开了一天，中午还吃了个饭，喝了点酒。

赵建国回忆说，散会后，天已快黑了，他与李补安走到家属院 3 号楼的西山墙下时，李补安对他表示，不能接受老蔡的批评，而且提出要辞职。

赵建国劝慰李补安说："不要啊，这有个啥呀，不舒服的又不是你一个人，算了吧，忍忍就过去了，不看别的，还看这个厂子哩。"

李补安回应说，我可没有你这么大的忍耐性。

事情追溯到"太原会议"和"初三会议"，提到了"三个亿"的销售和老蔡的批评，这就接近了李补安关于辞职原因的说法了。

这是不是李补安辞职的全部原因呢？未必。人们对李补安的辞职还有多种说法，远比两个会议的批评要复杂得多。

## 众说纷纭，解读辞职

对于李补安的辞职，我们在采访中听到的是议论纷纷，说什么的都有。归拢一下这些说法，大致有以下几种：

有一种说法是："不再听人骂了，所以辞职"。

有人说："李补安辞职，不是听不了老梁对他的批评，而是听不了老蔡的骂人。老蔡骂起人来，不带脏字，但很刻薄，说话很难听，很伤人，叫人接受不了。有一次老蔡批评李补安说，你能吸得起这么好的烟吗？你的钱从哪儿来的？你吸的是人们的血汗啊！这一下叫李补安抬不起头来。"

有人说："老梁是听老蔡的，老梁在正月初五的会上批评销售部，其实是老蔡的意思，所以李补安不干了。"

不接受老蔡的批评而提出辞职，这在"初三会议"的当天，李补安已经向赵建国表示过。这是不是一个偶然呢？我们不妨再听听其他人的说法。

县委书记张学忠说过，老蔡很能干，但脾气不太好。

梁吉祥也说过，老蔡批评人不留情面，但从来没有批评过一线的工人，是对厂级领导批评得多；这级领导出了情况，老蔡不客气。

李庆怀也说过，老蔡训人不讲情面，一训就上了高度，可就是没有训过我和老梁；他要在会上点名批评我，我就立刻和他闹翻。

赵建国说过，老蔡不是没有批评过老梁和李庆怀，只是没有点名批评过。批评李补安和杜中杰，不仅要点名，而且是经常敲打。

有人说，老蔡对工人可和蔼了，就是能收拾那伙干部们。

从以上人们的说法可以看出，蔡中祜在工作中是敢于批评的，而且讲究策略和层次。说他"骂人"、"训人"，其实只是种口头语，是说他批评时的态度和程度不同而已。

蔡中祜明确地对我们说："我没有骂人，'骂人'是不讲道理。我也不训人，只是对在工作中出现的错误进行批评。"

他还说："我批评他们怎么了？都是我提拔起来的干部，他们有了错误我能看着不管吗？不管是谁出了问题，我们当领导的都有责任，不批评怎么能行？"

在工作中，在班子中，开展批评和自我批评，这是好事，因为这是共产党一个很好的武器。从团结的愿望出发，通过批评和自我批评，达到新的团结，这就是开展批评和自我批评的积极意义。

说老蔡批评人"很刻薄，说话很难听，很伤人，叫人接受不了"，这似乎是说怎么批评的问题。

不错，批评确实存一个"度"的问题。一方面，批评就是要叫人"红红脸，出出汗，洗洗澡"，挖到根子，解决问题，不能是隔靴挠痒，敷衍了事。班子成员出了问题，那就更应该严肃地严厉地进行批评。这是正确的，也是必要的。党要管党，从严治党，说的就是这个道理。另一方面，批评为的是治病救人，惩前毖后，要讲证据、讲道理，过了这个度就不好了，也不对了。

还有人说，李补安对老蔡的批评不能再忍了，是因为老蔡已经到太原市政府工作了，不再是"海棠"的领导了，凭什么还要批评销售部的工作？

这就是说，蔡中祜所批评的内容是否正确、态度是否严厉，都已经不重要了，重要的是他所处的位置还该不该、能不能批评了。

老蔡对离开二轻系统后就不可以再批评"海棠"的说法不以为然。他对我们说，我回厂里讲讲，是在执行省委的指示；省委书记胡富国对我说过："老蔡啊，离开'海棠'了，也要常回去看看，不敢叫弄塌了啊。"

无论老蔡的批评如何正确和应该，但李补安不再忍受了。所以有人说，老梁批评工具车司机的问题，仅是个引爆的"捻子"而已，实际是李补安不想再听老蔡的了。

还有一种说法是："辞职是投石问路"。

有人说，李补安辞职，是想试探一下梁吉祥的态度。如果老梁是极力挽留，那他就收回辞呈；如果不是，那就挂冠而去。

梁吉祥对我们说："我挽留他了呀，当下就让人去做思想工作，可得到他的回答是'写了辞职书，就是坚决不干了'。是他'坚决不干了'，大家研究后才决定由建国来负责销售。销售这么一大摊子，总不能没人管吧？"

有人说，李补安是想要董事长亲自出面挽留才好有个台阶下，可只是派人来做工作，显得很没面子，只好"坚决不干了"。

李补安在《我说两句吧》的材料里说："我找过梁厂长，想把辞职的原因在股东代表大会上说一说；梁厂长说，好摊好散吧；我只好忍一忍走开了。"

一个说挽留了，一个说没挽留，各说各话，好摊好散了。

还有一种说法是："扛不动3个亿了，所以辞职。"

有人说，"太原会议"上要求销售部1996年要完成3亿元的销售额，李补安感到压力太大，所以辞职了。

这种说法的意思是，销售部的工作已经不很顺畅，洗衣机销出去不能完全收回款来，出现了经营亏损，李补安看到了这种危害，但无力改变这种局面，所以心生去意。

　　这也不是空穴来风。洗衣机市场逐步饱和，由卖方市场转向了买方市场，竞争的力度在急剧加大，而且"海棠"引进"松下"的优势也在此消彼长。

　　"海棠"曾经想和"松下"合资生产，但"松下"选择中国合资伙伴时，没有选择太行山上的"海棠"，而是选择了风景如画的杭州，与杭州洗衣机厂合资生产金松牌洗衣机。津坂定夫在1992年成为无锡的荣誉市民，并擢升为松下海外部部长，这明显是为"小天鹅"插上了腾飞的翅膀。这样一来，"海棠"与杭州、无锡的竞争，就多少变成了与"松下"的竞争了，底气不足也是自然的。

　　当然，不能回避"海棠"在销售上确实出现了一些深层次问题。比如，有商家挤占资金、回款不畅的外部原因，也有办事处费用偏高、销售成本居高不下的内部原因，还有外人来吃拿卡要的问题。李补安要去解决销售部亏损的这些问题，有着讳疾忌医的一面，也有力不从心的一面，对外要顾及商家的关系，对内又投鼠忌器，对吃拿卡要的人又惹不起，左右为难，骑虎难下。

　　企业销售链出了问题，必然影响到企业资金链，影响到企业正常运转。当然，销售链的问题未必都在销售本身，企业的经营机制，产品的质量品种，成本的居高不下，都会影响销售的业绩。但是，一旦销售有了情况，人们都是"朝销售部说话"，而不是其他。李补安首当其冲是必然的，开会被批评，经常被敲打，其压力之大可想而知。1995年实现2.68亿元销售额，李补安与销售部已经是竭尽所能了。1996年又要加码，鞭打快牛，又不给牛吃草，李补安再也扛不动了，也是可以理解的。

　　还有一种说法是："不再被信任了，所以辞职"。

　　有人说，李补安辞职不是因为销售问题，主要是感觉到老蔡、老梁不信任他了，怕他起来夺权，所以给他施加压力，让他难以承受。

　　这看来已经不是销售本身的事了，而是有了另一层含义。

　　这是不是在捕风捉影呢？比如，早在1992年4月底，厂里派赵建国、杜中杰两位副厂长分别到"北片"和"南片"进行促销活动，就有人说这主要是怕他们夺了老梁的权。

梁吉祥对我们说："哪有这事啊？我就不是把住权不放的人，叫我干我就好好干，不叫我干了拉倒。让他们去搞促销，是加强销售的力量，要不，在厂里坐着也是坐着哩。"

梁吉祥回忆说，派他们去搞促销，是贯彻"四月太原会议"的精神，不是怕他们要夺什么权。

"四月太原会议"，是 1992 年 4 月 25 日，洗衣机厂领导班子在太原开的一个会议。这次会议主要是请省二轻厅厅长蔡中祜讲讲目前的形势和厂里的问题。

从赵建国的笔记看，蔡中祜在会议上讲了"海棠"所面临的 9 个问题：产值 1 亿元徘徊了 7 年；产量 20 万台徘徊了 8 年；新产品没有占领市场；全自动洗衣机两年只生产了 1 万多台；新产品开发慢；人的精神状态不正，守摊子，缺乏活力；管理上大锅饭严重；思想观念不解放；商品经济观念不够等等。他还讲了其他，比如面临的形势，厂子怎么办，力争年内完成的几件大事等等。

4 天后，厂里召开全体管理人员及中层以上干部会议，传达贯彻"四月太原会议"精神，这才决定让两位副厂长去加强销售力量，进行促销。

老梁没有这个想法，不见得其他人就没有。赵建国就明显感到了这种压力。蔡中祜曾经给他吹过风：你们要维护老梁啊，不敢有什么其他想法。赵建国说，我就是再笨，也听出了这是什么意思了。

赵建国到郑州搞促销，一直到了 1993 年上半年才被厂里叫回来，让他布置展厅，准备迎接宋健来"海棠"视察。

国务委员、国家科委主任宋健，是 1993 年 8 月 13 日上午来"海棠"视察的。赵建国布置完展厅后就没有再回郑州，留在厂里了。

赵建国都有这种压力，难道李补安会没有吗？蔡中祜批评他是 "你不敢有野心啊"，这显然比说赵建国 "不敢有什么其他想法" 更直接、更严厉。

还有一件事，叫李补安明显地感到了老蔡的不信任。那是1995年金秋，"海棠" 班子成员集体到长江三角洲去考察市场。

这次考察市场，是从太原飞到杭州，从杭州到古城绍兴参观了鲁迅故居，到奉化参观了蒋介石故居，然后从宁波取道水路到了名扬天下的海天佛国、观世音菩萨的道场普陀山，稍作几日停留后，再从普陀山返回上海。

这次考察邀请了蔡中祜参加。在这次考察中，李补安明显感到了老蔡的压力。这次考察的后勤工作是由李补安负责的。他想尽力把这次活动的后勤工作搞好，让有关办事处全力以赴。但即便如此，蔡中祜在途中还是多次批评了李补安和杜中杰，不是饭菜安排得不对了，就是接送弄得不得劲了等等。

李补安在考察中途就给班子的个别成员透露过，老蔡这不是说饭菜和接送的事，是话外有话，我看我是不能再干了。

这是李补安最早给人透露出要辞职的信息。这就说明，老蔡对他的不满意，是他辞职最初的原因之一。

老蔡为什么担心有人要夺老梁的权呢？有人猜测说，老蔡知道老梁是个实干家，做副手、搭班子没有问题，但性格比较 "软"，怕是 "镇不住" 个个身怀绝技的班子成员，所以才要千方百计地维护老梁的地位和权威。如果是换一个 "不听话" 的上来，很可能对 "海棠" 发展的顶层设计就贯彻不下去，于公、于私，都是不小的损失和伤害。

如果说这时候李补安已经有了 "退坡" 的想法，那么在这年12月 "太原会议" 上提出了3亿元销售总额的事，再遇上 "初三会议" 和 "初五会议" 的批评，李补安便决意辞职了。

还有一种说法是："老虎屁股不能摸"。

有人说，李补安是底气足了，才要和老梁叫叫板。

这种说法很可能与县委组织部考察李补安有关。一般情况下，组织部考察是为了提拔干部。至于要把李补安提拔到哪里去，是"旱地拔葱"，还是"异地做官"，厂里人不知道。即使是"海棠"的党委书记、董事长梁吉祥，组织部也没有给他透过一丝口风。

当时传出一股风，说是要准备把李补安提拔成县长助理。当时长治县确实是把一些工作好的基层干部提拔成了县长助理，比如县计生委的丁桂香、县锅炉厂的冯国文、县起重机厂的王明泽、县经坊煤矿的杜德仁等等。李补安在"海棠"主抓销售，要提拔为县长助理也是完全可能的。

是不是因为补安销售有功，又要被提拔了，所以就成了"老虎屁股"不能批评了？说得再尖刻一点，是不是因为销售团队是李补安带大的，所以别人就不能过问销售部的工作了？

这都有可能，但不能辞职。李补安应该懂得一个道理，你本事再大，也是在销售"海棠"，没有"海棠"的品牌效应就没有市场的呼风唤雨。尽管二者有个相互作用的关系，但一定是有个谁是第一、谁是第二的问题。如果是获得了提拔的信息，他就更不能辞职了。因为辞了职，他不是副总经理了，还谈什么提拔？

以上这些都是人们对李补安辞职的一些主要说法。这些个说法，有的恐怕是个由头，有的可能全是胡扯；说得多的不见得理由充分，说得少的未必就不是关键；也许全都是原因的一部分，也许全都没有说到要害处。

有一点是肯定的，那就是拐点的出现，一定是外因通过内因起了作用。只有外因没有内因，或者只有内因没有外因，都是不可能的。这也是一个量变到质变的过程，一个"度"的突破。

李补安辞职了，也许他能说一些其中的原委，但他婉拒了我们的采访，不给我们说。他很可能有难言之隐，于是辞职的原因也就成了一个谜。

即使是个谜团，但也从中透漏出一个重要的信息，那就是"海棠"的领导层出现了裂痕。

班子的堡垒内部出现裂痕，怎么看都不是一件好事。

李补安辞职了，由赵建国接手销售部的工作。赵建国回忆说，正月初五会议一完，他赶紧找到销售部副部长兼销售科科长李文斌，告诉他李补安辞职的信息和董事会的决定，并共同讨论了一个销售工作的方案，因为第二天职工要上班了，必须对销售工作有个安排才行。

正月初六，员工正式上班了，梁吉祥、赵建国、李文斌等抓紧时间给销售部门和各办事处的主任开了个会。梁吉祥通报了一下李补安辞职的事情，宣布了由赵建国负责销售工作的董事会的决定。

赵建国作了讲话，对销售工作提出了六点要求：一是坚决地毫不犹豫地执行董事会的决议，改变旧办法，创造新办法，超常规行动，大打 96 翻身仗；各办事处的人员正月初九全部奔赴岗位。二是在用人上，对做出成绩的予以奖励、表彰和重用，对哄人、骗人和搞小动作的决不客气。三是各办事处的账全部冻结，重大费用的开支，不经梁厂长批准、不向李文斌副部长和我通气，不能随意动用。四是各办事处不要观望和等待，要尽快出制定出今年的整体销售工作计划。五是各科室人员要改变工作作风，深入各地市场，分工负责，分片包干，一包到底。六是要严格管理。

正月初七，2 月 25 日，党委出台了《关于销售部九六年度中层干部聘用的通知》。《通

聘用销售部干部的文件

知》中对李文斌、宋兰香、李国胜、原德胜、栗堂则、刘建文、李元生、许嘉斌等 46 人进行了任命。

有了这些一连串的动作后，销售队伍基本稳定，销售工作步入正常。"海棠"没有想到的是，一波未平一波又起。


## 平稳过渡，改制再上台阶

1996 年 4 月 21 日，山西省政府正式批准"海棠"改组为"山西海棠电器集团股份有限公司"。人们简称为"海棠集团"。

"海棠集团"的这一叫法，以前就有过，但没有叫响。那是在 1988 年 5 月 21 日，经省经委、省计委、省财政厅、省体改委、省协作办联合下文批准，成立了以洗衣机厂为龙头的"海棠洗衣机企业集团"，梁吉祥为集团的董事长、总经理。这也是简称为"海棠集团"，号称是山西省 9 大集团之一。

如此重大的事件，我们在前文怎么没有提及呢？因为我们认真地看过相关资料后，认为这只是个貌似强大的空架子，对"海棠"的发展并没有多大的实质性作用。只是现在又要说到集团了，怕人们弄混了，才又旧事重提，在这里打个补丁。

梁吉祥也对我们说过，那是个松散的，只叫是有过。

这次改组为"海棠电器集团股份有限公司"，也是历经了若多风雨。

"海棠集团"的改组是从 1993 年底、1994 年初开始的。

1993 年 12 月 29 日，第八届全国人大常务委员会第五次会议通过了《中华人民共和国公司法》。

《公司法》的出台，是建立现代企业制度的标志。现代企业制度的核心要义是"产权清晰，权责明确，政企分开，管理科学"。

这16个字，内容丰富，涵盖广泛。要想把这一顶层设计落实到位，并不是一件容易的事。

企业需要新生和变革，市场需要发育和完善，政府需要职能转变。

这三者缺一不可，相互作用。其逻辑关系是，政府引导市场，市场调节企业。毫无疑问，政府职能的转变在其中起着重要的主导作用。

《公司法》出台后，山西省政府迅速反应，确定了30家企业为建立现代企业制度的试点企业。在这30家的大名单中，集体所有制企业有2家，都在长治市，一家是"太锯"，一家是"海棠"。

"太锯"是太行锯条厂的简称，是从天津内迁来的。从外地搬迁而来的企业不只是"太锯"一家，还有"粮食机械厂"、"五四三厂"、"回民化工厂"等等。这些外地人的到来，对长治风化和时尚的变迁有着重大的影响。

"太锯"生产海鸥牌锯条，后来发展为"海鸥锯业集团"。但是，在这次全省30家现代企业制度试点中，"太锯"在中途退出，原集体所有制企业只剩下了"海棠"。

这是为什么呢？我们推想，这很可能与当时企业的效益有关。

1993年，"海棠"的各项经济指标上了新台阶。洗衣机产量达到30.87万台，其中"双桶"23.72万台，"全自动"6.17万台，突破了徘徊8年之久的20万台上下的关口。工业总产值达到2.02亿元，比上年增长32.2%，突破了徘徊长达7年的1亿元大关。销售总额实现2.05亿元，比上年增长38.15%，创下了历史之最。

到了1995年，"海棠"工业总产值实现2.57亿元，销售总额达到2.68亿元，这无疑是"海棠"发展中的又一个新高度。也许是因为"海棠"的经济指标节节攀高，所以才留在了改制的大名单中。

省政府、省体改委对建立现代企业制度的工作抓得很紧，多次开会进行指导、督促。梁吉祥和赵建国为此多次到太原参加会议。赵建国和办公室副主任杨和平，常常在太原一住就是一二十天。这件事一直到1996年的4月才算是有了着落，经省政府批准，"海棠"正式注册为"山西海棠电器集团股份有限公司"。

"海棠集团"的组建，也不是一帆风顺。

"海棠"是山西省30家建立现代企业制度试点单位中唯一的集体所有制企业。集体所有制企业改组为公司，首先碰到的问题就是产权该如何清晰。为此，在省经委组织的会议上，赵建国还和时任长治市二轻局局长的王斗林有过一番争论。

赵建国回忆说，我和王斗林局长的关系原来还很不错，但为了各自的工作，还是唇枪舌剑了一场。

最后，经省二轻厅和市、县税务部门的界定，产权才算是比较清晰了。所以说是"比较"，是因为市县二轻企业的主管部门，对此并不是心服口服。

资产评估确定后，公司的股权结构是：股本总额为10827.24万元，每股1元，全部为普通股；"海棠集团"集体资产管委会以其实物折价7322.34万元、土地折价1311.08万元，共计8634.42万元入股，占股本总额的79.7%；"海棠集团"职工合股基金以1892.82万元入股，占股本总额的17.6%；台山市华富电子有限公司认购100万股，占股本总额的0.9%；新兴仪器厂认购100万股，占股本总额的0.9%；卫星电子集团星霸公司认购100万股，占股本总额的0.9%.

从股本的构成看，"海棠集团"与"股份合作"时相比较，集体占大头的绝对优势没有变化，其他3家认购的300万元，只是个毛毛雨。员工原有入股的投入也没有任何的变化。"海棠集团"的领导班子与"股份合作"时相比，也只是少了李补安，其他成员基本不变。

企业内部相对稳定，但在社会上却是风生水起。

## 不能挂牌，再大也是企业

省政府规定，这次集团公司，是由省政府批准成立，也必须在省工商局注册登记。

"海棠"原来是在长治县工商局注册登记的，现在"海棠集团"要到省工商局注册登记，需要县政府的批准。县长柴守中按照省政府的要求，批准了办理有关手续。

然而，县委书记王虎林不同意"海棠集团"注册到省工商局。他在多次的会议上讲，有人把洗衣机厂弄走了，咱收不上税了。

县委书记这么一讲，给"海棠"造成了不小的负面影响。有人还把这笔账记在蔡中祜的头上，说是老蔡要把"海棠"闹走，于是就骂开老蔡了。梁吉祥说，长治县的一些领导干部不满意老蔡，就是从这时候开始的。

在一次会议上，梁吉祥为此向王虎林书记做过解释，说"海棠集团"只是在省工商局注注册，税收还是要缴给长治县的，因为税收是属地主义。

王虎林不客气地说，那谁知道，以后政策变了怎么办？

王虎林明确指示，"海棠集团"不能挂牌子，挂了也要摘下来。他派县政府的领导到"海棠"，一定要阻止挂牌。

在这种压力下，梁吉祥还是决定要为"海棠集团"挂牌。他对我们说："好多人说我'软'、'顶不住门市'，可是在必要的时候，我豁出去了。我不升官、不发财，也就不吃这一套了。"

"海棠集团"挂出牌子了，是在1996年4月21日。以前"海棠"的重大活动，县领导都是要来参加的。这次"海棠集团"的挂牌仪式，县领导一个也没有来。"海棠"也只是邀请了媒体的朋友参加，在《山西日报》、《长治日报》上报道了条消息。

剪报

说到"海棠集团"成立时的不快，曾任长治市体改委副主任的韩虎堆对我们说："这是县里的无知，无知啊！"

有人说，王虎林书记如此对待"海棠"，也知道"海棠"的税收跑不了，也知道注册不是什么大事，就是感觉"海棠"的领导不随和、不听话，好像企业大了，就不把县委放在眼里了。他在公开的场合不止一次地说过："政府再小也是政府，企业再大也是企业。"这句话的弦外之音，我们相信很多人懂得。

"海棠"做了什么，让县委的领导感到不随和、不听话了呢？

梁吉祥回忆，很可能有两件事做得叫王虎林不高兴："一是王虎林第一次来'海棠'视察，亲自给我说他自己想用个洗衣机，我赶紧去找优惠券，而没有答应送给他一台。还有一次是，他说有个人想进洗衣机厂，叫我办办。我说咱厂里现在不进人，以后进开人了给你办。他一听，连'海棠'办公楼也没有上就走了。"

这些都是私事，还也罢了。还有一件事就不仅是惹下一个领导的事，而是让原来的企业主管部门大为光火。那就是"海棠集团"成立后，又被长治市体改委确定为无主管企业。这样一来，"海棠"连历年来上交县二轻局的管理费也不交了。

长治市二轻局局长王斗林对"海棠"最早的概念印象是：不好好交管理费。

梁吉祥对我们说，虽然名义上是不交管理费了，但每年也要给县二轻局50多万元。到了大年节下，二轻有的企业开不了资，来要个10来万元，咱也是痛痛快快地给了。

"给"和"交"不是一码事。县二轻局并没有把 50 万元当做 . 是"给"，还是看成了"交"，这也才给人以有了"不好好交管理费"的印象。

长治市的无主管企业，"海棠"不是第一家。最早的是"潞华集团"。不过，长治的无主管企业并没有推行开，也仅是"潞华"、"海棠"而已。

1997 年 9 月，长治市体改委组织人员到山东青岛、诸城学习考察，其中一项就是学习青岛市撤销企业主管部门的经验。青岛市体改委领导接待了来自太行山的同行。"我们是长治市的。"长治市体改委主任黄福太自我介绍说。

"长治? 哦，长治是哪里的?"青岛体改委领导问。

"山西啊。"黄福太主任笑着回答，但心里不是个滋味。青岛人怎么能不知道长治是山西的啊?

"山西，我们只知道太原和大同。" 青岛体改委领导直言不讳。

"我们长治，有过著名的上党战役。"黄福太主任自豪地说。

"噢——"青岛体改委领导"噢"了一声，表示好像想起了什么。不过，在场的长治人都看出来了，他其实什么也不知道。

黄福太主任停了一下又说："我们长治生产海棠牌洗衣机。"

一说"海棠"，青岛体改委领导立刻两眼放电，说："哦，海棠牌洗衣机，知道知道，那是全国名牌啊。海棠我们知道，可不知道长治，不好意思啊。"

其实，不好意思的是我们长治人。要不是有"海棠"还能拿得出手，我们该怎么介绍自己啊? 说得难听一点，上党是全国 36 郡之一的时候，青岛还不是个荒凉的小渔村吗? 然而，岁月无情，青岛成了是著名的大城市，而长治古城还得拿"海棠"来装门面。

寒暄客套后，黄福太主任说："我们来青岛，主要是学习你们撤销企业主管部门的经验。"青岛体改委领导问："你们撤销了几个? 遇到了些什么问题?"。

　　"我们一个也没有撤销。这项改革阻力很大啊。"黄福太主任感慨地说。

　　"你们回去撤销吧。遇到问题了，咱们再来一起探讨。"

　　青岛体改委领导此话一出，长治人愣住了，只得怅然告辞。

　　事到如今，十多年过去了，长治市企业主管部门一个也没有被撤销掉，撤销掉的反倒是市体改委。体改委没有想到的是，折腾了大半天，坚挺的是别人，倒下的是自己。

　　体改委被撤销了，但改革还在继续。

　　"海棠"在 1996 年还不消停，还要风波再起。

第 **16** 章 🌸 风波

历史总是让人难有喘息的时间。

副总经理辞职的事情刚刚过去了半年，"海棠"又是风波再起。

那是 1996 年 6 月 25 日，"海棠"生活区的西墙上出现了大标语："全厂职工觉醒起来，我们不当奴隶"。

一进厂大门的宣传栏上也被刷上了标语："我们坚决不同意海棠大厦独立！"

工厂停产了。

工人们在传阅着《坚决反对海棠大厦独立》的打印材料；大门外有人围观，已经辞职的原副总经理李补安，以及在职的副总经理、党委纪检书记杜中杰等向围观的人们演说着什么……

哇，这简直就是 30 年前"文化大革命"初期的情景再现。

标语

## 风波起，拿海棠大厦说事

"海棠"风波乍起，又是"海棠"一个无法绕过去的问题。

"海棠"这是怎么了？我们还是先从当时散发的一些文字材料入手，试着探寻一下其中的缘由。

工人传阅的《坚决反对海棠大厦独立》，署名为"小小股东"。这份材料说明了这次风波的缘由：

今年（1996）6月22日上午，在山西海棠电器集团股份有限公司中层干部会上，公司党委书记、董事长兼总经理梁吉祥，宣布了一个令人十分震惊的决定：为了建立山西海棠电器集团股份有限公司的必须，公司决定把海棠大厦变成一家有独立法人资格的子公司。

为什么海棠大厦变成子公司，就是"一个令人十分震惊的决定"呢？

材料里是这样回答这个问题的：一是大厦成为子公司就是独立，就不再是集团旗下的行政隶属关系；二是大厦搞独立，集团只占 51% 的股权，造成了集体资产流失；

《坚决反对海棠大厦独立》

三是另外的股权哪里去了？准备要给谁？

"小小股东"的态度很明确："作为一名海棠人，我们将誓死捍卫国家和公司财产的完整，誓死捍卫全体股东的合法权益。"

海棠大厦独立是这场风波的焦点，看来是确定的。这就有必要先交代一下海棠大厦的大致背景。

海棠大厦，是"海棠"在太原的一个中型酒店。建设海棠大厦的初衷，是要建一个"海棠"驻太原办事处。先前的太原办事处是在太原河西前北屯的一个个体旅馆里。1988 年，"海棠"成了山西省 9 大企业集团之一，"海棠双桶"又是蟾宫折桂，"海棠"决定在太原新建一个办事处。

筹建办事处，是由副厂长杜中杰和王德忠负责的。太原市政府于 1988 年 12 月 16 日，批准了办事处在太原市平阳路街道办事处亲贤镇大马村征用土地 6.16 亩。那里原来有一个亲贤兽医站，7 间平房。

1989 年 10 月 10 日，办事处破土动工，由中铁 17 局负责承建。一年多过后，一幢 5 层楼房拔地而起，并命名为"海棠大厦"。1990 年 12 月 25 日，海棠大厦举行竣工剪彩仪式，1991 年 2 月正式营业，经理是王德忠。1993 年，海棠大厦征用了大厦后面的 3.1 亩地，建起了职工宿舍、家属楼，以及洗衣房等配套设施。

大厦的南边先是盖了个洗衣机的周转库房，后来发现周转库房的作用不大，因为销售畅通，几乎是零库存，于是在 1994 年，海棠大厦再次征用亲贤兽医站的 2.4 亩地，向南扩展 30 米，建起了大厦的贵宾楼。这就是海棠大厦的现有规模，号称有 2000 多万元资产。

海棠大厦运营后，几乎成了长治、晋城等地的人们来太原首选的入住酒店。这里是太原最早推出自助餐的酒店之一，而且饭菜多样，具有晋东南地方特色，"想吃甚有甚"，还可以与住宿费一并走单，很是受到人们的青睐。

海棠大厦在太原声名鹊起，还得益于省委书记胡富国在这里排练唱戏。1996 年,省委书记胡富国与上党落子剧团一起在海棠大厦排戏,断断续续一个月。这是为了在太旧高速公路竣工通车庆典时，胡书记要亲自登台唱戏，感谢父老乡亲对太旧高速公路建设的支持。

1993 年，山西省第一条高速公路——太原至旧关高速公路开工建设。当时困难重重，特别是资金不到位。胡富国书记亲自动员社会捐款，再难也要建设好这条高速路。当时，"海棠"捐款 100 万元。有了社会的大力支持，高速路顺利完工。

太旧高速公路工程接近尾声时，胡富国书记开始抽时间在海棠大厦进行排练。排练期间，海棠大厦自然是好吃好喝好招待。胡书记笑着对杜中杰说："给你说老杜，我就吃了一个西红柿和一碗炒饼，好东西都是他们吃了啊，哈哈。"

在太旧高速通车庆典晚会上，胡书记粉墨登场，戴冠、登靴、穿蟒，一甩髯口，一个亮相，唱得有板有眼，情深意切。

省委书记在这里排戏，大大拉升了海棠大厦的人气和市场效应，入住率高达 90% 以上，效益不在同类名牌酒店之下。

海棠大厦是"海棠集团"的支柱产业之一。这次风波，难道就是因为梁吉祥在"6·22会议"上宣布海棠大厦成为子公司的决定吗？

我们采访了梁吉祥。他说，在中层干部会议上没有宣布什么"决定"，只是在说到"海棠"的发展时，提出了要让一些法人单位成为集团的子公司，比如海棠大厦，比如砂轮机厂等等。

他说，没有想到这么一个提议，竟成了人们掀起风波的口实。

是"决定"还是"提议"，这好像不应该是关键词。因为，这也不是第一次提出要把海棠大厦变为子公司。

早在1995年12月24日"太原会议"上，已经提出了要把海棠大厦变为子公司的想法。在1996年"初三会议"上再提此事，还让分管领导汇报了这件事落实的进展情况。而且，在省政府批准成立"海棠集团"时，把海棠大厦等规范为子公司列入了《公司章程》。《公司章程》在第十三章《附则》中的第八十五条载明：

在山西海棠电器集团股份有限公司设立的同时，按公司法的要求完善母子公司体制，将太原海棠大厦、长治砂轮机厂、长治海棠电机厂等规范为子公司。

《公司章程》是股东大会或者是股东代表大会讨论通过的公司小宪法，理应认真执行，那怎么会引起"小小股东"的反对呢？

"小小股东"还有一份《海棠大厦独立的背后》的材料，直接捅破了这层窗户纸。材料的意思是说，蔡中祜的儿子蔡林清在大厦担任副总经理，而工作手续还不在"海棠"；

《海棠大厦独立的背后》

现在要搞子公司，就是要把海棠大厦变成"蔡家大厦"。

蔡林清是从长治县起重机厂的办公室主任到大厦工作的。1995年，原来大厦的经理王德忠被调回砂轮机厂，杜中杰由分管领导直接成为大厦经理。杜中杰回忆说："林清来的时候厂里已任命为副经理了，当时手续没有调进来。我对他说，你大胆干吧，以后都是你的事。"

蔡林清来到海棠大厦工作，怎么就变成"蔡家大厦"了？杜中杰在大厦当经理，怎么没有变成"杜家大厦"呢？

在《海棠大厦独立的背后》的材料里不仅列举了老蔡的儿子和几个亲戚在海棠大厦工作，而且还爆料说：

1996年初，蔡林清借杜中杰同志和妻子进京看病之际，头天走第二天就指使大厦财务人员到指定银行送款100万元，根本不讲汇款用途，不办手续，甚至汇票送到指定银行，对方居然连个白条都不打。

我大厦财务人员，在没有任何手续和领导指示的情况下只好把钱拿了回来，并且报告了在京的杜中杰总经理，杜中杰指示立即停止办理，同时请示梁吉祥，梁吉祥竟然还要杜中杰办理，杜中杰说："请您批示，否则任何人不能办。"直到至今这笔钱被杜中杰冒险保护下来。（这件事恐怕到现在大多数董事都不知道）

杜中杰是爆料中的当事人之一，他有怎样的说法呢？

杜中杰回忆说："1995年底，我在北京支援销售工作，大厦会计给我打电话汇报了一件事，说是大厦要向一个单位支付100万元，但这个单位不出票证，所以没有支付成。我说，你做得非常对，凭什么一句话就是100万元？过了没几天，梁吉祥、李庆怀、蔡中祜、蔡林清在大厦贵宾楼吃饭，把我叫去了。我刚夹起一筷子菜，就被蔡中祜骂了起来，弄得连饭也吃不下去了。"

这是一面之词。梁吉祥和蔡中祜对此有不同的说法。

梁吉祥对我们说："老蔡家有亲戚在大厦工作，那就早了啊。开始，厂里没有人愿意去太原工作。厂里规定，谁去太原都是两口子一起去，给你分家属房，这才有人去了。蔡林清去大厦，主要是当时大厦出了点问题，大厦有人背着公司领导分钱。我想找个信得过的人去看住大厦，这样就叫林清去了。林清来到大厦，只是个副手，不可能不通过杜中杰就去打款。打款这件事，是我给杜中杰打电话说明的，根本不是什么暗箱操作，这是向一家客运公司的投资。以前在厂长会议上研究过多次，只要有了好项目，就要进行投资。"

我们到太原采访蔡中祜时，他对儿子蔡林清到海棠大厦工作做了说明："林清去海棠大厦，是老梁弄去的，还要把他调到'海棠'，我不调。老梁这不是弄孩子哩，是要弄住我哩。他想扒住我，让我支持哩。如果我想在太原给孩子安排个工作，我是副市长、副书记，去哪里不行啊，非要去海棠大厦？"

至于那100万元的事，蔡中祜对我们说："投资100万元，是为了开发海棠第三产业；太旧高速路通车后，有一家客运公司在社会上募股，营运从太原到北京的客运；这是多好的一个投资机会啊，于是决定向这家客运公司投资100万元；谁知等到海棠大厦去交钱时，客运公司募股工作已经完结，使'海棠'失去了一次投资机会，所以我批评了杜中杰。"

梁吉祥也对我们说，老蔡批评老杜，是嫌他误了投资客运公司的机会，说这样拖拖拉拉、磨磨蹭蹭干事情，什么好的机会都耽误了。

无论这件事批评得对与错，"小小股东"是拿来说事了，矛头明指蔡中祜父子。6月29日，"股东"的一份材料，讲明了这次活动的要求：

一、立即停止海棠大厦独立，并明确态度。

二、召开股东大会，完善公司章程，彻底

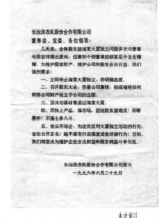

材料

杜绝任何转移公司财产设立子公司的企图。

三、坚决劝蔡林清退出海棠大厦。

四、尽快上产品，保市场，团结股东渡难关！斩断黑手！不搞七争八斗。

五、在公开场合为这次反对大厦独立活动的行为、言论公开正名！绝不准有打击报复或者诽谤行为！否则，我们将坚决为维护企业合法权益和股东利益斗争到底。

过了几天，在7月1日，署名为"李补安"的《我说两句吧》的材料面世。在这份材料里，李补安对自己辞职真相进行了说明，同时撇清了自己是这次活动的后台的质疑，只是说在股东们需要的时候、为难的时候要"站出来"。

他在材料里阐明了自己的观点：反对任何人采取任何过激行为，做出有损企业利益的事情；希望领导尽快答复，希望生产销售尽快恢复正常；不要再责难销售员；公司应该给股东一个明确的态度；正确理解我反映的上述情况，我没有任何企图，只要看到企业正常了，我会在适当的时候再另找一个适合自己的工作。

事情到此，基本情况已经浮出水面。那么，这场风波又该如何收场呢？


## 特殊生活会，意义重大

风波起后，梁吉祥给蔡中祜打了电话，告诉他厂里出大事了，人家刷了标语，贴了大字报。

蔡中祜听了梁吉祥对情况的大致描述后，断然表示："你要在第一时间宣布：黑手已经斩断，林清马上滚蛋！我和你说清楚老梁，现在我就和你们一刀两断，从此断绝来往！"

他说到这里，把电话扣了。这一扣，就是十几年，直到如今。他不再接听"海棠"任何人打来的电话，包括梁吉祥。蔡林清立即离开了海棠大厦，调到太原市煤气化公司工作。

梁吉祥回忆说，这次风波，主要是销售人员回厂了，车间的工人只停了半天工。但在社会上闹得是满城风雨，那些个材料不是只在厂里有，县里、市里的许多办公室都塞的有，影响很大。

赵建国回忆说，当时的情形很严峻，夜里有人往梁厂长家的院子里扔砖头。

为了确保梁厂长的人身安全，赵建国立即指示有关部门，不但要在夜里增加巡逻保护的动作，而且开始车接车送一贯是步行和骑自行车上下班的梁吉祥。

企业出现了突发情况，梁吉祥亲自向各级政府汇报了这一情况。

省委书记胡富国的态度非常明确，亲自打电话给长治市委的主要领导说，告诉你，如果海棠出了问题，你不好交账，我也不好交账；要坚决保护好海棠这个名牌，我们有个名牌不容易啊。

长治市委表示，立即进行调查，妥善处理事件。

长治县县长柴守中带着四大班子领导，来到"海棠"做工作，要求尽快恢复生产，稳定局面。

在领导层，对此事的看法和意见是一致的吗？未见得。

有的表示，这件事不像话，影响太恶劣了；无论对企业的行为有什么不同意见，都不能以这种形式表现；这和"文化大革命"的"造反"有什么区别？这种亏我们还没有吃够吗？

有的表示，这是背后有人支持，否则闹不出这么大动静来。

有的表示，企业再大，也属于政府管啊，"海棠"平时不把政府放在眼里，出了事情就来找政府了？

有的表示，无风不起浪嘛，这事要研究研究，不能急于下结论。企业不是有了自主权了吗？那就要发挥主要作用，自己去消化。

在公说公有理、婆说婆有理的纷杂议论下，6月底的一天，长治县委举行"海棠"民主生活会，提出了解决"海棠"问题的方案。

会议很严肃，也很庄重。县委书记王虎林亲自主持会议，县委常委、县"四大班子"领导全部出席，"海棠"董事会的全体董事和监事会召集人参加。

这次生活会的核心议题是，县委要求"海棠"董事会同意李补安恢复职务，继续担任公司的副总经理，分管销售工作。

县委书记王虎林要求，每个董事都必须在生活会上对县委的这项提议进行现场表态。

第一个表态的是梁吉祥。他说，既然县委是这个意见，我们服从就对了。

其他的董事们也作了类似的表态，服从县委的提议。

董事们都表了态，李补安官复原职便是水到渠成的事了。

1996年7月2日上午，县委、县政府对"海棠"目前出现的情况，在"海棠"召开中层干部会议，明确提出了"三点意见"：

《三点意见》

一、县委、县政府对洗衣机厂改革和发展是非常关心和支持的。洗衣机厂改革和生产经营方面的重大或重要举措，都要严格按《企业法》的有关规定和程序进行，并经县委、县政府同意后实施。

二、洗衣机厂部分干部职工关心企业改革和发展的心情是可以理解的，但所采取的方式和方法是不妥的，对此既往不咎。以后，反映问题要按党章和法律规定的原则和程序进行，否则，责任自负。

三、洗衣机厂全体党员、干部和职工要立即无条件尽快恢复正常生产，为振兴长治经济，再创海棠辉煌做贡献。

同时县委、县政府提出二点希望：

一、希望洗衣机厂党委要尽快按县委、县政府的三点意见，系统组织、分轻重缓急解决广大干部职工所关心的问题。

二、希望全体党员和领导干部，做改革发展的促进派，恢复生产的带头人。

当天下午，海棠集团董事会对县委、县政府的"三点意见"做出反应，出台了董事会的决议：

董事会决议

山西海棠电器集团股份有限公司董事会决议

经 1996 年 7 月 2 日董事会议研究，一致作（做）出以下决定：

一、坚决认真全面贯彻县委、县政府今天上午在中层干部会议上对我公司最近出现的问题所提出的"三点指示，两点希望，一点要求"。

二、太原海棠大厦不独立。

三、董事会委派杜中杰同志全面负责海棠大厦的工作，其他任何人必须服从杜中杰同志的工作安排。

四、关于修改章程问题，董事会要求，从现在起，股东代表充分收集广大股东意见，在适当时候召开股东大会讨论修订。意见收集后交监事会召集人。

五、董事会号召全体股东从今天下午起，必须无条件恢复生产，恢复销售工作。

六、对于这次反对海棠大厦独立的言论、行为不追究任何责任，不打击报复，从今天下午起，凡不符合宪法、法规的任何言论和行为，责任自负，严肃处理。

七、对股东提出的其他一些问题，董事会将尽快研究，给股东分别作（做）

出解答。

一九九六年七月二日

李补安又回"海棠"上班了。

就这样，"海棠"在 1996 年春夏之交的这场风波渐渐平息了。


## 硬伤，不在眉头在心头

风波过后，留下的是浅浅的痕，深深的伤。

梁吉祥的心上有了硬伤。

他心里很清楚，如果不是有个别领导背后的支持，就不会有这场风波。

他想不明白，蔡中祜怎么就成了伸向"海棠"的黑手了呢？

老蔡来"海棠"的时候，正是"海棠"命悬一线的关头。如果不是老蔡带领职工大战四个月，力挽狂澜，"海棠"能起死回生吗？

"海棠"定点了，但是成本倒挂，卖一台亏一台，如果不是老蔡力主实施"四大指标，全奖全赔"的分配制度改革，"海棠"能一举扭亏为盈，探索出一条企业改革的新路吗？

在"海棠"只有单桶的情况下，如果不是老蔡提出引进世界先进科学技术，大胆使用"世行"资金，"海棠"能一跃成为全国的名牌洗衣机吗？

"海棠"从小到大，从弱到强，不都是得益于老蔡的领导吗？这难道不是"海棠"上下有目共睹的吗？

他深深地感受到，与老蔡搭班子多年，无论"海棠"在什么情况下，老蔡都是"舵手"，而自己只是个"划船的"。公司聘请老蔡为名誉董事长、高级顾问，请他来给"海棠"的班子开一开会、讲一讲，定一定盘子，这又有什么不对呢？

现在不是都在请专家讲课吗？请老蔡来"海棠"讲讲，就是请对人了。老蔡就是洗衣机行业的专家和领导，既有理论，又有实践；既对"海棠"感情深厚，又对企业了如指掌；不仅能从宏观上扩大班子的视野，进一步解放思想，而且紧密联系实际，一针见血，指出和解决了许多具体的问题。这是多好的事情啊，除了老蔡，还能去哪里找到这样的专家？

老蔡来开个会，批评了一些工作中存在的问题，这怎么就变成了"黑手"了呢？老梁不仅是百思不得其解，而且有着深深的愧疚感。他觉得"海棠"出现这种局面，自己最对不起的就是蔡中祜书记。

我们去采访梁吉祥，当他提到这一点时，神色立刻就黯淡下来，轻轻地咬着嘴唇，眼里闪着泪光，久久地不吭一声。

蔡中祜当然受到了伤害。

他为"海棠"殚精竭虑，苦心经营，却落了个"黑手"的骂名，叫人孰不可忍。他扣下电话，断绝来往，说明已经把他伤害到了极致，这才割袍断义。

"海棠"班子成员也不同程度地受到伤害。

有人认为，"海棠"的风波是与老梁过于崇拜和依赖老蔡有关。

比如，正月天趁老蔡回老家过春节的机会，请他来"海棠"讲一讲，这是好事，既是对老领导的尊重，也给大家开开眼界。但是，为了老蔡的近便，多次把班子会议开到太原，甚至老蔡在中央党校学习期间，还要把会议专门开到北京，这就过头了。

"海棠"还多次组织电话会议，请老蔡在电话里对"海棠"的干部员工讲精神、作指示，有时是讲到中层以上干部一级，有时就直接给公司的全体干部员工讲，这也过头了。特别是老蔡每次讲过后，都要召开中层以上干部会议，进一步贯彻和落实老蔡的讲话精神，而且过一段时间还要汇报落实的进度和情况，这就不正常了。老蔡的讲话还是指导吗？简直就是企业的决策和"圣旨"。老蔡在会议上批评人，没有顾问的客气，而是得理不饶人，明摆着就是"垂帘听政"。

"海棠"不论是做出什么决策，定什么盘子，或者是要批评哪个人、哪件事，这都应该是董事会，应该是董事长、总经理、党委书记梁吉祥该干的事，不应该是名誉董事长和顾问该干的事。如果老蔡干了，那就是越位，那就是没有摆对位置，那就是越俎代庖。

有人理解蔡中祜的苦衷，说他之所以对"海棠"的经营管理要事无巨细地关照，除了自己深爱"海棠"的感情不说，除了自己曾经是"海棠"的领导不说，除了工作中是条条管理的上下级不说，其中"不能不管"的一个重要原因，是他深知"海棠"整个班子的能力和魄力还不足以驾驶"海棠"这条大船在市场的风浪中劈波远航。

这个班子，他是知根知底的。在"海棠"创业的时候，班子上下同心协力，扭成一股劲儿往前拱，加班加点，吃苦耐劳，几天几夜不回家，背着洗衣机去用户现场表演，沟通关系，打开市场，看白眼受窝囊气，都是没有问题的，都能做得很好，都是在发挥着正能量。

但是，"海棠"要做大，要做成气候，这个班子就招架不住了。他们的文化水平和知识结构，不仅制约了观察问题的视野和层面，制约了接受新思维的能动和能力，而且因为一举成名而得意忘形起来，正如李补安说的那样，"不是一个人不知道自己姓甚了，是很多人都不知道自己是姓甚了"。班子成员间也不那么"纯粹"了，你看不起我，我瞧不惯你，疙疙瘩瘩的事也时有发生，于是负面的效应开始展现。在这种情况下，老蔡为了维护老梁的领导，觉得自己"不能不管"，于是亲自操盘便成了经常的事。

然而，任何事情都是一分为二的。老蔡亲自出马冲到一线上解决问题，老梁的位置该往哪里摆？这对老梁的领导，是维护和加强，还是降低和削弱？

有人认为，"海棠"的风波就是李补安在作怪。

海棠大厦要成为子公司，《公司章程》已经载明，"太原会议"开始部署，"初三会议"进行落实，你怎么没有"站出来"反对？正月初五你辞职了，到了6月你"站出来"了？还闹得像"文化大革命"一样，这不是闹事是什么？

有人认为，这是王虎林对"海棠"赤裸裸的行政干预。

李补安的辞职也好，复职也罢，这都是"海棠"董事会的事。董事会是企业的决策机构，县委凭什么以"生活会"的名义逼着董事们现场进行表态？这符合《公司法》吗？县委、县政府的"三点意见"中，要求"改革和生产经营方面的重大或重要举措，都要严格按《企业法》的有关规定和程序进行，并经县委、县政府同意后实施"，这还不是在干预企业的经营吗？

李补安再回"海棠"也很受伤。

他辞职的那些因素并没有因为这场风波而彻底消失或者扭转。他是听不到老蔡的"骂人"了，也很少吃老梁的批评了，但销售的压力和深层次的矛盾依然存在，不再像以前那样畅快也是真的。

县委、县政府也受到了伤害。

"海棠"是长治县的名片和荣光，风波一起，无疑是长治县的负面效应。

"海棠"的员工也受到了伤害。

"海棠"一个好好的企业，怎么有了这样的折腾？领导矛盾的公开化，企业还会好吗？

社会上不少"海棠"的朋友也受到了伤害。

领导矛盾公开化，使社会的朋友对"海棠"退避三舍，不愿意选边站队，不愿意得罪任何一方。媒体的朋友来的少了，商家的朋友也在观望。

有人对梁吉祥也看不下去，很有情绪地对他说："既然人家否定了你这个董事长的意见，你也可以辞职啊，叫他们去弄就对了，受这个夹板气干甚哩？"

梁吉祥不知该怎样回答。他没有想到以自己的辞职来抗争什么，那样就只会使矛盾进一步升级，弄得更加不可收拾，受损失的只会是企业和企业的员工。他心里不畅快，受了伤，也只会是忍着。

"海棠"的风波，大家受到的都是伤害，没有赢家。

风波过后，企业的颓势已经显现。1996 年前半年的销售总额接近 1.5 亿元，基本是时间过半任务过半，但是李补安归队后，在下半年是销售旺季的情况下，年销售总额不足 2 亿元，同比下降了 6000 万元，离 3 亿元的目标掉下了 1 亿元。这年，"海棠"出现了亏损。

1997 年，"海棠"的销售不见好转，企业继续亏损。

有人说，这像人一样，得了肝癌了。

## 二次辞职，大雁南飞去

1998 年 2 月 3 日，正月初七。这天上午，"海棠"董事会按照上级的精神做出了一个决议：班子成员中不允许从事第二职业。凡是有第二职业的必须做出选择，要么一心干"海棠"的事，要么走人，不能脚踩两只船。

班子成员中有没有脚踩两只船的人呢？还真有。副总经理赵文正在苏店硅厂有自己的一份事情；副总经理李补安也在参与筹划长治九州宾馆的事务。

此项决议一出，李补安，赵文正，权衡利弊，相继辞去"海棠"的职务和工作，去做自己的事情了。

"海棠"做出这个决议的前后，梁吉祥没有去向县委、县政府请示汇报过，县委、县政府也没有批评"海棠"什么。

　　李补安这次辞职，除了确实是脚踩两只船以外，还有没有其他的原因呢？人们的解读还是有的。

　　有人说，李补安第一次辞职后重返"海棠"，一方面是对"海棠"的心爱，另一方面是想展示自己的工作能力。

　　但是，他重返"海棠"后，虽然有了扬眉吐气的畅快，但所面临的困难并没有消减。1996年销售总额不到2亿元，1997年也没有大的起色，再往后仍然看不到回暖的迹象。他多年搞销售，心里很清楚"海棠"曾经的风光不会再来，如此下去叫人指指点点，还不如三十六计走为上。

　　有人说，李补安重返"海棠"，表面看是"众望所归"，但实际上内部的矛盾不但没有消失，反而变成了内伤，工作起来不痛快也是他再次辞职的一个原因。

　　他在重返"海棠"后，曾经在1996年7月12日，向董事会递交了一个材料，表明了自己的心迹：

　　董事会并梁吉祥董事长：

　　今年正月初五，由于一时冲动，我辞去了董事、副总经理、销售部长的职务。尽管有些难言之隐，也情□（不）得已，但用辞职这种方式既没有解决了问题，也没有能够逃避了现实，所产生的只是对工厂、对领导，对自己的工作、生活、精神等多方面的不良影响。一个追求事业的人最痛苦的莫过于失掉自己的追求，一个依靠集体和大家艰苦创业近20年的党员干部，最大的失落莫过于离开组织。离开了大家，就像一只孤雁，就离了群掉了队。

材料

在此期间，自己也多次接受邀请，想一走了之，又每次下不了决心，每当听到市场出现困难、销量下降、资金回来少的时候就更感到自己难辞其疚（咎），有愧于领导十几年的帮助与培养，有愧于全厂职工的信任与支持，也对不起那些活着的和已不在人世的老领导、老师傅们。每当想起老父亲临终再三交代要我跟着领导好好干的遗言，就更加觉得自己的想法作（做）法实在荒唐。我不能违背自己要终身奉献海棠的誓言，我请求领导帮助，给我一个和大家继续同甘共苦的机会，也恳请领导对我在辞职至今的一些过激言行给予指正。请领导相信我会在今后的工作中不断完善自己，把工作做得更好。

特此请求

李补安

1996.7.12 日

有人说，这个材料是个幌子，是糊弄老梁哩；如果不是，那还要去搞第二职业？还要二次辞职？

有人对此说法并不认同，说此一时彼一时也，这个请求和表态在当时绝对是真心的，也是动了感情的。但是，有了这个表态和决心，不可能完全弥合和修补曾经造成的伤害。换句话说，工作生态环境的不利，也是迫使他辞职的原因之一。

有人说，李补安重返"海棠"的重要原因，是以"反对海棠大厦独立"为名义的，而且得到了县委、县政府的大力支持。但是，他没有想到，县委、县政府也要主张海棠大厦改组为股份制，成为集团的子公司，这叫他心里无法接受，所以决心一走了之。

这次把海棠大厦改组为股份制和子公司，不是"海棠"提出的，而是长治县委、县政府对企业改革的一个决定。1997 年 11 月 6 日，在长治县改革工作会议上，副县长冯国文在讲话中提出，海棠大厦要由职工买断，改组为股份制；县冰箱厂要纳入海棠集团公司；这两项改革工作要在 12 月中旬完成，下旬挂牌。

1997 年 11 月 17 日，在长治县委七届九次全体（扩大）会议上，县委书记王虎林在讲话中明确提出，洗衣机厂要争取发展成为上市公司。县委副书记王国标宣读了长治县企业改制领导组名单，由县政协副主席张守孝为组长，由县二轻局副局长牛润明、县工商局副局长任来安为副组长，组成企业改制领导组第一组，进驻"海棠"。

3 天后，11 月 20 日，企业改制领导组第一组进到"海棠"，并举行工作组会议。

1997 年 12 月 2 日，县委召开"企业改革工作座谈会"。县委书记亲王虎林出席了会议，"海棠"的梁吉祥、赵建国、牛连旺、李补安、任瑞虹、董迷柱、王德成等也都参加了。王虎林书记在讲话中再次提到，一是海棠股票要上市，年底准备好资料，明年上市；二是要把海棠大厦搞成股份制。

在座谈会上，梁吉祥汇报了改制工作的历史进程和目前的情况，特别说明，因为 1996 年春夏之交的风波，这项工作停滞了。赵建国、牛连旺、李补安、王德成、任瑞虹、董迷柱等也都做了表态发言。

3 天后，12 月 5 日，"海棠"举行董事会会议，决定成立改制领导组，确定改制实施方案。

这就表明，海棠大厦要成为集团子公司的走向是不可逆转了。这不仅是《公司章程》所明确的，而且是改革所需要的。这也表明，当初提议把海棠大厦变为集团子公司并没有错误，反对这一提议的"小小股东"们反而陷入尴尬的境地。

以上这些对李补安二次辞职的说长道短，是在所难免的，有的是探究的多一些，有的是情绪大一些，也有的只是茶余饭后的一个谈资。无论这些个解读靠不靠谱，无论说什么，也无论怎么说，李补安是决心再次离开"海棠"了。

他离开"海棠"的那天，是 1998 年 2 月 4 日，农历正月初八，节气是立春。

他离开"海棠"，心里也是很受伤。他虽然从此再也没有踏进过"海棠"

的大门一步，但却深深怀念着自己在"海棠"奋斗的岁月。

他是以一个顶替工来到"海棠"的，在车间当下料工。因为被抽去搞销售，他才有了施展拳脚的天地。当年他干了三四个月，就获得了一等奖和一等救济；第二年就被提成了副科长，又干了5年就提成了副厂长。为了"海棠"，他走千山万水，说千言万语，受千难万苦，为建立"海棠"的销售网倾注了全部的心血和智慧，在"海棠"的发展史上写下了自己独具特色的一笔。

他在和我们聊天的时候说："我是精忠报厂，毫无怨言。"

他说："'海棠'的销售队伍是一支可歌可泣、可圈可点的队伍。"

他说："我是一个逃兵，不愿意激化矛盾。"

他说："当我在广州走过南方大厦时，心里很难受，这些，有谁能体会得到？"

他离开了"海棠"，好在还有"九州"。日后，长治九州宾馆果然是蒸蒸日上，独领风骚，开出了一片新天地。

在九州宾馆，他不接受我们的采访，因为是我们救不了"海棠"。他热情地招待了我们，因为我们是老朋友。

我们理解和尊重他的意愿，祝福他的事业宏图大展，兴旺发达！

李补安二次辞职后，销售工作不再由赵建国临时负责，而是由副总经理牛连旺接手。

赵文正、李补安两位副总离开"海棠"一年多后，梁吉祥也将卸下董事长、总经理的担子，另有他人雄心勃勃地来执掌帅印。

"海棠"换帅，能遏制住走下坡路的趋势吗？

人们拭目以待。

# 第17章 下坡

1996 年是"海棠"的一个拐点，这是无法回避的事实。

"海棠"从这个拐点起，开始走下坡路了。1996 年，销售额不足 2 亿元，企业出现了亏损。1997 年，状况未见好转，连续亏损。

"海棠"进入困难时期。

蔡中祜对我们说："'海棠'一年掉下一个亿来，企业是吃不消的。资金链断了，'海棠'出现了十几年以来的首次亏损。说实话，第二年不能扭转局面，那就再也无力回天了，谁干也不行了。"

人有病，天知否？

在这两年"海棠"的困难时期，梁吉祥对企业运营更加谨慎和积极。为了解决资金问题，他在省工行贷款 1000 万元；为了节省资金，材料款、外协厂的付款都要亲自过问，生怕出一点问题。比如，从上海宝钢购进的薄板，原来是半年一进；他积极协调，改为季度进货，尽力减轻资金的压力。

他对我们说："'96 风波'后，企业下行压力急剧增大，一天运作不好，当下就停产。我用尽了浑身解数，运作这后两年，怎么也不敢在我手里停了产啊。我要千方百计把一个好的'海棠'交到下一届班子手中。"

"海棠"董事会三年一届， 1999 年 5 月该是换届的时间了。

## 新官上任，如临深渊

"海棠集团"董事会换届到了 1999 年 8 月。

董事会换届，是"海棠"的大事，长治县委派出以县委副书记关小平为组长的工作组进驻"海棠"，指导换届工作。

梁吉祥向县委工作组明确表示，这次换届，我什么也不干了，到龄了，该退了。

梁吉祥，1939 年 2 月出生，到了 1999 年，正好 60 岁。

工作组对梁吉祥表示，这次换届不涉及党委，所以你的党委书记不动；你还得当董事，不管是谁干上董事长，你也要"扶上马，送一程"。

这次换届，先是由全体股东分区定时推荐出董事、董事长，以及监事、监事会召集人的候选人，然后经过党委资格审查，确定正式候选人后，交由股东代表大会进行投票选举。

1999 年 8 月 2 日进行推荐， 8 月 12 日投票选举。选出的 9 名董事是（按姓氏笔画排列）：牛连旺，任瑞虹，杜中杰，李文斌，宋文斌，李庆怀，赵建国，梁吉祥，董迷柱。

选出的 7 名监事是（按姓氏笔画排列）：杜亮，张万芳，张远生，李忠德，赵成旺，原茂达，裴利文。

新当选的董事会和监事会分别召开第一次会议，选举出董事长牛连旺，监事会召集人张远生。

董事会聘请牛连旺为总经理。总经理牛连旺聘请董迷柱、李文斌、宋文斌、张远生为副总经理。这样，新一届领导班子产生了。

梁吉祥交班了，自己轻松了许多。与此同时，还有一个人也淡出了"海棠"的视野，那就是牛润明。

牛润明是县二轻局副局长，是为"海棠"揽回"瓷器活"的第一人。他从那时起，就与"海棠"绑在一起，参与了从起步到腾飞的全过程，付出了自己的心血和智慧。他与老梁同龄，也退休了。

2013年春夏之交的一个雨天，我们再次采访了牛润明。回忆起在"海棠"的岁月，他是娓娓道来，厘清了许多重要节点的迷离。

他说："老梁不干了，我也该退了，以后很少去'海棠'了，但有时候能梦见，唉，不容易啊。"

他说："我有好多笔记本，可惜搬了几次家找不见了。唉，不知道你们还要来采访我哩，我以为再也没用了。"

他说："大事情我能记住，忘不了，那是用过心的。以后的事，不操这心了。"

我们告别的时候，雨还没有停，淅淅沥沥的。远处的树，在雨幕中只是一团一团的绿，有浓，亦有淡。

"海棠"换届，牛连旺是第二任董事长、总经理。

牛连旺，是1968年分配到电器厂的56个"老三届"之一，毕业于长治二中。他来到"海棠"，从基层工作做起，后来被提拔到质量检验科、技术科工作，当过这两个部门的掌门人。1987年被擢升为副厂长后，分管生产工作。再后来，1998年2月，他又分管销售工作。可以说，他是在多个部门历练过，有着比较丰富的经验。

在工作中，他也有自己的想法，但因为不是"一把手"，只能是提提建议而已，无法施展自己的抱负。

企业的"一把手"是能干些事情的。现在自己成了"海棠"的一把手,有了一个施展抱负的机会和平台。他雄心勃勃,要让"海棠"再现辉煌。

有朋友给他泼凉水说:"你干这干甚哩?"

他很有底气地回应说:"不干这干甚?"

朋友的言外之意是,"海棠"已经走下坡路了,你有本事能把这个正在下滑的车轮子拽回来?

他的言外之意是,我不能看着"海棠"走下坡路而无动于衷,再难也要去干,至少要试一试,无论如何也要努把力。

泼凉水的是为他好,他的反驳是出于自身的责任和担当。临危受命,总有一种天降大任于斯人的使命感,总能让有血性的汉子豪气顿生一回。

他所面临的局面又是怎样的呢?他有个清醒的认识吗?

客观地说,"海棠"的表里都潜伏着不少的危机。

在市场上,"海棠"受到了很大冲击,或者说竞争很激烈。

曾经是"六大名牌"的洗衣机已经纷纷被挤出了市场,江浙一带原来的洗衣机配套厂家迅速成为成品厂家,产量大、成本低,形成一股强大的市场冲击波。比如,浙江宁波生产的同类型洗衣机,出厂价500元,"海棠"的出厂价是550元。在价格战中,"海棠"明显处于下风。

在企业内部,生产运行表现出极其的不均衡。双桶洗衣机仍然是主打产品,一条20万台的生产线,一直在超负荷运转。然而一条10万台的全自动洗衣机生产线,几乎从来没有达到过设计能力,开开停停,停停开开。

全自动洗衣机不是"双桶"的升级版吗?不是比"双桶"更现代化、更先进吗?怎么会打不开市场呢?

毫无疑问,全自动洗衣机比双桶洗衣机的洗涤程序更加自动化,一旦选定

洗衣机总装线

了程序就会自动操作。"海棠"在北京打出威风，誉满京华，靠的就是"全自动"。但是，除了像北京这样的特大城市以外，在中小城市和农村，"全自动"几乎没有市场，因为这些地方还不具备使用"全自动"的基本条件。

不说别的城市，单以长治市为例。在90年代中期以前，长治市绝大部分的家属区都还是小平房，使用的是公共水管。有的好一些的单位水管进了家，但排水不方便是常有的事。在这种基础条件下，怎么去用"全自动"？

长治市城区尚且如此，其他广大的小城镇和农村自不必去说了。基础条件不具备，再先进的电器也无法发挥它的功能。由于受消费基础条件的局限，"海棠"的"全自动"就很难像"单桶"、"双桶"那样风靡中小城市和广大农村。一条10万台的"全自动"生产线不能满负荷生产，对于"海棠"来说绝不是无关紧要的小事，而是举足重轻的大事。

"海棠"继引进"全自动"后，又相继引进了智能全自动洗衣机，同时在不同性能洗衣机的规格上形成了系列，还进一步引进开发了其他的家电产品，比如烘干机、消毒柜、吸尘器、脱水机、吸油烟机等等。其中，全自动清洗式贴壁吸油烟机的壁挂和油污自清功能还获得了国家专利，是国内唯一实现电动滚动滤油网清洁自动化的产品。

但是，这些新产品并没有形成足够大的生产能力，也没有取得市场的青睐和丰盈的回报，反而是投入和产出不成比例。有的几百万元引进的模具，还没有来得及开箱，产品已经死了，只好静静地躺在库房的角落里。

也许，新产品走俏市场还需要时间，但是，"海棠"还等得起这个时间吗？

在销售运营上，入不敷出是叫人头疼的问题。产品出厂了，但货款回不来，或者说是不能及时足额地回来，但是销售费用不见降低而在增加。这些现象表明，"海棠"在销售机制上存在有不小的缺失和漏洞。

企业的包袱沉重，也是新班子面临的一个难题。

有一个大账必须去算，说大数，"海棠"一年的贷款利息是1000万元，员工工资是1000万元，上缴税费是1000万元。这3000万元是硬头货，一年挣不回来，"海棠"就活不下去。

还有，"海棠"从1996年开始出现亏损，到1998年底，累计亏损有4000多万元，扭亏为盈自然是新班子的一道大题目。

不当家不知柴米贵。这些个问题已经存在了多年，牛连旺也参加会议讨论过，但感受绝不会有现在这样深刻。现在上台了，台面上、台面下的问题都摆了出来，他立刻就有了如临深渊的感觉。

面临如此的局面，牛连旺要如何发力？

他想用改革杀出一条血路来。

## 问题倒逼，只有改革一条路

牛连旺的改革思路是：甩掉包袱，轻装上阵。

降低成本，是他的首选。在洗衣机的成本构成中，材料成本不会降低只会增长，因为材料一直在涨价；能降低的只有劳动力成本。"海棠"员工的工资是高于一般企业的，这也是许多人愿意到"海棠"工作的原因之一。要知道，进入90年代后期，许多企业已经很不景气，开不出工资是司空见惯的，内退的、下岗的不在少数。能有个地方开工资，是很多人的期盼。换句话说，"海棠"劳动力成本居高不下是高成本的原因之一。

"海棠"的用工是最节约的吗？显然不是，或者说是岗位结构还不是最优化的状态。宁波一个洗衣机企业生产40万台，是500人左右；"海棠"生产40万台，是1000多人，劳动力成本翻了一番多。

面对人浮于事、劳动力结构不合理、劳动力成本居高不下的状况，牛连旺想通过进行裁员来降低劳动力成本。

如何裁员？一部分人可以买断工龄，一部分人要下岗待业。

如果这一思路得以实现，"海棠"不仅有着品牌优势，而且又有了价格优势，那没准儿还真能拼一下子。

对于销售机制，他想用"先买后卖"的捆绑式机制来改善"出货多、进款少"的弊端。也就是说，销售部先行买断洗衣机，然后到市场去实现利益的最大化。这样，就能保证企业的回款。

如果这一思路能走得通，企业的利益保证了，销售员的激励机制也会自行完善，这是不是也是一着好棋呢？

他的目光自然会关注到海棠大厦。在企业艰困的状态中，海棠大厦就是充满活力的一块宝地。他想把海棠大厦从公司中剥离出去，让公司员工出资买断大厦的投资，一旦公司活不下去了，员工也能从大厦的盈利中有一口饭吃。

如果这一思路得以实现，至少可以给出资的员工留一条活路，或许是救命的最后一根稻草。

这些改革的思路能在"海棠"行得通吗？

牛连旺自己也不知道。但是，他充满了激情和想法。改革不是允许大胆地试验吗？他想试一试，想走走"海棠"没有走过的路。如果改革一旦成功，那"海棠"绝地反击也不是没有可能。

牛连旺的改革思路出台了，但连董事会这一关也没有闯过去。

一说要裁员，董事会立即就是两种意见。

一种是支持裁员的方案。因为员工下岗已不是什么新鲜事，人浮于事就该裁员，更何况有很多国企的职工都下岗了。

一种是反对意见，不同意员工下岗。因为员工就是靠企业吃饭，下岗了，怎么活？特别是一些老员工，创业的时候艰苦奋斗，献了青春献终身，献了终身献子孙，现在叫下岗了，良心何在？感情何在？

这两种不同的意见不是终止在董事会会议上，而是有意无意地扩散到了员工们中间，而且很快就引起了负面效应。

有人开始愤愤不平，骂牛连旺说，我们选上你，是让你带领我们走出困境哩，是叫你让我们下岗哩？早知道你是叫我们下岗，选你干甚哩。

牛连旺回忆说，班子不团结，导致降低劳动力成本的改革方案流产了。

既然班子内部不团结，一把手有没有想办法去搞好团结、统一思想呢？没有。牛连旺说，我的性格就是一根筋，一是一，二是二，他们有私心，已经是错了，我还去团结他们哩？

团结的话题，我们不想展开来说，因为这是个大题目，三言两语说不清。但是有一条，越是困难的时候，越要团结一班人，一起共渡难关。"团结起来"，是我们非常熟悉的一句口号。"团结"是为了"起来"，要想"起来"就必须"团结"。只有团结在一起，才能齐心齐力，作用力才会发挥到极致，能量才会聚集和爆发。

一根筷子和一把筷子的寓言，我们在孩童时就知道了，但等我们长大了，有了一定位置了，反而忽视了，迷糊了。

班子内部在这个问题上表现的意见不一致，还有一个原因，那就是牛连旺说的"我在厂里没有老蔡那样的绝对权威"。

有没有权威，那肯定是大不一样的。老蔡在"海棠"有权威，因为他在"海棠"干了几锤子大事，带领大家在"海棠"这几个关键的路口迈了过去，得到了大家的认可。牛连旺还没有来得及让人们看到他的决策能力和经营能力可以带领"海棠"绝处逢生，当然也就谈不上什么所谓的绝对权威。

有人就说，老蔡是"海棠"的权威，老蔡在，"海棠"没有人敢"乍翅"和"呲牙"；老蔡走了，这帮人就冒出来群雄逐鹿，都想有机会来展示一下自己的抱负和才华，谁也不服谁；老梁尚且镇不住他们，何况是同榜进士的牛连旺？

也许正因为权威不在了，大家都平起平坐了，你不比我高多少，我不比你低多少，你要说东，我就敢说西。裁员的方案几次讨论通不过，弄得牛连旺的改革方案连董事会也出不了，但负面效应却随之产生，而且波及面很广。

## 走马换将，惹得怨声连连

改革方案出不了门，已经叫牛连旺头疼不已。销售部门不听打招呼，也是他心中的痛。

新班子组成后，销售的重担交给了董事会董事、副总经理李文斌。

李文斌是销售队伍中的一员悍将，在李补安的帐下就已经担任销售部副部长，兼销售科科长。

这次换届，李文斌成了销售部的掌门人。他为了扭转销售的被动局面，提升"海棠"在市场的竞争力，用了半个月的时间，对重点地区和市场进行了调研，与商家接洽，检查和部署办事处的工作。

他的第一站是四川成都。成都是"海棠"开发较晚的市场，边缘城市要加大开发力度，是他的一个思想。他到达成都后，当天晚上就召开了成都市场分销商会议，让大家得到一个实惠的价格。在打车去会场的途中，出租车与前面的车"亲吻"了一下，两个车的司机立刻就争吵起来。他延误不得，只好另行打的，赶到了会场。

第二站是西安。这是"海棠"的老根据地，话不多说，比较顺利。

第三站是郑州。这更是"海棠"经略多年的市场。他与商家洽谈，进一步表明"海棠"的销售政策，共同分析市场，要把蛋糕做大。

他在洽谈的过程中，说着说着，突然说不出话来了。他知道这是心急上火、说话太多的原因所致。有人劝他在郑州治疗一下。他表示不可以，必须要赶到石家庄，因为会期已经提前安排好了。

第四站是石家庄。河北是"海棠"的第二故乡。他赶到了石家庄也只能去看病，因为还是说不出话来，会期只好推延一天。在医院，他要求医生一天就要把嗓子治好，会期是不能再推了。

医生说，尽力吧。还好，第二天，他能说话了。吃着药，哑着嗓子，他在石家庄开完了会。

第五站是太原。太原是"海棠"的福地。他在太原开会，嗓子也好了，又是滔滔不绝地讲了一通。

半个月，5个会，一边走，一边想办法。1999年，"海棠"销售总额回到2.5亿元的高点，有了恢复性的增长。

李文斌尽心了，但在处理办事处费用的问题上，与牛连旺的意见相左。

各办事处在运营中是要产生费用的，这个费用应该是在一个周期内及时合理处理。但是，由于种种原因，费用处理得并不及时，成了个遗留下来的老大难问题。

这个问题在李补安手里没有处理干净，牛连旺接手销售部的时候，还是遇到了这个问题。他的态度是，顶住不报销。理由是，各办事处是光有费用没有效益。

这个问题到了李文斌手里，时间不长，全部处理干净了。他认为，这个问题迟早得处理，因为不处理会影响办事处工作的积极性，长痛不如短痛，再说今年销售业绩不错，不处理说不过去，于是就来了个快刀斩乱麻。

牛连旺记得，李文斌处理的费用，遗留的加上新产生的，说大数有2000万元。

如此一来，办事处的费用问题解决了，但在销售部的账面上肯定出现了亏损。牛连旺是致力于扭亏为盈的，这一下，全玩儿完了。他很生气，不客气地把李文斌收拾了一顿。

2014年7月16日，我们再次采访李文斌核实这个问题。他说："处理是处理了，处理了多少记不清了。"

李文斌就此下台了。他再次成为"海棠"关注的人物，那是后来的事了。

还有一件销售上的事叫牛连旺大为光火。

牛连旺派销售部的一个人去山东清理欠款。这个人没有把欠款要回来，只是要回来一批手表，说人家是以物抵债。

这件事办得不漂亮，牛连旺也只得咽下，因为清欠历来就难，能要回手表来也算一回。但是，他后来接到一个报告，说是去清欠的这个人把好表给自己留下了，把不太好的表加价后交给了厂里。

牛连旺这就忍无可忍了，把这个人叫到办公室，劈头盖脸训了起来："你是个什么东西！现在企业亏损你还这么干？有你这样做事情的吗？"

这个人哭丧着脸说："牛厂长啊，我父亲都没有这样训过我啊。"

牛连旺在销售部当过掌门人，深知其中的盘根错节。他想，不下决心动一次手术是不行的。于是，他调来了一个叫郭外仁的人，全盘接替了李文斌的工作。

郭外仁，不是"海棠"的老员工，是长治市一个颇有名气的国有企业的工会主席，与牛连旺早就相识。

所以走马换将，牛连旺有他自己的理由。他认为，李文斌处理销售费用所表现出来的问题是多方面的，一是没有大局观念，不知孰轻孰重；二是不请示、不汇报，眼里没有他这个总经理；三是只顾部门利益，过不了"弟兄们"的感情关。

牛连旺认为，换个"外来的和尚"主管销售工作，这些弊端就不存在了，一是郭外仁和自己是一心一意的，一定会听吆喝；二是他和销售人员没有盘根错节的利益关系，处理问题不会手下留情。

硬币有其两面。牛连旺没有想到的是，郭外仁并没有念好销售这本经。他固然没有"弟兄们"的牵绊，也没有什么"油水关系"，但他和办事处也没有搞成"鱼水关系"，在调动销售人员的积极性上也显不出有什么过人之处来。再加上他对洗衣机市场不熟悉，商家人脉短缺，在销售队伍中根基太浅，所以工作起来难度很大，几乎不见什么起色。

李文斌被挂起来了，他自己的心态如何姑且不论，但曾经和他共同打拼过的销售人员定是心气难平。人们在台面上不说什么，但在台面下、在内心里产生了很大的逆反心理，说这就是瞎干哩。

在被销售搞得焦头烂额的同时，2000年10月，海棠大厦的剥离和改制提上了议事日程。

对于剥离和改制海棠大厦，牛连旺是想让员工出资买断公司的投资，组建成独立的法人公司，不再和集团公司挂钩。

这里的问题是，员工一说要出钱，那是很不情愿的事。

怎么能做到让员工不用掏腰包又能有钱投入呢？他想到了一招，员工以"海棠"集资建房的名义，在县建行贷上款来入股海棠大厦，个人只出银行的利息。

这当然是一个拆东墙补西墙的办法。经过运作，公司有400多人愿意这样干，红利毕竟比利息要多很多；银行也同意放贷，因为有房产作抵押。其余不想搀和的，是不想出贷款的利息，因为利息是每月都得出，而红利在年底才能见到。

在班子中，除了李庆怀以外，全部成员贷款入股了海棠大厦。比如赵建国，按副厂级待遇，贷款出资了6.4万元。这样，400多人贷款700万元，把海棠大厦组建成为海棠大厦有限责任公司。

这700万元主要是用于处理外协厂家的外债和公司的流动资金问题。这件事不会有立竿见影的效益，所以在员工中也没有引起多大的正面效应。但是，一个裁员的改革方案胎死腹中，一个换将的大胆举措得不偿失，这两步棋的负面效应却在不断扩张，员工对牛连旺的不满情绪到了一个饱和点。

改革是要有成本的。"海棠"又走到了一个经受阵痛的时刻。

## 关前落马，不只是一声叹息

2001年6月11日，星期一，"海棠"的员工罢工了，并打着横幅去了县委，要求牛连旺下台。

党委书记梁吉祥一看厂里出了情况，赶紧给牛连旺打电话说，你快回来吧，厂里罢工了。这时，牛连旺正在太原参加一个会议。

梁吉祥随即给县二轻局的领导打了电话，县二轻局的领导又给牛连旺打电话，要他立即回来。

牛连旺第二天回到了"海棠"，罢工还在继续。公司出现了股东联合签名的《股东提案》：1. 坚决要求罢免现任董事会。理由是，①连年亏损；②股东权益不能保护，收入连年下降。2. 坚决要求李庆怀主持公司工作。

材料

长治县委对"海棠"出现的罢工情况非常重视，立即派出以县委副书记关小平为组长的工作组来到"海棠"。关小平副书记对牛连旺表示说，企业不能这样啊，要想办法尽快恢复生产和工作秩序；县委是支持你的工作的，你要干，就要向职工们做个检查，然后咱们一起去做底下的工作。

牛连旺的一根筋劲头又上来了。他说："如果只是我做个检查，工人复工了，可工作环境没有改变，改革方案还是通不过，那叫我怎么干？再干，还是干不成啊。说实话，方案一通不过，我就不想干了。"

他说："如果现在县委还是支持我，那就必须要董事会通过我的改革方案；要不然，既然弄成个这了，不干就不干了，拉倒吧。"

工作组向县委汇报后，县委书记王斗林亲自找牛连旺谈话："你要干，要有个想法；要不干，要有个说法。"

牛连旺说："要我干，就必须通过我的改革方案，否则还是干不成。"

王斗林书记说："改革方案的问题现在不谈，眼下恢复生产和工作是最要紧的。"

牛连旺说："这个问题要不谈，那我就不干了。"

此言一出，就像泼出去的水，再也收不回来了。

2001年6月19日，牛连旺正式向县委工作组和董事会提出了辞职报告：

### 辞职报告

董事会及全体股东：

公司董事会换届近二年来，我作为董事长和总经理深刻认识到：公司旧体制的种种弊端是严重影响公司发展的主要因素，必须对它进行彻底改革；然而维系公司存亡的这一重大举措却得不到广大股东的理解和支持，困难重重，无法推行，甚至引发了一系列不该发生、影响公司正常经营秩序的事件，直至出现目前这种局面，让我深感痛心。至此关系海棠生死存亡的关键时刻，为企业能稳步发展计，为全体股东利益计，我经过反复思考，决定辞去董事长和总经理职务。

辞职报告

在近二年的任职期间，我们领导班子带领大家树企业形象，扩海棠市场，加快产品更新换代，做了大量工作，使企业再铸辉煌有了希望，然而却半途而废，劳而无功，让我深感遗憾。

对我工作中出现的种种失误，我作为董事长和总经理，应负主要责任，在此请各位董事和广大股东理解和谅解。

在过去的工作中，无意中可能伤害了一些干部和员工，在此我也深表歉意，敬请大家原谅。

最后，感谢各位董事在我们一起工作的二年中对我的合作和支持，谢谢！

牛连旺

2001 年 6 月 19 日

同时，董事会的全体董事也一并提出辞职申请。这届董事会中途搁车了。牛连旺不干了，谁来干？工作组表示，还是要通过选举来确定。

选举需要准备时间，可公司眼下不可一日无主。经过董事投票选举，赵建国成为董事会的临时主持人。

有人开玩笑说，赵建国最能临时主持了，李补安辞职了，他临时主持销售部；牛连旺辞职了，他又临时主持董事会。

6月20日，在工作组主持的公司干部会议上，赵建国有一个主持工作的表态发言，不妨摘抄如下：

刚才县委（副）书记代表县委驻厂工作组，通报了昨天下午董事会会议关于接受牛厂长辞去公司董事长和总经理职务的报告，宣布了董事会以投票为形式，确定由我来临时负责董事会领导工作的决定。

对此，我没有高兴，只有惆怅。因为它使我本已准备好退坡休息的想法无法继续，一下子受到千斤重担的重压，以至于昨晚一夜无眠。

作为一名受党培养教育多年的共产党员，作为一名进厂33年、对工作已有深厚感情的职工，我没有理由推辞应尽的义务，尽管我清楚面临的困难非常大，大有泰山压顶之势。我唯一的选择只有硬撑起来，紧紧依靠各位领导和广大股东，努力完成好这一阶段性的任务，为尽快选出股东们信任的新一届董事会尽心尽责。

……我以党性作保证，在这一阶段的工作中，充分听取各位领导和股东的意见，虚心地接受大家的监督，做到民主、公开、公正、公心，决不辜负大家的期望。

县委工作组交给临时董事会有两大任务：恢复生产，选好班子。

牛连旺下台了，遗憾多多，黯然神伤。两年前，他雄心勃勃，想要甩掉包袱，轻装上阵。两年后，他被包袱压倒了，只好辞职下野。

2012年11月12日，我们采访过牛连旺，那天是星期三。时过将近一年，2013年11月7日，星期四上午，我们再次采访了牛连旺，那天正好是立冬。

我们说到他的下台，他很坦然，毕竟是时过境迁了，毕竟是起起落落见得多了。

他说："我干上时，是一腔热血，没有私心杂念。"

他说："我还是把困难看轻了，也没有把市场看透。"

他说："一条20万台的双桶线，是加班加点超负荷运转，要是再进一条（生产线），生产多种型号（洗衣机），局面会不一样一些。"

他说："我的改革方案，今天看来都是不错的，可惜出台的时间点没有把握好，操之过急，引起了负面效应。"

他说："我是一根筋，也没有与大家多沟通，想的是破釜沉舟，通过了就干，通不过就下台。过后想起来，如果能忍一忍，做做工作，或许会好一些。"

他说："班子内部不团结，什么事也干不成。我太耿直了，看不惯有私心的人，也没有在团结上下功夫，也不懂得政治上的技巧。'水至清则无鱼，人至察则无徒'啊，过后才真正懂得了这个道理。"

他说："启用一个外来的人，不应该是什么问题。在南方的企业，人家就都能接受，因为大家都是来自五湖四海。但在'海棠'不行。他们不会轻易接

牛连旺（右）接受采访

受一个外来的人当领导，看不惯，出难题，看笑话，这都是下意识中的事。如果当年'海棠'搬到长治市，人员的地缘结构有了变化，或许还是好事一件呢，可当时谁也想不了这么远。"

他说："我干了二年，市场每况愈下，企业连续亏损。很难干，没起色。我干得很累，常常是半夜睡不着觉。"

他说："我的改革方案通不过，不干了，下台了。"

他说："我后来回过'海棠'，那是宁波一个老板想买'海棠'，非叫我陪他去一趟不行。厂里长得都是草，半成品还在流水线上挂着。即使是要倒闭，也要让半成品下了线，把设备擦得干干净净的，才像个样子嘛。我看了很伤心，以后再也没有回去过。"

他说："往事不堪回首，我的青春岁月全部献给了'海棠'，可下场太可悲了。我不愿意回忆这些事，内心是一种痛，一想就难受。"

他说到这里，嘴角咧咧，脸上一丝苦笑。他起身给我们换茶，走到窗前，端着空杯，望着窗外。

窗外，树叶在冷风中飘落，一叶又一叶。

事情都成为过去，"海棠"留给他的一定是有喜悦也有苦涩。他的一丝苦笑，尽可以将所有的失落和遗憾一笑了之，但是，"海棠"刚刚步入新世纪时，怎样才能挽狂澜于既倒呢？

"海棠"期待着新的董事会。

# 第18章 🌸 摸底

2001 年，一个新世纪的开始。

新世纪充满了我们的激情和梦想。日出日落，今天延续着昨天；云卷云舒，总有新的希望；风风雨雨，"海棠"还在跋涉。

新世纪的到来，"海棠"没有锣鼓喧天，载歌载舞，而是依然在下坡的困境中挣扎着。

2001 年 6 月 11 日，"海棠"员工罢工，要求罢免现任董事会。

6 月 19 日，董事长、总经理牛连旺辞职下台。接着，全体董事集体请辞。

6 月 20 日，公司党委常务副书记、原董事会董事赵建国临时主政，致力完成"恢复生产，选好班子"的两大任务。

"海棠"在新世纪又走到了一个节点上。

## 选班子，2001

2001 年，"海棠"员工最为关注的是新班子的产生，期望能遏制企业的下滑，扭转亏损的局面。

为了完成"选好班子"的任务，选举筹备领导组听取了股东们的意见，制定出改选董事会和监事会的方案。董事会改选，采取自愿报名、公开演讲、资格审查、股东大会初选、确定候选人、股东大会正式选举的办法进行；监事会改选，采取分片选举候选人、股东大会选举的办法进行。

参选董事的，自愿报名时间为两天，6 月 24 日 15 时开始，26 日 20 时截止。通过两天的报名，有 32 人报名参选。

6 月 27 日下午，县委工作组、选举筹备领导组共同汇总报名情况，进行资格审查，确定进入公开演讲的名单。第二天，6 月 28 日上午，有 29 人进行公开演讲，每人限时 5 分钟，演讲的顺序由抽签决定。他们依次是：

吕彩秀（女），董幸福、刘兴龙、郭清堂、王培平、宋文斌、赵庆明、刘万明、李庆东、靳加兵、杨建书、张文静、张远生、董迷柱、郭炼品（女）、王军伟、孟印宏、吴忠善、宋金生、杜亮、李志芳、杜富会、马可、韩文胜、樊炳宏、宋落柱、杨俊青、张金瑞、刘贵芳等。

演讲完毕，股东大会初选开始。发出选票 744 张，收回选票 744 张，经过无记名投票，以得票数排列的前 9 名是：马可（382 票），李庆怀（372 票），宋文斌（288 票），刘万明（227 票），刘兴龙（195 票），董迷柱（195 票），王军伟（181 票），董幸福（178 票），杜亮（172 票）。

当天下午，县委工作组、选举筹备领导组对初选出的 9 人进行进入正式候选人的资格审查。

6 月 29 日上午，股东大会举行正式选举。这次新董事会的构成不是 9 人而是 7 人。这次选举只有 6 人出线，按照山西省委的晋发〔1999〕12 号文件精神，留出一个名额给改选后的工会主席。同时还要选出监事会监事。监事会由 5 人组成，这次选举只选 4 人，留一个名额给改选后的工会副主席。

县委副书记关小平、县委办主任、县纪检委书记、县委组织部副部长、县经委主任、县二轻局局长等领导坐镇选举现场。

经过投票，新当选的6名董事是：李庆怀，马可，宋文斌，刘万明，刘兴龙，董迷柱；新当选的4名监事是：靳文明，宋金生，王庆堂，王树军。

6月29日下午，董事会召开会议，经无记名投票，选举李庆怀为董事长。

李庆怀，1968年高中毕业后来到"海棠"，喜欢钻研技术，从车间班组脱颖而出，是最早去南方寻找洗衣机样机的两人之一，也是"海棠"洗衣机最早的设计者之一。他成功地实现和应用了"内桶"整体拉伸新技术，为"海棠"闯进"六大名牌"立下了汗马功劳。"海棠"引进"松下"技术，他是全过程的参与者和决策者之一。在"海棠"技术领域，无人出其右。他是在1980年被提拔成副厂长，后来续任董事会董事、副总经理、党委副书记。应该说，李庆怀出任董事长是水到渠成的事。

董事长选举结束后，县委书记王斗林讲了话。他在讲话中，对当选的董事、监事表示祝贺，然后对新班子提出了希望和要求，其中主要是对企业改制的要求和对班子制度建设的要求。县委的其他领导也分别讲了话。李庆怀代表董事、监事们作了表态发言。

第二天，6月30上午，监事们无记名投票，选举靳文明为监事会召集人。

靳文明，长治县苏店镇南董村人，1952年出生，1972年11月到"海棠"参加工作。他走了很多部门，展示出了自己的能力，现在推选他为监事会召集人，大家也是充满了期待。

6月30上午，李庆怀董事长提名推荐宋文斌担任总经理。董事举手表决，一致同意宋文斌担任总经理的提议。

总经理宋文斌提名，由董事刘万明担任生产供应副总经理，由董事马可担任销售副总经理，由董事刘兴龙担任技术质量副总经理，由董事董迷柱担任行政人事副总经理，由刘才顺担任总会计师。

半个多月后，公司工会进行了选举，赵建国当选为工会主席，陈改萍当选为工会副主席。这样，赵建国自然进入董事会任董事，陈改萍进入监事会任监事。

7月25日下午，李庆怀主持了班子配齐后的第一次董事会、监事会的联席会议。

这次会议后，原本还要准备进行党委的换届选举，赵建国已经把选举的方案拟定好了。但时过不久，县委组织部领导来宣读了党委的人事变动，李庆怀任党委书记，梁吉祥继续留在党委任党委委员，其他成员不变。

至此，"海棠"的新班子完全配套成型。

董事会董事长：李庆怀。董事会董事（按姓氏笔画排列）：马可，刘万明，刘兴龙，宋文斌，赵建国，董迷柱。

党委会书记：李庆怀。党委会副书记：赵建国。党委委员：梁吉祥，任瑞虹，杜中杰，董迷柱，王德成。

总经理：宋文斌。副总经理：马可，刘万明，刘兴龙，董迷柱。

监事会召集人：靳文明。监事会监事：王庆堂，王树军，宋金生，陈改萍。

新一届领导班子登台亮相，"海棠"去向何方？

## 三驾马车，心态各不同

2001年7月，"海棠"的改选尘埃落定。员工对新的领导是信心满满，指望他们开创出一个新局面。

新领导班子的核心，是李庆怀、宋文斌、马可所构成的"三驾马车"。他们的精神状态又是怎样的呢？可以说是各有不同。

李庆怀，董事长，"海棠"的"一把手"。

当上了"一把手",李庆怀并不是志得意满。他现在不想当什么董事长了,如果说曾经动过这个念头的话,那也是在两年前。

两年前,董事会换届,他以为机会来了,因为无论是论资排辈还是遴选能人,董事长一职都是他的囊中之物。他是"海棠"资格最老的副职,论技术还没有哪个人敢出来叫叫板。他当时虽然已经看到了"海棠"败象已露,但给人的感觉还是有机会挽回败局的,所以想一试身手。但是,他没有想到,那次机会给了牛连旺。他心里又不痛快,干脆就回家了,以后只是来开开董事会,一般情况下不再露面。

过了这两年,市场每况愈下,企业连年亏损,已经成了烂泥一摊。这时推他出山,他很作难。"海棠"到了这般境地,他还来接这个烂摊子干甚?他不能不问自己,牛连旺干不下去了,你李庆怀就能干好了?

他清楚自己是个什么材料。在"海棠"说技术,他当仁不让;但说管理,他就是眼高手低。尺有所短,寸有所长,什么是短板,什么是长项,这个自知之明他自己还是有的。还有,他感到身体也不行了,1995年得下的糖尿病,现在也加重了。当一把手,没有一个好身体怎么能行啊?好领导拼的是智力和体力,这两头他是哪头也不占了。

但是,他又不能不出来当这个一把手。宋文斌、马可等人在选举前来找过他,推他出山。他推辞过,说你们干吧,你都还年轻哩,我是干不动也干不了。

宋文斌他们说,我们当然想干,可是资历不够,需要你这个老桩子来压住台;你来主持局面,又不让你亲自干什么,我们干就对了。

县委工作组也找他谈过话,希望他出来稳定大局。他表态说,就算是我能稳定住局面,也是只干一年,以后还是要让给年轻人干。

他清楚这时候要他出山,是海棠"蜀中无大将",但是他没有完全拒绝。他想过,"海棠"在市场的名气毕竟很大,如果运气够好,措施得当,市场又有些变化，或许还有希望让"海棠"起死回生。如果真能让"海棠"走出泥沼，那不也是自己最大的心愿吗？那也不枉为自己在"海棠"的一生了。

在选举时，他不报名、不演讲，因为不想干。但既然被选上了，也不能坚决拒绝，那就太不识抬举也太不近人情了。他走马上任了，因为被信任的感觉很好，而且还心存侥幸。

他当了董事长，一定是要聘请宋文斌为总经理的。他看好这个年轻人，科班出身又钻研管理，应该是个栋梁之材。他聘请宋文斌为总经理并没有和宋文斌谈过话，只是一种合作的默契。

宋文斌，总经理。

当上了总经理，宋文斌如愿以偿。他1984年8月太原理工大学电机专业毕业，10月底到"海棠"上班，在技术科当技术员。他是"海棠"为数不多的理工本科毕业生，第一次去日本培训研修的就有他，那年才23岁。他从1997年开始，在职攻读中国人民大学MBA（工商管理硕士）学位，很想成就为一名职业经理，领头来打理一个企业。

他是在牛连旺组阁的时候进入了公司领导层的，担任副总经理、总工程师的职务。他很有一些想法，想在管理上腾挪跳跃一番。但牛连旺董事长认为时间点不对，要等把工作摆顺了，才能把总经理的位置让给他干。可惜，这届"内阁"是短命的，只干了不到两年便集体请辞下台了。

这次改选董事会给了宋文斌新的希望，但他知道自己还不能独立支撑局面，所以力主李庆怀出山。他和李庆怀关系不错，以往跟着李庆怀学到了不少东西。这次有李庆怀出山，自己执剑随君，一定能学有所用，一展自己的抱负和才华。

合作者的默契很重要。果然，董事会聘请他出任了总经理。受命于危难之时，他意气风发地走到了前台。

马可，是构成新班子三驾马车的主要成员之一，董事会董事，副总经理，分管销售。

当上了副总经理，马可是春风得意。他是 1968 年初中毕业后来到"海棠"的，天津人。他从搞喷漆做起，后来在外协办当副主任，在计量科当科长，在全质办当主任，实现了一个从喷漆工到管理者的华丽转身。在这期间，1983 年至 1986 年，他完成了电大的经济管理专业学习。

他对"海棠"的发展，有着自己的见解。他不认为引进"全自动"是什么高明之举，说那是不顾市场条件的好大喜功。在 1995 年，因为"全自动"打不开市场，生产线吃不饱，梁吉祥带着牛连旺和他，曾经到青岛家电行业联系，争取与"奥克玛"合作，进行贴牌生产。南方的很多企业就是这么干的，这叫"借船出海"。但是这事没有做成，马可觉得很可惜。要是让他来做这单生意，肯定能做好。

他是在牛连旺那一届干开销售工作的，出任销售部副部长。他认为自己是能做这件事的，所以在改选董事会时才要报名参选。公开演讲时，他是倒数第七个上台，初选下来竟然是得票第一。正式选举时他得票第二，李庆怀第一。

他成为副总，满怀信心要大干一场。

三驾马车出场了，一个是干不了，不想干，但资历和影响足够大；另两个是资历浅，影响小，但英姿勃发，正是干事的好年华；默契和互补，构成了新班子的一大特色。风云际会，新班子又有怎样的作为呢？

## 摸清家底，心中好有数

新班子工作的基本思路是：集中精力，握紧拳头打歼灭战，以最小的投入获得最大的回报。

这里有个前提，那就是要摸清家底。2001 年 7 月 1 日上午，新班子上任的第三天，开会做出决定，要"全面审计，摸清家底"。

摸清家底，是李庆怀的一个重要思想。他认为，只有摸清家底，才能确定这届班子怎么干。在技术上，他眼里有尺子，但在管理上就不那么清晰了。家底不清，刀子该往哪里下？

"海棠"的家底不清吗？梁吉祥对我们说过，他退到二线工作时，曾经主持过对"海棠"现有资产的价值评估。但是，这个评估结果李庆怀不予采纳，而是要重新审计。

两年前，李庆怀就向牛连旺董事长建议过先要摸清家底，但牛连旺没有这样做。现在李庆怀是一定要摸清家底了，而且顾不得许多。

这时，县长闫建书来"海棠"调研，听了听李庆怀的汇报，临别时对他说，我看啊，你要把洗衣机厂搞上去也很难，现在厂子看似强大，其实元气大伤，过去的光景不会再有了；把家底弄清吧，给自己、给大家也好有个交代。

摸清家底，可以说这是县领导和李庆怀的英雄所见。当然，所见略同和其用意还未必一致。县领导的意图是在不得已时要给职工一个交代，李庆怀的意思还是要绝地反击，毕竟其中的感情不一样。

无论怎么说，全面审计、摸清家底被提上了议事日程。

李庆怀到长治市审计局申请审计，审计局的领导说，"海棠"不属于国企，不在审计局的审计范围，"海棠"要审计，可以让审计局下属的经纬会计事务所进行。

很快，经纬会计事务所介入了"海棠"的审计工作。这次审计，按照审计业务约定书的要求，对梁吉祥、牛连旺的两任领导分别进行审计。对梁吉祥的审计时期，是从 1995 年 1 月至 1999 年 8 月，是他任期的后 4 年半；对牛连旺的审计是他的任期全部，共 1 年 9 个月。

审计进行到 2001 年 11 月 29 日，长治市经纬会计事务所向"海棠"通报审计的情况和结果。李庆怀主持了通报会，全体董事和监事出席会议，并通知梁吉祥和牛连旺一并到会。梁吉祥按时到会，牛连旺没有出现，因为无法通知到本人。

通报会首先是通报了对梁吉祥后 4 年半任期的经济指标完成情况及资产、负债、损益的情况。这次审计不涉及海棠大厦，因为大厦的情况没有汇入公司报表。

截至 1999 年 8 月 20 日，原资产负债表反映资产总计 2.07 亿元（取小数点后两位，是作者所为，以下亦然），负债总计 1.40 亿元，所有者权益合计 6779.91 万元。

审计中发现的主要问题有：一、少提少摊费用 4222.67 万元。其中有"待摊费用"，包括贷款利息、产品"三包费"、修理费、保险费、租赁费和其他费用；还有少摊递延资产费用，少提固定资产折旧，少提职工养老保险费等。二、将"销售承包费"、"市场开发费"超支挂账，造成少摊费用 2454.69 万元。三、偷税 136.04 万元，主要是维修部少提增值税及附加。四、资产负债表及损益表反映不完整，包括"砂轮机厂"、海棠大厦的资产负债表未汇入公司报表。

将上述少摊费用及偷税进行审计调整，并将砂轮机厂资产负债表汇入公司报表后，资产总计 1.73 亿元，负债合计 1.71 亿元，所有者权益 239.98 万元。

审计报告中的专业术语，很多人未必看得懂，比如什么是所有者权益？所有者权益是指企业所有者对企业净资产的要求权。所谓净资产，在数量上等于企业全部资产减去全部负债后的余额。这可以通过对会计恒等式的变形来表示，即：资产－负债＝所有者权益。

通俗些讲，就是"海棠"资债相抵后，还有 240 万元良性资产。

梁吉祥会接受这个审计的结果吗？这是个问题。

## 冰冷的数字，谁解其中情怀

在审计通报会上，梁吉祥对这个审计提出
了四点意见：

一、自己是 1983 年开始任厂长至 1999 年，
离任审计应该从 1983 年开始，每年是个什么
情况，十几年累计是个什么情况，这才能正确
反映出一个人的业绩，从而做出客观评价。这
次的审计是从 1995 年开始，不知是什么原因。

会议记录

二、海棠大厦的资产是洗衣机厂的一部分，
总计资产 2000 余万元，不能丢掉，是我任职
期间投资搞起来的，这不是个小数字。

三、1995 年以前企业效益好，折旧按 12% 提；当时流动资金贷款 8000 余万元，
每年上交利息 1000 余万元，由于折旧高、利息高，后来效益不好了，各种费用
就提不成了。

四、关于销售零部件未出税的问题，由于效益好，上交税收足额，税务部
门不提这个事，也就没有上交这部分税。

李庆怀对这次审计作了个说明。他说，为什么对梁厂长的审计是从 1995 年
开始而不是 1983 年？这是基于两点考虑：一是考虑到如果从 1983 年开始审计，
时间太长，审计费太高；二是 1995 年是公司的最好时期，反映的是任职期间的
最高水平。

李庆怀进一步表示，从离任审计考虑，应该反映的是离任时的结果，至于
如何评价一个人，可能不完整。应该说明，任期不是 1995 年，而是 1983 年。
海棠大厦应该算在梁厂长的头上，但应该是实际投资而不是评估价格。

会议讨论，从 1983 年开始，把资料找全，全面评价。

会议接着通报了牛连旺董事长任职期间的审计情况：

2001 年 6 月份会计报表反映：资产总计 2.10 亿元，负债合计 1.44 亿元，所有者权益合计 6599.02 万元。

经济指标完成的情况是：1. 产量：报表反映与审计核实一致，为 58.57 万台；2. 产值（90 年不变价）：报表反映与审计核实一致，为 22952.2 万元；3. 主营业务收入：报表反映与审计核实一致，为 21453.33 万元；实现利润：报表反映 21.33 万元，审计核实为亏损 5222.73 万元；实现税金：报表反映 1290.55 万元，审计核实 1311.24 万元；上交税金：报表反映与审计核实一致，为 1567.54 万元。

审计中发现的主要问题：

一、少摊费用 2734.30 万元。其中有"待摊费用"，包括贷款利息、产品"三包费"、修理费、保险费、租赁费和其他费用；还有少摊递延资产费用，少提固定资产折旧，少提职工养老保险费等。二、"其他应付款"账户中挂销售科承包费超支 4646.90 万元。三、多抵扣进项税形成偷税 20.69 万元。四、成品账账不符，账实不符。其中，3kg 洗衣机，财务账与盘点数相差 797 台，销售账与盘点数相差 811 台；4.2kg 洗衣机，财务账与盘点数相差 17 台，销售账与盘点数相差 10 台；4.8kg 洗衣机，财务账与盘点数相差 2169 台；5.6kg 洗衣机，财务账与盘点数相差 1742 台，销售账与盘点数相差 929 台；6.0kg 洗衣机，财务账与盘点数相差 280 台，销售账与盘点数相差 337 台。五、公司会计报表反映不完整。其中，"砂轮机厂"和"微电机厂"的资产负债表未予合并汇总；海棠大厦的情况未在公司财务反映。六、实收资本与注册资本不符。

审计表明，截至 2001 年 6 月 20 日，资产总计 1.50 亿元，负债合计 2.01 亿元，所有者权益合计 − 5132.60 万元。

由于牛连旺没有参加会议，所以不可能听到他对这一审计情况的具体意见。

将近一个月后，2001年12月26日，经纬会
计事务所分别出具了关于梁吉祥和牛连旺的《审
计报告》。

审计报告

在对梁吉祥的审计报告中，对"海棠"基本
情况有一个描述：

现拥有固定资产1.5亿元，员工949名，其
中工程技术人员120余人。占地面积3.8万平方米，
专用设备230台（套），其中进口设备75台（套），
生产线22条。主导产品为海棠牌3kg、3.5kg、
4kg、4.5kg、5.5kg、6kg的双桶洗衣机和4.2kg全自动洗衣机、4.2kg静音型全自
动洗衣机、4.2kg半模糊型全自动洗衣机、4.2kg智能型全自动洗衣机等10个型
号的洗衣机。海棠牌双桶洗衣机曾荣获国家银质奖，海棠牌系列洗衣机荣获国
内贸易部最畅销国产商品"金桥奖"五连冠，获"全国用户满意产品"称号，
多次成为中消协推荐产品。贵公司十分重视产品的售后服务，多次被评为"全
国为用户服务先进单位"，荣获"质量优、服务优"最佳奖，成为"全国用户
满意单位"。

贵公司1986年荣获山西省优秀质量管理企业称号，1987年荣获轻工部优秀
质量管理企业称号，1988年晋升为国家二级企业，1990年划为国家大型二档企业，
1993年被评为国家质量效益型企业。企业还曾荣获"山西省最佳企业"，全国"五一
劳动奖"等荣誉。

梁吉祥从1983年2月任长治洗衣机厂厂长开始，到1999年8月从海棠电
器集团董事长离任为止，任期为16年6个月。

他在任期内经济指标完成的情况是：1.产量：报表反映与审计核实一致，
为486.22万台；2.产值（不变价）：报表反映与审计核实一致，为21.48亿元；

3. 销售收入：报表反映与审计核实一致，为 19.86 亿元；4. 实现利润：报表反映 8928.61 万元，审计核实为 1951.25 万元；5. 实现税金：报表反映 1.13 亿元，审计核实为 1.14 亿元；6. 上交税金：报表反映与审计核实一致，为 1.21 亿元。

审计结果表明：梁吉祥同志在任职期间累计生产各种型号洗衣机及家用电器 486.22 万台，完成产值（不变价）21.48 亿元，实现销售收入 19.86 亿元，实现利润 1951.25 万元，实现税金 1.14 亿元，上交税金 1.22 亿元，取得了一定的成绩。但在审计中发现少提少摊、超支挂账费用共 6677.37 万元，偷税 136 万元等问题。对此，梁吉祥同志应负领导责任。

在对牛连旺的审计报告中，审计结果表明：牛连旺同志在任职期间累计生产各种型号洗衣机和家用电器 58.57 万台，完成产值（1990 年不变价）2.30 亿元，实现主营业务收入 2.15 亿元，累计亏损 5222.73 万元，实现税金 1311.24 万元，上交税金 1567.54 万元。审计中发现少摊费用、超支挂账费用 5244.06 万元，偷税 20.69 万元等问题。对此，牛连旺同志作为公司董事长应负领导责任。

这两个审计报告中，有同样的一组数据引起了我们的兴趣，那就是实现税金和上交税金。梁吉祥的任期是"实现税金 1.14 亿元，上交税金 1.22 亿元"。牛连旺的任期是"实现税金 1311.24 万元，上交税金 1567.54 万元"。为什么上交的税金都比实现的税金高呢？我们因此问过梁吉祥。

他说："交税是企业的义务，也是企业的责任。'海棠'从来是按时足额（交税），不拖不欠。"他说到这里笑了："'海棠'是县里税收的'蓄水池'和'调节库'。县里到了年底要是税收情况不好，咱就多交点补上；情况要好，就补到明年一二月的淡季。"

审计报告

那有没有交了过头税的情况？我们问。

梁吉祥笑着说："那还能没有？补的时候多。寅吃卯粮的时候也有。"

在企业困难的时候，有没有减免你们的税收？我们又问。

他收住了笑容，停了一下说："唉，咱困难，县里也困难啊。（19）96 年的时候最难了，销售上不去，资金回不来。市领导来厂里，都是来催着交税，说'老梁啊，时间过半了，税收也要过半啊。'我说是市场情况不好。领导还是说，税收该过半了。我说个甚？紧紧裤带，交呗。"

我们没有去问牛连旺，想必他的情况也差不多。

这两个审计报告中，还是没有把海棠大厦的资产列进来。如果把海棠大厦的经营状况列了进来，审计的所有者权益就会发生变化。梁吉祥任期的所有者权益就不是 239.98 万元，而是 2240 万元了；牛连旺任期的所有者权益也不是 −5132.60 万元，而是 −3132.60 万元了。

对于这两个审计报告，梁吉祥和牛连旺都没有签字。

梁吉祥无法接受这个审计结果，那些个冰冷的数字怎么能表明自己在"海棠"奋斗的一生呢？

想当年，是自己带人去南方寻找洗衣机样机的，回来后不分昼夜地画图纸、搞设计，厂里才硬是抠出了台洗衣机。"海棠"是个什么？敲敲打打，小打小闹，说白了，就是个小作坊嘛。自己当上了厂长，是怎样没明没黑地受来？不是上上下下拼命地工作，长治的洗衣机能在全国定了点吗？为了形成能力，为了保住质量，自己每天就是拱在车间里，与工人们一块打拼，谁能一眼分出哪个是工人哪个是厂长来？打破"大锅饭"，实行内部改革，"四大指标，全奖全赔"，那是自己坚定不移推行的结果。其中的成功经验和引领意义曾经引起多大的反响啊。"海棠"的工人比其他企业的挣得多，凭什么啊？还不是改革带来的实惠？

引进"松下"技术，自己是决策者之一。没有引进，"海棠"能脱胎换骨吗？

能有叫响全国的辉煌吗？这不是厂里多了一个品种的事情，这是冒着风险开辟出了一条企业发展的阳光大道啊。

厂长变成了董事长，自己是尽心尽力做好工作，一步步把企业做大做强，这才有了"海棠"在全国的金字招牌。两届全国人大代表，那是白当的吗？董事长、总经理，听起来风光，这是好干的事吗？竞争越来越激烈，成本越来越高，风气越来越坏，每走一步都是在趟地雷阵；上上下下、左左右右，哪个是好伺候的？一时不对就扭鼻子歪嘴，有压力的施加压力，撂挑子的撂挑子，有谁还顾全"海棠"的颜面？有谁还顾及"海棠"的大局？"海棠"是我自己的吗？是我们员工大家的啊，是县里、市里的金字招牌啊，是我们艰苦创业的荣光啊。

"海棠"的固定资产从 500 万元发展到 1 亿多，产值由 4000 万元上升到 2.5 亿元，销售额达到 2.7 亿元，每年的递增速度在 24% 上下；引进从消化吸收到投入市场，"海棠"的速度最快；完成洗衣机系列化，进入全国先进行列；双桶获得全国质量第一，全自动被评为部优产品，创造了"海棠"的名牌；职工收入逐年增加，由 1985 年的 100 多元增加到 1995 年的 1000 多元；国家税收超额完成；4 栋家属楼拔地而起，解决了双职工的后顾之忧。这些不容抹杀的成绩，审计的几句话能说清楚吗？

"海棠"出现亏损了，那是在什么时候？在 1996 年前半年之前，企业十多年一直是盈利的，只是"96 风波"后才出现了亏损，而且数目巨大，无法遏制。这该是我一个人承担的责任吗？

16 年了，这些个审计的数字怎么能说尽"海棠"的一路风雨、一路奋进？怎么能涵盖"海棠"的千辛万苦、千红万紫？16 年了，"海棠"走到这一步容易吗？自己的付出、自己受的罪和受的委屈有谁知道？自己在"海棠"打拼了一生，怎么就落得这样的下场呢？太叫人寒心了。梁吉祥看过审计报告，只是说了一句："叫我签字？我不签。"

2012 年 12 月 27 日，我们到太原第一次采访蔡中祜。他对我们说："你们要写'海棠'，一定要好好写写梁吉祥同志。那是个实干家。实干兴邦、空谈误国啊。没有老梁的实干，就没有'海棠'的名牌和洗衣机系列，就不会有连续十几年 25% 的增幅，就不会成为国家二级企业，就不会有职工的实惠，也就没有'海棠'的辉煌。"

2014 年 6 月 4 日，我们再次到太原采访了蔡中祜。他对我们说："人们说老梁比较'软'，那是没有看到他的内心。老梁怎么'软'了？县委书记王虎林想白要洗衣机，想往厂里进人，不都是被他顶回去了吗？ 1996 年那么大的风波，还不是老梁顶住、苦苦支撑着'海棠'的局面？这就说明，梁吉祥同志是个好党员，是个硬汉子。"

"老梁是个好人。"李庆怀不止一次地这样说过。他知道审计的结果老梁不会满意，但他不能不去摸清家底。

李庆怀看了审计报告，有些出乎意料。他没有想到资产抵债后还有这么大的"窟窿"。如果说这个烂摊子他一开始还只是一个概念、一个感觉的话，那么等到审计报告出来后，那就是一个严酷的现实了。

家底，就是这么个家底。"海棠"已经到了资不抵债的境地。企业资不抵债，那就已经到了破产的边缘了。他把审计报告装到一个塑料袋里，锁到抽屉里，只觉得后脊梁窜上了一股凉气。

底牌亮了，新班子该如何是好呢？

# 第19章 🌺 挣扎

2001年7月，"海棠"的三驾马车启动。

李庆怀看完审计报告，心里"凉塌塌"的。从轰轰烈烈的日进斗金，到资不抵债的落魄境地，"海棠"在历史的天空划过了怎样的一条弧线啊？他从感情上实在是无法接受。

但是，他不能不面对这个现实。他不想告诉人们"海棠"就此完蛋了，他要尽自己最大的努力进行挽救。

他知道自己吃几碗干饭，但就是不甘心。他要在危难中挣扎挣扎，就算是无力回天，也要把死马当做活马医。

挣扎，是真正的人生。凡是成功的人士，没有不经过挣扎的。当然，挣扎过的不见得都是成功者，但没有挣扎过的一定不会成功。

"海棠"能置之死地而后生吗？能在挣扎中重获新生吗？

## 清欠，权力机构介入

销售是"海棠"的核心点。销售弄不好，谁来干也不行。三驾马车在这个问题上的认识是一致的，

李庆怀回忆说，他不是董事长的时候，没人给他说销售的事；他一坐上这个位置，立马就有人向他反映销售上的问题，不是有人胡干哩，就是有人瞎捞哩，弄得他一时很头大。

马可是分管销售的副总经理，很想把销售这一块做起来。他知道外面有7000万元货款，能不能回笼资金是关键。他到办事处进行了调研，发现其中的问题很大。

他去到一家商场，问商场经理："我们的洗衣机还好卖吗？"

经理说："现在卖不动。"

他说："卖不动拉倒，我们把货拉回去啊。"结果到库房一看，一台洗衣机也没有。他问："哎，洗衣机哩？"经理说："卖了啊。"

"那钱哩？"

"办事处算走了啊。"

他又去问办事处领导："钱哪去了？"

办事处领导说："你不知道，我们死活就要不上个钱。"

马可知道，不论是商场还是办事处，没人把你的话当回事。资金一直在体外循环，就是到不了公司的账上。这其中能没有猫腻吗？

尾大不掉，这是马可在说销售队伍时用的一个形容词。

李庆怀也认为，产品一直出，货款回不来，有的是商家昧了，有的是中间跑了，说明销售的管理非常混乱，有人在浑水摸鱼。

怎么办？重组一支销售队伍是不可能的，对销售人员来个大换血也不可能，

唯一的只能是在原来人员的基础上进行优化，搞清楚哪些人不能用，哪些人可以用，进而整顿销售队伍。

对销售的人员怎样进行鉴别呢？开会讲讲行不行？那不行。李庆怀知道，自己这个董事长，没人把你当盘菜。不要说是自己的讲话不灵，就是在"海棠"有着绝对权威的老蔡书记又当如何？他的讲话到后来还不是没人听了吗？他在会上讲他的，开会的人各怀心事。他开完会走了，大家也就只当是个耳旁风。

既然开会讲讲不行，那他们就想到了一个实招：清欠。

清欠，至少在台面上有两个含义：一是资金往来手续不全的要完善。比如，在购置设备、材料、配件等物资的过程中，有的物资已经进厂，资金也已打走，但发票没有回来，财务无法下账。这类问题大约牵涉有 1459 万元。二是员工个人欠下公司的款项，有的是出差未报销的，有的是借款未还的。这类问题大约牵涉有 300 多万元。

清欠，既要对财经纪律进行整顿，把呆死的资金活化，同时又起到鉴别人员的作用。

把清欠工作提到议事日程上来，我们看到的最早的会议记录，是 2001 年 8 月 8 日下午，李庆怀在董事会、监事会联席会议上的讲话。他讲了七点意见，其中的第六点是关于清欠问题。讲话的记录是："清欠工作要抓重点，把问题搞清楚。清欠工作要和稳定结合起来，对捣乱分子要停职。这项工作要抓紧。"

"海棠"清欠这件事，引起了上级的高度重视。10 月 10 日，长治市市长张兵生来"海棠"调研，对清欠工作做了指示，要求长治县县委、县政府要采取必要措施，加大力度，帮助"海棠"进行清欠。

时过一个星期，10 月 17 日下午，"海棠"召开清欠动员大会。长治市市长张兵生、长治县县委书记王斗林和县长闫建书亲临大会。张兵生和王斗林分别在会议上作了重要讲话。

市、县领导亲临讲话，无疑对清欠工作是个大力的支持。第二天上午，"海棠"班子开会，专题研究贯彻领导的讲话精神。李庆怀表示，一是要借东风、趁火候展开清欠工作，抽调人员，加强力量，造成声势；二是认真摸底，进行分析，主动工作，争取上级支持；三是大力开展宣传工作，把清欠的内容、目的告诉员工；四是主动出击，对欠款人员要采取措施，能扣则扣，不留生活费；对清手续的，要停工清欠；对拒不清欠的，要向法院起诉、公司除名。

会后，公司挂牌成立了清欠小组，组长是赵建国；长治县人民法院专门派出巡回法庭进驻到"海棠"挂牌办案，长治县公安局的经侦支队也派人进驻"海棠"立案侦查。

国家权力机构的介入，"海棠"清欠的动静就大了。短短半个月时间，"海棠巡回法庭"给 13 人下达了支付令，金额 12.38 万元；起诉 11 人，金额 98.51 万元；经济侦查的 4 人，金额 23.74 万元。

2001 年 11 月 2 日，清欠小组汇总的情况表明：已经结清汇款手续的有 1299.31 万元，清回个人欠款 98.78 万元，收回抵押品价值约为 66.65 万元。尚未清欠的还有：汇款手续部分 159.74 万元；个人欠款 157.13 万元，包括正在清欠的 47 人，金额为 142.91 万元，已经死亡的 8 人，金额 14.22 万元；商业单位欠款 790.07 万元，其中呆账、死账的有 327.19 万元。

李庆怀知道，如果不是权力机构的介入，清欠工作是不可能取得这样的成绩的。清欠，以前也搞过，但从来没有这么大的阵仗。他要的就是这个效果。他知道有些钱是要不回来的，取得这样一个阶段性成果就很理想了。这不仅是表现在款项的绝对数上，关键是给一些人起到了震慑的作用，让一些人的心灵有了触动。

于是，清欠工作到了这一步也就逐步地消停下来，权力机构撤出了"海棠"，公司清欠小组继续打理遗留的问题。

有人说，这是雷声大雨点小，虎头蛇尾，最后不了了之。

李庆怀后来也对我们说："说什么的都有，还有人说我们是欠款没有清回来，反倒惹了一屁股臊。"

2002 年 6、7 月间，长治市纪检委、长治县纪检委介入"海棠"，调查其中的问题。

有人说，这是清欠工作的继续。清欠组长赵建国否定了这个说法。他说，这与清欠工作没有关系，因为清欠工作已经有法院、公安的部门介入了。

有人说，这是审计惹的祸，是"海棠"的董事会和党委请求纪检委来的，打鬼借助钟馗，是要整倒一些人。李庆怀否定了这个说法。他说："纪检委来，是我没有想到的。说是我们请的纪检委？人们也不想想，我们请人家来干什么？这不是没事找事、引火烧身吗？还有，纪检委会听我们的吗？"

李庆怀还说："说实话，事情到了这一步，就由不得我们了。我还被叫到清华宾馆四五次哩，人家问什么，我就老老实实回答什么。有一次，还碰上了李文斌。"

纪检委是在清华机械厂的清华宾馆约谈"海棠"的一些人的，有"海棠"的派出人员配合工作。有的约谈人还需要住在这里，进一步思考和交代自己的问题。

长治县纪检委委托长治宏信审计事务所，对销售部各办事处 1995 年至 1999 年有关经济事项进行了审计，销售收入情况增加了 2000 年和 2001 年两个年度。

通过审计查证，1995 年至 2001 年，销售收入 10.94 亿元，销售成本 9.87 亿元，销售费用总额 1.61 亿元，营业外收入 38.02 万元，经营亏损 5309.79 万元。在经营亏损中，1995 年 41.34 万元，1996 年 366.28 万元，1997 年 991.28 万元，1998 年 566.18 万元，1999 年 1197.84 万元，2000 年 1064.59 万元，2001 年 1081.25 万元。

审计中发现的问题主要是：各办事处的承包没有按规定办理，开支没有标准规定，报销费用审批制度不严，白条开支较多，报销单据项目不全，只标有金额而没有用项等等。

纪检委经过查办，最后因为梁吉祥让亲属为厂里购进材料而给了梁吉祥同志留党察看两年的处分，给了李文斌同志党内警告的处分，给了王军伟开除党籍的处分。

审计报告

李庆怀对我们说："老梁受处分，我都不知道，也不知道是因为甚。老梁会有什么问题？他不会的，小心小胆一辈子，能弄个甚？"

人们对于这次清欠的看法是不会一致的，特别是对于权力机构的介入，说这是故意要"家丑外扬"，使内部的矛盾社会化，叫"海棠"一败涂地。

有人说，自从李补安不干了，销售队伍的人心就散了，谁来团弄也很难，更不要说这么里里外外折腾了一顿，那就真的拉倒了。

事情的发展有人们说的这样严重吗？

## 匿名信，断了资金链

"海棠"要绝地反击，体制改革必然是唯此为大。

改制提上议事日程，比清欠来要来得早一些。新班子一上台，县委书记王斗林在表示祝贺的同时，就提出了对企业改制的要求。

改制怎么改，这是个问题。

2001 年 7 月 25 日，在新班子配齐后的第一次会议上，李庆怀通报了昨天上午长治市市长郭有勤来视察"海棠"的情况。郭有勤市长说，不改制，神仙也救不了"海棠"；要以经济发展的观念对待改制，要与职工的根本利益相挂钩。

李庆怀说，改制之前要化整为零，人员事先调整，改制的时候负担轻一点。

此后不久，在 8 月 8 日的会议上，李庆怀讲出了一个情况，说有些人写匿名信给银行，阻止给"海棠"贷款。他说："对于这一点，我们不能和他计较，这说明我们干对了，干好了。要以抓质量、抓改制、抓管理的宏大气势，来荡涤一切污泥浊水，要在坚决的斗争中求稳定。"

向银行贷款，是由总经理宋文斌来运作的。新班子上台后，李庆怀有这样一个想法：现在和过去要来个楚河汉界、泾渭分明，过去销售汇不回款来，那是过去的事；现在一定要做到出去多少货就要要回多少钱来，只有这样企业才能运转下去。

但在实际上，这个想法是很难实现的。销售的管理是一个原因，人心的聚散也是一个原因。还算不错，马可东奔西走，还算是不断有款进来，3 个月回款 1600 万元。

虽然有款进账，但也是杯水车薪，为了维持正常生产，"海棠"只好再向银行贷款。宋文斌东奔西走，费尽口舌，总算给银行的上上下下谈好，答应再贷 8000 万元。

就在这个当口，银行接到一封匿名信，说"海棠"已经是资不抵债了，不可再向"海棠"贷款。

李庆怀在会议上说到这件事的时候还很有自信，也比较轻松，因为银行还没有封了口，贷款的事还在跑着。但是，这件事继续发酵，而且急转直下。时过不久，银行明确表态，拒绝给"海棠"贷款，理由是资不抵债。这下，把宋文斌弄傻了。他再去说什么都不管用了。

一封匿名信，断了"海棠"的资金链。

银行拒绝了贷款，李庆怀和宋文斌连出口恶气的对象都没有，因为他们不知道这封匿名信是谁写的。从匿名信头头是道地反映"海棠"的情况看，他们只能是怀疑，怀疑是上任领导使的坏，因为一般人掌握不了这么详尽的资料。

梁吉祥就此事还问过牛连旺，是不是你写的？

牛连旺说，不是我，绝对不是，我不干这种事。

赵建国也认为不会是牛连旺，因为他是个有品位的人，有意见可以当面拍桌子翻脸，但不会在背后搞这种下三滥的小动作。

赵建国还认为，凡是"海棠"的人都不会干这种事，对厂子的感情深浅不说，有谁愿意断了自己生路呢？

是谁写的匿名信不重要，重要的是资金链断裂了。最后一根救命稻草，他们也没有抓住。


## 改制，死一块活一块

无论心里怎样憋气，改制还是要继续推进。2001 年 11 月 18 日，李庆怀在董事会、监事会联席会议上，传达了山西省政府 11 月 14 日全省企业改革会议精神，并且研究决定，改制工作的舆论工作现在就着手进行，适当时候召开中层干部会议和股东大会进行发动。

2001 年 12 月 13 日，李庆怀关于改制的设想和思路提交联席会议讨论。他的初步设想是，成立 3 个新的独立法人公司，分别是新海棠有限责任公司、销售有限责任公司和售后服务公司。这 3 个新公司要与原"海棠"脱钩，独立进行运作。这样可以轻装上阵，摆脱债务的纠缠。当然，这个设想要经职工讨论后才能实施。

改制的设想在 2002 年 1 月 5 日下午演变成了公司的改制方案，由宋文斌进行了宣读，联席会议一致同意。1 月 19 日下午，股东代表大会通过了这个改制方案。第二天，李庆怀在联席会议上要求，新公司筹建人要进入角色，尽快筹集资金、启动生产、稳定员工情绪。

李庆怀专门找市长张兵生汇报了改制方案，张兵生市长在改制方案上签了字，并要求市政府有关部门对改制方案进行论证。

长治市分管工业的副市长李清廉，在"海棠"召开座谈会，就改制问题听取了大家的意见。长治市政府办公厅于 1 月 31 日产生了《会议纪要》。《纪要》认为，"海棠"改制的前期准备工作已经完成，春节后正式进入实施阶段。

这年"海棠"的春节假期是 2 月 4 日至 2 月 27 日，也就是农历腊月二十三至正月十六。

2 月 17 日，正月初六，"海棠"举行联席会议。李庆怀在会议上明确要求，老公司随着 2001 年的结束而结束，再不运行；新公司于正月十七正式运行；新公司成立的原则，是哪个产品能干、能赚钱就成立哪个公司，不赚钱的不成立，要以算账说话；正月十七职工报到后，新公司张榜公布，成立了哪个公司，由谁出资，招多少人。

正月十一日，联席会议听取了新公司组建情况的汇报。

全自动洗衣机公司（后来被称为海棠高科电器公司），初步出资人是：宋文斌、杜亮、赵成旺、李中德、张照安。

双桶洗衣机公司，初步出资人是：刘万明、李玉堂、张冰然、程国平、王树军。

售后服务公司，初步出资人是：靳文明、张勇、张春明、康清云。

注塑公司，初步出资人是：王庆堂、马重武、张安定。

销售公司，初步出资人是：马可、栗堂则、闫永林、李元生、张旭红、景孝义、王志贵、郭四忠。

抽油烟机公司，初步出资人是：牛俊芳、杨和平、秦书明。

水电气公司，是集团的二级法人，由宋金生负责。

会议研究决定，售后服务公司归并销售公司。

从这次会议汇报的情况不难看出，原来设想的 3 个新公司，实际上已经成为 6 个。生产类的公司 4 个，销售类的公司 1 个，后勤服务类的公司 1 个。再加上砂轮机厂、海棠大厦、微电机厂这 3 个单位，这就是后来人们号称的 9 大公司。这是李庆怀化整为零的整体构想，也是"海棠"改制的新框架。

6 个新公司的资本构成是，由集团公司注资 100 万元，其余部分由出资人出资。这样，就直接触动了产权关系，激发了股东的积极性和责任心，真正打破了"大锅饭"。比如，全自动洗衣机公司，集团公司注资 100 万元，宋文斌出资 25 万元，其余的 5 人每人 5 万元，构成 200 万元的资本。

双桶洗衣机公司还引进了外资，与江苏常嘉电器公司进行合作，组建长治常嘉电器有限公司。常嘉电器与"海棠"一直有配套协助的关系，董事长叫施浩南。

2 月 28 日，正月十七，"海棠"节后上班的第一天。6 个新公司贴出了招聘公告，人员进行双向选择。以此为标志，"海棠"的改制就正式亮相了。

这天上午，县委书记王斗林听取了"海棠"改制的情况汇报，表示了积极支持的态度，而且要在税收上给予具体的优惠帮助。

"海棠"新公司的组建，明眼人能看得出，这是要化整为零，整合有效资产，另起炉灶，把债务和包袱甩给老公司，来个金蝉脱壳，也好"死一块，活一块"。

但是，这一招儿也不像人们想的那样好使。5 个月过去了，新公司的运行才逐步有了眉目，但还很难形成一个气候。生产类的公司，因为资金等问题，迟迟不能正常运作，而销售公司则错综复杂，依然是个"瓶颈"，拖了改制的后腿。

在 7 月 8 日的联席会议上，李庆怀讲，销售公司这一段时间暴露出来的主要问题是：整体框架就是带病运作，有虚假出资的嫌疑；新公司还是拿老公司的资产运作；机制没有改变，还是"大锅饭"。

县委的主要领导来"海棠"了解情况后，与董事会形成了一个共识，对销售公司实行"三放开一保证"的政策：一是市场放开。公平竞争，打破垄断，生产公司也可以进入销售领域，有多少资金做多大买卖。二是人员放开。销售公司立即规范，不能有假出资现象，任何人不能有欠款手续。人员流向可以选择。三是品牌放开。四是要保证销售公司要货。

对于"三放开一保证"，董事们、监事们纷纷表示支持。马可在发言中表示，这段时间做了些工作，但收效甚微，感到力不从心。他承认自己有不少的顾虑，在思想上没有彻底放开。他表示以后在交接中还有很多工作要做，不能出现新的问题。

会议记录

董迷柱在发言中表示，承认失误，及时纠正，非常了不起；放开市场，"引狼入室"，是解放思想的标志。

靳文明在发言中表示，最近职工对公司董事会领导意见很大，大家在议论，不知道怎么干。

王树军在发言中表示，这个方案出台得迟了，要赶快明确。

王庆堂在发言中表示，工人不知道给谁干，上班叫不来人，工资也没发，职工很有意见，关系还没有理顺。

经过讨论，大家一致同意对销售实行"三放开一保证"的政策，并在会议记录上签了字。

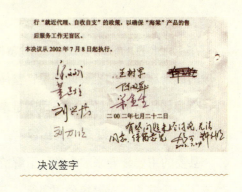
决议签字

这次董事会的正式决议在7月22日出来后，宋文斌、董迷柱、刘兴龙、刘万明、王树军、陈改萍、宋金生等很快就在上面签了字，但是，马可和靳文明是在24日才签字，并且声明："有些问题未经讨论，无法同意，保留意见。"

哪些问题是未经讨论而写进决议了呢？很可能是在"品牌放开"的条目中，有了"也可以根据市场需求，经集团公司批准定牌生产'海棠'产品，以弥补'海棠'产品品种不足"这样的表述。

这就传递出一个信息，"三驾马车"的板块开始出现了裂痕。

很显然，李庆怀和宋文斌对马可来搞销售还是充满信心的，也想是新旧分开，立竿见影。但遗憾的是，这个摊子不好收拾，面对尾大不掉的顽症，马可似乎也没有什么更好的招数。在2002年9月5日的会议上，马可就明确提出，新销售公司资金不到位，还不能注册；"三放开一保证"后，领导没有多过问销售和服务的工作，今后怎么办啊，需要坐下来研究。

刘万明也在会议上表示，改制是个新东西，成功与失败不应归咎于哪个人，比如销售，今天走到这一步不是哪一个人的问题。

啊？这是不是已经透露出班子内部不团结的信号了呢？是的。宋文斌就直率地表示过，因为销售的回款问题，与马可产生了不同的意见，交谈过，甚至冲突过，但还是不行，拿他没办法。马可表示说，李庆怀他们的心思好像不在这上面。

　　李庆怀表示，当初就说过，经营活动是经理们的事情，不是我董事长该管的。他还说，宋文斌指挥不了马可，马可指挥不了办事处；明知道这是个脓疮，就是挤不掉；这里面的水太深了，没办法。

　　"三驾马车"步调不一致，令不行禁不止，相互埋怨，内耗增大，就是一个败象，正应了上党地区的一句俚语：三家失靠，倒了锅灶。

　　在这天的会议上，宋文斌对副总的工作进行重新分工，马可来负责原销售科的财务清理工作。这就标志着三驾马车的分道扬镳。

　　马可不再分管销售工作，心里自是愤愤不平。他回忆说，是李庆怀给他谈话，把销售权和生产权交给了施浩南。

　　后来，李庆怀、宋文斌同意施浩南在江苏定牌生产海棠洗衣机，等于把商标权也给了施浩南。"海棠"还给施浩南开具了几张空白公函的授权书，便于他的经营活动。

　　马可说，我不同意这样干，明确表示了反对意见，这不是把一个很有价值的无形资产给扔了吗？

　　有了施浩南的加盟，"海棠"双桶洗衣机的生产就有了两个地方，一个是在"海棠"，另一个就在江苏定牌。这在后来也引起了员工的不满，认为这中间大有猫腻。

　　这且不说，现在要紧的问题，是李庆怀他们的心思会放到什么上面了呢？至少有两点是他有必要和有兴趣关注的。


## 海棠大厦，再次成为焦点

　　李庆怀的长项是技术，对于新产品的研制自然是他很有兴趣的一个关注点。他在会议上讲过，单靠洗衣机救不了"海棠"，必须要有新产品。

2002 年 5 月 23 日，李庆怀在太原高新区华峻
公司参观了可视电话的开发研制情况，看了产品的
录像，看了 5 月 14 日刘振华省长视察该公司时的
镜头和讲话。5 月 28 日，"海棠"董事会研究，
有意于这个项目的合作，派人进一步洽谈。

2002 年 6 月 5 日上午，"海棠"董事会研究《软
交换关键设备研制项目合作协议书》，同意以长治
海棠高科电器有限公司的名义，与山西华峻宽带互

会议记录

联科技有限公司共同投资研制可视电话，总投资为 500 万元，出资比例为 4 ：6。
"海棠高科"的 200 万元，由集团公司暂借，待以后归还。

在这次会议记录上签字的有：李庆怀、赵建国、宋文斌、刘万明、董迷柱。

可以说，这是一次另辟蹊径的大胆尝试，企图以高新科技的产品来挽救颓
败的"海棠"。遗憾的是，200 万元打走了，只是打了个水漂，可视电话的研
制却没有了下文，也是不了了之。

这就是后来人们所说的"宋文斌一张白条，李庆怀签字拿走了 200 万元"
的始末。

海棠大厦的改制，是李庆怀必要关注的另一个关注点。

海棠大厦原本是"海棠"的副产品，不想 10 年下来竟然成了"海棠"唯一
的一块优良资产。"海棠"所有者权益在 2001 年 6 月为负 5000 万元，是不包
括海棠大厦的。

李庆怀有一个观点：改制，不是说企业在快要死的时候一经改制就能就活了，
不可能的；是在企业最强的时候，改制才有效；改制是要有成本的啊。

海棠大厦是块优良资产，他要趁机而上进行改制。

说到海棠大厦的改制，这不是什么新鲜事，牛连旺的那一任就搞过，贷款

入股，成立了海棠大厦有限责任公司。

　　这一任新班子一上台，海棠大厦的问题就一直在议事日程上。开始还是与前任相向而行，要求办理好大厦公司的股权证。但是，到了 2001 年 11 月 18 日的联席会议上，事情出现了 180 度的大逆转。会议认为"海棠大厦有限责任公司"的成立是非法的，不符合《公司法》，应予解散和清算。全部 7 名董事和 5 名监事在会议记录上签了名。

　　半个月后，11 月 30 日下午，联席会议进一步研究如何取缔大厦公司的问题，并且形成了四条决议：一、集团公司以董事会的名义发文给大厦公司，大厦公司接到文件 3 日后自行解散、清算。二、适当时期对海棠大厦进行重新改制。三、大厦公司必须给集团公司明确答复，如无态度，后果自负。四、以上决议，与会人员一致同意，并签字。签字的有：李庆怀、宋文斌、赵建国、马可、刘万明、刘兴龙、董迷柱、靳文明、王庆堂、陈改萍。

会议记录

　　12 月 12 日下午，牛连旺到"海棠"散发了《告全体股东书》，意在说明当初贷款出资海棠大厦、组建大厦公司的正确性。有人说，当牛连旺还没有离开厂区的时候，李庆怀找见了他，两人当场吵了一架，有 200 多员工进行了围观。

　　李庆怀说："我是见到他了，但没有吵架，我只是给他说，你敢不敢把背后的东西都端出来？他听了，没说什么就走了。"

　　第二天，联席会议决定，要用法律手段来解决大厦公司的解散和清算问题，公司纪检委要向市纪检委、省工商局纪检委反映这个问题，通过纪检委这个管道解决问题。

12 月 19 日，联席会议决定，海棠大厦的改制要与公司改制同步进行；公司以文件的形式向省工商局反映和举报，要求省工商局依法撤销大厦公司。

会后，李庆怀亲赴太原，除了向市长汇报公司的改制方案外，就是到海棠大厦召开了员工会议，到省工商局查询撤销大厦公司的有关事项。

2002 年 1 月 30 日，李庆怀在联席会议上通报了太原之行的情况，一是市长已经在公司的改制方案上签了字，二是大厦公司名存实亡，因为成立后没有办下来税务登记，所以不可能以大厦公司的名义产生任何业务往来。这次去太原，已经将大厦公司的公章和相关手续拿了回来。会议研究，从今天起，开始出售海棠大厦的股权，每股 20 万元，限定在 50 股以内，公司员工优先，社会资本也可以进入；收回股金后，再把原来职工贷款所扣的利息返还给职工。

海棠大厦要出售股权，引起了社会的一定反响。20 万元，对于"海棠"的员工而言无疑是个天文数字。海棠大厦的党支部书记秦安林就说过，20 万元？我一辈子也没有这么多钱啊。

有人说，这次海棠大厦的改制是为某些人量身定制的，因为入股的门槛很高，普通员工指望不大。特别是允许社会资本的进入，那就给大厦的"变性"开了个口子。

果然，省城一位金融界的朋友就给秦安林出主意说，你可以用你的名义买下来，还可以进行竞标，我给你提供一个亿的资金没问题。

一天，李庆怀来到海棠大厦，秦安林就问，我能不能买下来？

秦安林，1957 年 5 月出生，籍贯是晋城市北石店镇大张村人，出生在长治的淮海机械厂，1974 年高中毕业后，在长治县宋家庄插队。1977 年 4 月，他被招工到"海棠"，参加了工作。他先是在车间干车工，1985 年调到设备科，1988 年在公司团委工作，1990 年 4 月 21 日来到太原，与杜中杰、王德忠一起筹建海棠大厦。他分管大厦的通讯、煤气和自来水的安装。当时安装煤气很困难，他跑规划、设计、施工，3个月便接通了煤气，是当时动作最快的。

海棠大厦所以火爆起来，他认为有5大优势：一是价位低，二是人性化管理，三是晋东南口味的饭菜，四是用餐、住宿"一勺烩"，五是分餐制。

1993年成立大厦党支部时，他被选为支部书记。他在大厦工作了20多年，有一个基本处事原则，那就是不惹事、不多事，不搞远近亲疏。

现在他提出要买下海棠大厦，很是出乎李庆怀的意料。李庆怀知道他不可能有这么大的胃口，就问他，谁要买？

秦安林说，我的一个朋友。李庆怀说，那不行，外人不行。

2002年3月23日上午，海棠大厦的股权出售已见端倪。从汇总的情况看，总资产评估为3298万元，出售了股权1560万元，其中王德忠600万元，张路500万元，杨海泉200万元，刘红兵200万元，杜中杰20万元，韩军平20万元，张建红20万元。这次集团公司股权为732.8万元，占全部股权的31.97%；会议决定，出售的1560万元，主要是用于历年职工养老保险、归还职工贷款利息以及新公司的启动。

会议记录

这里有个问题。在组建海棠大厦有限责任公司的时候，入股资金是从县建行贷的款啊，现在讨论这1560万元用途的时候，并没有考虑这笔贷款的偿还情况。县建行当然不会善罢甘休，于是把以赵建国、董迷柱、马可为代表的"海棠"贷款人起诉到长治县人民法院，并且把贷款的400多人的名单公布到媒体上。县法院派人到海棠大厦进行查证，秦安林专门写了情况说明。赵建国还向法院写了答辩状。此事后来不了了之了，县建行负责人受到了处分。

时间不长，大约一个月左右，出资人正式出资，组建成立了山西海棠大厦有限责任公司，王德忠回炉担任了总经理。

但是，新近出现的问题，引起了人们的高度关注。

2002年3月，山西物产金属材料公司因海棠集团的欠款，向法院提起诉讼，要求查封海棠大厦的全部资产。几乎在同时，江苏省靖江市天马电机有限公司也因为海棠集团的欠款，向法院提起诉讼，要求冻结海棠集团太原办事处的账号。

这显然是山雨欲来风满楼，给了"海棠"一个巨大的压力。

2002年4月9日上午，"海棠"董事会开会，讨论应对这个局面的办法。李庆怀提出，集团公司在海棠大厦的股本为732万元，占股本构成的31.2%，居控股地位。但是，这笔钱很有可能因为诉讼而被法院划走，因为欠款是明摆着的事。这样，摆在面前的只有两条路可以选择，要么继续控股，要么全部卖掉。继续控股有被划走的风险，全部卖掉可以保全资产，但恐怕职工接受不了。

会议经过研究，决定走第一条路——继续控股。以后怎么办？改制以后再说。

如此看来，海棠大厦这么一块优良资产，也在风雨飘摇之中了。

李庆怀说，供应商和外协厂家纷纷起诉，是因为他们从"海棠"的改制中嗅出了一点味道。他们得知"海棠"的改制是要化整为零，死一块活一块，都怕自己以后要不上欠款，把债权打了水漂，于是就和"海棠"撕破了脸皮，让法律讨回一个公道。

改制难见成效，新产品打了水漂，领导班子四分五裂，工资收入跌到低点，内部不满情绪日益增长，外部债务压得喘不过气来，难道"海棠"真的走到了内外交困、山穷水尽的绝境了吗？

第**20**章 ❀ # 破 产

进入新世纪，改革与危机正在进行着一场赛跑。

这场赛跑在洗衣机的生产厂家中表现得尤为激烈，制造技术基本成熟，买方市场已经形成，材料涨价不可逆转，市场洗牌势在必行。在大浪淘沙的激烈竞争中，成本高、批量小的生产厂家首当其冲，名噪一时的"六大品牌"洗衣机相继退出了市场，取而代之的，要么是掌握有自己核心技术的品牌，要么是样式新颖、成本低廉的品牌。

"海棠"在改革与危机的赛跑中，改革举步维艰，危机此起彼伏，输赢已见分晓。债主已纷纷向法院提起诉讼，"海棠"还能经得起这最后的致命一击吗？

## 阴谋破产，董事长出走

"海棠"在改革与危机的赛跑中输掉了，这是不争的事实。

2002 年夏，县委书记王斗林到"海棠"调研。李庆怀、宋文斌向书记汇报说，有债主把我们起诉到法院了，要查封海棠大厦的资产。

王斗林书记问："你们怎么办啊？"

李庆怀说："我们能有什么办法啊？早就是资不抵债了。"

王斗林书记问："你们的意思是等着查封？"

李庆怀说："那倒不是。在这种情况下，只能是破产保护了。我已经向法律部门咨询过的，只有这一条路可走。可是，'海棠'破产，这怎么向领导和职工交代啊？"

王斗林书记说："不能为了虚名就把职工坑了啊，大家光干活领不上工资，这叫什么事啊？真不行了，就破产吧。破产破的是银行，先是保了工人的工资，才还债务的；破产虽然名声难听，大家也接受不了，但这是保护职工利益最后的办法。"

李庆怀说："如果真要能把银行的债务破掉了，我们就还有东山再起的机会。"

王斗林书记说："你们要审时度势，认真研究存在的问题和情况，积极应对，最大限度地保护职工的利益。至于维持还是破产，这是企业行为，你们要破产，我同意，但不干预企业行为。"

这次谈话，是"海棠"的主要领导和长治县委领导关于"海棠"破产的一次重要的沟通。

"海棠"在谈论破产了，至少是在决策层开始盘算了。

李庆怀说对我们说："不做这个准备，不行了。我们是黔驴技穷，这也是最后的一招儿。"

宋文斌对我们说："破产重组，是我们唯一的希望。其他的，我们已经无能为力了。"

看来，事到如今，破产竟然成了"海棠"保护自己、保护员工利益的最后选择了。

破产有两种形式，一种是企业自行申请破产，由法院宣告破产；另一种是债权人把企业起诉到法院，申请被起诉企业破产，由法院宣告破产。

前一种是主动破产，后一种是被逼破产。"海棠"该走哪条路呢？

主动破产，李庆怀认为，这在"海棠"是不可能的。因为自行申请破产必须通过股东大会的表决，海棠的员工都是股东，广大员工怎么会同意破产呢？不要说股东大会通不过，就是董事会恐怕也很难通过。一人一票的董事会，有过半数的董事都不情愿让"海棠"死在自己的手上。

既然不能主动破产，那就只好被迫破产了。但是，这条路也走不通。尽管现在已经有债权人把"海棠"起诉到了法院，然而都不是申请宣告"海棠"破产的，而只是要挖走"海棠"在海棠大厦的资产。因为债权人明白，一旦申请"海棠"破产还债，除了保证"海棠"职工的利益外，恐怕就什么也捞不到了。

主动破产不行，被动破产又没有债权人申请，这该如何是好呢？

这就逼得李庆怀要搞"阴谋破产"了。

所谓阴谋破产，就是由李庆怀和宋文斌策划好，找一家靠得住的协助厂家来把"海棠"起诉到法院，申请宣告"海棠"破产，由法院宣布破产保护。

这样做的好处是，在大多数债权人还挖不走"海棠"的资产时，法院就已经保全了，职工最后的利益也就保住了。

李庆怀对我们说："我什么也不做，也是个罪人。事已至此，还不如去操作一下子。"

李庆怀把这个"阴谋"向县委书记王斗林请示过。王书记同意这个方案，并请示过长治市委的领导。市委领导也同意这样办。

王斗林书记还亲自出面和长治中级人民法院的领导进行过沟通，务必要确保破产保护的成功。

这些"阴谋"策划好后，2002年8月，李庆怀到广东"出差"去了，从此不再在公司露面。

　　3个月过去了，员工们不见董事长的面，似乎有了不祥之兆，于是在11月21日，联名向公司工会、公司监事会递交"材料"，要求公司领导对"海棠大厦的处置，养老保险的缴纳，施浩南的定牌生产，太阳能公司的运作，董事会、工会、监事会的工作情况，以及董事长的去向、市纪检委审计账目的情况"，向职工进行公开答复和通报。

　　这份材料的措辞算不上激烈，但无疑是表达了员工们对公司现状的强烈不满，没有什么比"失望"更叫人揪心、更叫人愤怒的了。

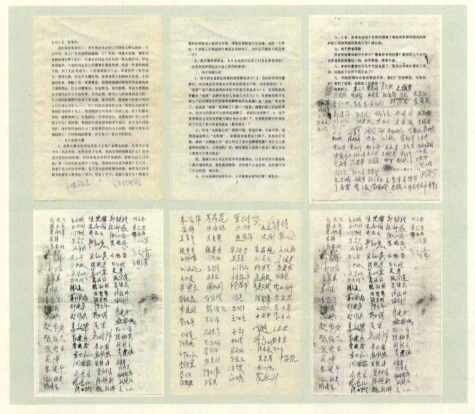

2002 年 11 月 21 日，海棠职工联名向公司工会、公司监事会提交的材料

这天下午，公司召开董事会，宋文斌在董事会上做了长篇讲话。他在讲话中说：

从去年七月一日到现在已经一年半了。一年半以来，我们进行了比较彻底的改制。应该说，改制的思路是对的，但是在改制过程中遇到了很多问题，出现了许多不尽人意的结果，上上下下对我们这一届班子已经失望了。我们是不是真的也像上届那样，一年半就下台了？

会议记录

……新的班子上任之初，认为从根本上转变企业的经营体制、甩掉包袱，就可以使企业喘过气来。经过这么长时间的实践证明，这根本就行不通。

……当务之急是尽量把集团公司的良性资产转移，进行小范围破产。我们的办法是：1. 工行甩包袱。2. 寻找新产品合作伙伴。3. 海棠生产基地移位。4. 建设海棠信息工业园区。

他在讲话中提到了董事长李庆怀的去向，说他去广东设计新产品去了，新产品是管道饮水机，一共搞出了6台，其中3台安装在北大教学楼，2台送质检部门进行测试。宋文斌在谈到这一点时，对李庆怀的评价是："非常辛苦，但很有成效。"

总经理这次虽然提到了破产，但显然不是要对这个问题进行讨论，而是犹抱琵琶半遮面地轻描淡写，并且把它有意无意地淹没在了环境问题、新产品问题和班子问题等等议题之中。

不过，人们对这个问题很敏感，因为破产问题在领导班子中也已不是什么秘密了，董事们也在私下不断地议论着。不少人认为，一旦讨论破产问题，那肯定是不会同意的。

赵建国认为，自己必须要有所表示，因为自己是工会主席，也是党委副书记，不能不为员工们的切身利益发声。所以，他在宋文斌长篇讲话后做了一个发言，表示说，不管是小范围破产还是什么，必须把职工利益的保全放在第一位，不能因为其他就急忙去搞什么动作。

董事们是第一次在会议上听总经理说到董事长李庆怀的去向。至于他去广东是搞新产品还是什么别的，人们很是不以为然，反倒是嗤之以鼻，说一个董事长，怎么能在生死关头撇下员工而临阵脱逃了呢？这也太不厚道、太不负责任了吧？

我们在后来采访李庆怀时，直接提出了这个问题："你是什么时候离开'海棠'的？"

"2002年8月吧，差不多是这个时间。"李庆怀想了想说。

"人们说你是临阵脱逃，为什么呢？能给个理由吗？"

李庆怀笑了笑说："人们说我什么都行，比这说得难听的还有。我理解。我走了嘛，还能堵住大家的嘴不让说？"

他停了一下又说："为什么我走了？说实话，作为董事长，那时候我已经无事可做了。'海棠'的改制行不通，资金链也已断裂，无法继续维持最基本的运营；新产品远水不解近渴，投入了但无回报；债主们纷纷把我们告上法庭，集团公司的账户已被查封，这等于是把我们掐死了。"

他说："我们没有私心杂念，尽心了也尽力了，但就这么个能力。职工的收入一年不如一年，当然是既失望又愤恨，怨声载道。你说，不走破产保护的路，还能有什么咒念？"

他说："破产保护的方针已经确定，这是大事，也是大势。你要说这是阴谋，我承认，因为是极少数人捏成的，没有公开，不敢也不能公开。至于破产的具体操作，是宋文斌的事。我已经给了他授权书，要他代行董事长职权。在这种

情况下，我还在公司干嘛？这是
一。"

　　他说："第二，我离开后，可
以给宋文斌操作破产一个余地和
空间。一旦发生了什么事，他能
往我这个董事长的头上推啊，反
正你找不见我了嘛。这也是离开
的重要原因。"

接受采访的李庆怀

　　破产的"阴谋"已经搞定，董事长也离"家"出走，至于什么时候能破了产，
那就要看宋文斌的操作了。


## 资产保全，公告破产还债


　　纸包不住火。"海棠"破产的议题终于在 2002 年 12 月 1 日上午的董事会
上摊牌了。这次会议，是总经理宋文斌传达李庆怀董事长关于目前企业的三点
意见：

　　一、集团公司（老公司）必须在适当时候消亡。

　　二、消亡之前做好善后工作。

　　三、新设公司必须适应市场规律，顺应市场发展变化；关于对职工的处置，
要摸透职工思想，不要因小失大。

　　"三点意见"是在董事会上第一次提出了集团公司消亡的问题。这就把"破
产"问题正式地摆在了桌面上。董事们的反应也是各有不同，有赞同的，有反对的，
也有默不作声的。

　　第二天上午，12 月 2 日，职工们再次联名要求公司领导回答 10 个问题，其中有要求收回品牌和质问李庆怀的去向等。

　　宋文斌、赵建国出面向大家做了说明和解释，说明董事长在广东开发新产品，其他的问题立即上会研究。

　　下午，董事会召开。这时候，苏店村要求以物抵债的问题也提上了议事日程。会议同意用公司的两部轿车和小客货车抵债给苏店村，同意把砂轮机厂的资产也抵债给苏店村。

　　近水楼台先得月。"海棠"在苏店的地面上折腾了这么多年，临破产了，也不能亏了曾经大力支持过"海棠"的老乡啊。后来，连一处 1997 年新建的房产也抵债给了苏店村。"海棠"以资产抵债，说明确实是山穷水尽了。工资都发不出了，留轿车还有什么用？

　　会议上再次提出关于施浩南定牌生产海棠双桶洗衣机及售后服务的问题。董事们各自发表了自己的意见：

　　宋文斌说，收回授权，放在"高科"（全自动公司），董事会成员今后都到高科工作，集团公司在高科的 60 万元股本大家买回来，实行高科与集团公司彻底脱钩。

　　董迷柱说，完全同意收回品牌使用权，考虑到高科公司与其他 8 个子公司一样都是改制派生的产物，建议成立一个新公司，专司品牌定做业务，分批给职工进行身份买断。这样，人员身份明确，人心安定，便于新公司发展。

　　马可说，同意成立一个新公司进行专门贴牌生产，公司开给施浩南的 9 张空白授权书，必须立即收回，不然的话，后患无穷。

　　赵建国说，不管放在哪个公司，都应该立即将授权书收回来，不能这样下去；大家对施浩南定牌生产意见很大，因为双桶公司从成立到现在，没有很好地组织生产，半年过去，仅生产 1 万台，而定牌的却达到几万台，违背了改制的意图；

即使是保住品牌，我们也要加强品牌的使用管理。

刘万明说，同意收回来，放在高科公司，我是不参加入股了。

刘兴龙说，收回来可以，成立新公司不合适，同意放在高科公司。

董事会在讨论这些问题时，虽然意见不一致，但还比较从容。也许人们还不知道，在这之前，阴谋破产的程序已经启动了。

2002年11月28日，四川省成都科威电器有限公司向长治市中级人民法院提起诉讼，要求宣告海棠破产还债。

"成都科威"是宋文斌提前联系好的那个靠得住的协助厂家，"海棠"欠有38万元货款。选择这个时间点，宋文斌有些迫不得已，因为要求冻结"海棠"资产还债的厂家已经蜂拥而至了。

早在前几个月，2002年9月6日，长治市中级人民法院对于"山西物产金属公司"诉"海棠"合同纠纷一案做出了民事判决书，并于10月11日立案执行。

11月11日，江苏省江阴市人民法院送达《民事裁定书》，要求冻结海棠大厦中"海棠电器集团"的200万元股权，以应诉江阴市金凌电器公司与"海棠"195.3万元的货款纠纷案。

在这种情形下，阴谋破产的程序只得启动了。

"成都科威"起诉"海棠"的一个月后，2002年12月19日，长治市中级人民法院发出了（2002）长民破字第004-1号《民事裁定书》：

本院经审查认为，被申请人山西海棠电器集团股份有限公司经营管理不善，造成亏损，总债务达20073.7万元，而全部资产价值仅有6446.3万元，造成资不抵债达13627.4万元，

裁定书复印件

对此被申请人多方努力克服，但仍不能偿还申请人到期债务，故申请人提出申请破产还债符合法律规定，依照《中华人民共和国民事诉讼法》第一百九十九条和第二百条第一款之规定，裁定如下：宣告被申请人山西海棠电器集团股份有限公司破产还债。

有了"成都科威"的起诉，又有了中院宣告破产还债的裁定，破产保护的"阴谋"不就顺利得逞了吗？

其实，事情的发展变化远不是这么简单，反倒是风云不断，一波三折。

12月22日，宋文斌去长治中院进行破产保护的沟通时，获得了一个重要的信息：山西物产金属公司、江阴金凌电器，要求执行海棠大厦的资产。这一天，长治市中院已经派人到太原去依法执行海棠大厦的资产了，执行人员正在去太原的路上。

这个信息让宋文斌大吃一惊。他很清楚，海棠大厦的资产一旦被执行走，职工的最后利益的保障就泡汤了。他的第一反应是，必须想办法阻止长治中院的这次执行，保全海棠大厦的资产。

这天是星期日，冬至节气，大雪飘飘。宋文斌急忙去找到了王斗林书记，说明了情况的严重性。王书记说，我已经和中院的领导沟通过了啊，现在还怎么去说？

宋文斌说，你要说了不管用，就去找市里的领导啊。

王书记立马给张兵生市长打电话，说我去见你一下，有紧急的情况汇报请示，5分钟就行。张市长说，你来吧，我在国税大厦。

王书记和宋文斌一起到国税大厦找见市长，汇报了市中院正去太原执行海棠大厦的情况，请求市领导让中院先不要进行执行。

"没问题。"张市长说着就给中院院长打电话，没想到，电话竟然打不通。不一会儿，市长叫来了中院的一位副院长，要他赶快联系院长。这位副院长立刻就给院长打电话，结果是联系不上。

市长一看联系不到院长，发了脾气，黑着脸对这位副院长严肃地说："你今天晚上必须通知到你们院长，执行海棠大厦的这件事情要专题向市政府，不，是向市委汇报，市委定了以后再办。"

一个案件的执行，引起市领导如此高度的关注，这是中院主要领导没有想到的，于是马上通知执行人员停止执行。

第二天，市中院的主要领导，长治县委、县政府的主要领导，一同参加了市委关于"海棠"破产的汇报会。在会议上，市长不客气地批评中院领导说："你们一直说执行难、执行难，这一次怎么执行得这么快啊？'海棠'破产是大事，要依法进行破产保护，以维护职工的权益！"

就这样，执行海棠大厦的行动终止了，"海棠"唯一的一块优良资产保住了。

宋文斌说："想办法阻止执行海棠大厦的那个时候，是我脑子转得最快的时候。那时候我是顶风冒雪在与执行人员进行赛跑，为的是争取时间，打胜保全海棠大厦资产这一仗。"

2002 年 12 月 31 日，长治市中级人民法院在"海棠"的车间、库房，以及相关科室的门上贴上了封条，并在厂务公开栏里贴上了《被申请破产企业职工须知》的公告。

"海棠"对外宣告破产了，在 2002 年最后的一天。


## "海棠"花落，句号不好画

2002 年 12 月 31 日，"海棠"被法院贴上了封条。但在"海棠"很多人的记忆中，"海棠"是 2003 年 1 月 3 日被封的。

这是为什么呢？因为元旦放假了，人们是在 2003 年 1 月 3 日上班时才看到封条的，那天是腊月初一。

看见了《公告》和封条，职工知道不能上班了，一连串的疑问迸发出来：既然要破产，为什么放假前不说？为什么不开股东大会？为什么连个招呼也不打？为什么工人的利益不管不顾了？

尽管"海棠"的人们对破产已经议论了许久，但只有看见门上封条的时候，这才感到是真破产了。白白的封条是那样的刺眼，叫人禁不住悲从心来，想哭，又哭不出来。

2003 年 1 月 3 日，以长治中院为牵头单位，由长治县的二轻局、经贸局、工商局、县劳动局等单位组成破产清算组进驻"海棠"，进行破产清算。

"海棠"要组织留守人员以配合清算组的工作。董事长、总经理、财务负责人都是法定的留守人员，其他人员，如保安、协调、后勤等，则是由公司自己组织。宋文斌对赵建国说："你留下吧赵厂长，咱们一起配合清算。"

赵建国说："我不留，回家啊。我看着厂子就心里难受，还干这干甚哩？不干了，也不看了，快过年了，回家啊。"

"海棠"的破产引起了社会的高度关注。

山西的媒体记者在第一时间去采访蔡中祜。老蔡拒绝采访，说："采访我干什么？我和'海棠'已经早没有来往了。"

时隔 10 年后，2012 年 12 月 27 日，我们去采访了蔡中祜。他说："我是拒绝采访有关'海棠'的事情，可你们不能不见，你们是家乡的父母官啊。"

他说："见归见，但是有关'海棠'的破产我不想说什么。1996 年，老梁给我打电话，说厂里出了大字报了。我给他说，我跟'海棠'一刀两断，以后不要再给我打电话了，你们谁的电话我也不接。这么多年了，我就是不接海棠人的电话，包括老梁。"

接受采访的
蔡中祜（右）

他说："你们叫我说，我说什么？我还能说什么？你们应该到群众中去采访。群众是真正的英雄。"

我们理解他的心情。

早在"海棠"举步维艰时，是他临危受命来到"海棠"，并带领职工一鼓作气冲过万台生死线，保住了"海棠"的命；是他大胆决策试制出了新型洗衣机，使"海棠"跻身"六大名牌"；是他力主改革，实施"四大指标，全奖全赔"的经济责任制，为"海棠"扭亏为盈闯出了一条新路；是他大胆提出引进的构想，用先进科学技术为"海棠"插上腾飞的翅膀，赢得市场，叫响全国；是他提出并推行"海棠"系列服务，成为占领市场的成功之道。

回首"海棠"，万台定点的艰苦卓绝，经济责任制的大胆创新，"六大名牌"的风光无限，引进技术的石破天惊，质量第一的登峰造极，这都是以老蔡为首的领导班子的决策的正确性所带给"海棠"的风流和荣光。"海棠"的成功和崛起是与他的胆略、智慧分不开的，没有他的领导就没有"海棠"的成功。

"海棠"衰落了，破产了，他肯定有一种无以言状的悲伤，心上的伤口是无法愈合的。他肯定在夜里哭醒过，但是，我们没问。

"海棠"破产后，2003年2月11日，央视二套节目播出了"海棠"破产的消息。

2月24日，山西晚报在"特别报道"栏目中，以《海棠花落》为题，以《名牌破产》、《曾经辉煌》、《盛极而衰》、《重组迷局》等4个篇章，发表了"海棠"破产的长篇通讯。

"海棠"的职工很难接受破产的这个现实。4月10日上午，部分职工到长治县委、县政府上访，并且把宋文斌围攻了一顿。

这天，长治市一年一度的"两会"正在隆重进行。这部分"海棠"职工决定在下午上访"两会"，以造成影响。他们两点多钟聚集在潞州剧院东南角的一个饭店里，准备下一步行动。

剪报

为了劝阻上访，长治县委副书记关小平、副县长马国林等领导也来到了市里。这时，"两会"正在潞州剧院举行集体会议，县领导来到了剧院南边的一个小饭店里，打电话叫赵建国赶紧出来。

赵建国正在剧院参加会议。虽然"海棠"破产了，但他是市政协委员，所以出席了"两会"。他接到长治县经贸局领导的电话，急忙来到了小饭店。关小平副书记对他说明了情况，要他出面去把职工劝回去，不要叫出了事。

赵建国赶紧来到东南角上的饭店，见到了"海棠"的职工们，也见到了市信访局在场的领导。他对职工们说，大家先回去吧，这样解决不了问题，反倒给自己找麻烦了。

职工中有人很有情绪地说，能有什么麻烦？总得给我们解决问题吧？赵厂长，破产了就没人管我们的死活了？

赵建国说："我知道，我知道大家的难处，县委、县政府也知道。但是，这样上访解决不了问题。'两会'有规定，不管是谁，也不管是什么原因，凡是影响和干扰'两会'的，都是先抓起来再说。大家想想，问题没解决，再叫抓起来，这哪头合账？大家先回去，有什么开完'两会'再说。大家给我一个面子行不行？咱都在厂里一起多少年了，你们还不了解我？我拿人格担保，绝对不会哄骗大家，'两会'完了，一定会有个说法和交代，我去找你们还不行？"

职工们听了赵建国的话，随即解散了。赵建国又回到小饭店，关副书记说："情况我们都看到了，也向县委汇报了，常书记让你散会后去他那里一趟。他在国税大厦。"

散会后，赵建国来到国税大厦，见到了来参加"两会"的长治县委书记常光明。常光明书记说，我是新来长治县工作的，对"海棠"的情况了解不多，这样吧赵厂长，咱们在"两会"后定个时间，在县里和职工的代表开个座谈会，解决职工的上访问题，好不好？

赵建国说，好啊，人员我组织。

4月18日，"海棠"破产后的第一个座谈会在县委会议室举行，县委书记常光明出席并主持座谈会，"海棠"的职工代表有10个人参加。座谈会上，职工代表主要是提出了四个方面的问题：一是生活困难。企业破产了，几个月1分钱也不发，孩子要上学、老人要照顾，没办法生活。二是海棠大厦的出卖问题，职工不知情，操作不透明，出价太低。三是高科公司的问题。高科公司（全自动公司）是集团公司的控股公司，集团公司破产了，职工1分钱也发不上，可高科公司的职工照样开工资，这也太不合理了吧？四是破产问题，没有开过职代会和股东大会，没有把问题说明、情况摆透，破产不符合程序，这里边是不是有什么个人的目的?

常光明书记听了代表的发言后表示,县委、县政府一定会高度重视同志们提出的问题,进一步调查研究,千方百计解决这些问题。

会后,县委领导对赵建国说,你要参加留守工作。

赵建国说:"我不参加了,厂子闹成个这了,还弄这干甚哩。"

县委领导说,你对"海棠"的感情不用我们说,你在职工中也是有威信、有信誉的,你不参加留守工作,很多问题不好解决。你现在参加留守,不是公司组织的人员,是县委、县政府聘请的人员。为了职工,再站好最后一班岗吧,怎么样啊赵厂长?

赵建国一时无话可说了。他1968年来到"海棠",以自己的勤奋和聪明很进入了领导层。"海棠"的艰难崛起,他是参与者;"海棠"的渐次衰落,他是见证者。他尽力做好自己的工作,努力维护职工的权益,虽然不是能左右"海棠"命运的人物,但确是有着雄厚的群众基础和产生相当影响的人物。

他在领导层工作多年,不贪钱、不越权,两袖清风,屁股干净,所以能和职工在一起,也敢和职工在一起。如今企业破产了,但还需要他来为维护职工的权益出一把力。

他也觉得自己应该尽最大的努力,为职工的利益、为自己在"海棠"的人生画一个句号。于是,他表态说:"既然领导这样说了,那我就来吧,最后为'海棠'尽尽心,也尽尽力。"

赵建国参加了留守工作,才知道"海棠"的句号并不好画。

第**21**章 🌼 **清 算**

"海棠"破产了，但想死并不容易。

从 2002 年 12 月 19 日至 2004 年 12 月 13 日，两年时间内，不同的债权人分三次向长治中院起诉"海棠"，申请宣告"海棠"破产还债。长治中院也三次启动破产程序，依法做出宣告"海棠"破产还债的裁定。

但是，中院的每次裁定都因山西物产金属公司、江阴金凌电器等债权人不服而上诉到山西省高级人民法院，省高院又每次以海棠电器集团"不符合宣告破产的法定情形，长治中院裁定宣告其破产明显不当"为由，撤销了中院的裁定，驳回了要求宣告"海棠"破产还债的申请。

两年了，中院三次裁定，高院三次驳回，"阴谋"破产不能得逞，叫"海棠"是生也难、死也难。

2004 年 12 月 13 日，省高院以终审裁定驳回了要求宣告"海棠"破产还债的申请。"海棠"就只得自行申请破产了。

"海棠"向长治县人民法院提出了自行破产申请。

2005 年 1 月 29 日，长治县人民法院发出 (2005) 长民破字第 001—3 号《民事裁定书》：

裁定书

申请人山西海棠电器集团股份有限公司因严重亏损，无力清偿到期债务呈连续状态，向本院申请宣告破产还债。本院经审查认为：申请人山西海棠电器集团股份有限公司从 2002 年停产，至今未能恢复生产，资产负债率高达 279%，严重资不抵债。依据《中华人民共和国民事诉讼法》第一百九十九条、第二百条第一款之规定，裁定如下：

宣告申请人山西海棠电器集团股份有限公司破产还债。

本裁定送达后立即生效。

债权人不服长治县法院的裁定，向上一级人民法院——长治市中院提起上诉。长治市中院经过审查，依法驳回债权人上诉，维持长治县法院的裁定。长治市中院的裁定为终审裁定。

这一次，"海棠"经过一波三折后终于被宣告破产还债了。

宋文斌在后来接受我们的采访时说："我是'海棠'的千古罪人，因为我是'末代皇帝'。'海棠'破产了，我是既后悔又无悔。后悔的是自己敲了自己的饭碗，那真是'辛辛苦苦几十年，一夜回到了解放前'。无悔的是我把'海棠'完整地交给了法院，没有让别人挖走。这是最后，也是最佳、最明智的选择。我对得起'海棠'的父老乡亲了，问心无愧。遗憾的是，破产后甩掉包袱、东山再起的指望落空了，一进入破产还债程序就由不得我们了。"

"海棠"被终审裁定破产还债了，以长治市中院为牵头的清算组退出"海棠"，由长治县有关部门组成的清算组进驻，组长为县政法委的领导李龙。后来，清算组被称作为"破产案件管理人"。

　　"海棠"的破产还债程序开始了新的一页。


## 清算，一波三折

　　"海棠"破产还债从 2005 年起进入了正常程序。当然，在这之前的清算组已经做了大量的工作，比如，理顺了砂轮机厂与苏店村的关系，出台了《关于海棠改制后新设公司的清理方案》、《破产清算期间账务的处理办法》，召开了第一次债权人会议，等等。

　　2005 年，"海棠"破产还债进入了实质性的操作阶段。

　　"海棠"通知债权人申报债权，截至 2005 年 5 月 25 日，共收到债权申报书 82 份。经确认，债权人为 82 户，金额 2.01 亿元。

　　"海棠"破产还债，海棠大厦是个焦点。

　　两年多的时间里，"海棠"欲死不能，就是因为债权人死死盯住海棠大厦这块优良资产不放，并试图挖走。当然，这也是海棠职工最为关注的切身利益所在。于是，处置集团公司在大厦的股权，必然是首先要解决的问题。

　　海棠大厦的改制是在 2002 年 3 月 10 日，注册资本为 2292.89 万元，集团公司保留 732.89 万元，占 31.97%。现在要依法追收回股权，进行出售和转让。根据 2005 年审核、评估报告，海棠大厦的增值率为 58.19%，清算组意欲以 1064.76 万元进行转让。

　　2005 年 4 月 9 日、6 月 6 日，清算组两次在海棠大厦召开海棠大厦有限公司的股东会议，形成了转让集团公司股权的决议。

　　6 月 20 日至 24 日，长治县法院的法官、清算组组长李龙、留守人员宋文斌、赵建国等人一同前往海棠大厦，经过 4 天的反复协商，最终将集团公司 31.97% 的股权，以 1064.76 万元转让给王德忠、杜中杰等 7 名自然人。从此，海棠大厦从集团公司中完全剥离出来了。

转让协议书（局部）

"海棠"在大厦的 1000 多万元的股权收了回来，立即上缴了职工养老保险金，为妥善安置职工打下了良好的基础。试想一下，假如当初海棠大厦的资产被债权人执行走，职工最后的利益还拿什么来保证？从这点上看，宋文斌在风雪中的奔走没有白费。

再后来，吕梁的一个老板收购了海棠大厦的股权，这与海棠的职工已经没有任何关系了。大厦还是那个大厦，大厦的名称没变，经营的模式没变，饭菜的风味没变，入住的客流没变，变了的是大厦的老板。

再看一眼海棠大厦吧，那是"海棠"留下的一个记忆和念想。

解决了海棠大厦的棘手问题后，"海棠"破产资产依法进行公开拍卖就提到议事日程上。

"海棠"处置的资产评估值为 4069.04 万元，包括 56598.5 平方米的土地使用权，43136.9 平方米建筑物，1900 余台（套）机械设备，积存产品，以及"海棠"商标使用权等，起拍价定为 4073 万元。

需要说明的是，经有关机构鉴定，海棠商标已经没有价值了，此时是以"零"资产排列其中的。风靡一时的"海棠"商标，这时很像是一个"买一送一"的礼品。

我们在采访期间，不止一次地行走在"海棠"厂区，有职工对我们说，这么大的地方，这么好的设备，才值 4000 万元？这也太便宜了吧？

是的，的确是太便宜了。然而，就这么个"跳楼"价，在拍卖市场上却是无人问津。

2005 年 11 月 29 日，第一次公开拍卖，因无人报名而流拍。

2006 年 1 月 6 日再次拍卖，还是因无人报名而流拍。

两次流拍后，宋文斌坐不住了。这年 6 月，他去找清算组领导说，我不能留守了，得去找工作挣钱哩；我要养家糊口，真是顶不住了。

宋文斌离开了"海棠"，干他的职业经理去了，从此再也没有回去过"海棠"。

"说说你离开'海棠'时的心情。"我们在他离开"海棠"7 年后的 2013 年 12 月 3 日，最后一次采访了他。

他看了看我们说："唉，一言难尽，不说也罢。"

他点燃了一支香烟，深深地吸了几口，才又缓缓地说："有人说'海棠'是死在我们手上的，这话不错，确实是在我们这一任上破产的。我是总经理，是'末代皇帝'，肯定是被钉在'海棠'的历史耻辱柱上了。"

他说："我要说的是，难道真的是我们葬送了'海棠'吗？我们接手时已经是资不抵债了啊。如果是一个生机勃勃的'海棠'，我们能让它死了吗？"

他说："我们只是想尽自己的能力叫'海棠'起死回生，因为我们的身家性命都是押在了企业的发

接受采访的宋文斌

展和兴旺上。谋事在人，成事在天。我们是有心无力啊。"

他说："我把青春都献给了'海棠'，但也留下了深深的遗憾。我走了，算是个逃兵吧。我不再吃'海棠'了，去靠自己的努力找碗饭吃。唉，不说了，说这干甚哩。咱们认识了，谈得还投机，改日请你们喝酒啊。"

他说完转身走了，不让我们起身送他。那天，暖暖的，不像一个冷冬的样子。

"海棠"第二次流拍后，沉淀了一段时间，加大了宣传力度，并且把起拍价调低到了 2730.6 万元，在 2008 年 1 月 24 日进行第三次拍卖，很遗憾，还是流拍了。

从 2005 年 11 月到 2008 年初，三次上市，三次流拍。

难道真的就没有人相中"海棠"了吗？或许，"海棠"在等待着什么？是等待着春天，还是等待着意中人？

2008 年春，迎春黄了，玉兰白了，杨柳吐翠，草色青青。

一天，一个人来到了"海棠"。他想进到厂区看看，门卫不让进。他塞给门卫一盒烟说："我就进去看一眼，不行啊？"

门卫说："行吧，看看就快出来啊。"

他进到了"海棠"厂区，看到的是杂草丛生，灰天土地，车间的大门上贴着封条，库房也贴着封条，还拴着狗。

他一下反应不过来，这是赫赫有名的"海棠"吗？他使用的洗衣机就是"海棠"牌的，但从来没有来过"海棠"。第一次来"海棠"，看到的竟然是如此破败的景象，与他想象中的"海棠"完全是两个截然不同的概念。

他叫姜明清，是长治市高级技工学校的校长。

他来"海棠"干什么呢？

"长治高技"地处长治市市区西部的繁华区，因受环境限制，急需发展新的校区。为了扩大校区，他正在四处寻找适合办学的地方。

他来到"海棠"，一看有如此多的大车间，这正是他想要的场所。

姜校长看完"海棠"，回到学校立即开会，形成了要买下"海棠"的意愿，并且把可行性报告交给了长治县。时间不长，长治县约谈姜校长，商讨购买事项。

姜校长有个难处，学校是吃财政的，没有这么多的自有资金。于是，他引进一个叫唐书鹤的老板，一起来买"海棠"。

唐书鹤，浙江温州人，在长治长期打拼，是长治晋永泰煤业有限公司的老板。

2008年6月4日上午，"海棠"第四次拍卖。

手持222竞投牌号的唐书鹤，以出价2200万元，整体买断了"海棠"的破产财产。

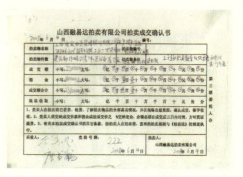

成交确认书

6月19日下午，县委书记常光明主持召开了拍卖协调会，要尽快按法律规定执行拍卖协议，妥善处置移交、偿付等后续工作。赵建国在会议上表示，不论海棠的场地将来做什么用场，都希望尽力使用和安置海棠的职工。姜明清表示，这没有问题。

会议确定，由县政协主席付永祥牵头，组成领导组，负责后续工作的完善。

6月30日、7月11日，破产案件管理人将破产资产及证件移交给唐书鹤和姜明清。7月28日，清算组解聘留守人员。11月12日，破产案件管理人开始办理在册职工的医疗保险。

2009年1月5日，海棠破产案件管理人发出《清结通知》。"海棠"破产资产拍卖所得2200万元资金，加上上缴社保金结余的68.9万元，共计2268.92万元。依法按照破产分配方案，职工的欠发工资、经济补偿金是偿付债权的第一顺序项目，然后才是其他顺序的债权偿付，这包括银行贷款、企业欠款等。

经过测算，2268.92万元除了上缴县政府土地出让金和拨付破产费用外，尚不足以支付第一顺序项目的债权，当然也就谈不上其他顺序的债权清偿了。

李庆怀对我们说："破产后拍卖的资金就是给职工发了发，还不够大，至于其他的债权人1分钱也没弄上。唉，亏了银行和协助单位了，这也是没办法的事。"

4天后，2009年1月9日，"海棠"职工领取经济补偿金和《解除劳动合同通知书》。

经济补偿金最多的领取到2.2万元，最少的有几千元，平均在1.2万元左右。"海棠"破产了，公司与职工在1993年12月签订的劳动合同，于2005年1月31日解除。职工养老保险金的集体部分，公司也是缴到这天为止。

事后，海棠破产案件管理人发放"海棠"参保职工的养老保险、失业保险、医疗保险等相关证件。职工档案移交于长治县惠民劳动保障事务代理有限公司，职工的退休手续自行去办理。党员的关系转到县二轻局党委。

职工领上了经济补偿金，拿到了《解除劳动合同通知书》，知道自己与"海棠"的关联最后终止了。

这天是农历腊月十四日，小寒已过，大寒未到。

2009年12月28日，基于破产的资产移交工作全部完成，职工已经妥善安置，相关手续办理完毕，海棠破产案件管理人向长治县人民法院申请裁定终结破产程序。

裁定书

2010 年 1 月 30 日，长治县人民法院发出（2010）长破字第 05—01—56 号《民事裁定书》，依法裁定山西海棠电器股份有限公司破产程序终结。

这天是农历腊月十六，太行山有雪吗？不记得了。


## 海棠校区，传承海棠精神

"海棠"消亡了。"海棠"的员工没人会想到，红红火火的企业最后竟然是这么个下场。

"海棠"换了主人了，不再是企业，而要成为长治市高级技工学校的一个校区了。

2008 年 6 月 28 日，海棠破产清算组为移交资产做准备工作，姜明清校长要进到车间进行视察。

法院的人员撕掉了门上的封条，推开了尘封的大门，姜明清看到了一幅不可思议的景象：流水线上还摆放着正在组装的洗衣机，注塑机里还注满了材料，似乎一按电钮，整个生产线就会运转起来一样。然而，这一切都凝固在了那里，僵死在了那里，好像一场突然降临的灾难把"海棠"给窒息了。

他进到办公楼，迎面的影壁上写有"海棠电器，至诚通天"八个大字，给了他一种震撼。这无疑是"海棠"的标识，在历经了衰亡的风霜后，依然透着一种不凡的气魄。

他走进海棠展览馆，房子漏雨了，陈设的版面、奖状、奖杯都被淋坏了，没有了荣光的生辉，到处是一片狼藉。这就是"海棠"的历史吗？奖杯生了锈斑，奖状已变得模糊。

他在档案室里，看到的也是到处流着水，资料被泡着，叫人看着很是可惜和心疼。他在一个书架上看到一本《海棠魂》的小册子，想必是描写"海棠"历史的，于是随手带了回去。

他连夜看了《海棠魂》，这才了解了"海棠"在历史上的辉煌。这一夜，他无法入眠，总在想着一个问题：这么优秀的一个企业，怎么弄成这样了？

他想为"海棠"做点什么。当年"海棠"让长治叫响过、自豪过，如今还有好多人家在使用着海棠牌洗衣机。"海棠"能打造成知名品牌是一件了不起的事，是长治的荣光。现在自己要在这里建设新校区了，不能让"海棠"从此销声匿迹，而是要弘扬海棠的创业精神，尽最大的努力把"海棠"保留下来，把"海棠"的精神传承下去。

海棠校区

于是，他决定把新校区叫成"海棠校区"。

长治市高级技工学校，后来改称为长治技师学院。于是，海棠校区被称之为长治技师学院海棠校区。

他对我们说："'海棠'的地方是块福地，当年非常辉煌，我们要以'海棠校区'来命名新校区，让人们不忘'海棠'，留住'海棠'，弘扬'海棠'，因为'海棠'的兴衰本身就是一部生动的教科书。"

海棠校区开始进行改造了，姜明清校长明确指出，"海棠"的大门不能动，"海棠"的影壁墙要保留，要把所有"海棠"的档案资料妥善地保管起来，还要把一座楼命名为"海棠楼"。

他说："一定要留住海棠的文化，学校存在一天，'海棠'精神就要传承一天。"

2008年9月15日，海棠校区正式迎接新生入学了。

2011年，姜明清校长决定办一个展览，展览的一半内容是"海

接受采访的姜明清

棠"的兴衰史，另一半是"高技"的发展史。

他把赵建国、靳文明请到学校，要他们整理资料、图片，组织"海棠"的展览内容。这两个人办"海棠"的展览，那是轻车熟路。

2012年8月21日，展览布展完毕。"海棠"的岁月，从起步到辉煌，从转折到衰败，都在这里图文并茂、言简意赅、层次清晰地展示出来。赵建国对我们说："展览的文字是我写的，原来还写了几条'海棠'衰亡的原因，但姜校长不予采纳，只用了一个大大的'？'。"

赵建国写几条"海棠"衰亡的原因，是他该做、也想做的事情。他是"海棠"兴衰的经历者，在"海棠"的几次转折关头都是身处激流漩涡的中心，有着刻骨铭心的感受。他对海棠的衰亡有着自己独特的认识和见解。他要总结几条其中的原因，是要给"海棠"一个交代，也给自己一个交代。

他对我们说，我以后一定要写一部关于"海棠"的书，不顾及上下左右，就是我眼中所看的海棠，书名就叫《海棠始末》。

姜明清校长不在展览上列出几条"海棠"衰亡的原因，显然是明智的。他认为要找准"海棠"消亡的原因，需要历史的沉淀，需要认知再有一个新的高度。但是，这个问题必须提出，所以把一个大大的"？"放在了那里。

多次接受采访的梁吉祥（上左、下右）

一个大大的"？"，是在拷问已经成为历史的"海棠"，也在拷问发展中的当下，还向社会的明天发出了警示。这种拷问，向着人生的内涵聚集，向着社会的外延扩展，或许已经超出了"海棠"本身。

展览完成后，正逢一个全国性的职业教育会议在长治召开。与会的领导和人员参观了海棠校区，参观了海棠展览，无不为学校致力于传承"海棠"精神和文化而震撼。

姜明清校长还特意请梁吉祥来看过展览，他对我们说："老梁看了展览，流泪了。"

我们能想象到梁吉祥看展览时的心情吗？

恐怕很难。这时用任何的词汇来形容他，都是苍白的，无力的。

梁吉祥为"海棠"所做的贡献是巨大的。海棠洗衣机从诞生到辉煌，无疑是浸透了梁吉祥的心血和智慧。"海棠"连续的名牌创立，连续十几年以25%的速度增长，没有梁吉祥的领导是不可想象的。

人们可以对他说长道短，但他始终不渝地站在波澜的中心，把自己的全部献给"海棠"，难道不足以让我们心生敬佩吗？

我们多次去采访过梁吉祥，在苏店的那个农家小院里。他总是要亲手给我们沏杯茶，然后再聊"海棠"的那些人和事。

参观海棠展览馆

他说："海棠一路走来不容易。现在你们写海棠也很不容易。"

他说："有些事记不清了，有些事忘不了。我不想再提过去的事了，这么多年了，好不容易才平和了，还说这干甚哩。"

留下的是真情，摒弃的是烦恼。

他想生活得恬淡些，把那些曾经的激情、奋斗、辉煌、纠结、不快、遗憾，都化进蓝天的白云里随风去吧。他在小院里养有几株月季、大丽花，种有几畦蔬菜，走道上还有一架葡萄。

还有不少"海棠"的职工来看过展览，大多数人是神情凝重地伫足良久却一声不吭。

我们能理解他们的心情吗？恐怕也很难。同一个"海棠"，却是冰火两重天。奉献过，奋斗过，抗争过，失望过，起起落落的人生都经历过，还说什么呢？面对过往的历史，只有沉默，默默地回忆，默默地品味，默默地吞咽，默默地忍受……

2013 年 11 月 28 日，我们采访了姜明清校长，也去参观了海棠展览。我们的脚步是沉重的，在那个大大的“？”前停留了许久。

我们要感谢姜明清，有了海棠校区，就留下了“海棠”。

## 买回海棠商标，把根留住

“海棠”破产了，清算了，改成校区了。

“海棠”清算完了就完了吗？海棠人不这样想。

“海棠”破产资产在拍卖时，遭遇了三次流拍，只是到了第四次拍卖时，唐书鹤才以 2200 万元拍走。

“海棠”职工认为这个价码太低了，太便宜了。但是，唐书鹤认为这个价出高了，还要准备反悔。最后，他享受了县政府 80 万元的政策优惠，这才接受了破产的资产。

值得注意的是，破产资产中包括海棠商标使用权。这是破产资产中唯一注明的无形资产，资产价值为“零”。

海棠商标怎么会是“零资产”呢？

“海棠”是走俏全国、被山西省评为著名商标的品牌。很多人认识长治，就是因为“海棠”。

1993 年，“海棠”股份合作制改造时，海棠商标作为无形资产被评估为 888 万元。“888”，发发发，这也太有象征吉利、祝福发财的含义了。

到了 1996 年，“海棠”改组为集团股份有限公司时，公司章程中没有载明海棠商标的评估价值。这不是海棠商标没有了价值，而是工作中的缺失。

我们依据市场经济的常识，不妨做一个推断：随着"海棠"知名度的扩大，"海棠"洗衣机在市场上的走红，其商标价值肯定是在1993年的基础上继续攀高而不会下落。

如果这个推断不算离谱的话，海棠商标怎么会沦落到"零资产"的境地呢？很简单，那是因为"海棠"破产了。

"海棠"破产后，2005年9月，有关司法鉴定中心对海棠商标进行了评估鉴定，结论是：

鉴定书

根据山西海棠电器集团股份有限公司提供的资料，该公司已于2002年12月19日被长治市中级人民法院裁定破产，近三年来已不再进行生产，也没有进行任何经营活动，企业的获利能力已不存在。其注册商标所依附的实体将不存在，也就丧失了获利能力。所以，根据专家的经验，结合实际情况，其海棠牌注册商标没有价值。

"海棠"破产了，海棠商标真的就随之一钱不值了吗？

没人相信。海棠的员工不信，相关部门不信，就连后来拍得破产资产的买受人唐书鹤也不信。

2005年9月5日，破产清算组向长治县政府提出申请，为了充分利用海棠商标，顺利实现资产重组，妥善安置职工，请求县政府逐级上报市政府和省工商局，批准保留"海棠"为全省著名商标。

长治县政府立即上报长治市政府，要求保留"海棠"著名商标的名称。2005年9月27日，长治市政府向省工商局发函，建议继续保留"海棠"为山西省著名商标。

政府部门要极力留住"海棠"著名商标的称号，就是看中了这一无形资产的开掘价值。

当然，社会上也有人看中了这一点，于是在"破产"前后，就有十多种与"海棠"名称有关联的商标在抢注，比如 "海棠神州号"、"海棠世纪星"、"海棠福禄星"、"海棠吉诺尔"、"海棠一族"、"海棠之星"、"海棠高科"等等。这些商标，有的是本地的，有的是远在江浙的。所以，市场上五花八门的冠以与"海棠"相关联品牌的洗衣机从来就没有绝迹过。

如此众多的带有"海棠"字样的商标，雨后春笋般地冒了出来，充分说明了"海棠"在消费者的心目中是有位置和感召力的，远不是一句"没有价值"就可以了结的。

海棠商标不是没有价值，也不是零资产，这在"海棠"破产资产拍卖时，买卖双方是心知肚明的。把海棠商标以零资产的方式送给买受人，这已经说明了它不是零资产了，而是蕴含有一定价值的。否则的话，就没有必要把一文不值的无形资产列入其中了。唐书鹤是明白这其中的含义的。

海棠外宾楼

唐书鹤拍得"海棠"的破产资产，自然也就获得了海棠商标使用权。他不肯把商标闲置起来，因为他知道其中的价值。于是，他把海棠商标挂在网上，寻求合作者，或者是买家。

接受采访的李文斌

唐书鹤要卖掉海棠商标，这叫对"海棠"有着深厚感情的海棠职工不能等闲视之了。我们在"海棠"干了一辈子，难道连个商标也保不住吗？

这时，李文斌站了出来。

他曾经担任过海棠集团公司副总经理、销售部部长。他与几个原来的销售人员一同去专家楼找到唐书鹤。

专家楼，也叫外宾楼。那是专门为日本专家来海棠工作所盖的小楼。川岸清、津坂定夫等在这里入住过。"海棠"许多重要的领导会议，比如"初三会议"也是在这里召开的。

李文斌找到唐书鹤说："你要卖海棠商标不能卖给别人，一定要卖给我们。我们就是砸锅卖铁，也要把'海棠'的品牌留住。"

几次磋商后，唐书鹤被海棠人的精神感动了，几经讨价还价，最后以366万元的价格成交。

366万元，李文斌等人把海棠商标使用权买回来，这就是海棠人宁可打碎牙咽到肚子里，也要留住"海棠"最后的血脉。

366万元，是由15个人共同出资的。这15个人是"海棠"有血性的15条汉子。他们的尊姓大名是：

李文斌　刘　青　贾高鹏　宋兰香　李补安　栗堂则　谭学东

赵寅水　李元生　屈晋平　闫永林　陈树斌　张鸿利　杨俊青
李志红

注册商标是不能转让给自然人的，必须是法人。这 15 个人有了海棠商标使用权，于 2008 年 9 月 18 日成立了长治市海棠伟业电器有限公司。为了使"海棠"洗衣机早日面市，"海棠伟业"在南方进行贴牌生产，利用原海棠的销售网络和模式进行销售，一年有 20 万台的销售量。

家电行业都知道"海棠"破产了，用户在市场上见到海棠牌洗衣机，一时就分不清真假"海棠"了。于是，"海棠伟业"花了两年时间进行打假和侵权查处，进一步净化了市场。

2010 年，海棠商标再次被评为山西省著名商标。

于是，在我们生活的小区里，可以经常清晰地听到面包车上的电喇叭声："顾客朋友们，我们是海棠洗衣机专业维修小组，专程来到这里，如果您的洗衣机需要修理，请赶快和我们联系。我们是海棠洗衣机专业维修小组……"

啊，"海棠"还在？

啊，"海棠"还在！

"海棠"在阳光下，在风雨里，在我们的生活中……

# 第22章 🌺 标 本

"海棠"破产了。

2009 年 1 月 9 日，在那个寒冬腊月的日子里，"海棠"花落人散。

2012 年 11 月，我们走近"海棠"，努力地想把"海棠"记忆的碎片拼接出一条"海棠"兴衰的曲线。

"海棠"由生机勃勃、花开万家的兴盛，走到了风雨飘摇、破产衰亡的尽头，已经幻化成了一部内容丰富的教科书，一个尽可以供人们研究的标本。

## 多少烟雨在海棠

从 1966 年 1 月到 2009 年 1 月，"海棠"从生根发芽到苗壮成长，从风光无限到黯然枯败，走过了 43 个年头。

43 年，说长不长，说短不短。

海棠人可还记得 1966 年 1 月的那个寒冬腊月的日子吗？

16 个木业社机电修理组的人，在苏店村西的那个小院里成立了电器厂。那是一颗并不明亮的晨星，迎接着黎明的曙光。

海棠人可还记得在舞台上敲敲打打试制洗衣机的那些日子吗？

尽管敲打出的洗衣机"圪摇哩"、漏水哩，但却在这里扎了根。那是创业的新一页，充满了希望和憧憬。

海棠人可还记得大战 4 个月的那些日子吗？

几天几夜不回家，困了就抱着电机跑圈儿，就顶着纸箱蹦蹦；深更半夜，冒着大雪也要到厂里去焊桶；坐火车去背电容器、定时器，腿都站肿了；去进电机，老娘的病床前不能尽孝。那是燃烧的激情，奋发的冲击。

海棠人可还记得引进的那些日子吗？

先进与落后的撞击和勃发，学习与谈判的纠结和坚韧。那是石破天惊的创新，任蓝色大海的波涛拍击厚重的黄土高原。

海棠人可还记得安装万克注塑机那个晚上吗？

群策群力，蚂蚁搬家，土办法叫小日本竖起了大拇指。那是智慧的灵光，团结的成果。

海棠人可还记得背着洗衣机到工厂、到商场现场演示的那些日子吗？

南征北战，逐鹿中原，千辛万苦，打开了洗衣机的市场。那是走出太行山的自信，走向市场的奋斗。

海棠人可还记得厂门口都是汽车排队提货的那些日子吗？

"海棠"火了，"海棠电器，至诚通天"，"海棠洗衣机，全国数第一"，叫人们扬眉吐气，好不畅快。那是"海棠"的盛开和登上巅峰的辉煌。

海棠人可还记得 2002 年最后的那个日子吗？

白色的封条封了车间，封了库房，封了办公室。那是"海棠"破产了，一个谁也不愿意看到的结局。

海棠人可还记得这 43 年的日子吗？可还记得各自在岁月的舞台上有过怎样的角色和表演吗？

"海棠"的日子，从创业到辉煌、从拐点到破产，是那样的跌宕起伏、波澜壮阔，是那样的悲喜交加、轰轰烈烈。无论是有着怎样的奋斗、激情和梦想，还是有着怎样的迷茫、失望和悲怆，43 个春夏秋冬走过，"海棠"历史的大幕还是徐徐落下了。无论对这些日子是历历在目，犹如昨日，还是不堪回首，早已淡忘，"海棠"都已成了一段历史。

历史一旦凝聚，便成了永恒。

杜亮在"海棠校区"接受我们的采访时说："破产后，我这是第一次回'海棠'。……我恨'海棠'，要破产就早破产，那会儿我还年轻哩；怎么现在破产了？我什么都晚了。"他说着，趴在桌子上失声痛哭。

董迷柱在接受我们的采访时说："'海棠'破产了，我再也没有回去过。我现在还在'海棠'家属院住着，领导们都不在那里住了。我无愧于'海棠'，我敢直面'海棠'的员工。"

吴顶柱在接受我们的采访时说："写'海棠'哩？写这干甚哩？不要写了。啊，不要写，写这干甚哩。"

"海棠"的兴旺，给海棠人带来无比的荣光。

"海棠"的破产，给海棠人留下深深的伤痛。

"唉，那么好的一个企业，真是可惜了。"很多人在谈到"海棠"的破产时，无不扼腕叹息。

在长治，在山西，谈论经济发展、谈论转型跨越、谈论产业调整时，很多人会谈论到"海棠"。

2013 年，广东省公务员录用考试专业教材《申论》中，还把"海棠兴衰"

《申论》把"海棠兴衰"
作为教材的案例

作为"给定资料"来考察考生分析经济现象的能力。由此可见,"海棠"的典型性和影响力。

"海棠"兴盛过,辉煌过,"海棠"成功的经验是人们关注的一个重要的方面。

"海棠"的成功经验,在我们描述"海棠"发展过程中,已经用了相当的笔墨。比如,决心试制洗衣机,实现产品转型,为"海棠"的发展打下了基础。比如,决战决胜四个月,实现年产一万台,保住了"海棠"的定点,起死回生。比如,下定决心,在四五个月时间内对洗衣机进行脱胎换骨的改造升级,大胆采用新技术、新材料,推出新型洗衣机,并一举跻身"六大名牌",使"海棠"声名鹊起。比如,创新管理机制,大力推行"四大指标,全奖全赔"的责任承包制,为"海棠"扭亏为盈闯出了一条新路。比如,大胆率先提出引进世界先进技术,使用"世行"资金,取得了引进的成功,走在了全行业的前列,为"海棠"赢得了市场和时间。比如,狠抓质量管理,吸收消化先进技术,使"海棠双桶"荣获国家质量双桶洗衣机最高奖,成为著名商标。比如,大力推行系列化服务,使"海棠"在市场上顺风顺水。比如,"海棠"洗衣机形成了系列化,并且荣获"部优"的荣誉称号,为"海棠"的发展提供了机会和可能。比如,大胆发展第三产业,使得海棠大厦风生水起等等。

　　"海棠"的成功经验还有很多，不论是改革的大胆创新，还是引进的披荆斩棘，都是一笔不可多得的宝贵精神财富，人们尽可以从各个层面和维度去进行总结和提高。这些成功的经验对现在企业的发展也都是大有益处的，很值得认真地汲取和引用。

　　"海棠"既然是经验丰富，那么为什么会盛极而衰呢？这恐怕是人们谈论最多的话题。

　　成功的经验或许还好总结，但要找到失败的教训就难了许多。这恐怕也是海棠展览上要留下一个大大的"？"的原因所在。

　　"海棠"失败的教训又有哪些呢？人们在谈论"海棠"衰败的缘由时，由于各自所处的位置不同，境界不同，眼界不同，关系不同，利益不同，感受不同，视角不同，水平不同，知识不同，所以是众说纷纭。如果把人们的说法大致梳理一下，可以发现相对集中于以下几个方面：

## 改革只有进行时

　　有人从体制改革看问题，认为"海棠"的衰败是因为体制改革不到位。

　　体制改革是重大的社会命题。从大处看，中国所以快速崛起，发展成为世界第二大经济体，人民全面进入小康社会，起决定作用的是党和人民选择了改革开放，选择了社会主义市场经济体制。

　　不改革开放，走其他任何的道路，都是死路一条。改革只有进行时，没有完成时。不断深化改革，继续扩大开放，完善和发展中国特色社会主义制度，是我们实现"中国梦"的基石。

　　从"海棠"看，"海棠"的兴起，是计划经济和市场经济两大板块撞击中的一个奇迹，得益于中国改革开放新时代的到来。"海棠"顺应了历史新潮流，敢于探索，先行先试，站到了改革的潮头。

然而，当经济体制改革的深入触及企业体制改革的时候，"海棠"看上去又是股份合作制，又是现代制企业的试点，但在企业体制和经营机制上并没有达到"产权清晰，权责明确，政企分开，管理科学"的现代企业制度的层级，其实质还是原来的一个"厂"。

说这话的意思是，"海棠"对《公司章程》并不是全面、认真、准确地执行，而是合意则取，不合意则舍。

比如董事会的召开，《公司章程》明确规定，必须提前 10 天，董事长署名，以书面形式通知各位董事。然而，"海棠"召开董事会基本不按这一程序运作，而是随时打电话通知，会议决策的内容是在会议上才知道的。

没有按照《公司章程》规定的程序召开董事会，是不是鸡毛蒜皮的事呢？

表面看是，但实际不是。因为《公司章程》这样规定是大有深意的。董事们提前 10 天接到通知，知道了会议的议事内容，就有了一个针对性很强的调查研究、学习领会的时间和过程。有了这个过程，董事们在会议上对议事的内容就不会是人云亦云，而是有着自己的真知灼见。这样的董事会经过集思广益所做出的决议，才不至于是听风就是雨，才是最大限度地结合实际的科学决策。省略了这个程序，决策失误的风险就会大大增加。一旦在顶层设计的决策上有了失误，后果是不堪设想的。

由此就说"海棠"的改制走了过场，显然是轻率的。但是，说"海棠"改制不到位也是无可争辩的。这不是说挂在墙上的制度，而是说执行制度的思想和力度。从"海棠"转变的过程看，分歧大多出在会议上，不也可以看出这方面的缺失吗？

改制不到位的企业，在内地绝不止"海棠"一家。谁家改制不到位，谁家是要付出代价和学费的。"海棠"已经为此付出了高昂的代价和学费，难道还不该使大家警醒吗？

党的十八大以后，深化改革又面临着新的机遇与挑战。市场资源配置决定作用的确立，政府职能的进一步转变，都为企业改制创造了宽松的政策环境。企业改制应该抓住机遇，尽快进行自身完善，以生机勃勃的姿态去迎接新的挑战。

## 科学创新无止境

有人从科技看问题，认为"海棠"的衰败是因为没有核心技术。

科学技术是第一生产力。在市场竞争激烈的领域中，不掌握先进科学技术的企业，是很难不被淘汰出局的，至少也要被边缘化。

"海棠"的声名鹊起，是因为成功引进了日本"松下"的先进技术。科学技术第一生产力对于"海棠"的作用是非常明显的，确立了"海棠"的技术优势，荣获了国家质量最高奖，赢得了市场的青睐。这显然是"海棠"成功的经验之一。

但是，这个技术优势能保持多久却是个问题，因为这不是"独门绝技"。"松下"转让技术是来者不拒，多头并进。国内其他洗衣机厂家也会凭借各自的区位优势、资本优势、人才优势，与"松下"进一步合资合作。这样一来，在"松下"快速进军中国市场以及国内企业技术成熟的情况下，"海棠"靠引进获得的这种技术优势就逐步消失了。

在激烈的市场竞争中，企业竞争力的提升，根本体现在有没有核心技术上。有了核心技术，可以后来居上；没有核心技术的，要分得市场的一块蛋糕就很难。于是，有战略眼光的企业，都是把功夫下在产品技术的研发上，建立自己雄厚的科研力量，研发核心技术，增加产品的技术含量，并及时把科技转化为产品，参与市场竞争。

客观地说，"海棠"的科技人才短缺，研发能力薄弱，没有拥有核心技术，所以在新一轮市场竞争中处于下风是很自然的事。

没有核心技术，在市场竞争中败下阵来的，"海棠"不是全国洗衣机行业的第一家，更不是长治市轻工业产品中最先倒台的。在"海棠"之前，长治市一些知名度颇高的产品都已经全军覆没。这些产品的销声匿迹，究其原因有很多，但没有核心技术一定是绕不过去的原因之一。

在现今的市场竞争中，企业是否占领有技术高地，是否有先进科技的支撑，是否有核心技术，毫无疑问是关系企业兴衰的大计，特别是对想要做大做强的企业而言。没有科技这一法宝，想在市场竞争中立于不败之地几乎是不可能的。"海棠"的前车之鉴，多少已经说明了这个问题。

## 政府给企业松绑

有人从政企关系看问题，认为"海棠"的衰败是因为政府干预了企业的经营。

政府和企业的关系，始终是改革中一条最为敏感的神经，也是健全治理体系的核心话题。

在计划经济体制中，政企关系是一体的。政府是企业的"婆婆"，企业是政府的一个生产部门。在市场经济体制中，政企关系发生了根本的变化，由一体到分开。政企分开，是市场经济发展的必然要求。改革开放后，企业成为自主经营的实体、市场竞争的主体；政府也不再是企业的"婆婆"，而是通过宏观调节、维护秩序、创新环境来为企业服务。

在政企的角色转换中，政府的职能转变是矛盾的主要方面，必须由管理型政府向服务型政府转变。无疑，这个转变是要经受阵痛的，是一个艰难的过程。这是因为政府职能的转变、企业市场主体的确立、市场功能的发育都有一个过程。

这或许在理论上问题不大，但在惯性思维中、在实际的工作中却问题不小。尤其是在解决企业问题的时候，政府习惯于使用直接指挥的方式来干预企业的经营。

"海棠"在发展中，无疑是得到了地方政府和上级部门鼎力支持的。没有这个支持，"海棠"是不可想象的。但是到了后来，上级部门领导直接指挥企业经营，地方政府直接干预企业内部班子成员的配置，"海棠"的拐点由此明朗化，也是不可否认的。

有人就很有情绪地说过："'海棠'的衰败就是'婆婆'过多，'婆婆'管得太宽。你也管，我也管，一顿把个企业管死了。"

不必回避，我们政府职能转变不到位是肯定的，该放的权没有放完，不该管的事情还要管。企业呼吁有个好的社会环境，说到底，是想要得到政府的服务，是想要得到政府给予企业发展的正能量。

党的十八大以来，深化改革从政府自身做起，加快了简政放权的速度、力度和范围，得到了社会的高度评价。该放的权放开，该管的事管好，由管理型政府转变为服务型政府，还有很长的路要走。使市场在资源配置中起决定性作用和更好发挥政府作用，积极推进有利于结构调整的改革，破除制约市场主体活力和要素优化配置的障碍，让全社会创造潜力充分释放，让公平正义得以彰显，让全体人民共享改革发展成果。

李克强总理在回答记者的提问时说，给企业松绑，让市场发力。

由此可见，政府转变职能依然是改革的一个重要领域和内容。

## 企业管理要科学

有人从企业管理看问题，认为"海棠"的衰败是因为管理不善。

管理出效益。科学管理是企业发展的内核。"海棠"的企业管理，特别是"四大指标，全奖全赔"的成本管理，曾经走在了全国的前列，而且产生了很好的效益。这是"海棠"成功经验之一。

然而，科学管理体系的建设并不是一件容易的事，一定要覆盖企业经营的全过程，不留死角，而且顶层设计与分层对接、全局与局部的统一性和差异性，都是需要反复论证、磨合和调整的，并且根据情形的变化而不断修正。这就既需要有对管理制度有足够的自信，又要有不断改革的决心。

企业管理制度的建立，不仅要科学，而且要贯彻落实和坚定执行。这包括企业领导的权力也要被关进制度的笼子里。毫无疑问，"海棠"认真实施成本管理，其效益是明显的。但是，一旦企业效益好了起来，就往往会掩盖管理上的不足和缺陷，对管理制度执行的力度也会大打折扣。在"双桶"引进成功的情况下，供不应求，商家拿着现金排队提货，这时，管理制度的执行就不那么严格了，上下对接就不那么严密了，里外衔接就不那么周密了。

潮涨自有潮落时。一旦企业经营出现了困难，管理上的某些缺陷就又显现了出来。特别是当"海棠"销售系统的分级承包制出现了入不敷出的问题时，"海棠"没有及时从管理制度的层面找到破解的办法，而是以"人治"的强化削弱了制度的管理，以至于造成各自为政、内外脱节、尾大不掉的混乱和无序。总经理指挥不了负责销售的副总经理，副总经理指挥不了办事处，指挥系统瘫痪，企业还有不死的道理吗？

企业管理是伴随企业终身的大命题。经济越发展，社会越开放，文明越提升，市场越发育，越需要加强管理，越需要用管理制度规范和约束人们的行为，越需要用机制激励和激活人们核心价值实现的积极性，从而不断提升和加强能力现代化建设，不断创新和改革管理制度，以适应企业发展的需要，适应实现中国梦的需要。

## 市场竞争靠产品

有人从产品看问题，认为"海棠"的衰败是因为产品不能适应市场的需求。

企业拿什么在市场上竞争？产品，唯有产品。技术也好，管理也好，人才也好、服务也好，都是附着于产品的。产品的第一要诀，是必须适应市场的需求。这必然包含了产品的质量和数量。企业只有产品的优质和数量的足够，才能得以生存和发展。

"海棠"成功引进"松下"技术，建成了20万台的"双桶"生产线，这无疑是"海棠"花开万家的缘由。"海棠双桶"的成功，是因为这种产品适合人们的生活水平，适应市场的需求。

在"双桶"引进时，"海棠"和"松下"有过一个"长治会谈"，曾经设定过一个发展线路图，那就是"海棠"要用3年到5年的时间，使"双桶"从20万台起步，迈上50万台、100万台的两个台阶。

为什么要有这么一个线路图呢？日方认为，产量只有上到50万台、100万台这两个台阶，"海棠"才能在市场上站稳脚跟，所以要反复讨论如何上这两个台阶及其时间表。

我方当时会谈的焦点不是要上这两个台阶，而是如何起步，先要达到20万台的起码要求，所以强调的是引进散件的机械式和电子式的比重及其技术含量。

日方强调要上台阶，有没有趁机敲竹杠的嫌疑呢？或许不排除这一因素。

但是，不能不承认这一线路图是很具市场眼光的，毕竟"松下"对市场的认识要比"海棠"深刻得多。没有一定足够大的数量，是很难成大气候的。

我方为什么要强调先从 20 万台起步呢？这显然是基于多方面的考虑。一是视野就这么大，认为 20 万台的产量就不小了。二是资本不够，底气不足，我方拿不出那么多钱进行技术引进、设备购置、工房扩建、人员培训。三是投资小、见效快，绝对是我方的首选。四是企业的能力所限。"海棠"的技术消化能力、生产组织能力、员工操作能力，能不能啃下 20 万台都是个未知数，哪敢去奢想 50 万台啊。

后来事实证明，20 万台生产线完全达产达效确实需要时日，于是"长治会谈"所说第二年就着手 50 万台的引进也就成了泡影。

1988 年，"海棠"获得双桶洗衣机国家质量最高奖，至少说明引进是成功的，质量是优越的。这其中包含了市场对"双桶"的欢迎，包含了技术转让和技术合作的成功，包含了员工对生产线的设备和工艺流程的熟练掌握，包含了销售队伍的市场开拓和优质的售后服务。假如这时"海棠"要向 50 万台、100 万台的目标挺进，只需要扩建工房，增加设备，复制生产线就可以了。

这是不是一个机会呢？应该是。如果"海棠"迈上了 50 万台的台阶，那就步入了投入小、产出大的良性循环态势。"海棠"凭借"松下"的技术，借助卖方市场的优势，挟持全国最高质量奖的东风，再加上有 50 万台的产量，那必定会在双桶洗衣机的领域中独占鳌头，也必将会把"海棠"做大做强，为抵御市场的风险打下坚实而雄厚的基础。一旦有了这个基础，包括技术储备、管理体系、资本累积、人才培养、体制建设、机制转换等等，"海棠"施展抱负的天地必定就宽广了许多。

很可惜，没有"如果"了，这个机会稍纵即逝。当"海棠双桶"风靡市场的时候，"海棠"也只有 20 万台的生产能力，只能是加班加点地拼命干。产量上不来，市场就保不住。这个机会过去了，"双桶"的主料价格已经成倍疯长，而洗衣机在市场上又不敢提价，使得"双桶"的利润空间大幅缩水。原来每台有100元的利润，而这时已经跌至几十元、十几元了。

双桶洗衣机不赚多少钱，那么市场上有没有高利润的洗衣机呢？当然有，那就是全自动洗衣机。"全自动"的每台成本价800元，而市场价高达1500元，差不多是对半开。

如此高利润的产品，自然对"海棠"有着巨大的诱惑力。于是，"海棠"在1989年开始启动引进"全自动"了。"海棠"肯定想过，"全自动"一定会像"双桶"那样一炮走红，不仅丰富了产品品种，以适应不同层次的市场需求，而且能获得丰盈的回报。

"海棠全自动"果然在北京叫响，但是，二三线城市的市场打不开，更不要说广大农村市场了。这不全是销售人员的不努力，而是受到了当时城市功能和生活水平的限制，不适应市场的需求。10万台"全自动"生产线无法满负荷生产，资金的投入和效益的产出不成比例，这显然不是个小问题。

面对困难，"海棠"没有重新回到"长治会谈"的线路图上，而是继续引进其他高端品种的洗衣机，以及开发其他的家电产品，试图"东方不亮西方亮"。遗憾的是，这些产品都没有像双桶洗衣机那样能叫响市场了，再也没有打开过新的局面。

在市场竞争领域中，产品的数量是不可轻视的。没有数量就没有质量，这是唯物主义的认识论。不重视产品质量肯定是不对的，劣质产品只会毁了自己。但是，不能因此就不注重数量。在保质量的前提下，迅速提升生产能力，无疑是做大企业的根本战略。"海棠"的20万台起步并不算小，但裹足不前，止于此而不上台阶，几年过后就不算大而变成小了。这怎么能在市场上具有抗击打的能力呢？

产量的大与小，不是自己与自己的过去比，而是要放在大市场去比。如果这个问题的认识上不去，那恐怕倒下的就不只是"海棠"了。

我们的经济体制改革目标选择了社会主义市场经济，那么认识市场、研究市场、开发市场、引导市场，就是企业必做的功课。

市场是在变化着的。企业的发展，只能是着力于市场的需求变化。这是企业发展的唯一选择。任何的杂念，只会是毁了企业，在市场上少了一个竞争的对手而已，而对市场是没有损伤的。但是，市场却是有选择的，只是钟情于适合自己需求的企业。

没有哪个企业在市场上是一帆风顺的，跌宕起伏是常有的事。问题的关键是你能不能找到发展的突破口，走出困境，宏图大展。没有哪个企业一开始就是完美无缺的，不断地改革自己是必修功课。问题的核心是你能不能保持清醒的头脑，认识自己，认识市场，坚持改革，不断创新。


## 企业领导是关键

有人从企业领导看问题，认为"海棠"的衰败是因为领导的能力差。

职工中有人说，蔡中祜很能干，但走了；梁吉祥是个好人，但不是"帅才"；后来的几个，那就是把"海棠"折腾了折腾，拉倒了。

职工和班子领导是近距离接触，对他们的人格品质、水平能力看得最清楚。

有人说，班子成员文化水平整体偏低，很难领导"海棠"走得更远。

在领导班子中，除了梁吉祥是本科生以外，其他成员大部分都是"文化大革命"中毕业的高中生、初中生，其中还有小学文化程度的。这么一个文化水平的班子，怎么能带领"海棠"长盛不衰呢？

有人反对这一观点，认为学历不能决定能力。有的人就是文化不高但水平不低，照样干出一番事业来。再说了，人们可以在工作实践中提升文化水平，调整知识结构。

但是，特殊不能代替普遍。从普遍意义上讲，学历高的人群，在认知能力、思维能力、判断能力、接受能力上，比较学历低的人群一定是有优势的，要不然还大力提高文化教育干什么？

从"海棠"的实际看，一批高中生、初中生所以能走上领导岗位，其中一个主要的原因，就是他们的学历比当时的工人偏高。现在说他们的文化水平低，不是与工人比较，而是与现代化企业领导班子的要求比较，与同行业发展比较好的企业比较，与社会整体文化水平的提升比较。如此比较，"海棠"班子文化水平的短板就是明显的了。更不要说小学文化程度的也能进入到班子中间，能说这不是问题吗？

文化水平的高低，决定了知识的上升空间，决定了企业的发展空间。毛泽东主席说过，没有文化的军队是愚蠢的军队。这句话不管人们爱不爱听，他都没说错。

有人说，班子组成的长期僵化，很难使"海棠"焕发生机。

人们只要看看这个班子的名单，就会知道整个班子成员几乎是多年不动。班子不能吐故纳新，人才不能引进流动，知识结构得不到提升和调整，只能是一种僵化的状态。认识问题是惯性思维，解决问题是老旧方法，这怎么能适应新时期对"海棠"的要求呢？

有人说，班子内部不团结，是导致"海棠"衰败的根本原因。

如果领导班子是"一疙瘩劲儿"，就是文化水平低一些，三个臭皮匠还顶个诸葛亮呢。"海棠"是从什么时候开始显露出下坡的迹象呢？肯定是在领导班子出现了分裂的时候。"海棠"几次班子分裂，加剧了企业的衰亡。

团结就是力量。兄弟同心，其利断金。班子内部不团结，企业的颓败便是必然的了。

还有内部人士分析，班子不团结，与"一把手"的权威有关系。

蔡中祜在"海棠"是权威，他一走，权威没有了，班子成员都觉得自己为"海棠"崛起立下了汗马功劳，该有个坐庄的机会，也来当当 "一把手"。但班子多年不动，"上一步"的机会很是渺茫，于是成员间的嫌隙开始扩大，互不服气，分庭抗礼，几次分裂便是不可避免的了。

班子一旦出现分裂，直接的后果就是在员工中散布不满情绪，以至于造成员工的罢工和上访。1996 年的第一次风波，是销售人员对领导班子的不满。后来的几次，都是生产一线的员工对领导班子的不满。如此折腾，企业还能好吗？

有位"海棠"的领导说，员工也不知深浅，也不知该怎样爱"海棠"，动不动就罢工、上访，真是胡闹哩。

问题在下边，根子在上边。不客气地说，根子就在"一把手"的身上。作为班子的班长，不能团结和带领一班人"九牛上坡，个个出力"，不能率领团队朝着一个明确的目标前进，就应该深刻地反省自己。这在情理上有障碍，但在理论上没问题。

有人说，班子能力整体偏低，很难使"海棠"抗拒社会的市场的风浪。

企业的领导班子一定要具有科学的决策能力，坚定的执行能力，企业的治理能力，市场的驾驭能力，前进的创新能力等等。"海棠"的班子不管是文化水平偏低也好，还是一潭死水也好，再就是不团结也好，都是在如何应对企业做大做强的复杂情势面前，表现出了能力的不足。

这很像竞技体育中的常见现象。一个跳高运动员，2 米的标杆可以一次过杆，但标杆上升到 2.2 米时，3 次也过不去了。这不是他不想跳过去，是没有能力跳过去。

打铁先须本身硬。硬就硬在决心上，硬就硬在能力上。

"海棠"在创业和起步时，能力没有问题，"一次过杆"。那时候企业还不大，市场的竞争也还算不上激烈。但是，等到了掌控一个现代化企业时，在市场风云变幻、结构性矛盾凸显的复杂情形面前，那就"3次也过不去"了。在很多情形下，能力制约着勇气和决心。

比如那次"生活会"，很明显地看出了这个问题。在"生活会"上，县委书记提议让已经辞职的副总重回"海棠"，并且要求董事现场表态。这明显是政府直接干预企业的做法，摆开了牛不喝水强按头、咄咄逼人的架势。董事们先后表态，服从或同意县委的提议。

有人说，不服从不行啊，那阵势可大了，谁不服从肯定把谁拿掉。

这话恐怕不错。但是请注意，这只是书记的提议，而不是县委的决定。所以不说是决定而说是提议，县委至少认为为这件事做个决定是不妥当的。

那么，董事们只能是服从和同意县委书记这个提议吗？未必。至少摆在董事们面前还有两个选项：一是不同意书记的提议；二是经董事会研究后再决定。

选择"不同意书记的提议"，董事们做不到，因为书记会生气，后果很严重，完全有被拿掉"帽子"的可能。那没有点决绝的勇气，想都不要想。

但是，选择"经董事会研究再决定"却是可能的。因为要改变董事会的决议，需要再开董事会研究，而不是在"生活会"上解决问题。这不仅理所当然，而且也不会给书记什么难堪。这样一来，回旋的余地那就大了，或许后来的一切都可能发生变化。时间往往能解决问题。

换句话说，选择了后两个选项，是符合董事会决议精神的，是在维护董事会的权威和地位。董事们不约而同地同意书记的提议，这就不能只怪"婆婆"了，还要怪"海棠"领导班子抵制干预的能力不强，维护董事会决议的决心和能力不够。

或许，这样的要求对"海棠"领导班子太苛刻了，因为政府给予的压力太大了。但是，必须从自身找原因才能解决问题，内因是决定的因素，外因是通过内因起作用的。打个不恰当的比方，这就像一场流行性感冒来了一样，有的被感染了，有的就没事，究其原因是各自身体的状况不同而已。

还有人说，"海棠"不按"长治会谈"的路线走，那是领导缺少对市场的判断能力；"海棠"销售尾大不掉，那是领导缺少管理能力。尽管这样说未必准确，但也不无道理。

过去很长一个时期，我们强调精神状态的作用多，强调能力的建设和提高少。党的十八大以后，在习近平总书记的一系列的重要讲话中，把能力现代化建设，提高到了历史前所未有的高度。这是现代化建设的需要，这是完善和发展中国特色社会主义制度的需要，这是实现"中国梦"的需要。

有人说，这是选拔干部的机制上出了问题。在社会上普遍存在一种现象，强势的"一把手"喜欢配置听话的"副职"。这样工作起来顺当得多。有不少的企业也是如此。但是，强势的"一把手"调走了，听话的"副职"转正了，但企业的发展却受到了很大的影响。有的企业，"一把手"不在几天，经营就有问题。这样的领导班子机制是办不成大事的。

在"海棠"，蔡中祜无疑是强势的，梁吉祥无疑是听话的。后来，蔡中祜商而优则仕了，梁吉祥顺理成章地转正了，但梁吉祥还是依靠蔡中祜的指导，这就引起了班子内部的一些纷争和意见。当初蔡中祜被调走后"海棠"要选拔"班长"时，为什么只能是"旱地拔葱"？为什么不能视野更加开阔？不能在更大的范围内引进高端的人才？这是个带有战略性的大问题，很值得社会深深的思考。

"海棠"破产了，人们对领导班子说长道短是非常自然的，社会各界人士解剖"海棠"时拿领导班子开刀也是合情合理的。其实，人们说"海棠"，更多的是说企业的普遍意义，是说现在企业领导班子的建设。


## 思想解放再解放


有人从文化意识看问题，认为"海棠"的衰败是因为思想不解放，不能突破盆地意识。

文化是物质文明和精神文明成果的核心。人是社会的主体，市场经济激活了人的主体意识、价值意识。企业在市场的竞争只有产品，产品的背后是品牌，品牌的背后是科技和管理，科技和管理是由人来做的，所以人的素质的提升是企业发展的核心，而人的素质的提升主要表现在核心价值观的体现、思想观念的解放、能力本领的提高。

有人说，一个企业和一个人一样，你能走多远，全看你的观念和你的视野。观念越解放，视野越广阔，你就能走得越远、越高。

这其中最要紧的是看你能不能突破地域意识。一个地域一定会形成带有地域特色的深层文化意识。这其中，有的是优秀传统文化的组成部分，有的就是需要不断扬弃、不断冲破的思想藩篱。

我们是山老区，是精卫填海、羿射九日、愚公移山、炎帝农耕等等史前神话传说的生发地，是八路军浴血太行的华北抗日根据地，是全国农村走集体化道路最早的实践地，是全国革命老区工业最为发达的地区。长期历史积淀下的艰苦奋斗、勤俭节约、善良淳朴、热情好客等等，都是优秀的传统文化。神话文化、红色文化、劳模文化、绿色文化、古色文化等等，都是值得大力提升的文化软实力。

不可回避的是，由于群山环抱、交通闭塞，也已形成了一种"盆地意识"。

这集中表现在封闭意识浓厚、思维定势坚固等等方面。

改革开放，是个不断解放思想的过程。如果说"改革"呈现出的更多的是纵向特点的话，那么"开放"就一定是横向的。在市场激烈竞争的领域中，开放是必需的。也就是说，企业的发展一定是置身于横向比较的环境中，一定是不断破除封闭思想藩篱的一个过程。

"海棠"引进"松下"技术，可谓是解放思想的一大成果。但是，在以后的发展过程中，不论是企业改制走了过场，还是产品结构顶层设计发生了误判；不论是企业管理不善，还是领导班子抵制干预的软弱，都折射出了深层的盆地意识和地域文化的软肋。

"小富即安"是其表现之一。

20万台的引进成功，"海棠""小富即安"的思想开始抬头。扩大开来看，全县、全市，乃至全省上下都有了一种满足感。从外部看，一个个花环挂在了"海棠"的胸前。从内部看，管理放松了，忧患意识没有了。这无疑是目光短浅的盆地意识，缺乏长远的战略思想。"双桶"的20万台，"全自动"的10万台，都已经表明"海棠"的气度和吞吐与大市场的距离。

人们说到"松下"不与"海棠"合资合作，大多是说因为长治的地理环境闭塞，远没有杭州的好。这肯定是个因素。但是，这中间有没有"松下"看不起"海棠"气量的原因呢？恐怕不能完全排除吧。"松下"进军中国市场，显然不是几十万台的量级，100万台也仅仅是个台阶而已。大市场与小盆地，"松下"知道自己该怎样选择。

"一味听话"是其表现之一。

"海棠"是听话的，只要是上级领导说的话，尽管未必符合"海棠"的利益和发展，那也是要听的，缺乏了自己应有的判断觉悟和能力。"唯上，唯书"，这种亏我们吃的还少吗？

一切从实际出发，这是我们的一大法宝。离开了市场变化的实际，离开了企业发展的实际，离开了实事求是，"主席台"就是一道封闭的屏障，就必须去冲破才行。

"相互埋怨"是其表现之一。

在我们的深层意识中，有一种埋怨文化时时出来作祟。事业也好，日常生活也好，只要是出现了挫折和不快，人们立刻就相互埋怨起来，不是你这里不对了，就是他那里做错了，很少从自身去找原因。团结很难，内耗很快。

"权力角逐"是其表现之一。

政企分开所以很难，其核心是结构利益的再分配和权力的交织。有人说，"海棠"姓什么成了一个问题。地方政府说，企业在我们地方，当然该姓"地"。上级主管部门说，企业是我们主管，当然该姓"上"。这些分歧居然提到了"先有鸡还是先有蛋"的高度上，于是，条块分割弊端的焦点集中到了企业身上。信息资源的割裂，权力角逐的延伸，企业的人文环境不但不宽松，反而难以左右逢源了。

不断地解放思想，是一个重大的社会命题。不论是国家现代体制的治理，还是地域经济的转型跨越；不论是企业的健康发展，还是自我价值的实现，都必须要不断解放思想，破除"盆地意识"的旧观念，接受改革开放的新观念，用社会主义市场经济的核心价值观凝聚精神力量，不断地开拓创新，勇往直前，实现我们的中国梦。

"海棠"香消玉殒了。

人们对"海棠"衰亡原因的这些谈论，是对"海棠"所存在的问题进行的无数次的解构式的解读和解剖。不论是固执己见也好，还是相互探讨也好；不论是牵涉哪个层面、哪个维度也好，还是涉及哪件事、哪个人也好，都是善意的，都是在畅所欲言，实事求是。梳理出的以上的几个问题，尽管侧重不同，但显

　　然不是孤立地发生作用，而是相互交织、相互作用，其间的最大公约数很可能就是"海棠"衰败原因的核心区。

　　梳理出的这几个问题，难道就是"海棠"衰败的全部原因吗？肯定还不够。不过，这几个问题的提出，会起到"抛砖引玉"的作用则是一定的。

　　有人说，"海棠"在上升期，人人都发挥的是正能量；"海棠"的衰败，像一个人到了癌症晚期一样，不是一个部位被感染，也不是一个器官衰竭，而是并发症太多了。

　　"海棠"的经验教训，无论还有多少，她自身已经无法吸取了，只能是留给历史，留给现在前行的企业和社会。

　　"海棠"已化作企业兴衰的一个标本，人们尽可以细细地去解读"海棠"，解剖"海棠"，从中汲取到适合自己的经验教训来。

　　随着时代的发展，社会的进步，这种解读、解剖和研究，会愈加的科学和深入，得出的结论也会愈加的准确，对现实生活也会愈加的有作用。

　　这，就是"海棠""化作春泥更护花"的价值。

# 尾 声

"海棠"兴旺过。"海棠"凋零了。

"海棠"诞生于 1966 年 1 月，衰败于 2009 年 1 月，走过了自己整整 43 年的风雨路程。

踏石留印，抓铁有痕。"海棠"在世的 43 年中，正处于中国改革开放的风云激荡中，曾经有过"其兴也勃焉"的辉煌，但也留下有"其亡也忽焉"的无奈。

如何正确地看待"海棠"？这是一个问题。

习近平总书记在纪念毛泽东主席诞辰 120 周年座谈会上的重要讲话，为我们看待历史中的"海棠"指明了方向。

习近平在讲话中指出："对历史人物的评价，应该放在其所处时代和社会的历史条件下去分析，不能离开对历史条件、历史过程的全面认识和对历史规律的科学把握，不能忽略历史必然性和历史偶然性的关系，不能把历史顺境中的成功简单归功于个人，也不能把历史逆境中的挫折简单归咎于个人，不能用今天的时代条件、发展水平、认识水平去衡量和要求前人，不能苛求前人干出只有后人才能干出的业绩来。"

习近平在讲话中的几个"不能"，是我们走进海棠岁月的路标。

我们走进"海棠"的岁月，像一个虔诚的朝圣者，五体投地，一步一叩首地从源头开始探寻，似乎重新经历了一次"海棠"创业的艰难、花开的美丽、转折的困惑、衰败的悲凉的全过程。

在海棠岁月的时光隧道里，我们沿着时光的细沙经过生活漏斗所留下的历史足迹艰难地爬行着。我们查找了大量的资料，走访了众多的人，努力把"海棠"兴衰所经历的节点连接起来，展现出事件轨迹的大致曲线，去接近和描述一个历史的真实。

凡是在"海棠"工作过的人们，回忆起"海棠"来，无一不是真诚和深情的。正因为如此，我们才有可能在探寻中走近"海棠"，共同经历那个风风雨雨的岁月。

我们尊重和理解所有的受访者。也正是因为如此，我们所写的并不是我们所知道的全部，仅限于事关"海棠"兴衰节点的事情，至于其他的，有的不便写，有的不必写。凡是我们写下的，一定是经过反复核查的历史真实。即便如此，我们也只是在接近历史的真实，而无法复原真实的历史。我们受着历史的局限，在写着一个局限的历史。

"海棠"是一个时代的绝唱。

它的开放，灿烂若霞，引得万紫千红。它的凋零，魂归大地，已化作春泥，护着现代企业百花盛开。

前事不忘，后事之师。"海棠"兴衰所包含的经验和教训，必然会永存于改革发展历史进程的记忆中，给人以无尽的启迪。

从这个意义上讲，"海棠"不朽！

# 后记

## 只恐花睡去 高烛照红妆

李春萍

这篇后记不该我写，但我写了。

那是今年阳春的一天，我开车接上刘重阳老师一起去补充采访。在路上，他对我说："这部书的后记，你写。"

我听了，一笑说："怎么，开涮啦？"

他说："正经事。你写后记好，情况掌握得全面。"

我说："开什么玩笑啊，你还不知道我。给你说说情况，你写吧，一手货。"

他说："哪这么多废话，你写就对了。"

我说："你这是要逼着公鸡上架啊？"

他没有立即回应我的话，停了一会儿才说："我真是写不动了，你叫我歇息行吗？"

我一听，心里不由得忽悠了一下。的确，刘重阳老师写这部书确实是太辛苦了，也该歇息一下了。他已经把话说到这个份儿上了，我只能答应下来写后记了。我故意淡淡地说："那我就试试吧。"

说实话，细细一想，关于这部书写作的前前后后，还真是有好多话要说。

我是在长治县政协机关工作的，县政协组织编写文史系列丛书，分配我到"海棠"这部书，负责查找整理资料，组织联系采访人，是做辅助性工作的。作品上署有我的名字，是刘重阳老师的坚持，也得到了县政协杜玉岗主席的认可。

我最早知道写作"海棠"这部书的事，是在 2012 年 8 月 31 日。那是个星期五，我的病刚好些去上班，在机关碰到了县政协办公室主任郭海波。他问我："（病）好了？"我回答："好多了。"

他说："正有个事想找你说说，咱们政协要组织编撰文史系列丛书，你能不能参与'海棠'这部书的工作啊？"

我说："能吧。可我没有搞过写作啊？"

他笑笑说："主要说身体吧。走，咱去见见主席。"

我们一起去了主席办公室。杜玉岗主席询问了我的身体情况后说："咱们要组织社会力量，把县里在历史上和现在发生的大事编撰成册，搞成文史系列丛书，以便存史资政。'海棠'的兴衰就是长治县历史上的大事，咱们就先从这部书着手。你和（吉）阳萍来负责这部书，怎么样？"

我说："没问题。"

我说"没问题"，这是我的一贯的工作作风。说实话，一说要写"海棠"，我觉得这个决策就很正确。"海棠"曾是叫响全国的名牌，给长治县乃至长治老区带来无比的荣耀，单就这一点，就该在长治县的历史上留下一笔。"海棠"垮了，那就更应该好好地总结其中的经验教训，引以为戒。过去没人做这件事，是一个遗憾。现在县政协来做了，对历史、对现在、对未来都是一件大好事。

再说，我对"海棠"也是有感情的啊。我家里的第一台洗衣机就是"海棠"生产的。那是在 1982 年的一天，我爸搬回来一台洗衣机，兴高采烈地把全家人叫到院子里说："快来看看，这是什么？这叫洗衣机，以后洗衣服就不用手搓了，哈哈。"我们接上电，放上水，一按电钮，洗衣机就转开了。我们赶紧把要洗的衣服往里扔，我妈在旁边高兴地合不上嘴。我看了看，那洗衣机是浪花牌的。

到了1989年国庆节，我准备结婚时，父母亲说好要陪送我一台海棠牌双桶洗衣机，因为那是最时髦的。可是当时怎么也买不上，托人走后门也没买上。没办法，出嫁时，只好借了邻家一台先"顶了顶"。老爸对我说："不要哭，闺女，先应应景，过后给你买台好的。"我当时就想，一个长治县的"海棠"就这么金贵？

我也没想到，我家是在长治市，但1990年我参加工作时竟然到了长治县的郝家庄乡。在长治县，一说起"海棠"那是如雷贯耳，人们的脸上就有一种自豪感，还有崇拜和神秘。1996年，我参加山西省第八届妇女代表大会时，是和"海棠"的任瑞虹在一个组。我对人家自然就有一种仰视的感觉，觉得海棠人就是牛，不一般。

我是2003年到县政协工作的，这时候，"海棠"已是光华落尽，被公告破产还债了。我还想，那么一个气势如虹的企业，怎么会是这样一个结局呢？后来在工作中，时不时会碰到人们说起"海棠"，显然那是更多地在议论"海棠"衰败的原因。差不多10年过去了，我也没有想到，这还有机会去了解"海棠"、参与"海棠"的写作，心里的一种兴奋感是不言而喻的。

很快，杜玉岗主席带领我们几个去了长治高级技工学校的"海棠校区"，参观了那里的"海棠展览"。姜明清校长、贾维亮分校校长陪同参观。这是我第一次大致了解了"海棠"兴衰的情况。

参观结束后，在校长办公室说起要写作"海棠"一书时，姜明清校长建议让赵建国来协助这项工作。他的意思是，赵建国曾经是"海棠"的办公室主任、副书记、副总、工会主席，而且破产后还在清算组工作，对"海棠"很熟悉，收集有大量的资料，这个展览就是由他主持完成的；有他来协助工作，会少走弯路，多些便捷。

杜玉岗主席很高兴地接受了这个建议，姜校长当下就打电话，把赵建国请了过来。他一听说要为"海棠"写本书，很激动，立即爽快地答应积极配合工作。

他在"海棠"当过副厂长，现在海棠人还是叫他"赵厂长"。后来证明，叫赵厂长来参与"海棠"写作的这个决策很英明。他对"海棠"很熟悉自是不在话下，再就是他在"海棠"的人缘关系很好，要查找个什么人、联系个什么人都很方便，为采访工作奠定了坚实的基础。还有就是他有完整的工作笔记，收集有"海棠"的大量资料，这对后来写作中重大事件的时间、地点的厘清，以及对事实的认定，都起到了不可或缺的作用。而且，他自己就想要写写"海棠"，书名都起好了，叫《海棠始末》，所以很热心来参与这项工作。如果没有赵厂长的介入，那我们就失去了一个与"海棠"沟通的桥梁和平台，很多工作是难以展开的。

9月14日上午，县政协召开座谈会，专题讨论关于"海棠"写作事宜。座谈会由杜玉岗主席主持，县政协副主席陈一评，县二轻局局长原泽波，"海棠"的赵厂长，县政协的郭海波、吉阳萍、张静和我参加会议。杜玉岗主席强调，"海棠"写作的宗旨是不带观点，就事论事，客观公正。

陈一评副主席认为，要么不写，要么就客观公正地反映真实的企业状况。座谈会上，大家是各抒己见，讨论热烈。

杜玉岗主席就写作的准备工作做了部署，一是收集整理资料，二是联系采访的相关人员；工作要实、要细，要抓紧时间，立即展开。

会议后，我就按照会议的部署开展工作。我和吉阳萍、赵厂长、岳进平、张静等几个人进驻到"海棠校区"开始查阅资料。学校专门为我们准备了一个办公室，配备了3台电脑和复印机，为我们的工作提供了最大的方便和支持。我们是按照"海棠"的发展脉络来整理资料的。面对海量的资料，我们工作起来非常困难。由于工作量太大，政协又增派了李明霞来协助工作。

"海棠"破产了，资料封存多年，动则尘土飞扬，呛人耳鼻。资料存放的房间里阴冷潮湿，寒气逼人。但是，同志们不怕脏、不怕冷、不怕累，认真仔细地查阅着，并且及时复印和整理。好在有赵厂长的指导，经过一个半月的工作，我们查阅了近百个档案柜，上万本资料，从中整理出了《"海棠"大事记》，各种资料34册，列出了应该去采访的62人名单及其住址和联系方式。

10月20日，我再次生病住了院。说实话，我在住院的时候，心理压力很大，"海棠"的资料整理告一段落了，可是由谁来写啊？又怎么去采访啊？我心里一直不踏实。

20天过去了，11月15日晚上，我接到郭海波主任的电话，让我第二天去单位一趟。16日上午，我到了政协，才知道是这部书的作者有了着落，并且要开始进入工作状态了。

这部书的作者叫刘重阳，杜玉岗主席是通过在《长治日报》工作的郭思嘉联系上的。前几天，杜玉岗主席已经和他进行过商谈，并把我们整理的资料给了他一份，11月17日他就要来开始工作了。

刘重阳的名字我是知道的。2007年《上党晚报》上连载的长篇报告文学《见证共和国》，就是他与长治日报社社长王占禹合作、在上海文汇出版社出版的著作。后来我在《长治日报》上又看到了他和郭思嘉为《长治日报》创刊60周年所写的《虔诚跋涉，风雨长歌》，他为长治交警支队成立20周年所写的《什么也不说，风雨都是歌》等几篇大文章。这些都给我留下了很深的印象。

杜玉岗主席和他也很熟悉，办公室的书柜里就有他创作出版的著作《见证共和国》、《为了平顺》等。杜主席对我说："准备准备，好好配合刘重阳老师的工作。"

我下午回医院赶紧办理了出院手续，第二天按时到政协上班。我上了班，在主席办公室第一次见到了刘重阳老师，一起讨论了有关采访的事项。杜玉岗主席表示，要写好"海棠"，采访的工作一定要做好做细，采访的面一定要足够大，横向到边，纵向到底。

依我的意思，是要集中时间，连续进行采访。可是刘老师不行，他还要照看孙子哩，所以只能是星期三、星期六和星期日进行采访。他的意思是，这样便于联系到被采访的人员，不至于放了空炮。

杜玉岗主席专门在县政协为刘老师安排了一个办公室，一开始的采访也是在这里进行的。正式的采访就是从当天（11月17日、星期六）上午开始的，第一个采访的是洗衣机厂的第一任厂长马健全。在这里采访了几次后，我们就开始进小区、下农村进行登门采访。

登门采访，都是我们和赵厂长事先联系好被采访人员，并且看好行车路线，然后再请刘老师来采访。我们还把有关人员请到海棠校区、楠湾酒店、九州宾馆等地进行了集中采访。

在我们的采访中，我发现刘老师是位幽默风趣、睿智健谈、知识面很广的作家。尤其是他对企业的熟悉程度，很有些出乎我们的意料。比如采访任瑞虹时，她说在车间开过摇臂钻，刘老师随即就问："是25的还是50的？"任瑞虹说："是25的。"

我问他这是什么意思。刘老师说："这是说摇臂钻钻孔的最大直径。25，是说25毫米；50，是说50毫米。"

后来在闲聊中，我才知道刘老师1968年中专毕业后参加工作就是在长治市模具厂当工人，学的是车工，干的是铸工，然后又是装配钳工，搂了3年50毫米的摇臂钻，装配过冲床、平面磨床、注塑机等，怪不得对企业很熟悉。

他在厂里的时候就搞文艺创作了，组织班组工人写诗歌，还亲自刻钢板，把工人的诗歌油印成《车间诗抄》。1975年，他被借调到长治市电子仪表局做宣传工作。在 1977 年 5 月，他发表了自己第一篇短篇小说《检验》。他在电子局工作的 10 多年间，创作发表了不少的独幕话剧、散文、报告文学等文艺作品，其中，散文《潇潇春雨》、报告文学《轨道》在全国电子系统的征文活动中获得大奖。

1989 年 9 月，他编撰的电视片《'浑水衙门'的共产党人》在央视播出。因此，他被调到了长治市体改委工作。从 1989 年到 1999 年，他在体改委工作了 10 年，怪不得对改革很熟悉。

他在体改委工作期间，编辑出版了《英雄太行》等报告文学集，发表了《毛泽东和西沟人》、《太行丰碑》等十多部颇具影响的报告文学作品。尤其是他编撰的纪念长治解放 50 周年的 8 集系列电视片《与天同党啸长风》，把镜头聚焦到企业的 16 集大型系列电视片《振兴国企，路在何方》，在社会上引起了很大的反响。

他以文学创作来积极应答改革发展的呼唤，也使他成为长治市很有成就的作家。1999 年，经市委推荐、市第二届文代会选举，他被调到长治市文联任驻会副主席。

刘老师在文联工作短短的两年间，创作发表了《跃出盆地》等县域经济发展巡礼系列的 4 部中篇报告文学，同时还发表了《阳光镀亮警徽》、《绣世界个新灿烂》、《背不动的责任》等多部中篇报告文学作品，主编了报告文学集《上党女杰》。其中，《背不动的责任》被《中国作家》、《中国报告文学》等杂志转载，获得全国"共和国脊梁"杯报告文学征文一等奖。

2002 年，就在他保持着创作的强劲势头时，因为要写作长篇报告文学《高路走天脊》，他申请提前退休了。他为了写作而弃官不做，这在一定范围引起了不小的动静。由此，他也进入了一个长达 10 年的长篇报告文学创作的高峰期。

2002 年，他的首部长篇报告文学《高路走天脊》出版，并获全国"中流砥柱"

杯长篇报告文学特等奖。2003年、2004年，他主编的报告文学集《感动太行》、《长晋采风》出版。2007年，他与王占禹合作的长篇报告文学《见证共和国》出版，2008年再版。2009年，由他主笔的《长治公路60年》出版。2010年，他和张剑鸣合作的长篇报告文学《大道平顺》出版。2011年，他与杜爱兰合作的长篇报告文学《为了平顺》出版。2012年，他的长篇报告文学《申纪兰》出版。

我抓紧时间看了他送给我的《见证共和国》。这是以全国唯一的连任十二届全国人大代表申纪兰为主人公的作品。他对申纪兰的经历不仅有令人信服的描述，而且视野开阔，折射出了共和国农村起伏坎坷的发展道路。看过他的作品后，对他来写"海棠"充满了信心，我的那些压力一下子就完全没有了。

他告诉我，在此之前他就与"海棠"有过接触。1996年冬，他带着《振兴国企，路在何方》专题片摄制组采访过梁吉祥。1998年，为纪念改革开放20周年，他又一次采访过"海棠"，写过中篇报告文学《走近"海棠"》。

他说他之所以愿意写这部书，一是因为有在企业奉献青春的心结，二是因为"海棠"的兴衰是个好题材，很值得一写。

我问他为什么觉得"海棠"是个好题材。他说："'海棠'是长治的名牌，没有哪个企业到达过它所在的高度，有过他的名声，是长治老区20世纪末最后的骄傲。今天有机会深入地写写'海棠'，真是个千载难逢的机会。"

我说，可惜是"海棠"破产了啊。

他问我知不知道托尔斯泰在《安娜·卡列尼娜》的那句名言？

我说知道啊，那就是"幸福的家庭都是相似的，不幸的家庭各有各的不幸"。他说："这就对了。正因为'海棠'破产了，才有了写头。当然，写作的难度肯定大了，但对于作品而言，却是增加了内涵和价值。我们就是要把有价值的东西撕开了给人看。"

他还笑着说："如果'海棠'还是那样火，就轮不到我来写了，名牌的记者、大腕的作家是不会放过的，现在'海棠'死了，没人来了，才想起我来了。"

我说不是吧，是因为别人驾驭不了这么大的题材。

我还给他说，你是长治写作报告文学的大家，长治的两座高峰，一个申纪兰、一个"海棠"都被你写了。

他也笑着说："我就是一个草根作者，喜欢弄个这。出版了几部书，只是我的运气好罢了。"

我知道他这是谦虚，逗我玩哩。写作这个差事，没点真本事不行，不是谁想干就能干得了的。

在采访中，我们遇到了许多意想不到的困难，有的是拒绝接受采访，有的是联系不到人，有的是应该采访的却被我们忽略了。比如采访梁吉祥，第一次在县政协采访很顺利，但再次联系采访时，他表示"不想说了"。我赶紧跑到他家里，与他长谈了一番，还在他家里吃了碗面条，又让刘老师在电话上表明了态度，采访这才进行了下去。当然，我们后来多次到梁吉祥家里进行采访、核对材料、征求意见，受到了他的欢迎。中秋节到了，我们还吃了他自己家种的葡萄。

杜玉岗主席对我说："不能急，采访不是一次就能够完成的，要有反复采访的思想准备，对采访到的素材一定要甄别、比对，逐步补充、完善。"他还带领我们到太原进行了采访。

后来又一个下雪的日子，我们再次到太原采访了太原办事处和海棠大厦。那次，赵厂长病倒了，把我们吓得不轻。

经过努力，我们终于在2013年正月初八采访到了"海棠"最后一任董事长李庆怀。可以说，采访工作告一个段落了。我问刘老师："什么时候动手啊？"

他说："腊月就开始写了。先写写看。"

他说这话的时候不像是开玩笑。我知道，担子都压到他的身上了。

　　我们约好，他每写好一章，都要拿给杜玉岗主席、赵厂长、郭海波主任和我看，及时提出意见。

　　赵厂长每看完一章，都要依据文章的内容再去查找当年的笔记或资料，为文章的时间、地点的准确性提供了大量的证据。有时候，因为有了新的资料和证据，刘老师对文稿还要进行修改，有的关键段落还要反复斟酌和推敲。

　　一天，刘老师提出要去再次采访杨天锁。我说，为什么啊，不是采访过了吗？他说："电器厂在 1973 年开始全区拖拉机大会战是不对的，所以要核实。"我说："不对在哪里？人家就是这样说的啊。"

　　他说："这是不可能的，如果有大会战，也是在 1976 年 10 月以后，这个时间点是死的。"

　　我想不通，但还是与赵厂长一起陪着刘老师再次采访了杨天锁。这次采访，刘老师直接提出了问题，认为全区大会战不是在 1973 年。杨天锁想了想说，对啊，1973 年是长治县的小会战，1977 年才是全区的大会战。

　　事情果然是刘老师说的那样。我问他，你怎么知道原来所说的不对？他说："1976 年 10 月的这个时间点是个分水岭，之前是'文化大革命'，不可能有大会战；只是'文化大革命'结束后，中央领导有过一个讲话，要在两三年内实现农业机械化，这才可能有了全区的大会战。"

　　又有一天，他要去采访牛润明。我说："这又怎么了？"

　　他说："洗衣机的量产一定是要定型的，但是所有的人都没有说到这一点，所以要补充采访。"

　　那天下着雨，我们在清华厂家属院采访了牛润明。刘老师提出了定型的问题，牛润明说，是啊，我就参与了洗衣机的选型、定型了。于是，牛润明详细地回忆了定型的过程。

　　采访出来我问他，你是怎么想到这一点的？他说："这是工业产品生产的常识，以前的采访没有注意到，当要写作了，这个问题就绕不过去了。"

我就想，这真的是请对人了，他对生产的流程还如此精到，要换了别人，没准写个什么就糊弄过去了。

刘老师就是这样的认真，一点儿一点儿地抠，任何一个疑点都不放过。他对我说，采访是伴随写作的全过程的，不能怕反复。还有很多的补充采访，他不给我说。比如第二次采访马天河，就引出来要采访马东生；写到河北办事处就要采访刘建文；在网上采访李庆怀一谈就是 3 个小时，还多次去采访梁吉祥等等。

我给他说："你不能单独行动啊。"

他这时只是笑笑说："能不麻烦你就不麻烦了。"

他给我说，这是最难写的一部书。

一是要捋清脉络就很难。"海棠"破产了，不可能有一个完整的资料来显示"海棠"兴衰的脉络，这就须要顺藤摸瓜，把脉络搞清楚。在这个问题上，每进一步都是困难重重，重要的节点搞不清楚不行，逻辑关系理不顺不行，大量的补充采访都是冲着这一点去的。

二是要准确还原事件的本来面目很难。原有的一些资料，受到当时环境的制约，已经不是事件的原貌，需要重新采访，重新定位，还历史一个真实。还有的是事件重大，但资料零散，需要反复查寻书面资料，并根据人们的回忆去鉴别梳理，去伪存真，去粗取精，把事件还原到一个合情合理的范畴内。

三是调整写作的心态很难。他对我说："写作中的难处都不是难处，因为这是写报告文学必然要遇到的，最难的是自己的写作状态与以前不同了。特别是遇到事件的节点不清楚的时候，以前是立即打电话或者补充采访，直到弄清楚为止；而现在的第一反应就是关电脑休息，过几天后，缓过劲来了，才要去补充采访和落实。"

　　他说："最困难的时候是 2013 年的夏天，好像是跑马拉松到了身体极限的时候一样。"他说这话的时候，一扫平日的幽默和开朗，眉目间多了很是难受的表情。

　　我想，刘老师所以有这样的感觉，连续 10 多年高强度的写作导致身体的透支和劳累是一方面，恐怕更主要的还是写作的不顺利，把太多的时间和精力用到辨别事实的本身了。人们的回忆是片段的，有的甚至是混淆的，同一个事件的不同回忆，他要从中识别和判断出哪个是最为接近事实的。这没有功力不行，没有一番功夫更是不行。资料的短缺、采访的磕绊、回忆的混乱、意见的不同，耗费了他大量的心血，也影响了他写作的情绪。他对我说过，我只担当"海棠"的历史，不会去、也没有必要去简单地逢迎非"海棠"的东西。

　　进入 2014 年，这部书稿总算是有眉目了。当我们组织力量在征求人们对文稿的意见时，刘老师又对文稿进行了较大幅度的调整、修改、补充和润色。他说："文稿写完了，使我们对'海棠'的兴衰有了一个较为完整的认识，或者是说认识上有了新的高度，这就需要再整体梳理一遍，对文稿中的一些结构和写法也要调整，对文字要进一步地琢磨和揉搓。"

　　我问刘老师："你写报告文学有秘诀吗？"

　　他笑笑说："有啊，那就是真实。"

　　我说："你这是开涮哩，谁不知道报告文学要真实啊？"

　　他说："真实，是报告文学的生命，一切虚构在真实面前都是苍白的。但是，真实也是报告文学写作的难点。咱们反复采访，反复查找资料，反复核对，还要把同一事件的不同回忆和盘托出，就是在寻找本原的真实，或者说最大限度地去接近真实。"

　　他说："我们尽了最大的努力去接近真实，但我们对事件和人物的描述未必就准确，未必就是本来的面目。或者说，即便是事件本来的面目，当事人也

未必就认同我们的描述，因为事件中各色人等的视角和感受是不同的，这一点
又恰恰是我们不能完全关照到的。我们也一定带有这样那样的局限性，包括对
事实的认知，也包括我们文字的功力。这就是把事实的真实写成作品的真实的
不容易。"

我说："除了作品的真实，或者说是为了作品的真实，写作上也一定是有
技巧的吧？"

他说："有技巧吗？我不知道。我的写作主要是追求平实、质朴、干净、通顺、
可读。我讨厌作品中的'脂粉气'和'文化气'，喜欢《聊斋》（1986 年版电视剧）
主题歌中'几分庄严，几分诙谐，几分玩笑，几分感慨，其中滋味谁能解得开'
的歌词。我以为乔羽老先生在歌词中唱的这 4 个'几分'，就是写作的命门。
谁能领悟了、找到了、贯通了、运用了、熟练了，谁就自然能解开写作上的难
题了。"

我写作不入门，自然很难有捅破窗户纸的效应，但我知道他是得其真髓有
感而发的。

从 2012 年 8 月到现在，磨砺了差不多两年的时间，"海棠"的这部书就要
问世了。从查找资料、联系采访，到刘老师的全书写作、反复修改，使我想起
了辛弃疾的一句词："众里寻他千百度，蓦然回首，那人却在，灯火阑珊处。"

从作品看，也许真的像刘老师说的那样，在一些细节和心理的表达上未必
是准确的，未必是当事人所想要的，但"海棠"兴衰的节点一定是找准了。我
们完全可以沿着这些节点去感受和触摸到历史中"海棠"的真实和温暖，去汲
取自己想要的经验教训的营养。这一点，是不容置疑的，这也是这部作品的价值。

一篇后记，已经写得我喘不过气来，我完全能感受到刘老师写这几十万字
的一本书的辛劳了。我想对刘老师说声"谢谢"，但我不说，因为一声"谢谢"
太轻了，不能表达我们一起写作 "海棠"两年的工作情谊。再说了，真应该感

谢刘老师的也数不着我，而是"海棠"。

我要感谢县政协领导，是你们的坚强领导和高度信任，才使得这部作品有写作、出版的可能。我要感谢姜明清校长、贾维亮校长和"海棠校区"，是你们的鼎力支持，才使得我们的工作有序开展。

我要感谢接受我们采访的所有人，是你们的真诚和热情，成就了这部作品。我要感谢赵建国厂长，是你的认真和辛苦，提供了大量珍贵资料，协助刘老师完成了这部作品。

我要感谢出版社的编辑老师们，是你们的责任和担当，使得这部作品尽快问世。我要感谢县政协的同事们，是你们的支持和理解，使我工作得更有信心和力量。

应该感谢的人还有很多，在此一并谢过了。

丑媳妇总要见婆婆的。我的后记只能写成这个样子了，把想说的话说了。后记的标题，是化用苏东坡"只恐夜深花睡去，故烧高烛照红妆"的名句。这不是附庸风雅，而是我的心也在"海棠"，因为"天不老，情难绝"。

2014 年立秋